Writing
Screenplays That Sell

编剧有章法
俘获观众与打动买家

［美］迈克尔·豪格 (Michael Hauge) 著

吴筱 译

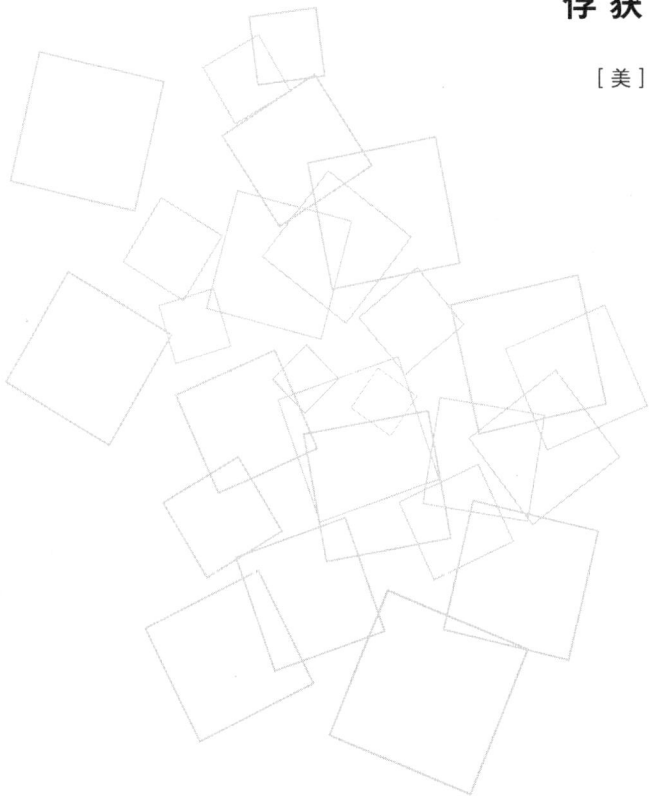

中国华侨出版社

谨以此书纪念

阿特·阿瑟
杰里·豪格

推荐语

这是我到目前为止读过最棒的编剧书。迈克尔·豪格那套发展故事和角色的方法既聪明又人性化，总是对我的剧本有用。每当启动一个新项目，我都必读这本书。如果在项目中遇到了麻烦，我还会再读这本书。

——鲍勃·费希尔，《婚礼傲客》联合编剧，

《最高车速》编剧兼行政制片人

没读过这本书，就别来好莱坞，因为人人都读过。

——特里·罗西奥，《加勒比海盗》系列、《怪物史瑞克》系列联合编剧

这本书详细地呈现了迈克尔·豪格的原则和方法，破解了高效创作剧本的迷思——即使对导演也很有用。

——菲利普·诺伊斯，《爱国者游戏》《燃眉追击》《特工绍特》导演

迈克尔·豪格的做法看起来很简单，但实际上很稀有。他帮你把创意变得更好。

——克里斯托弗·墨菲，《功夫梦》《逝者之证》编剧

在一个"剧本医生"遍地走的领域里，迈克尔·豪格仍旧是最稳当、最明智的选择。当我要打电话寻求帮助时，我总会打给他。

——沙恩·布莱克，《致命武器》系列、《终极尖兵》《特工狂花》编剧，

《小贼、美女和妙探》导演兼编剧

如果你是认真地想要当编剧，那从读这本书开始。

——罗伯特·马克·卡门，《玩命快递》系列、《功夫梦》编剧

终于有本书，我可以推荐给那些让我给建议的人了。

——吉姆·科法，《紧急盯梢令》《尖峰时刻》《国家宝藏》编剧

这本经典重版了。迈克尔·豪格的《编剧有章法》绝对是市面上最好的编剧书。书页一翻，启发即来。

——埃里克·埃德松，编剧，《故事策略》作者
加利福尼亚州立大学北岭分校编剧研究生课程主任

迈克尔·豪格把一种罕见心理学视角带到了剧本理论中。这种视角能让你的故事更加可信、情感更加真实。每当我拿起这本书，我都会找到有用的点子或惊人的发现。

——克里斯托弗·沃格勒，《编剧备忘录》作者

通透、明晰、面面俱到地从概念一直写到了销售。《编剧有章法》是每位编剧都必备、必读、必再读、必研读、必吸收、必研究的书。

——琳达·西格，《编剧"点金术"》《创造难忘的人物》作者

《编剧有章法》里满满都是能帮助作家们的技巧与洞见。无论他们在哪个阶段。

——约翰·特鲁比，《故事写作大师班》作者

这本书是打开好莱坞"成功之门"最宝贵的钥匙！迈克尔·豪格的书既有趣，又有信息量，还有广泛的教育意义。

——悉德·菲尔德，《电影剧本写作基础》《电影编剧创作指南》
《电影剧作问题攻略》作者

目 录
Contents

第一部分 开发一个故事

第二部分 创作电影剧本

第三部分　编剧这一行

第四部分　投身剧本创作事业

致　谢

与几页之后的导言一样，我希望保留第1版中的致谢名单不变。二十多年前，当我第一次写作此书时，这些人都在某些方面为此书做出了贡献，这也意味着他们仍是新版的一大组成部分。我没有删去任何名字，我想在这个名单中加入一些新名字。

重读这些落笔于很久以前的致谢有一个好处：我意识到这些人中的大部分仍是我人生的一个重要组成部分。我想向你们所有人说，真的很感谢这么多年里你们所赐予我的指导、支持、友谊和爱。

当然，生命本如此，有些人比我们走在了更前面——逝去，或是渐渐疏远，因此我们没能再像以前那样联系。但不论是什么让你我走到一起，我都要衷心地感谢你。

以下内容既是我彼时所写（除了为西西和南希添加了新的姓氏），也仍是我此时所感……

我明白，无论如何你都会跳过此书的这一章节（除非你觉得自己会认识这些人名中的某一个），但也请你耐心听我感谢一些人（很多人中的一些）他们的知识、启发、支持以及引导让这本书成为可能。

致我的父母：我的母亲一直相信我，并把她对于学习、教学和文字的热爱给予了我；以及我的父亲，他曾经为电影院销售爆米花（并让我免费观看电影），给予我爱与（情感上和经济上的）扶持，并一直支持我，虽然我当时知道他认为搬去好莱坞是一件疯狂的事情。

致那些用他们的信念、热情和努力让这本书变为现实的人：埃斯特·纽伯格（Esther Newberg），我的著作代理人；麦格劳-希尔出版社（McGraw-Hill）的鲍比·马克（Bobbi Mark）、伊丽莎白·雅各布（Elisabeth Jakab）、露西亚·史坦尼尔（Lucia Staniels）和安·克雷格

（Ann Graig）；哈珀柯林斯出版社（HarperCollins）的克雷格·纳尔逊（Craig Nelson）、詹娜·赫尔（Jenna Hull）；还有尤其是我的非官方代理人和好朋友黛安娜·凯恩斯（Diane Cairns）。

致温迪·本杰明（Wendy Benjamin）、马蒂·查韦斯（Marty Chavez）、约翰·戴默尔（John Deimer）、罗伯特·马克·卡门（Robert Mark Kamen）、劳伦斯·卡斯丹（Lawrence Kasdan）、艾薇·奥尔塔（Ivy Orta）、凯伦·罗森佛（Karen Rosefelt）、杰里·温特劳布（Jerry Weinteraub）、杰里米·威廉姆斯（Jeremy Willian）以及沃利·萨瓦特罗（Wally Zavattero），感谢他们的慷慨帮助，给予我引用《体热》（*Body Heat*）、《功夫梦》（*The Karate Kid*）和《西尔玛隧道灾难》（*The Sylmar Tunnel Disaster*）的权限。

感谢那些在我的电影生涯和教学生涯中帮助过我的人们。特别感谢让我起步的加里·舒赛特（Gary Shusett）和夏伍德·欧克斯实验学院（Sherwood Oaks Experimental College）；感谢制片人迈克尔·贾菲（Micheal Jaffe）、泽布·劳恩（Zev Braun）以及罗伯特·格尼特（Robert Guenette）给我此次学习的机会；感谢蒙纳·摩尔（Mona Moore）、斯蒂夫·沃特曼（Steve Waterman）、斯蒂芬妮·曼恩（Stephanie Mann）以及米歇尔·沃勒斯坦（Michele Wallerstien），在重要时刻给予我的职业指导；感谢赞助过我开办座谈会的遍布全国的许多学校；感谢我的公关人员维姬·亚瑟（Vicki Arthur），虽然我是她最难缠的客户，但她一直让我的名字出现在报纸上，并吸引人们到我的课堂上来。还有一份特别的谢意要送给加州大学洛杉矶分校继续教育学院（UCLA Extension）编剧项目的人员，他们让我具备了开办自己的教学演说的信誉，同时他们也证明了，人们来到这里不仅可以参加一个很好的教育项目，还能成为一个有趣的合作者。

感谢这些年来曾与我共事，并让我能从中学习的许多制片人、代理人、经理、教师、编剧和电影导演，他们都为此书中的信息做出了贡献。我还要感谢现在已成为我的密友的六位天才编剧：保罗·马戈利斯（Paul Nargolis）、弗雷德里卡·霍宾（Frederica Hobin）、唐·布达伊（Don

Buday）、朱厄尔·杰斐（Jewel Jaffe）、吉尔·杰瑞斯（Jill Jares）以及埃里克·埃德森（Eric Edson）。

感谢我的两位老师：俄勒冈大学（University of Oregon）的威廉·凯德伯里（Willian Cadbury），他第一个教会我赏析一部电影所能达成的深层次意义；以及阿特·阿瑟①，他比我见过的任何人都要更加了解剧本写作，也是我最大的支持者、我的导师和我的珍贵的朋友。

谢谢过去七年中我所教过的学生们。你们给我带来了欢乐，也助我实现了我自己的内在动机。

从较为私人的层面来说，致我所有的家庭成员，感谢他们无尽的爱和扶持，感谢他们总在我讲笑话的时候笑。另外，我要特别谢谢自始至终都在那里，让我有所依靠的兄弟吉姆（Jim）、邦阿姨（Auntie Bon）、文斯叔叔（Uncel Vince）、弗里茨（Fritz）、简（Jan）、邦妮·劳里（Bonnie Laurie）、雅各布森一家（Jacobsons）、杰西卡·亚瑟（Jessica Arthur）以及帕梅拉·斯蒂尔（Pamela Steele）。

谢谢我所有的朋友们，特别感谢多年来给予我关心照顾的南希·希克斯（Nancy Hicks）和奇西·德斯切内（Cisci Deschaine）；感谢尤金·韦伯（Eugene Webb）、戴夫·格里尔（Dave Grill）和布鲁斯·德曼（Bruce Derman），是他们帮助我度过了写作这本书时所遭受的情绪障碍；感谢给予我长久帮助和友谊的马蒂·罗斯（Marty Ross）、米切尔·歌鲁（Mitchell Group）、阿特·西尔弗布赖特（Art Silverblatt）、迈克尔·福姆丘（Michael Firmature）、南希·纽曼（Nancy Newman）和黛安娜·哈克（Dianne Haak）；另外，最最要感谢吉姆·希克斯（Jim Hickes）、约翰·胡德金斯（John Hudkins）、厄尔·卡姆斯基（Earl Kamsky）、查尔斯·莫兰（Charles Moreland）和比尔·特雷齐斯（Bill Trezise），三十年来他们都一直愿意陪我一起看电影，哪怕是在俄勒冈阳光明媚的日子里。

最后，谢谢我的妻子维姬（Vicki）。没有她的信任、支持、担当、鼓舞和爱，我永远也不可能写成这本书。

---

① 阿特·阿瑟（Art Arthur），美国著名编剧、制片人。——译者注

现在……

让我为这份名单添加上完成了此书修订新版的哈珀柯林斯的工作人员：我的编辑斯蒂芬妮·迈耶斯（Stephanie Meyers），感谢她无价的投入、支持，和对我一再拖延的最后期限所表现出的耐心；我的文字编辑奥尔加·加德纳·加尔文（Olga Gardner Galvin），感谢他发现我所有的错误，谢谢他也是一位电影爱好者；以及感谢安东尼·莫利亚斯（Anthony Morias）设计了一个很酷的新封面。

感谢我所有的委托人，你们无处不在，你们不仅仅是我的生计来源，更让我得以追随我的激情而生活。没有你们的天赋和勇气，这本书中的想法永远不会形成。我还要特别感谢其中的几个人，他们与我共事了这么久，与我分享了这么多，因此我已将他们看作朋友：格蕾丝·博耶特（Grace Boyett）、雅克·卡利克斯特（Jacques Calixte）、罗伯特·塞莱斯蒂诺（Robert Celestino）、罗兰·查迪马（Loren Chadima）、雪莉·埃文斯（Shelly Evans）以及罗杰·斯通（Roger Stone）。

谢谢威尔·史密斯（Will Smith）和贾达·萍克特·史密斯（Jada Pinkett Smith）夫妇、肯·斯塔维兹（Ken Stovitz）、金姆·维特霍恩（Kim Wiethorn）、特蕾西·尼伯格（Tracy Nyberg）、戴文·富兰克林（Devon Franklin），以及欧文布鲁克娱乐公司（Overbrook Engertainment）和哥伦比亚电影公司（Columbia Pictures）的所有人员。他们是如此慷慨，与他们共事十分有趣，当然，他们也提高了我的职业水准。

感谢德里克·克里斯托弗（Derek Christopher）、比尔·多诺万（Bill Donovan），以及其他每个曾赞助或参加我的讲座，或者给我发来邮件咨询问题或表达感激的人，谢谢你们给予我分享我的热情的机会。在这本书中我所能够表达的任何东西都是因你们而起。还要特别感谢美国浪漫小说作家协会（Romance Writers of America）的各个分会和成员们，他们为我的工作带来了许多欢乐，并帮助我加深了对故事的理解。

也要感谢为我的职业生涯提供了极大帮助的同事们，希望他们能明白，我真心为他们的无尽支持和友谊表示感激：金吉·厄尔（Ginger Earle）、唐娜·杰森（Donna Jason）、史蒂夫·卡普兰（Steve Kaplan）、肯恩·李（Ken Lee）、海蒂·罗伯茨（Heidi Roberts）、克里斯·沃格勒（Chris Vogler）、迈克尔·威斯（Michael Wiese）、苏珊·威格斯（Susan Wiggs），尤其我的助理玛丽莎·切拉尔（Marissa Cerar），没有他们的帮助、耐心和理解，我只会失去方向。

最后（如果这是一段奥斯卡演讲，我一定早早地被踢下了舞台），我要将所有的爱和感激送给迈克尔·福格尔（Michael Fogel）；约翰（John）、英格（Inger）、萨维（Sabi）和凯利·洛夫格伦（Kelly Lofgren）一家；布莱恩（Brian）、伊赖达（Iraida）、劳伦（Lauren）和 J. P. 马修斯（J.P.Mathew）一家；以及詹·豪格（Jenn Hauge）。因为我知道在我的生命里总会有你们的友谊、爱与支持。

噢，还有一件事……

我要重复提及两个在第1版鸣谢中就出现的人：我的兄弟吉姆，我对他的感激大大超过了他自己的所知；以及我的妻子维姬，超过三十五年的时间过去了，她仍然令我惊喜地爱着我、相信我。

这一页仍然要献给曲奇

第2版导言　为什么要再次阅读此书？

　　距离《编剧有章法》第1版面世已有二十余载。彼时，此书的出版量为75 000册——无法与J. K. 罗琳[①]坐拥的江山相比，但也不差。我愿意想象，那75 000名读者都在读罢此书后又将它传到了另一个人的手里，于是实际读者总数有将近150 000人。不过，这或许是不现实的，所以就让我们保留75 000这个数字吧。

　　如果你是曾经喜欢此书第1版的读者，那么首先我要对您道一声感谢，是你让这本书成为我人生中最有收获的一段经历。谢谢所有的来信和邮件，那些来信和邮件告诉了我这本书使你想要成为一名编剧，或是帮助你创作了剧本。我还要感谢所有那些在作家会议、讲座或是签名售书会上找到我的人，你们中的有些人告诉我，这是你读过的第一本关于剧本创作的书，有些人告诉我这仍是你最喜爱的书，有些人则说这本书激发了你去追寻自己的梦想，另一些人说这本书帮助你闯入了剧本创作的领域，还有一些人则告诉我，这本书帮助你让自己的剧本得到了拍摄机会。

　　我也希望在此回答你目前一定正在思索的问题："既然我已经读过第1版，我还要再买这一本吗？"

　　我的答案是"是"。

　　我知道这是一个利己的回答。但是请看看为什么我认为这是个好主意：

- 在这一版中，我使用了超过一百多部近二十年中发行的新影片，用于举例。

[①]　J. K. 罗琳（J.K.Rowling），英国作家，享誉全球的哈利·波特（Harry Potter）系列小说的作者。——译者注

13

- 我也选择了一个新剧本——《阿凡达》（*Avatar*）——我详细分析了它和其他的一些新剧本，借此说明人物分类、性格成长和主题，以及如何为你的剧本绘制图表。
- 我也扩展了关于结构的章节，从而更多地谈到剧本的开局和设定、剧本的结尾，以及如何利用这些结构原理制造预感、可信度、时间，以及有力的结局。
- 我添加了一个篇章论述那些不符合一般规律的例外情况，以检视那些不遵从传统好莱坞模式的成功剧本。
- 在我最初写作此书之时，互联网还不曾被人们使用。而如今每个人都在使用网络，所以我鉴定了一些能帮助你营销自己的剧本的有价值的网站。
- 我重新检查了每一条创作和销售剧本的原则，以确保它们仍然适用于当今的市场。我也添加了新的意见和方法，它们来自于我另外二十多年做好莱坞剧本顾问和教师的经验。

但也许最重要的是，能让你重访一次所有你知道的和许多你不知道的（或已忘记的）概念，加强良好的写作习惯，抛弃已形成的任何不良写作习惯，并重新得到鼓舞去追求你的编剧之梦——这一切在我看来本就是个很好的主意。

这本书中也有一些内容是我决定不会做出改变的。第一件就是本书第1版的导言，我基本上原封不动地保留了它。我仍然喜欢自己在二十年前写下的文字。现在看来，它还是那么的真实。

如果你想要成为一名编剧，你总还会遇到很多试图阻止你追寻梦想的人，他们会告诉你，你所做的事情愚蠢且不可能实现。而能克服这些阻碍的唯一途径仍然是忽略它们，坚守你的热情，然后敲击键盘。

科技或许已经有了进步，接纳你的作品的市场也可能有了一些变化，但是讲述好故事的原理没有改变，而好莱坞极度渴望好编剧的真相依然如故。

我也保留了第1版里的一些例证，因为用它们来阐明那些伟大剧本创作的原理实在是最好的选择，以至于不能被忽略。

另外，我希望自己保留下了所有那些或清晰，或简明，或有见识，或幽默，或热情，或其他任何在第1版里曾启发和鼓舞了人们的东西。

这就该到你们当中那些新读者该加入的地方了。

令我感到非常幸运和感激的是，对于写作者、电影制作者、经纪人和项目研发高管们，这本书一直很有帮助且充满意义，以至于它能在书架上被保留二十多年的时间。我希望你们会发现它仍有益于你们的技艺和编剧事业。

希望你们喜欢。

第1版导言　为什么阅读此书？

在20世纪后半叶，剧本已经变得如同20世纪前半叶的"伟大的美国小说"那样。那些关在小房间里写作的作家们曾梦想着作品出版所带来的荣耀，如今，他们梦想着看到自己的故事出现在大银幕或者小屏幕上。

那样的梦想不仅仅是在好莱坞才有。各地的人们都可以一边看着电视一边对自己说："我可以写得比这个更好。"抑或他们去看电影，他们希望成为自己所看到或读到的那种魔法、魅力或财富的拥有者。又或他们只是想触及那份将一些完全属于自己的东西填满一页白纸时所带来的疼痛和惊奇。

所以他们决定尝试一下，然后就遇到了那些"泼冷水的人"。他们说每个人都在写剧本。创造力是无法学会的。你不可能找到一家代理商。你得住在南加州。重要的是你认识谁，而不是你懂得什么。他们会榨干你。他们会毁了你的剧本。没有人知道什么才是畅销的。他们只想要青少年性喜剧。他们只想要铁血暴力片。他们只想要已经有所成就的作家。

而你无论如何是没有天分的。

所以你的梦想动摇了，遭到了贬抑，或整个地消失了。而有些作者则认定好莱坞不存在标准，一切只是一场赌博，他们只能继续在盲目而迷惑的无知中向前迈进。还有一些人拒不考虑一丁点的商业性，因为他们认为那是一种对自己的出卖。另有些人则决定完全跟着钱走，因为不管怎样你都没法表达任何有意义的东西。如此云云。

我对这些观点并不买账。在好莱坞，我以审读人（reader）、剧本编审、制片人员，以及数不尽的编剧和制片公司的顾问的身份做剧本开发的工作。我也倾听作者、代理商、制片人、经理和电影明星的意见，并与他们交谈、访问他们。从中我认识到，先前所列的那些观点其实都为虚言。至少，与现实的情况相比，它们被过分夸大了，因而我们需以合适的视角去审视它们。

这本书的目标就是要消除那些关于失败的常见迷思，并将它们用以下的理念替换：

（1）如果编写剧本是你想要追逐的一个目标，那么你就应该努力争取。只要你觉得创作剧本的过程令自己感到充实，那么你就应该坚持，因为任何有天分的人只要坚持足够长的时间终将会成功。

（2）我们中的很多人都希望已写成一部剧本。但重要的是你是否想要写一个剧本。如果你能从每天写故事的工作里得到满足感，那么金钱、成功和名望的额外奖励也会纷来沓至。但是，如果那些次要的奖励才是你所关注的，那么它们或许反而不会发生。况且，当成功真的到来时，它绝不会像你所认为的那样金光闪闪。

（3）创造力是我们所有人都拥有的一项资质。你的目标不应当是去学习创造力而应当是去激发它。这本书装满了教你如何推进、培养和认识你自己的创造力，并将它注入你的剧本中的途径。

（4）无论有多少新科技可以被扔进一部电影里，无论什么新晋演员、概念或正炙手可热的导演，任何成功电影的基石永远都会是一个写作精良的好故事。一部烂电影有可能会由一个好剧本拍出来，但相反的情况从来不会发生。好莱坞将永远需要编剧。

（5）好莱坞其实是有标准的，而且你是有机会知道那些标准是什么，并写出符合标准的剧本的。最直接的办法就是去观摩成功的电影和电视剧，发掘它们的共同点，并倾听坐在剧本的买家位置的人们的欲求和需要。这本书包含了数不尽的有关那些要求的检查清单和概要，以及让你的写作达到那些标准的方法。

（6）商业性和艺术性并不是互相排斥的。

（7）剧本创作的过程可以被分解为一系列成熟的步骤和阶段，它们可以让你完成一部畅销的、让人在情感上投入的剧本。

（8）你可以一边做着编剧，一边居住在世界上的任何地方。

（9）就算你不认识南加州周边一千公里范围以内的任何人，你仍可开辟作为一名编剧的职业生涯。

最后，

（10）你可以靠做这一切来挣钱发财。

如果你想要决定是否将编剧作为你的事业，你做决定的依据应当是编剧事业所牵涉的工作的真实情况，以及你在自己的写作中可以获得的满足感，而不仅仅是那份期待——期待在未来的道路上，可能有迟到的嘉奖正在某处等待你。如果你选择从事剧本创作是因为它是你的热情、你的梦想，那么为了自己的成功，你应当提升自己的创造力，学习写作和销售过程中每一个阶段的必备和有用事项，并且专心领悟那些已被证明成功的方法。

这就是本书将会教给你的东西。

受众资格、免责声明和选题缘起

最后，在进入这本书的主要内容之前，我想说几句我在对待这个选题时的个人观点。

即便是正活跃在事业舞台上、经验丰富、生活在马里布①海滩边的编剧，也能从以下所附的信息和原理中看到价值。我假定正在阅读本书的你们中，大部分都是想要在电影和电视行业开创一番事业的、刚刚起步的编剧。因此这本书主要适用于那些正处在个人职业生涯早期的编剧们。当然了，这本书将会对任何一名从事剧本创作的人有所帮助，即使你已经卖出了很多剧本。

如果你还从未读过一个剧本，更别提尝试自己写剧本，你也不用担心。在你完成阅读此书之时，你将会拥有足够多的信息教你如何完成一个剧本——从起点开始，到如何在完成剧本后营销剧本。

同样的，虽然此书所囊括的原理（尤其是那些艺术性的原理）可以运用到几乎所有电影和剧本上，但是很多在商业性上的考量并不适用于已有成就的电影制作者们。

---

① 马里布（Malibu）是洛杉矶西部沿海城市，为好莱坞明星们购房置业的首选之地。——编者注

如果你实际上正处于编剧事业的早期阶段，你就必须明白那些适用于伍迪·艾伦（Woody Allen）、威廉·戈德曼（William Goldman）、詹姆斯·卡梅隆（James Cameron）和昆汀·塔伦蒂诺（Quentin Taratino）的原理并不一定适用于你。尤其是在商业性竞技场上，有一些特定的法则、标准和限制是你必须遵守的，虽然那些限制是已经成名的电影制作人可以忽略的。

伍迪·艾伦可以写任何他想要写的剧本并把它搬上银幕。《变色龙》（*Zelig*）是一部很精彩的电影，但它不是一部能为想要开创个人事业的新晋编剧提供帮助的剧本。通常来说，那些相对于此书所概述的原理和标准来说是开创性的、例外的电影，那些处在电影成就之先锋地位的电影，都是由已成名作家写成的。在你达到那样的境界，可以自己掌控一切之前，你必须更多地考虑那些已经被实证检验了是正确的剧本创作法则。

这本书也假定了你所追寻的是北美（美国或加拿大）的电影市场，所以那些适用于法国、德国、日本或印度电影市场的编剧法则和标准也不一定适用于你。如果你是一名居住在英国、澳大利亚或瑞典的编剧，那么此书中所述的几乎所有写作原理都可以被运用到你的工作之中，但在一些商业性上的考量会有所不同。而且，在你选择你的故事概念和营销手段时，你需要研究自己当前国家的编剧市场。

我将会使用近二三十年间制作的美国电影和电视剧集为例，说明我所列述的原理。虽然《卡萨布兰卡》（*Casablanca*）仍能让每个人感伤，但我的假设是，如果你正在阅读此书，你追寻的是一个今时今日情势下的编剧事业，那些可以适用于你的原理和商业考量可能并不适用于在其他国家进行创作的编剧们，或者在过往的时代里写作的人们。

这本书所列述的是被我称为"主流电影和电视剧"所用的剧本创作，也就是那些在全国范围内发行的故事片，黄金时段（网络和有线电视上）中播出的电视电影和连续剧系列，以及虚构短片。我们不会谈及纪录片、工业宣传片、周六播放的动画片、日间肥皂剧、商业广告、新闻、体育节目和天气。但需要重申的是，所有的那些形式的目的都是为了在观众心中制造情绪反应，所以其中的很多原理都是相同的。

我将会在这本书里大谈好莱坞。说到"好莱坞"，我并非意即南加州的那座能令索多玛与蛾摩拉①脸红的城市，而是指电影工业里的权力结构和钱袋。所以，如果你正在追寻好莱坞，那或许意味着你正在接近位于佛罗里达州奥卡拉城的某个投资集团。

最后，这本书里充斥着我的个人观点。验证那些构成优秀剧本的创作原理，可以借助票房回报数据或尼尔森收视率统计数据，研究那些获得商业上和经济上成功的电影；也可以通过研究那些获得过奖项的，拥有强大的好口碑和崇高地位的电影，等等。但是情绪反应是一种纯粹的个人体验，当我讨论电影是如何成功地制造情绪的时候，很显然，我于很大程度上是在讨论它们如何在我的心中制造了情绪反应。所以你不用过分担心自己是否同意我对一部电影的评估，你应当将注意力集中到这些例子的运用上，让自己加强理解影片中运用本书所涉原理的方法。反过来，你也应当通过使用你自己最喜欢的电影——那些在你心中产生积极的情绪反应的电影，反复验证我所概述的原理。

请你用任何对自己最有帮助的方式使用并享受这本书。先整体阅读一遍，然后再着重于自我感觉到最薄弱的部分。你也可以在写了一两稿剧本的某个部分之后，使用书中相应的检查清单。或许你阅读此书只是为了决定剧本创作是否适合你。你还可以将这本书放在你的咖啡桌上，让楼下大厅里的那位女士信服你确实是影视圈人。又或者，你可以将这本书垫在你书桌的短腿下以阻止它摇晃。

然而在某些时刻，你也当抛开此书。和编剧课堂一样，编剧书籍冒着成为实际写作的替代品而非其补充品的风险。所以你最好先尝试创作自己的剧本，然后在每一稿完成后回来复习此书和其中的检查清单。再然后，你可以阅读其他的编剧书籍，或者上一个写作班，让自己在创作每一个剧本前都能获取到其他的见地。

换句话说，总得有那么一个时刻，你必须相信自己已经掌握了足够的知识。那时你就得召唤出你所有的勇气，拿出一些纸，掘进你的灵魂，开始写作。

---

① 圣经中两座城市，被描述为淫乱之城，罪恶甚重。——译者注

第一部分

开发一个故事

第 1 章
编剧的目标

　　人们去电影院不是为了看屏幕上的人物们或笑或哭，或受到惊吓，或变得兴奋。

　　人们去电影院是为了自己获得那些体验。

　　为什么电影让我们如此痴迷，为什么一个世纪以来，这种艺术形式一直吸引着观众们，使他们陶醉于其中？因为它为人们提供了一个体验情绪的机会。身处一间黑暗戏院所带来的安全感和与世隔绝状态中，或者身处自己家的私密空间和舒适感中，人们可以将真实的世界抛在一边，或将其置于一段安全的距离之外，去经历自己那些在日复一日的生活里不会体验的情绪、思想、情感和冒险。在观看一部电影或是电视剧的过程中，我们可以在一个安全并受控的环境里，感受那些丰富着我们的生活的爱与恨、恐惧与激情、兴奋与幽默。

　　因此，所有的电影制作者们都有一个简单的目标：激发观众的情绪。每一名导演、每一名演员、每一名灯光师、每一名制片助理的终极目标就是要为观众带来一种积极的情绪反应。当一部电影或电视剧做到了这一点，它就成功了；如果它没有做到，那就是失败。

1.1 编剧的主要目标

编剧的主要目标更为详细：编剧必须激发那位剧本读者的情绪。一个剧本在一名审读人身上产生的效应必须和一部电影在观众心中产生的效应一样：那是一种积极的情绪反应。如果这一个目标没有被达成，那么一切该剧本所阐述的有关商业性、著名演员、热门话题、低成本、高概念（high concept）和庞大的人口数据的考虑皆是无效的。

如果连那些能让你的电影开拍的制片人、高管、经纪人、经理人，或者演员，在读你的剧本时都没有微笑、大笑、哭泣、被吓到、变得兴奋或产生兴趣，那么你的剧本将永远也不会被送到一名真正的观众眼前。

换句话说，对于一名编剧来说，"审读人"和"观众"是一回事。

1.2 一堂教你如何写剧本的简易课程

弄明白一个剧本需要做到什么是很简单的。我可以只用一句话说明：让一个讨人喜欢的人物能够克服一系列和看上去不可逾越的障碍，去实现一个引人注目的欲求（desire）。

这几十个字是几乎每部成功的故事片都做到了的。其中也有少数一些例外：那些电影里的人物没能实现某个引人注目的愿望，例如《断背山》（*Brokeback Mountain*）或《老无所依》（*No Country for Old Men*）；或者有些电影的主角意识到自己的强烈欲求其实只是个错误，例如《雨人》（*Rain Man*）或《成长教育》（*An Education*）。然而所有成功电影的实质仍是相同的。

困难的不是去理解你作为一个作者必须达成什么目标，困难的部分是如何踏实地去完成这个目标的每一个方面。你如何让一个人物令人喜爱？你如何打造一个引人注目的欲求？你如何制造和安排那一系列必须被克服的障碍？怎么写才能确保观众的情绪投入？

以及在最后（或许这正是你购买此书的原因），你如何靠干这一行来挣钱发财？

1.3 任何剧本的四个阶段

以下四个阶段涵盖了剧本创作的各个方面：

（1）故事概念：一两句话，确定故事的主角以及他（她）想要完成什么。

（2）人物：这个故事中的人们。

（3）情节结构：故事中的事件，以及它们发生的顺序。

（4）分场：写作的方式，以及能增进审读人情绪投入的动作[①]、描写和对白。

本书将遵循以上顺序，详细阐述此四个方面。你应当注意，从一句话长度的故事概念开始，发展到一部115页的完整剧本，这是创作剧本的一种方法。这个方法非常讲求条理、具有逻辑性，是左脑型的。这种方法能让剧本的每一轮扩展都建立于前一个阶段之上。可以说，安全性正是这个方法的一大优势。

然而，这个逻辑严密、按部就班的手法并非创作剧本的唯一途径。具有同等价值的——取决于什么适合你——是另一种形式更为自由、更偏向于右脑型的写作方法，它开始于"淡入"，而接下来的一切就看故事本身将你带向何方。换句话说，让故事"自己书写自己"。

这就像任何一程前往未知目的地的旅行，你牺牲了安全感和保险性，却可能会在惊喜和兴奋中得到补偿。此种方法能让你更得心应手地开发自己无拘无束的创意，它能产生一次更令人印象深刻、心生满足的剧本写作经验。

无论使用哪一种方法，或结合两种方法，关键是你要采用适合自己的那一套。

不管你选择哪种方法，只要从故事概念到人物、到情节结构、到场面描写都出类拔萃，其结果必将是诞生一部能有效激发审读人情绪的剧本。

---

① 在戏剧中，动作（action）不仅指人物的肢体表演，还指人物的行为和因此引发的情节。

——编者注

本书将为你奠定一个基础——由此出发，你可以向着提高剧本写作能力的任何方向进发。如果它适合你，你就可以继续使用它；如果不适合，你就要去探寻更好的办法。我的目标是为你提供方法，防止你在创作过程中的任何一个阶段受到阻碍。

1.4　头脑风暴，编辑，写作瓶颈

在本书罗列的整个流程中，你将多次遇到"头脑风暴"一词。这个词指的是创作过程中追求创意数量而非质量的时期，是当你想要自由地发挥创造力，延展它的界限而不畏惧审查或批评的时刻。

只有当你在没有审判的头脑风暴阶段允许自己的创意盛开之后，你才可以进入剧本创作中的编辑阶段。这是一个批判的、评价的阶段，它将会决定头脑风暴生产出的许多想法里哪个可以最好地为你的剧本服务。

有四十多年经验的成功编剧阿特·阿瑟曾说：作为一名编剧，你有两个通往成功的秘诀。秘诀一号：不必确保它正确，把它写下来。（抱歉，你得等到这本书的结尾才能看到第二个秘诀了。）

如果你是在等待你的写作水平日益完善，那你的作品永远不会成为一个好剧本。你会被自我恐惧和批判完全冷冻住，以至于你最终会放弃整个进程，然后开始购买有关不动产投资的书籍。换句话说，你将会停滞下来，文思枯竭。

写作瓶颈是头脑风暴的反面。头脑风暴给大脑以自由，让它去往任何它选择的方向，并将批评和审判抑制住，作者因此可以自由地挖掘自己的创作源泉。瓶颈则指大脑完全无法向任何方向前进的时候，它发生的原因源于某些恐惧——对于失败、成功、变化、批评，或不完美的恐惧。

写作瓶颈并不意味着你盯着一页纸看了15分钟，直到你想出最好的那句对白。瓶颈指的是你已经有两个星期没法动笔写你的剧本，你却还在吃着"女主人牌雪球"，收看《危险边缘！》[①]而不是在写作，写作瓶

[①] 　女主人牌雪球（Hostess Snowballs），一种内有奶油夹心，外裹棉花糖与椰蓉的巧克力蛋糕。《危险边缘！》（Jeopardy!），一档美国电视智力竞赛节目。——编者注

颈往往会变得越来越严重。因此，它持续的时间越长，你逃脱它的机会也就越来越小。

所以，即使你选择遵循这本书所罗列的具有逻辑性的、有序的、步步为营的流程，你也仍需偶尔地离开它，四处走走看看。

举例来说，你有可能会碰到这样的情况：你正处在剧本创作过程中的人物塑造阶段，但你就是没办法搞定你的反派角色。这个时候就不要试图等待尽善尽美的状态了，一个更好的解决方案是跳开它，进入编写分场阶段。如果你知道你的英雄和坏人之间会有一场精彩的对抗，并且你知道那一场戏应该是什么样子，你就着手去写它。编写场景可以向你揭示有关那两个人物的一些情况，而你可以拿着它们回到人物塑造的阶段，重新启动你的"水泵"，让你的故事保持继续流动。

作家经常担心使用程式（我是一名极力拥护程式的倡导者）会扼杀创造力。然而程式仅仅是一种保证你能始终如一地实现相同结果的手段。如果你总是想通过自己架构故事的方式激发情绪，或展现你笔下人物的内在世界，而适用于此的程式确实存在，那么唯一有意义的做法就是尝试一下，看看它是否对你有用。一个程式永远不会告诉你该写什么——它只会揭露那些对成功电影和电视剧来说，数十年来都行之有效的讲故事工具和模式。

而且，程式确实可以增强你的头脑风暴。如果你剧本中的某个元素可能看上去不自然或者不能令人信服，但是你知道，经验已经证明，能解决这个问题的办法是存在的（顺便说，确实存在——第5章揭示了它们），那么你就可以开始为创造那些指定的动作和对白而进行头脑风暴。

最后，你的剧本的四个阶段会被呈现为一种通用模式，而你将会在整张地图上四处攀爬跳跃，目的是为确保思想和创造力的流动，并确保你在无评判的头脑风暴阶段和选择性编辑阶段之间进行转换。这既可预防写作瓶颈，还能最大限度地帮你提升用写作激发审读人和观众情绪的能力。

1.5　通向剧本创作成功之被遗忘的一步

在一头扎进你的剧本之前，还有一个主要步骤：你得看电影。

我曾一度认为，编剧就应当观看许多电影，这是显而易见的道理。但是在我周游世界的旅途中，令我反复感到震惊的是很多从事编剧的人甚至都不愿花心思去影院或去租一张DVD。而当他们真的去看了电影，他们看的却是一些四五十年代的经典老片，一部和他们的孩子一同观赏的卡通片，或者一些需要字幕才能看懂的外国片。

艺术片或者动画片没有什么不好的，而且拥有广泛的电影史相关知识肯定对你有帮助。但是不管一个人从事什么职业，了解市场都是必需的。

你不会想要一个没上过法学院或者不了解最新法律判例和章程的律师做你的代理。同样，电影业也不是在寻找这样的编剧：他们不知道此时此刻有什么电影在制作中，或者近期新发行的片子里有哪些获得了成功。

作为一名严肃的编剧，你再也不能将看电影只当作是周六晚上约会时做的事情，或是全家人必须共同享受的某种娱乐项目。你的最低看片量应当是每年一百部；每个星期至少去两趟电影院，或租借两套影碟，或下载两部电影。

如果你对这条建议的第一反应是："我根本不可能观看那么多电影啊"，你的原因通常是以下三种之一：

（1）你没有时间。

我在这里谈论的仅仅是一个星期中的四个小时。如果你的生活真被安排得如此满当和忙碌以至于你根本无法找出任何空余时间，那么你可能真的太繁忙，而不适合将编剧作为你的第二职业，除非当你的孩子们已经进了学校，你找到了另一份比较轻松简单的工作，或者你重新安排了自己的人生重点。

（2）你的财力无法承担。

一部电影总便宜过一本新书、两箱酒，或大部分的下馆子花销。在网飞①上看片的花费不会超过一个月10美元。而且你要记住：既然你现在已经入了编剧这一行，那么每一张电影票都物有所值。

（3）你有孩子。

告诉你的配偶或伴侣，每周三晚是他和孩子们相处的黄金时光。如果你是单亲父母，你可以在你的写作小组、街坊邻里，或十二步项目②中找到另一位单亲父母，互换你们的"照顾孩子之夜"。

我知道家庭有时候会成为你追求编剧事业道路上的障碍。你必须同家人们一起坐下，向他们解释这个梦想对你有多重要，看电影对你来说不再只是为了消遣和娱乐。它的重要性就好比一名房地产评估师或者一名建筑师需要上课一样。一开始，他们会显得怀疑，并对自己遭到忽视发牢骚。但是你越认真严肃地看待你的职业，他们也会越认真严肃地对待它。

他们也必须接受，当有电影无法吸引家中的其他成员的兴趣，或者不适合他们观看时，你就会自己一个人去看电影了。他们能挺过来。

关于你的观影强化训练课，还有另一个问题：我刚刚给了你每星期观看两部好莱坞电影的许可。如果你没有对这样的机会感到兴奋，如果连这一点听上去都不算有意思，那你能确定编剧这条道路真的适合你吗？

如果你不去看电影或者看电视剧是因为你不喜欢好莱坞目前正在制作的那些片子（这是我频繁听到的一种论调），那你为什么想成为一名编剧呢？如果你认为好莱坞制造的东西是垃圾，那么追求一份电影行业中的事业对于你来说真的是明智之举吗？如果这就是你的信念，那么你的剧本极有可能会和当今的主流电影大相径庭，以至于它们不大可能卖

---

① 网飞（Netflix），美国在线影片租赁提供商。——译者注
② 十二步项目（twelve-step program）是一种通过一套规定指导原则的行为课程来挽回（治疗）上瘾、强迫症和其他行为习惯问题的项目。——译者注

得出去。

这并不意味着你得喜欢上你所看到的一切。这个过程的好处之一就是没有一部你看过的电影会是白费时间——它仍可被用作一部不错的"烂片案例"。

1.6　如何观看一部电影

要让观看电影的这个过程变得尽可能的有意义，你可以通过以下方式对待它：

（1）避开各类评论、预告片和试映。

观看一部电影的最佳方法是尽可能少地预知剧情，这样你就可以全身心地体验作者试图制造的任何惊喜和情绪高潮。将所有评论或宣传文章都留在你看过电影之后再读，这样你就能以一颗尽可能善于接受的心走进影院。

（2）不受打扰地观看电影。

不论是在电影院还是在家里，能够完全专注于你的观影经验是关键。如果你可以，就在一家认真尽责地提供良好画质和声音，极少有顾客讲话或发短信，极少有不懂规矩的小孩的影院里看电影。如果不行，一台蓝光播放机、有线电视的付费频道，以及一台高清电视也可以让你在家中的观影体验胜过许多影院能提供的体验。

然而，如果你确实是在家中观看电影，你还是得拿它当作一部电影，而不是一些电视脱口秀或者地方新闻播报，那些是你在通电话、与家人倾谈、将冰箱洗劫一空，或者上厕所时当背景音播放的玩意。

（3）第一次观看电影是为了乐趣。

当你第一次观看一部电影时，不要做笔记，不要同时读剧本，甚至想都不要想那个剧本。坐上电影创作者打造的过山车吧。你可以在电影结束时再去弄明白这部电影是如何生效的。（在一部真正好看的电影里，这条规矩会变得实非必要。尽管你有心想分析这部作品，但你会被情绪卷着飞走。）

（4）好东西要看两遍。

当一部电影深深地打动了你，你应当再看第二遍第三遍，以全面分析故事的所有细节，人物、结构、对白和主题。对于任何一部与你自己的剧本在情节、背景环境或类型方面都相似的电影来说，这是格外重要的程序。你可以重新体验所有的起起落落，还可以在此刻更加深刻地领会编剧和电影创作者们是通过何种途径激发了你的情绪。而且你总会发现一些你在第一次观影时没有捕捉到的东西。

（5）分析你的情绪反应。

每当你全神贯注地沉浸在一部电影中时，问问自己这是为什么。是什么让你觉得非常刺激，坐都坐不住了？是让人神魂颠倒的人物、欢闹、悬疑、大动作、性、浪漫、忧伤？

当你发觉自己与这个故事有距离感，你也要确诊它的原因。是不是没有逻辑、太容易预见后续情节、重复了、无聊？是为什么，你还要再想想，有什么办法能使它更能吸引人们投入情绪？

（6）它遵从规则了吗？

每一部你看的电影都应该会强化此书所涵盖的剧本写作原理。这位编剧使用了什么方法来建立角色的身份、期待、惊喜、好奇、可信度、冲突、性格成长，以及主题？这个故事概念简单、有原创性、有商业价值吗？结构上的转折点如你所期待地那样发生了吗？对白够特别、变化多样且有趣吗？结局令人满意吗？

这部电影有没有意图在任何方面"挑战极限"，打破传统的结构或性格成长模式？如果有，这部电影有没有因此更加让人印象深刻？这种对于常见标准的背叛是可以复制的吗（特别是对于一个试图进入电影行业的新人来说）？抑或这种新颖的手段是不可复制的？

（7）推销这部电影的提案（pitch）[①]。

如果你必须把这个故事卖给好莱坞的一名高管，你会怎么做？你会怎么用一句简单的句子来表述这个故事？你会强调一些什么内容让自己卖出这个剧本的机会得到最大化？你会带着这个本子去寻找哪些公司？你会怎么包装它？如果你是一名高管，你会为它亮绿灯吗？为什么会，又为什么不会？（你要对自己诚实；"查查票房回报"这样的话就有点不大厚道了。）

（8）研究制片相关信息。

查看这部电影在国内和国际上的票房成功情况。如果有任何揭示这部电影的制作过程的文章或采访节目，只要你能读到或看到，不妨就读读或看看。这种研究不仅能磨砺你的商业敏感度，使之更加敏锐，还能更好的为你提供关于那些当权人物的实用知识——他们在寻找什么；你可以通过什么渠道营销自己的剧本。

（9）写一场戏。

从你喜爱的一部电影里挑选一场戏，把这场戏观看上两三遍，然后尝试自己来写它。你能多生动、多简洁地描绘场景和人物？你会如何尽可能简单地描写情节，而又使其不失情绪感染力？你会如何表达银幕上上演的一切而不求助于对摄影机运动的描述？（你可以略过抄写对白，除非你想尝试使用不同的、能给人以更深刻印象的语言来写这场戏。）在你写好之后，将你的版本和原作剧本做比较，此时你当然需要做的是……

（10）阅读剧本。

如果你不大量阅读那些成功的剧本案例——那些已完成了你正在尝

---

① "pitch"意为创作者向潜在的投资方或制片方游说、推销内容方案的过程，以及用于推销的方案设计，中文可以译为"提案阐述"或"创投展示"等。国内亦有称为"提案预售"的相关活动。本书在下文中沿用"提案阐述"的译法。——编者注

试做的事情的剧本，你就不要指望自己的技艺会增进，写作风格会提升。

如今网上有大部分的好莱坞电影剧本（通常不需要费用，提供剧本的网站有scriptstork.com, script-o-rama.com, simplyscripts.com, scriptcity.com, and dailyscript.com），你也能找到被印刷或出版了的剧本（在writersstore.com，以及诸如scripshack.com和scriptcity.com等网站上）。

除了阅读你最喜欢的电影的剧本，你也要尽你所能，多看看那些在类型上与你创作中剧本的类型一致的本子。你也要读那些你还没观看过的电影的剧本，然后再去观看用那些剧本拍出来的电影，看看它们是如何被转变成电影的。

读完一部剧本之后，问问你自己，这个本子在激发情绪方面的效果如何，它有多紧密地遵从这本书中展示的原理。剧本所制造出的情绪体验是否同电影一样有效？为什么一样，或者为什么不一样？剧本的风格如何与电影本身的基调相称——动作戏的节奏快不快，喜剧是否幽默，等等。如果你是一名经纪人或者一名项目研发高管，你是否愿意当这位作者的代理，或者以该剧本为基础打造一个项目呢？

如果你想为电视剧写作，这个流程（减掉电影院的那些部分）也同样适用于你。观看尽可能多的连续剧或情景喜剧，至少要看每部戏中的一集，然后选取你愿意为之创作分集剧本的那一部电视剧，观看该电视剧的每一集，另外再看看类型与之相似的各种电视剧中的一两集。再然后，照着上文所列举的步骤，问自己同样的问题，并做同样的练习。

一旦你掌握了观看电影和电视剧的艺术，你就可以准备进行剧本创作中其他必不可少的方面了：如何削铅笔；如何凝视窗外；以及如何小睡一下。

总 结

（1）任何电影制作者的首要目标都是激发观众的情绪。

（2）编剧的首要目标是激发剧本读者的情绪。

（3）要想成功，你的剧本需要实现以下目标：让一个讨人喜欢的人物能够克服一系列愈加困难、看上去不可逾越的障碍，去完成一个引人注目的心愿。

（4）任何剧本的四个阶段是：

▶ 故事概念

▶ 人物

▶ 情节结构

▶ 分场

（5）在剧本创作中隐藏着的巨大危险是写作瓶颈，它植根于对失败的恐惧和对完美的渴求。为防止这种瓶颈，你要交替着做头脑风暴和编辑工作，你要通过头脑风暴以确保创意的数量，通过编辑那些创意以确保创意的质量。

（6）观看电影或电视剧，阅读剧本是通往剧本创作成功的必要步骤：

▶ 一个星期观看至少两部近期的好莱坞电影——一年一百部电影

▶ 好电影要看两遍或两遍以上

▶ 分析你的情绪反应，并将它们与这本书中的原理联系起来

▶ 购买或下载那些成功电影和电视剧的剧本——特别是那些与你正在写的剧本类型一致的——并每个星期至少阅读其中的一部

▶ 观看和阅读你正尝试创作的某部电视连续剧的所有集数

第 2 章
故事概念

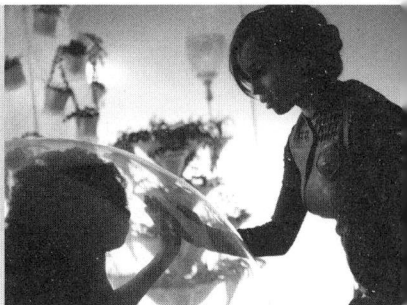

　　我在电影业的第一份工作是在好莱坞的一位大文学经纪人麾下做一名审读人（亦称"故事分析师"）。有不计其数的剧本和小说被送到他那里，有些是来寻求他的代理，有些是会被送给他的代理客户的。这就意味着我的责任是阅读那些作品，评估它们，并为它们写故事简介。

　　在我第一天报到时，这位经纪人就告诉我："你阅读的每一百部剧本里,会有九十九部都不值得考虑。我只需要你百里挑一。"

　　听到他的话时，我觉得这家伙要么是在开玩笑，要么就是极度地爱挖苦人。作为这个行当里的新人，又刚刚离开俄勒冈州那装着芜青的卡车，我幼稚地认为，在那些愿意经历所有痛苦只为写出一部剧本的人中至少有一半会在某些方面体现出某种潜质，或会展现出写作才华，即使他（她）的剧本不是绝对成熟。就算我偏向经纪人的预估，我计算至少会有25%的剧本是适合拍摄或值得被进一步考虑的。

　　事实证明我错了。

　　在自己读过几百部剧本之后，我发觉经纪人可能都显得太慷慨了。我能为一部剧本给出一个中度推荐的日子实在是寥寥无几。

　　在那些无法得到推荐的99%中，有90%的剧本都是从根基上就土崩瓦解了的：它们的故事概念很糟糕。一次又一次，每当我读完一部剧本，我会吃惊地问自己，这位作者何以认为，这个故事概念会令除他自己和或许他母亲以外的其他任何人感兴趣？所以，如果一位作者选取了一个或稍稍有点趣味，或与众不同，或有艺术和商业潜质的故事概念，他就已经将自己的剧本提升到前10%里了！

在这一章节中，我们将讨论有哪些品质会让一个故事概念具备商业性上的和艺术性上的双重潜质，以及你该如何创造、发掘、获取，或选择这样一个概念。

2.1 欲求的力量

每个故事都始于这个问题"如果……将会怎样？"作者想到了一个人物、处境或事件，开始思考：如果这样或那样的事情发生了，将会怎样？

如果每件我们认为是真实的事物，都是已经统治世界的电脑所制造的幻象，将会怎样？（《黑客帝国》[*The Matrix*]）

如果一个男孩发现自己其实是巫师，将会怎样？（《哈利·波特与魔法石》[*Harry Potter and the Sorcerer's Stone*]）

如果一个报业大亨的神秘遗言在他死后被人调查，将会怎样？（《公民凯恩》[*Citizen Kane*]）

即使在真实的故事里，我们都能看到背后隐藏的相同的问题：如果一个来自南方的穷困年轻人不得不克服备受虐待的童年经历、牢狱之灾和毒瘾，最后成为一名传奇乡村歌手，并赢得了他的一生所爱，将会怎样？事实是，这样的情况真的发生过，虽然事实已经为作者提供了一个具体答案，但是赋予电影《与歌同行》（*Walk the Line*）艺术和商业潜能的还是这个问题本身那种引人深思的本质。

你对于"如果……将会怎样？"的考量将指引你去往两个地方：某一剧情情境（电影《神秘代码》[*Knowing*]和《2012》[*2012*]中被预言的世界末日，《斯巴达300勇士》[*300*]中的温泉关战役，《局内人》[*Inside Man*]中的银行大抢劫），或者某一人物（《全民超人汉考克》

［*Hancock*］中醉醺醺的邂逅英雄，《本杰明·巴顿奇事》［*The Curious Case of Benjamin Button*］中逆年龄生长的男人，《朱诺》［*Juno*］中怀孕的青少年）。接着，你就开始相应地寻找一个可以增强故事情节的人物，或是一个能彰显人物品质的剧情情境。

所有这些例子中，人物们发现自己正处在独特而令人迷惑的情境之中。然而，并不是情境在驱动故事概念，而是从情境中生长出的欲求在推动故事。如果不给你的英雄或主人公一个强烈的追寻目标，你的故事就不会向目标发展，你的观众也不会有为之喝彩的对象，你的审读人也不会有强烈的理由继续一页页地翻看你的剧本。

2.2 外在动机

在大量的好莱坞电影里，主人公并不只是简单地在追寻他们想要的某样东西，那些决定着他们的故事的欲求是显而易见的。如果你登上boxofficemojo.com，看看最近二十年里最赚钱的前十部电影，你会发现，没有哪一部电影的主人公不在追逐一个有着明确的终点线的目标。换句话说，为了重要的商业潜质，也为了让你的剧本有机会得到来自好莱坞主流公司的制作机会，你必须要做的一件事就是为你的主人公确定一个可见的目标。

当你了解到《大战外星人》（*Monsters vs. Aliens*）里主人公的目标是要与一群怪物们联合起来，抗击一场来自外星人的入侵时，你可以轻而易举地想象银幕上会发生什么：外星人们将被囚禁或杀死，我们的主人公和怪物们将获得胜利并活下来。我们不知道电影的结局是否真的是这样，但我们可以预想到主人公军团的成功会是什么样子。

我将这条明显的终点线叫作主人公的"外在动机"，因为观众从外界就可以很明显地看到这个动机的实现，与之相对应的是那些暗藏的欲求，比如接纳、归属感、复仇和自我实现。如果我告诉你，我的剧本是关于一个想要完成他的使命的主人公，你是不会知道银幕上将会发什么的，你也不会知道我的主人公的成功将是什么样子。

但是如果我告诉你《贫民窟的百万富翁》(*Slumdog Millionaire*)是关于一个主人公想要与他此生的真爱重聚，并将她从一个恶棍那里拯救出来的故事，那么你此刻就确切地知道了你在为什么而加油捧场。虽然实现这个外在动机实际上就是完成主人公贾马尔的使命，但是直到你看见那条我们为他摇旗呐喊、希望他能冲过的终点线，你才能知道这部电影真正是关于什么的。

任何可操作的故事概念都可以用类似的一个简单句子表达出来：这是一个关于一名什么人想要做什么的故事。例如：这是一个关于一名贺卡写手想要赢得一位同事的心，并保持一段爱情关系的故事（《和莎莫的500天》[*(500) Days of Summer*]）。抑或这是一个关于一位国会议员想要帮助阿富汗人打败俄罗斯人的故事（《查理·威尔森的战争》[*Charlie Wilson's War*]）。

同样的原理也适用于电视连续剧。电视剧《中产家庭》(*The Middle*)中名为《乐趣之屋》(*The Fun House*)的一集，讲的就是弗兰基想要阻止一名激励顾问害她被炒鱿鱼。

这些听上去都很简单，不是么？只要给你的主要人物（主人公）一个可见的追求目标，然后你就有了电影的故事概念。虽然道理就是这么简单，但要想实现它却一点也不容易。即使经验丰富的编剧也要一遍又一遍地与这个基本原理做斗争，抗拒着关于它的真相。这个真相就是：对于创作一部成功的商业电影剧本来说，这个基本原理是必不可少的。

这是为什么呢？如果这个原理已经被证明是近五十年里几乎每一部获得商业成功的电影里的共同元素，为什么人们还如此难以接受它？答案是，因为外在动机不能为故事提供力量和艺术性。那些能抓住我们、启发我们、感动我们或者改变我们的东西，是一部电影中的动作、对白、矛盾、人物成长弧①、原创性、风格、主题以及人性的更深层面。能够激发我们这些作者和电影制作者的故事品质远多于简单的故事概念。我们想要用丰富且多层次的人物、刺激性的主题、强烈的情感情绪和对

---

① 人物成长弧（character arc）指一个角色在剧本故事线中，在精神和物质层面上的成长，又可译为"角色弧光"。——编者注

于人类处境那意义深长的洞察去广泛而深切地感动人们。所以我们会抗拒从一个清晰、简单、明显的结果出发来思考故事。

几乎不会有人认为《心灵捕手》（Good Will Hunting）只在讲述威尔如何追求斯凯拉，虽然正是那个欲求形成了电影的基石。如果没有那个明显的目标，这部电影只会有一系列无休无止的心理辅导疗程。

所以虽然仅凭你的主人公的外在动机无法给你的剧本带去力量，但是如果缺了它，你就没有构建你的独特视角的根基，你也就没有办法将观众留在影院，或是让审读人沉浸在你的剧本里。

当然，这条原理并非适用于所有电影。在很多传记电影、独立电影或外语片中，如《灵魂歌王》（Ray）、《珍爱》（Precious）、《女佣》（The Maid）中，就不存在一条主人公正在试图跨过的可见终点线。（这些规则之外的例子将在第七章里得到详细讨论，那一章就顺理成章地题为"规则的例外"。）

以下是一些有效外在动机的特性。它们会帮助你确保将你的故事概念打造成一场令人满意的（且具有商业利益的）情绪体验。

（1）欲求必须是看得见的。

我之所以使用这个专有名词"外在动机"，就是因为当观众们观看银幕上的情节时，他们在表面上就能很明显地看出这个动机。无论是《空军一号》（Air Force One）或《碟中谍》（Mission: Impossible）系列电影中阻止坏人的行为，《光猪六壮士》（The Full Monty）中的脱衣舞表演，或是《拯救大兵瑞恩》（Saving Private Ryan）里拯救瑞恩的行动，那些电影里的主人公都正在为完成他们的愿望做着某些事情，而不是简单地通过对白展现自己。

在电影《火线狙击》（In the Line of Fire）中，主人公不顾一切想要弥补自己早期职业生涯里犹豫和失败的那一刻。然而这个心愿没能给故事一个情节，它只解释了实际存在于电影中的外在动机：阻止刺客谋杀现任总统。对外在动机的陈述必须要立刻能让人联想到银幕上会出现的某个特定画面。而且对于任何听到该陈述的人来说，这个画面都必须是一样的。如果你告诉我主人公的外在动机是成功，或者说是成为一位成功的橄榄球教练。我都不会知道它实际上会是什么样子。《光辉岁月》（*Remember the Titans*）讲的就是一名教练想要赢得州橄榄球冠军。我想象中他的队伍前往复赛并最终赢得冠军赛的画面，这个画面在本质上与其他任何人所能想到的一样，所以这句陈述就是一个合适的清晰外在动机。

（2）这个欲求必须有一个明确的终点。

当你在创作一部剧本时，你就好像是带着知道准确目的地的审读人们踏上一段旅途。你也可以把自己的电影看作是一场比赛。你的主人公拼命地赶往终点，并且试图要赶在阻挡他（她）的某些人或自然力量之前。如果你不告诉观众那条终点线在哪，他们怎么会知道该为什么加油喝彩？除非等到片尾字幕出现，他们怎么会知道电影什么时候结束？

（3）你的主人公的外在动机必须看上去像是不可能完成的任务。

如果愿望太容易被实现——如果它不是主人公做过的最艰难的事情——你的故事就根本不会令观众投入情绪，也不会足够有趣。

（4）你的主人公必须追寻他的外部动机，直至故事的结尾。

只有在剧本的高潮部分，你的主人公的目标才可以得到实现。所以，考虑故事时不要只从主人公最初的欲求出发。在《雨人》中，查理·巴比特想要绑架他的哥哥。这个目标是可见的，并且制造了一副清晰、一致的画面。但是这个目标仅将我们带进了电影的第二幕。电影真正的结尾是在查理实现自己的最终外在动机之时：得到雷蒙所继承的遗产里属于他的一半。绑架雷蒙只是他为了达成这个目标而使用的手段之一。

（5）你的主人公必须不顾一切地想要实现他的愿望。

如果你的主要人物只是对完成他的外部动机稍微有点兴趣，你怎么可能期望观众关心他的成功与否？

《角斗士》（*Gladiator*）里，马克西的愿望是干掉国王；《蝙蝠侠：黑暗骑士》(*The Dark Knight*)里，蝙蝠侠的愿望是阻止小丑。这些愿望如此强烈，以至于这些主人公们为实现那些目标做了一切必要的事情。

（6）你的主人公必须主动追求自己的愿望。

你的人物们不能只是坐在那谈论他们是多想要得到金钱，得到成功，或是想要得到一位美丽女子的爱。你的主人公必须掌控自己的生活，并且用他所拥有的、每一丝每一毫的力量、勇气和智慧，去抢银行、阻止连环杀手，或是赢得舞会皇后的爱。

在剧本的开头，你的主人公可以是被动的，正如在《一夜大肚》(*Knocked Up*)或《四十岁的老处男》(*The 40-Year-Old Virgin*)里，但是他必须得趁还不太晚的时候站出来宣告："我想要那个！"然后用尽他所拥有的一切去追寻它。

（7）完成愿望的过程必须是在你的主人公的能力范围之内。

无论如何，你都绝对不能塑造一个等待被拯救的主人公。如果她被一名杀手追踪，被困在一个矿井里，或受到恐龙的威胁，她不能只是在那儿无助地等待骑警的到来。这条原理的例外是法庭剧或喜剧。在这些戏里，主人公的胜诉或失败最终是由法官或陪审团决定的。但是你会注意到，在《好人寥寥》(*A Few Good Men*)、《杀戮时刻》(*A Time to Kill*)、《大话王》(*Liar Liar*)这类电影里，最终裁决会被安排在另一场戏之后，或是直接被另一场戏代替——在那场戏中，主人公会遭遇一名敌对的目击证人，主人公会揭露关键证据，或者做出一番慷慨激昂的总结陈词，将结局逆变为一个预知的定局。

（8）为了实现愿望，你的主人公必须将一切都放在岌岌可危的位置上。

在追寻他的欲求的过程中，你的主人公越富有激情，越坚定，越勇敢，观众的情绪投入就越多，在主人公成功之时他们也将越为欢欣鼓舞。这条原理在《星际迷航》(*Star Trek*)、《决战犹马镇》(*3:10 to*

Yuma)、《国家宝藏》(*National Treasure*)这类电影里十分明显，在这些影片中，主人公为了阻止坏人，让自己逃脱，或是为了获取战利品，不惜拼上自己的性命。这条原理也同样适用于任何成功的爱情故事或喜剧。《鸟笼》(*The Birdcage*)中，阿曼德冒着遭遇难堪、遭人羞辱、自尊被践踏、失去爱人以及儿子失去爱人和幸福的风险，就为试图说服他未来的亲家相信自己不是同性恋。

在诸如《我最好朋友的婚礼》(*My Best Friend's Wedding*)、《断背山》和《尽善尽美》(*As Good As It Gets*)等浪漫喜剧和爱情故事里，主人公必须承担情感上的最大风险：将自己暴露于拒绝、恐惧和痛苦之中，因为他们要与曾保护他们一生的外壳做斗争。

你要把外在动机想作成是故事的剩余部分将要构建其上的基础。这条原理简单而有力——这也是在全书中我们将不断回归的地方——这当中将会产生情节结构、人物成长弧、主题、动作、对话，甚至还有你的营销计划，然后是你剧本最终的成功。

2.3　寻找原创的故事构思

正如你或许已经了解的那样，用一句话表达一个故事构思并不难。塑造人物和欲求才是第一重要的事。

在罕见的荣耀时刻，缪斯会坐上你的肩头，一个故事构思会完全成熟地在你的大脑里盛开。在此发生之际，你一定要充分地把握时机。但如果这种美事没有发生，你也不要灰心丧气。大多数的时候，创意都不是如此自然地出现的。

为了启动你剧本的故事构思，有一件必不可少的、你几乎一直都在做的事情：观察你每天遇到的一切潜在素材，做记录，并做出反应，借此刺激你的思考，并将这些素材用作开启自己的头脑风暴和创意的出发点。

我强烈建议你随时随刻随身携带一个小笔记本、一台录音机或带有记事本功能的手机。无论何时，当你捕捉到一个潜在的情节构思、人物性格特征或者处境时，你就记下来。你要培养将所有的体验和外部信息都看作是可能的故事素材的习惯，这样你就最终能在"创造"故事概念方面做得更好。

值得注意的是，你不只是要寻找和记录好的故事创意，而是要找一切有可能的创意。这是思索故事概念的头脑风暴阶段，你是在追求数量，并非质量。我们稍后会讨论如何评估这些概念，但在此阶段，不要让自己对想法的任何评判阻碍了整个搜集创意的流程。你要做的就是开始留意、思索和记录每件事物。

除了在创意、人物和处境出现在你面前时记录下它们，你还得主动搜寻故事创意。以下是一些可靠的信息来源，可以用于激发你的思路并创造潜在的故事概念。

（1）个人经历。

大部分作者得到的第一条（常常被误用的）建议是："写你所知的。"电影行业有一则古老的笑话说的是90%的剧本写的都是一个刚来到好莱坞，闯进了电影世界的人。因为那正是所有编剧都知道的事情。

从个人经历出发来写作存在着一种真实的危险，因为我们大多数人都没有从头到尾都令他人兴奋或感兴趣的人生。除非你的人生故事让杰森·伯恩①都自惭形秽，所以最好要避免写传记性的剧本。同样应避免的是基于你过去的创伤性事件的剧本。创作剧本有许多种回报，而写日记才是一个用来解决你自己情绪问题的更好的选择。

书写个人经历还有一个附加的难题：客观性。我屡次读到一些有严重逻辑问题，极度影响观众兴趣的剧本，那些剧本的作者给出的理由经常是"这些事件真的发生过"。为了历史事实而牺牲戏剧上和艺术上的真实性是传记性剧本极易犯的大错误。

你可以用一种更富有成效的方式写你所知道的东西，把你的个人知识和经验当作一个虚构故事概念的基础，而那个故事概念要可以让你自

---

① 《谍影重重》（*The Bourne*）系列电影主人公。——译者注

由地满足一个有效剧本的所有标准。

这条原理的一个精彩例子是《拆弹部队》（*The Hurt Locker*）。《拆弹部队》的故事并不是编剧马克·博尔（Mark Boal）在伊拉克服役期间的真实故事。实际上，他不是拆弹小组的一员，而是编在拆弹部队里的记者。作者借助自己做战争报道的经历，使该虚构剧本的深度、丰富性、可信度以及情绪感染力都得到了明显的增强。

（2）头条新闻。

来自于报纸、杂志、电视以及收音机的新闻话题可以为你的虚构故事概念提供一个很好的跳板。记住，在这个头脑风暴阶段，你是在寻找任何创意，不论它们有多么的不可能、可怕，或者荒谬可笑。这种做法能使创意的泉水涓涓流淌。

《功夫梦》的原创剧本就是一个能解释这个流程是如何运转的上佳例子。该片的制片人，杰里·温特劳布（Jerry Weintraub）曾看到一则新闻报道，讲的是一个圣费尔南多谷的男孩在学会功夫之后，再也没有被学校里的恶霸作弄。罗伯特·马克·卡门以这些素材为基础创作出的最终剧本包含了一个爱情故事、一位来自冲绳的老教练、一名高中转校生和一场高潮迭起的比赛。这些元素可能与真实的故事没有一丝关系。但是那则新闻报道起到了激发制片人的思路的作用，最终产生的成果就是这样一部电影，它满足了一个有效概念的所有标准。

电视连续剧更充斥着产生于真实事件和新闻头条的虚构故事。这些真实事件和新闻头条正是《法律与秩序》（*Law & Order*）电视剧二十年来的基础，也为《实习医生格蕾》（*Grey's Anatomy*）、《豪斯医生》（*House*）、《护士长的故事》（*HawthoRNe*）以及其他千千万万部医疗电视剧提供了数不清的疾病和危机。

当你通过尝试将两个完全不相干的故事组合在一起激发你的思维时，另一个同样有效的头条新闻使用方法就诞生了。早些时候，火奴鲁鲁的一家报纸登出了这样的头条新闻：《灰线巴士司机威胁罢工》。这可能会将你引向一个关于一名旅游巴司机罢工，以及罢工对她和她的家庭产生了什么影响的故事，或是一出关于这个司机必须获得各种古怪的工作以在罢工中养活自己的喜剧。让你的创造力四处发散，你可能会被带向一个关于经济灾难以及它对孩子们的影响的故事，这就与罢工或巴士司机毫无关系了。你也可能从一间博物馆的视角来跟进这段罢工故事，而这个博物馆正是巴士旅游线上的一站。你离原始资料发散得越远，你就做得越好。

那家位于火奴鲁鲁的报纸也提供了让人们将两个头条新闻组合在一起的机会。当天报纸的另一则头条讲的是一群教徒为一百万美元向法院起诉。让我们假定你会尝试将其与先前的故事联系起来。

故事的结果可能完全变成一部关于一位女士继承了一间小型旅游巴士公司的虚构喜剧。因为司机们不想为一个女人打工，所以他们罢工出走。我们的主人公正寻找巴士司机解救她的公司，与此同时，当地的一群宗教信徒必须要为一桩悬而未决的诉讼案筹集一大笔钱，因此成员们同意去上班——驾驶旅游巴士，这个结果非常滑稽。（如果有人感兴趣继续开发这一个有目共睹的高概念，请给我打电话，我们可以讨论一下期权。）

这些例子的意义在于，将头条新闻用作你自己的头脑风暴和横向思考的起点，这个过程才是你真正的目标。只要你不从一开始就去阻拦、修正或限制你自己，最终就会产生不少颇具潜力的原创构思。

（3）其他电影。

好莱坞是一个克隆工厂，这是一个无需赘述的事实，制片人们和电影制片厂通过复制电影类型和故事概念中的元素，不断地尝试拷贝那些意料之外卖座电影的成功。（真的，如果没有《哈利·波特》系列电影的成功，《波西·杰克逊与神火之盗》[*Percy Jackson & the Olympians: The Lightning Thief*] 有可能会被拍出来吗？）所以在你大胆想象、开发自己的创意时，为什么不使用同样的手段呢？不要试图复制成功，但是你可以将两个在类型或情节上看来完全不同的概念或处境组合在一起。这样往往能产生出从未被探究过的、全新的、独创的构思。

我们来考量一下2009年的两部成功电影:《丧尸乐园》(Zombieland)和《第九区》(District 9)。雷特·里斯(Rhett Reese)和保罗·佩尔尼克(Paul Pernick)为《丧尸乐园》创作的剧本利用了两个观众非常熟悉的类型:僵尸电影和公路喜剧,并将它们结合在一起,创造出了一些(据我所知)前所未有的东西——这个故事讲述了一队陌生人,在他们从德州前往洛杉矶的路上,携手在一个僵尸肆虐的世界中战斗,并在途中形成了某种类似家庭的形式。

这个《阳光小美女》(Little Miss Sunshine)的恐怖片版(甚至两部片中都有阿比盖尔·布雷斯林[Abigail Breslin])并不是苍白的仿制品。将两种类型融合在一起只是一个出发点。而人物、僵尸的特性、特定的处境、幽默元素和潜在的关于爱与联系的主题,这些全都是新颖独创且在情绪上令人投入的。

《第九区》,这部在全球范围内更为成功的卖座电影拥有奥斯卡最佳原创剧本提名和最佳电影两项提名。该片利用了相似的手段,将外星人电影和手持实时纪录片的风格相结合。这在更传统的怪物电影《科洛弗档案》(Cloverfield)里已开创先河。但是尼尔·布罗姆坎普(Neil Blomkamp)和特里·塔谢尔(Terri Tachel)的剧本《第九区》用这些元素创造了一个更为复杂的意外英雄形象、一起政府阴谋和被误解的外星人们,并最终成就了一部哥们儿题材的动作片[①]和一则关于种族隔离的寓言。所以,你可以制作一张你最喜爱的成功影片列表,然后随机地将其中两部结合。或者选取你的表单中的任何一个故事,只改变一个元素:将一部剧情片转变为一部喜剧,或将一部悬疑惊悚片改为一部科幻惊悚片;改变主人公的年龄、性别或职业;把反派角色变为主人公。最终产生的创意中,有许多是毫无意义的,但总有一些创意会激发你的兴致,并成为带有真实商业和艺术潜质的故事概念原点。

---

① 哥们儿电影(buddy action film),又称兄弟电影或冤家好友电影。是一种男性角色为主角,女性角色不突出的动作片类型,剧情通常聚集于两名或两名以上男主人公的冒险经历。——编者注

2.4　改　编

除了原创的故事概念，最显而易见的故事素材来源就是改编其他形式的虚构作品——小说、舞台剧以及短篇故事。其他形式作品的好处是可以为你提供一个已经成形的情节，而且，如果你的剧本改编自自己出版或已制作出来的作品，这点也能为剧本添加一些商业上的优势。如果你认为你的弱点是难以凭空创作情节，但你的长处是能将一个故事打造成一部剧本，那么改编将是你处理素材的一个好起点。

如果你发现了一篇你想要改编的虚构故事，你就必须找到它的作者或出版商（或者他们的代理），就他们的作品的电影版权进行交涉。成功与否将取决于你能提供的东西：多少钱（电影制作前期）；你展现出多少才华和经验；你对该原始素材有多少尊重。

除非你有天大的一笔钱，否则你不大可能获得权限去改编J. K. 罗琳的下一部奇幻作品系列。（如果你真有那样一笔钱，请给我打个电话，我们来讨论一下"联合制片人"这个词的含义。）但是，既然并非所有的书和戏剧都如此畅销，那么小说和戏剧作品对于资金绵薄、经验较少的编剧来说也可以是一种素材的好来源。这其中的原因可能有：你找到的素材从未实现过大的商业成功；或是距离它面世已经有十几年了，所有曾伴随着它的问世而产生的兴趣和热情现在都已经消逝。

原始素材甚至可能并不好。但是，因为你所需要的仅仅是将它用作你自己的剧本的原点，所寻求它的改编权对于你或许仍为适合。阿尔弗雷德·希区柯克（Alfred Hitchcock）职业生涯的大部分时间都在将那些鲜为人知的小说作品拍成伟大的电影。

小说家和编剧都会使用人物角色来讲述虚构的故事，所以，这两种形式能够自然而然地相互转换，这种说法听起来也合乎逻辑。但是请你停下来，仔细思考横贯在这两种虚构作品形式之间的巨大鸿沟。

编剧必须遵守一些非常精细的规则和参数，而小说家则在叙述他们故事的方式上拥有更大的自由度。有些小说可能遵循了电影的结构，在这种情形下，小说也许能非常直接地过渡到电影。但是，无论你有多么喜爱小说原著，你必须剔除所有那些没有遵循编剧规则的元素。这可能会非常困难，但是为了打造出一部可以赢得广大观众的电影，这个过程必不可少。

所以，如果你正在考虑将一部小说改编成剧本，或者甚至你自己就是一位小说家，正盘算带着一个原创构思投身到剧本创作中。这里有一些至关重要的原理，你必须牢牢记住。

（1）伟大的文学作品并不意味着伟大的电影作品。

这是好莱坞似乎从未学会的一堂课。那些经常能带给一部小说如潮好评的特质包括丰富而有质感的书写，大量的内心思索、感受以及对感受的描写，还有一个开放而错综复杂的情节，以及丰富的象征和寓言。但是把这些搬到银幕上去可都不容易。

作为一名编剧，你从原始素材拿到的只有三样东西：人物、情节，有些时候还有对白。你的剧本必须有它自己的风格、情绪、质感和结构。不要以为因为你热爱阅读某一本书，别的观众也会喜爱观看这部电影。

（2）你效忠的对象是你的剧本，而非原始素材。

如果为了满足电影结构和人物的要求，你不得不改变或删除原始素材里的某些部分，那么就放手去做吧。

（3）多数情况下，改编你自己的小说和剧作并不是明智之举，尤其如果你的原创作品还未经出版或制作。

如果你在最开始将这个故事写成了一本小说或是一出戏剧，也许因为你本来就是这样设计的，那么小说或戏剧就是这个故事的最好形式。如果你想要创作一部剧本，你应当去找寻另一个最适合电影的故事概念。

我经常能在五页之内识别一部剧本是否是从作者自己的小说或戏剧改编而来。戏剧改编一贯都是"话痨"剧本（只有少量额外奉送的外景戏），而小说改编则缺少一个精心编写的剧本结构。书是书，电影是电影，在面对你自己的原创作品时，你应当将其划分清楚。

（4）电影必须符合预算。

当你小说中的蒙古族游牧部落浩浩荡荡地跨过山峦，你增添的是令人兴奋的感觉。当同样的事情发生在你的剧本中，你增添的就是三百万美金的电影预算。

（5）商业性是电影投资方最关心的问题。

虽然出版商做得显然也是追求盈利的买卖，每年都有数百家出版社推出的出版物成千上万，但是每年由大电影制片厂发行上映的电影却只有一百部左右，一部电影的制作和发行的平均预算都会超过一亿美金。耗费如此巨大，造成市场需求的是可以赢得最广泛的观众群的电影的需求。

（6）类型至关重要。

虽然小说可以展示几乎任何时间或地点中的人物，好莱坞却有一种强烈的偏见，好莱坞喜爱动作片、惊悚片和喜剧，胜过喜欢音乐剧、时代剧、西部片，以及普通剧情片（除喜剧以外的戏剧）。

（7）电影有规定的长度。

小说的长度范围可以从《动物农场》（*Animal Farm*）那样的短篇到《战争与和平》（*War and Peace*）那样的史诗宏著，然而大部分的电影长度只在90分钟到2小时之间，相应的剧本篇幅则在105到119页之间。这就意味着如果你正在考虑改编一部300页以上的小说（对于小说来说，这并非是一个不寻常的长度），编辑和简化故事将会是你要面临的大工程。

（8）电影描绘的是一段浓缩的时间。

大部分好莱坞电影的故事发生在几个小时、几天或几个星期的时间段里——很少在数月或数年之内。作为小说，史诗传奇系列可能会有不错的效果，审读人们可以按照自己的需求，频繁地回到某一册书里，但是电影院里的观众们只有一次机会，他们不会想要看电影里的角色们一起慢慢变老。

（9）剧本只能展现观众会在屏幕上听到和看到的内容。

小说可以包括插画、脚注、地图、花哨的字体，还有章节标题。它们可以提供来自作者的悄悄话，透露人物的思想和感觉，并将作者认为有帮助的或有趣的任何历史或背景信息提供给审读人。而所有这些东西都不能被包含在剧本里，它们只能通过动作或对话得到展现。

（10）风格在剧本创作中几乎毫不重要。

编剧的目标是要做到让剧本读起来尽可能地快速、简单、令人享受，以此在审读人的脑海中呈现出一部电影。反之，那些在得到高度赞誉的小说作品里常常出现的品质——博大精深的词汇量，浓郁而有质感的风格，对于语言的独特运用——这些在写作剧本时统统应当被避免。

2.5　真实故事

与将文学作品转变为电影相类似的是对真实故事和历史事件的改编。许多电影中描绘的、给人深刻印象的真实故事并非关于传奇或知名人物，反之，多是关于一些平凡个体，他们被卷入了令他们的勇气和人性得到彰显的处境之中。想想《美丽心灵》（*A Beautiful Mind*）中的约翰·纳什，《光辉岁月》中的教练赫尔曼·布恩，《当幸福来敲门》（*The Pursuit of Happyness*）中的克里斯·加德纳，抑或《弱点》（*The Blind Side*）中的利·安妮·图伊。直到他们的故事被拍成了电影，人们才开始熟识这些杰出的人物们。

换句话说，真实故事的来源是无穷无尽的。大多数历史事件，至少那些多年以前事件，都落入了不受版权保护的公有类别。当你改编的剧本中的所有主要人物都已经故去，你就无须获取这个故事的版权。然而，使用单单一本书作为历史改编作品的来源意味着你要经历与改编一部小说要获取版权时所经历的相同过程。如果故事中的一些人物尚在人世，而你有一些关于获取版权的问题，那么明智的做法是去寻求法律援助。

那些最具有感染力、给人留下深刻印象的历史剧本，都会涉及一些被放置在时代语境里的当代问题、主旨或情节处境。《铁拳男人》（*Cinderella Man*）的故事虽然发生在经济大萧条时期，却探讨了贫困、人格尊严以及个人勇气等当代问题。

不幸的是，同小说戏剧一样，真实故事也带有一定的艺术性和商业性缺陷：

（1）仅仅以"这是真事"而将故事改编为剧本，不是适宜的做法。

真实的生活很少符合电影中那种齐整、具有单向推力的故事概念和结构，以及恰到好处的、积极或令人振奋的结局。现实世界里，事件和状况通常继续不断，它们会发展或消融，但不会被解决。所以除非你找到了关于一个主人公追寻一个明确外在动机的真实故事，并且符合这一章节中展现的其他所有标准，你才应该继续。

（2）真实的故事作为纪录片电影或新闻报道内容通常会更加有效。

很多时候，一则真实故事会在《60分钟时事杂志》（*60 Mintues*）节目里，或在《滚石》（*Rolling Stone*）杂志里获得最具戏剧性和最有效的描绘，但是将其改编成一部故事片长度的剧本则意味着这个故事会被延展拉伸得过于单薄。

（3）相比起对待原始资料的态度，你必须更加忠于剧本。

与改编小说时一样，你的义务必须是为审读人和观众创造一部能让其投入情绪和情感的剧本，即使那意味着你要改变原始故事里的一些事实。不幸的是，当你面对一个真实故事时，你拥有的改编余地比你对待虚构素材时要少得多。有时只是为了维持你的剧本是基于一个真实故事的这个事实，你必须要对实际发生过的事件抱有一定的忠诚。

（4）时代剧更难找到销路。

不是设定在现今或未来世界的故事在好莱坞几乎没可能得到制作机会——或甚至得到剧本审读。很简单，观众就是没法像他们对待当代喜剧、爱情故事、动作片和惊悚片那样对时代戏上瘾。

当然还是有例外的，但是非常非常少。在2005年至2009年间，每年获得票房成就最高的50部电影中，只有11部是基于真实历史事件的。也就是说，250部成功电影的列表中只有11部是时代剧。好莱坞如此回避这个类型，是不是有些奇怪？

这就是为什么你对真实历史事件的最好利用方式几乎永远都是将其当作一个虚构故事的起始点。虽然你仍将面临一部时代作品会带来的商业困难，但至少你会拥有更大的自由度，可以给予这个故事合理的结构和当代的运用。《泰坦尼克号》、《最后的武士》（*The Last Samurai*）和《血色将至》（*There Will Be Blood*）都是诞生于这样的历史事件和人物的。

如果你有了一种想法，认为几乎任何事物都可以被用作为故事创意的一个潜在来源，那么你就对了。已被创作出来的电影中就有些是产生于电子游戏、歌曲、歌曲标题、神话、玩笑、广告、桌面游戏和游乐园项目。你要记住的最基本规则是：在你搜寻并记录各种想法时，永远不要自我编辑、评判或阻碍。

2.6 选取最好的故事概念

寻找并记录"如果……会怎样？"的处境和人物应当是一个持续进行的过程，它从即刻开始贯穿于你的编剧职业生涯，持续不间断。但是在某一时刻，你将会需要选择一个准备发展成完整剧本的故事构思。就是在那个时刻，你将需要评估哪些构思拥有真正的商业潜质和艺术潜质。

商业潜质是一个很容易被定义的词语。总的来说，它意味着那部基于你的剧本的电影将能赚入的钱会多过用于拍摄、宣传和展示它的花费总和。对于作为编剧的你来说，更为恰当的理解是：商业潜质意味着足够多的好莱坞经理人、制片人、明星和投资商认为照你的剧本拍摄成的电影能盈利，从而增加了让这个特定的故事概念为你带来一份编剧协议的概率。

定义艺术潜质则更加困难。在一个层面上，它意味着这个剧本将靠其本身获得成功，并且会满足你的一切既定目标。艺术潜质暗示着影片有可能获奖，赢得好评，以及获得一群某个特定受众群的强烈认同。换句话说，如果一部电影赢得纽约影评人协会奖，并赚到四十美金的票房收入，那么这部电影就实现了艺术潜质。如果这部电影在制作上花费了四千美金，而它在全世界范围内的收益是四亿美金，那么它就实现了商业潜力。艺术上的成功是个人观点的问题；商业上的成功则是金钱的问题。（在我看来）《奇幻人生》（*Stranger than Fiction*）是一个在艺术上成功的例子；《灵动：鬼影实录》（*Paranormal Activity*）是一个（毋庸置疑）在商业上成功的例子。

2.7　故事概念检查清单

以下的检查清单包含的是在创作剧本的整个过程中你可以每隔一段时间就用来评估一个故事概念的标准。列表中的前五项对于影片在艺术性和商业性上的成功都是必不可少的。没有一部电影可以在缺少这五种品质的情况下成功：

（1）一名主人公。

故事必须有至少一名主人公——一个大部分时间都出现在银幕上的主要人物或主角，他（她）的动机推进着情节，并且他（她）与观众有着密切的联系。主人公可以是男人、女人、男孩、女孩，或者机器人，只要这个角色（或角色们）是故事的中心焦点和驱动力。

（2）同理心。

审读人必须在情感上将自己带入主人公的角色；他（她）必须通过那个人物体验情感。这并非意味着主人公没有瑕疵、缺点或强烈的负面品质。事实往往正好相反。同理心仅仅意味着，这位主人公能让审读人产生认同感，并足以激发他（她）的情绪。（第三章将详细讨论如何制造观众对你的主人公的同理心。）

（3）欲求。

主人公必须至少有一个清晰、特定的目标是他（她）期望自己能在故事结尾处实现的。如果主人公没有什么要去实现的目标，如果主人公没有被某种动机牵引着一路坚持到剧本的高潮，你的审读人和观众就没有为之支持捧场的理由，这个故事也将失败。欲求对于人物发展、情节结构，以及独立的每一场戏都同等重要。即使你的主人公的动机没有一个清晰、明显的终点——如果他（她）只是在熬过或化解一些不断涌现的新情形或关系（好比在《亲情无价》[*One True Thing*]、《为黛西小姐开车》[*Driving Miss Daisy*] 或《拆弹部队》中），主人公仍然必须有想要的东西。被动的、动机不明的主人公在任一方面都不会奏效——不管是在商业性上还是在艺术性上。

（4）冲突。

欲求驱动着你的故事向前发展，但主人公必须克服冲突，才能激发观众的情绪。任何电影的高峰时刻总是那些我们预见冲突即将来到的时刻、主人公面临一个巨大障碍的时刻或是主人公战胜了困难得到回报的时刻。

（5）风险。

当主人公在追求他（她）的动机的过程中面临着种种挑战、障碍和干扰时，他（她）最终必须将所有一切都摆到了危险的位置。他必须找出肉身上或心理上的勇气，把对他至关重要的东西（他的生命、他的名声、他的情感保护罩）祭献出来冒险。最终，你的主人公有否找到必需的勇气，有待于你的剧本给出答案。这也是观众会停下来试图寻找的内容。

检查清单里接下来的事项不是绝对必需的，但它们可以显著增大你的剧本的成功概率以及得到投资或带给你其他工作的可能性。你的故事概念能越多地满足这些标准，你在卖掉它的过程中就会遇到越少需要克服的障碍。

（6）一个高概念。

高概念是一个电影行业的术语。业内对高概念的讨论相当地频繁，并且似乎呈现出了各种各样的定义。高概念的基本含义是：不考虑演员的人选、影评和口碑，单是这个故事概念就已经足够吸引观众了。高概念电影往往都在它们的标题、广告、报纸上的描述，或在线宣传中允诺了一种最大化的情绪体验：大量的动作戏、性、暴力、幽默。

如果仅凭一句描述你的故事概念的句子"这是关于一个什么人想要做什么事的故事。"就足以凭借其自身招揽大量的观众来看电影，那么这个故事就拥有一个高概念。

《生死时速》（Speed）就是高概念电影的缩影："一个孤独的警察必须拯救洛杉矶一辆巴士上的人们，如果巴士的时速低于50英里就会爆炸。"由萨菲尔（Sapphire）的小说《推》（Push）改编的电影《珍爱》（Precious）则是一个反面例子："在纽约的哈莱姆区，一名肥胖、饱受虐待、怀有身孕、没有受过教育的少女想要上一所帮教学校。"如果说《生死时速》依仗电影对故事概念的宣传而吸引了大部分的早期观众，那么导致《珍爱》最终成功的则是它的获奖、正面影评和好口碑。

（7）一个商业目标。

超过95%的好莱坞电影都是关于主人公追求以下五个可见目标中的一个。它们是：

- 为了赢取——这是目前几个类别中最大的一个，因为它不仅包含了所有竞赛题材电影（《胜利之光》[*Friday Night Lights*]、《疯狂二十年华》[*Kicking and Screaming*]、《阿基拉和拼字大赛》[*Akeelah and the Bee*]），它也涵盖了所有爱情故事和浪漫喜剧，这些电影中主人公的渴望是要赢取另一个角色的爱（太多例子了）。

- 为了阻止——这里，主人公的愿望是要阻止某些坏事发生，不论它是一部悬疑惊悚片（《借刀杀人》[*Collateral*]中主人公阻止职业杀手），一部动作惊悚片（《鹰眼》[*Eagle Eye*]中主人公阻止暗杀和爆炸），一部恐怖片（《午夜凶铃》[*The Ring*]中主人公阻止来自井下的可怕女孩），一部灾难片（《世界末日》[*Armageddon*]中主人公阻止那颗陨石），或者一部科幻惊悚片（《第九区》中主人公阻止奴役和实验）。

- 为了逃离——简单来说，这指的是从一个危险的处境逃离，比如《战栗空间》（*Panic Room*）或《楚门的世界》（*The Truman Show*）中的情节。

- 为了送达——在这些电影中，主人公必须将某个有价值的东西送到某个遥远的、或者至少有良好防护的目的地。《飞屋环游记》（*Up*）、《艾利之书》（*The Book of Eli*）、《指环王》（*The Lord of the Rings*）三部曲都是有关送达的故事。

- 为了寻回——这里的欲求是要取得某件有价值的东西，然后带着它逃离，如同在《天罗地网》（*The Thomas Crown Affair*）以及《银行大劫案》（*The Bank Job*）中那样，或是把它带回到安全的境地，好比在《达·芬奇密码》（*The Da Vinci Code*）和《赎金》（*Ransom*）中那样。换句话说，关于寻回的电影包括了所有盗窃题材和绑架题材的电影，以及各种《夺宝奇兵》（*Indiana Jones*）系列电影的翻版。

无疑，许多电影是将两三个这样的基本欲求结合在一起。《飓风营救》（*Taken*）中，男主人公必须阻止绑匪，找回自己的女儿。此外，赢得一个角色的爱可以成为任何类型电影的一部分——浪漫喜剧、浪漫历险、浪漫惊悚等等。关键是要为你的主人公制造至少一个以上所列出的欲求。

（8）原创性和熟悉度。

参照目前制作的那些影视片，你会发觉将原创性当作是好莱坞验收产品时的一个考虑因素显得荒唐可笑。看看任一新一季电视剧的节目时间表，你能试着找到一个完全原创的概念吗？排除掉续集、翻拍片、改编作品、仿制片、抄袭之作以及所有故事长片制作列表中的"复制品"。很明显，百分之百的原创性会让好莱坞吓死。

虽然如此，"缺乏原创性"一贯都是制片人和制片厂用来表述拒绝剧本和故事概念的原因。虽然观众们看上去是支持"更多同样类型"的，但是人们仍然会排队观看一些他们以前从未见过的东西。这种相对于人们原本熟悉的故事构思来说是独特或原创的东西，经常被当作是这个故事的"钩子"（hook）。它就是那个让人们听说了一部电影之后惊呼"哇哦——我一定得去看！"的诱人创意。

为了加大你的剧本的潜在成功机会，你得给高管们和制片人们提供一些先例：那些在之前已被证明行之有效的动机和性格特征。然后你可以添加那些能将你的剧本与所有其他剧本区别开来的原创元素。

但是这些独特的元素不能仅仅是"与众不同"，它们必须以一种可以抓住观众的方式来显得不同。在你选择一个故事概念时，你要研究那些利用了相似剧情处境的电影，这样，当你谈论起自己的故事概念，你就可以既证实它的主题熟悉度又证实它的原创性。另外，当你想要偷取什么东西时，你得从一个赢家那里偷。把你的故事构思说成是下一个《艾米莉亚》（*Amelia*）可能在毛遂自荐提案的时候就不合适了。

正是在这种情况下，"先例"的概念可以变得极端有用。在你构思和评估你的故事概念时，问问你自己，"最近有哪些成功的电影是我可以指着说'因为那一部电影赚了钱，我的也会赚到钱'的"？

这并不意味着你得找到具有同样故事线或人物的电影或电视剧节目。但是如果你无法想到近期有任何影视剧与你的概念属于相同类型，有类似的气质、风格、关键情节元素，和（或）受众群体统计数据，那么你就该明白你的概念将会非常难卖出手。

《全民超人汉考克》是一个将熟悉度与原创性成功结合的优秀例子。几十年来，好莱坞迅速地滥制超级英雄故事，这可以一路追溯到到电台播放《超人》（Superman）的时代。但是编剧文森特·吴（Vicent Ngo）和文斯·吉利恩（Vince Gillian）为这个人们非常熟悉的类型添加了一个遁世、酗酒、不被社会喜爱的超级英雄。他雇佣了一位改善他形象的公关人员，并被那个人的妻子所吸引。这些原创元素提供了这部电影的钩子，同时也利用了人们对所有超级英雄大片先例的熟悉度。

（9）人物成长弧。

如果你的故事概念含有让你的主人公成为一个更加成熟、更有个性的人的潜质，那么你的故事的商业和艺术潜质都会提升。第四章将会详细讨论如何为你的人物打造强有力的人物成长弧。眼下，我只需说明：人物成长弧意味的不仅是找到实现外在动机的身体之勇，还有情感之勇，那就够了。

（10）主题。

与主人公的成长密切相关的是主题的概念：这个剧本给出的关于人类生存状况的普世命题。这是超越了电影情节的一层含义，也是一张电影给生活的药方，任何观众都可以将该药方运用到他（她）自己的生活中。主题和一部电影的"讯息"不一样。讯息更多的是一个政治上的声明，与情节直接相关，但不能明显地运用于普通人自己的行为上。《卢旺达饭店》（Hotel Rwanda）传递的讯息是非洲种族屠杀的问题，特别是西方世界对这种处境的非常不道德的忽视。另一方面，《卢旺达饭店》的主题则具有普遍性。这部电影的思想是：为了要过更好的生活，让民族得到更加充分地发展，我们必须找到去做对的事情的勇气，即使是拿我们舒适的生活冒险，即使是拿我们自己的和家人的生命冒险。这是一条可以运用到任何人身上的道理——不论他们是否有种族屠杀的直接经验。

2.8 艺术性对阵商业性

人们很轻易就会对好莱坞对金钱和收视率的追求感到灰心和反感。电影和电视经常是一连串华而不实的平庸之物，有所突破的很少，有所成就则更少。而挥霍在演员、特效和"肯定会成功的事"上的大笔预算，似乎永远要以降低故事和剧本的质量为代价。

产自好莱坞的电影和电视剧集经常做不到令人感动、原创，或有意义，因而许多作者都持有一种偏见，反对任何商业性的考量。我反复遇到的一种观念认为：任何试图争取或努力获得商业成功的电影都是肤浅的背叛。

这种态度是可以理解的，却是不现实的，也是不幸的。一件艺术作品当然有可能既在商业上风靡一时，又在其艺术层面上获得不可思议的成功（例如《阿凡达》《第六感》[*The Sixth Sense*]、《贫民窟的百万富翁》《断背山》《飞屋环游记》《宋飞正传》[*Seinfeld*]、《白宫风云》[*The West Wing*]、《摩登家庭》[*Modern Family*]、《傲骨贤妻》[*The Good Wife*]，以及无数其他可以说明这一点的电影和电视节目）。还有更为愚蠢的主张：任何原创或有内涵的电影都必须是晦涩的、加有字幕的、或是在商业上失败的。

作为一名编剧，你必须接受的事实是：如果你想要在编剧领域开创自己的事业，你就得写人们想看的电影和电视剧。否则，你只是在为你个人的满足感写作，脑中没有一个现实的职业目标。

同时，仅仅只为大笔的钱奋斗也和完全无视商业性一样不现实、不能带来成就感。因为以"热门"概念为基础的，而编剧自身却缺乏任何感情投入的剧本，几乎永远不会被卖掉或得以制作——话题不会保持热度，剧本也不见得写得好。《我家保姆是脱衣舞娘！》[*My Babysitter's a Stripper!*]和《眼睛里的碎冰锥》[*Ice Pick in the Eye*]听上去可能像是肯定能创造数百万盈利额的项目[1]，但如果你不是真正地喜爱此类电影，你写出来的此类故事也就不会赚到数百万。

为了决定某个故事概念是否拥有恰当的商业和艺术潜质的结合，我建议你问问自己以下的问题：

（1）我是否想要花费我人生中的至少一年时间，致力于攻克这个故事概念？

如果对这个问题的答案是否定的，那么无论这个概念看上去有多商业化，你得换另一个构思。否则你会一整年的时间都活在痛苦中，并且几乎没有拿到回报的希望。但如果你对这个问题的答案是肯定的，那么你可以继续回答第二个问题。

（2）这个故事是否有商业潜质？

回答这个问题应该不难，只需通过使用以上的故事概念检查清单。如果这个问题的答案也是肯定的——如果这是一个高概念构思，有一个归属于赢取、阻止、逃离、送达、寻回这几个类别之一的清晰的外在动机，并且你对它抱有热情，那么你就可以着手开发这个故事了。但如果对问题（2）的答案是否定的，那么请继续看问题（3）。

（3）尽管事实是我知道这个故事在商业上有难度，我对它是否有足够的热情，令我决心无论如何都要写它？

换句话说，这个故事是你生来注定要写的，是一个在你的灵魂中烧出了一个洞，让你无法入睡直到你将其实现的故事吗？如果这个问题的答案也是否定的，那么你应当转入另一个构思。如果没有那种程度的热情，那么更明智的做法是去找一个更加商业性的故事来开启你的事业。

但是如果答案是肯定的，如果这个故事对于你确实意味良多，那就放手去做吧。最重要的是，写作应当能让你实现自己的抱负，你会从一个寄托了大量感情的故事里获得最大的快乐和满足感。如果一个产生于

---

① 这两部都是作者杜撰的电影。——编者注

你自己对这个故事的热情的剧本被你很好地完成了，你最终也会找到那些能与你分享热情的人们，并让这部电影能够被拍出来。

如果你准备从历史票房冠军名单中删除所有的续集、所有基于现象级畅销书和产品的电影（例如《达·芬奇密码》，《哈利·波特》系列，《暮光之城》［Twilight］系列，和《变形金刚》［Transformers］系列），剩下的几乎每一部电影都在得到投资之前经历了好几年的挣扎和周折。每一部电影最终得到拍摄的原因，都是因为它的创作者不会允许他们的热情和决心死去。

2.9　修改你的故事概念

首次考量你的故事概念时，你要温和地使用故事筛选和开发的标准，因为在最初的阶段，你的故事概念必然会看似庸常或荒诞可笑。但是，当你继续使用这些原理，它们就会在你创作剧本的整个过程中一直发挥作用，帮助你修改和优化你的故事。

当然你必须从一开始就把你的构思变成一个概念，让它具有前文所述的五项素质：主人公、同理心、欲求、冲突和风险。然后你就可以参照许多其他的考量来塑造和修改你的故事，例如为它打造一个更加独创的钩子，或者添加赢取、阻止、逃离、送达或寻回的目标，或是在你的主人公的人物成长弧上多开发点内容。如果你在写作过程的所有阶段都能坚持回来复习这些检查清单，那么你就可以不断地修改，完善你已选出的构思和概念，直到它们变成商业上和艺术上都成功的剧本。

总　结

（1）每一个故事都开始于"如果发生什么事会怎样？"的问题。这个问题会产生出一个独一无二的、令人信服的人物或人物处境，或者两者兼顾。

（2）大部分好莱坞电影的故事都围绕着人物如何追求他们的外在动机——这一有着明确定义上终点的、明显的目标。

（3）任何切实可行的故事概念都可以用单独一句话表述：这是关于一名什么人、想要做什么的故事。第一个短语定义的是这个故事的主人公（主要人物），第二个短语展现的是这位主人公的外在动机。

（4）有效的外在动机有这些特质：

▶ 它是可见的

▶ 它有一个明显的终点

▶ 主人公将会追随它直到故事的结尾

▶ 主人公必须不顾一切地想要实现它

▶ 主人公必须主动追求它

▶ 实现它是在这个主人公的能力范围之内的事情

▶ 为了实现它，主人公必须将一切都置于危险的境地

（5）故事构思的主要来源有：

▶ 个人经验

▶ 头条新闻

▶ 其他电影

▶ 书籍、戏剧和短篇故事的改编

▶ 当代的真实故事和历史事件

（6）改编虚构故事的原理和陷阱有：

▶ 伟大的文学作品并不意味着伟大的电影

▶ 你必须效忠于你的剧本，而不是原始素材

▶ 改编你自己的小说和戏剧是极不明智的

▶ 电影必须符合预算

▶ 商业性是电影投资商的主要关注点

▶ 类型很关键

▶ 电影有一个规定的长度

▶ 电影描绘的是一段浓缩的时间

▶ 剧本只需要展现观众们将在屏幕上听到和看到的东西

▶ 撰文风格几乎与剧本创作毫无关系

（7）改编真实故事的原理和陷阱有：

▶ "真事"不一定适合改编成剧本，真实故事作为纪录片或新闻会
更有效果

▶ 现实中发生的事极少符合一个精心编写的剧本的原则

▶ 时代剧较难卖出

（8）商业潜质意味着手握大权的人们相信拍摄这个剧本会创造盈利
或高收视率。

（9）艺术潜质意味着电影在娱乐观众之外能产生一些对人性有更深
价值的、更有意义的东西。

（10）任何一个电影故事的五个基本要素是：

▶ 一位主人公

▶ 同理心

▶ 欲求

▶ 冲突

▶ 风险

（11）可以大大提升电影商业潜质的五个故事元素是：

▶ 一个高概念

▶ 一个商业目标：

- 为了赢取

- 为了阻止

- 为了逃离

- 为了送达

- 为了寻回

▶ 原创性和熟悉度相结合

▶ 人物成长弧

▶ 主题

（12）为了解决艺术性和商业性之间的任何矛盾，在开发任何故事

概念之前，你都要问三个问题，它们是：

- ▶ 我想要花费我生命中的下一个一年时间创作这个剧本吗？
- ▶ 这个故事有商业潜质吗？
- ▶ 尽管它缺乏商业潜质，我对它是否真的有足够的热情，令我决心无论如何都要写它？

第 3 章
人物塑造

一旦你选定了一个要开发成剧本的故事概念，你就必须开始创造和开发各种人物，用他们填充你的故事。就剧本创作的方方面面来说，你的目标是在审读人和观众心中引发最大量的情感投入。虽然对你最初的故事概念的评估，首先是要以它能制造情绪、为电影吸引观众的潜质作为基础，但是，你的审读人终究还是要通过人物体验情感。

就故事概念来说，塑造人物的基石是主人公的可见外部动机。这一章节将会带给你有效人物的各种组成元素，为你建立人物身份、动机、冲突、主题提供更明确而具体的手段，并向你展示如何使用这些原理塑造新颖独创、能令人投入情绪的人物。

3.1　人物的四个方面

电影和电视剧人物由以下四个基本方面构成：

（1）物理构成：年龄、性别、外貌、身心障碍
（2）人格：构成人物的智慧与情感
（3）角色：在剧本开端，人物的处境，以及与人物处境相关的所有设

定：工作、家庭、朋友、社交关系、财政、民族、宗教、生存状态

（4）背景：在主要人物出现在剧本中之前，发生在他（她）身上的一切

你可以很轻松地判断这些事项对你的剧本有多重要。如果你对比凯文·比施（Kevin Bisch）的剧本《全民情敌》（*Hitch*）的主人公——亚历克斯·希钦斯，和由贾德·阿帕图（Judd Apatow）创作的《四十岁的老处男》的主人公——安迪·斯蒂泽，你就会发现如果不是这些人物如此相异（虽然两部电影都同是浪漫喜剧），那么每个故事会变成什么样子，效力会被削弱到什么程度。

希钦斯和安迪年纪相仿，但希钦斯是个圆滑、帅气，在各方面都受女士欢迎的男人。他有魅力、外向且聪明，他可以敏锐地看出问题，然后用一些机灵的窍门帮助别人陷入爱河。他的背景——他的心在大学时代已经被伤碎了——致使他决心帮助别人避免所有感情和性方面的错误。他已经学会了如何克服那些错误。这甚至成为了他的工作，并造就了他富裕的经济状况。这也致使他自己和女人们的关系变得肤浅——他绝不允许自己坠入爱河，因为害怕承受他很久以前曾遭受的痛苦。因此，他的生存状态虽然舒适且富裕，但也是形单影只的——在电影里，他看上去只有一个朋友。他身边的其他人要么只是客户，要么就是他在性方面的战利品。

另一方面，安迪展现出来的则是除圆滑之外的所有性格。他在女人身边会表现得非常笨拙，以至于他已经完全接受了自己将保持处男之身直到永远的"事实"。他是一名相貌普通的男子，穿着和行为像个孩子，他和模型人偶玩耍。他甚至还在工作中躲避女人，宁愿在安全的后台员工区修理电子配件，也不愿意冒险出去，到销售区与人们互动。这就决定了他的财务状况（他的公寓不如希钦斯的那样昂贵而摩登）。他的背景故事里充满了与女人们相处的痛苦经历，但是不同于希钦斯声称自己已成功做到的那样——与她们战斗并打败她们，安迪很久以前就向她们投降了，同时也放弃了爱情。此外，他看上去与他周围的人们（他的同事和他的邻居们）的联系更为紧密，他们向他表露了真正的爱——庇护

他、照料他，就像对待一个孩子或者年幼的手足那样。

这两个主人公的物理构成、人格、角色，和背景都十分关键，如果将它们调换，那就没有一个故事能讲得通。

3.2 塑造主人公

你的故事的主人公得是那个他（她）的动机推动着剧情的人物，他（她）是这个故事的中心关注点，是大部分时间都出现在屏幕上的那个人，观众与他（她）有最紧密的认同感。因为你的目标是要在你的观众心中制造情绪，所以你的主人公必须是引导着你的观众穿越情绪体验的媒介。你的整个故事都必须围绕着这个人物在转。

在创作最适合你的故事概念的主人公时，你必须首先确定这个人物应当具备的品质，以适应你的基本情节的逻辑和现实。然后，你必须让观众建立对这个主人公的必要的同理心，最后你要为这个人物添加那些独立的性格切面，以使得他（她）新颖且令人叹服。

3.2.1 为主人公描绘一个粗略的轮廓

单是基于你的故事概念，你肯定能有一个大概的概念知道你的主人公会是谁。某些特质是会由剧情本身决定的。如果你基本构思的主角是一位女性体操运动员，那么这个构思的逻辑已经必然包含了某一种性别、年龄范围，和基本的物理构成。如果你的构思改编自一个真实的故事，你就会从一个更为明确的主人公开始。

但是，让我们假设，你还不知道你的主人公是谁，你不得不从零开始创造一个人物。你该怎么做？

首先问问你自己，这个情节处境本身把一些什么限制放在了这个人物的身上？这个人物必须拥有一个特定的年龄、性别、背景、外貌、智商水平或人格吗？

然后，看看第2章所概述的各类素材来源（头条新闻、真实故事、个人经验），这一次，你就把它们当作是用来发展你的主人公人格特征的刺激物。与开发故事构思一样，关键是进行头脑风暴而不是进行编辑。你要放开自己去接受许许多多的可能性，不论它们看上去多么荒唐可笑，然后，你再把焦点缩小到你的潜在主人公身上。

最后，你要研究你的故事概念所处的领域。不论你是在创作一个关于外太空、关于老西部，还是关于一间理发店的故事，你都应当阅读相应的文学作品。同时，与那些或直接、或通过学术研究参与在你故事的领域中的人们交谈。观察、访谈和研究可以刺激你自己的思考，帮助你创造和开发适合故事概念的、让观众看到就感觉跃然纸上的人物。

3.2.2　制造同理心效应

同理心意味着观众和审读人能够认同一个人物，并通过这个人物体验情绪：如果这个人物身处险境，那么观众会感到害怕；如果这个人物遭受损失，观众会感到悲伤。

有三种最有力的办法可以建立这种认同感。我将其按照从首要到次要的顺序罗列如下。（虽然你的主要关注点是它们在主人公身上的运用，但是你也可以将这些原理运用到剧本里的其他任何人物身上。）

（1）让审读人对人物产生同情心。

到目前为止，这是用以制造观众针对主人公的同理心的方法中最有效的，也是使用最广的。如果你可以通过让主人公成为一些不应受的苦痛的受害者，让审读人为他（她）感到难过，你就会使读者立即建立起一种针对这个人物的高度认同感。在《西雅图未眠夜》（*Sleepless in Seattle*）中，山姆的第一个镜头展示的是在妻子的葬礼上，他正站在儿子身边；《女孩梦三十》（*13 Going on 30*）中，吉娜总是遭受学校里那些可爱而受欢迎的女孩子们的欺负和白眼；《阳光小美女》中，理查德·胡佛的出场被安排在了一间几乎是空荡荡的礼堂里，他对着仅有的几个毫无反应的听众，发表了一番相当蹩脚的、试图激励人心的演讲。

不应受的苦难可以源起于一个特定的事件。（例如《摇滚校园》［*School of Rock*］中，杜威·费恩被踢出了自己的乐队），或是源起于主人公在电影开场时的某个基本处境（例如《永不妥协》[Erin Brockovich]中，主人公在电影一开始就被呈现为一位贫穷、失业、没有突出职业技能的单身母亲）。你越早地采用这条原理——无论是作为你的主人公的背景，还是作为剧本情节里的一个早期事件，观众就能越有效、越强烈地对你的主人公产生同理心。

（2）将人物置于危险境地。

与为人物制造同理心效果相紧密结合的是，通过将你的人物放在一个危险的处境里，使审读人为你的人物担心。《夺宝奇兵》系列电影就是这方面最好的例子，每一部电影都由一场主人公的生命正处在巨大危险中的戏开始。

你制造的危险境地不一定非得是威胁性命的。暴露真实自我的危险、尴尬，或丢失一份工作都同样有效，这取决于你的电影的基调。《博物馆奇妙夜》（ Night at the Museum ）、《朱诺》、《迈克尔·克莱顿》（ Micheal Clayton ）和《雨人》都借助对主人公的身体、财务或是情感上的威胁来开局，从而增强了我们的同理心。

（3）使你的人物讨人喜欢。

让审读人喜欢你的主人公会进一步加强同理心效果。这里有三条基本途径可以令审读人喜欢你的主人公，它们可以单独或者组合在一起使用：

- 让人物做一个善良、好心、慷慨的人，如同《二见钟情》（ While You Were Sleeping ），《魔法奇缘》（ Enchanted ）和几乎任何一部由汤姆·汉克斯（Tom Hanks）主演的电影那样。（即便当汤姆·汉克斯在《毁灭之路》[The Road to Perdition]中饰演了一名黑帮成员和职业杀手，他的角色仍然首先被介绍为一个有爱心的丈夫和父亲，通过这种做法，同理心效应就在他的本性的黑暗面被揭露前建立了起来。）

- 将你的主人公展现为深受其他人喜爱的样子。如果你的主人公被介绍为是一个被关心他的家人和朋友们围绕着的人，那么审读人们也将会被这个人物吸引，这就像是高中里的那些受欢迎的孩子，人人都想跟他们做朋友，或至少得到他们的注意。《心灵捕手》、《律政俏佳人》（*Legally Blonde*）和《十一罗汉》（*Ocean's Eleven*）的开篇都包含了主人公和他们最好的朋友们待在一起或得到他们的支持的场景。

- 让人物有趣。就算你的主人公一点儿也不宽宏大量，或者甚至不道德，如果他能让我们开怀畅笑，我们也仍然会喜欢他。《尽善尽美》（*As Good as It Gets*）中的梅尔文·尤德尔是一个愤世嫉俗的家伙，他出场时把一只狗扔进了垃圾道。（说句公道话，那只狗确实在他的门厅里撒了一泡尿——导致了主人公承担了不应受的不幸。）再者，虽然《婚礼傲客》（*Wedding Crashers*）中的主人公们只是为了满足自己而满口谎话、占女人们便宜的人，但是这些人物让人捧腹，足以令观众原谅他们的龌龊和不诚实。

在这三条为你的主人公建立同理心效果的途径中，你必须采用至少一条。否则，你的审读人将不会给予你的主人公足够的关心，他们也就无法将情绪和情感持续地投入到这个故事里。而且，如果你能使用以上原理中的两三条，你的主人公能激发的同理心效应会更加强大。

除了这三条制造同理心效应的必要策略，还有其他几个人物特质或情形可以更进一步增强我们与你的主人公之间的认同感：

（1）让人物拥有精湛的技艺。

我们自然地会被有天赋，在他们所干的领域中是高手的人们吸引。当我们第一眼看到《百万美元宝贝》（*Million Dollar Baby*）里的法兰基熟练地为他的拳手护理伤口，查理·克罗克在《偷天换日》（*Italian Job*）的开场领导了一次精妙的、具有艺术性的大劫案，或是希钦斯[①]帮

---

① 《全民情敌》男主人公。——译者注

助那三个笨拙的男人赢得了他们的梦中情人时，我们就想要成为这些人物——这就是身份认同的本质。

（2）要展现一个了解自己的能力的人物。

与人物的技能紧密联系的是人物的能力。强有力的主人公在观众看来很有魅力，并且能在几乎是幻想的层面激发同理心。能力在一个人物身上可以有四种形式：

- 控制他人的力量。这一点可以通过《公民凯恩》中的查尔斯·福斯特·凯恩、《教父》（*The Godfather*）中的唐·柯里昂，或者《穿普拉达的女王》（*The Devil Wears Prada*）中的米兰达·普雷斯丽这一类的人物来说明。这一类的角色与观众产生联系，不是因为他们受人喜爱，而是由于他们的财富、权势以及支配力让人产生了深深的迷恋，观众们的满足感就来自于想象自己同样拥有那些角色们所拥有的权力，另一方面，观众们又使自己远离了那些角色们在获得或施展他们的权力时，采用的邪恶或没有道德原则的手段。

  然而要注意的是，这些例子中只有一个权势人物是那部电影的主人公（并且在那个例子里他已经七十岁了[①]。）那些强大的伟人们被从他们的权位上拉下马，更像是莎士比亚悲剧里的那些事儿，而不是好莱坞大片。广大观众更容易同情并支持那些遭遇有权势的大老板、独裁者和黑道头目的平民英雄们——并且喜欢看他们获胜。

- 毫不犹豫地去做对的事情的能力。像詹姆斯·邦德、《虎胆龙威》（*Die Hard*）系列电影里的约翰·麦卡伦，和克林特·伊斯特伍德（Clint Eastwood）在《肮脏的哈里》（*Dirty Harry*）系列电影、他的大部分西部片和更近期的《老爷车》（*Gran Torino*）里所扮演的人物们那样，这些主人公受欢迎的原因正是植根于他们对于自己

---

① 此处指电影《教父》。——译者注

的行为几乎没有任何犹疑这一表现。当他们看清了什么是应该做的事情的时候，他们就去付诸行动，不理会任何危险、阻碍，或者政治和道德上的含义。他们拥有掌控自己和他人的命运的力量，这是余下的我们非常缺少的。

当《飓风营救》中的布莱恩·米尔斯得知自己的女儿被绑架时，他的反应十分简单："得有人救她，我这就上路。"他不在乎政治，不在乎危险，或者他的行为会造成多少人死亡；他只管发挥他的能力。对于一个面对战争、犯罪、腐败、天气变化、经济大环境、老板、政治领袖、自然灾害和国税局越发感到无助的观众来说，这个主人公的能力变得无法抗拒、具有诱惑力。

- 不在乎他人的看法而抒发个人情感的能力。这条原理经常与人物的幽默感捆绑在一起，由杰克·尼科尔森（Jack Nicholson）扮演过的，包括梅尔·文尤德尔①在内的许多角色都能说明这一点。当《五支歌》（*Five Easy Pieces*）中的鲍比点全麦土司时，当《飞越疯人院》（*One Flew Over the Cukoo's Nest*）中的麦克墨菲勇敢地面对护士长瑞秋时，或是当《东镇女巫》（*The Witches of Eastwick*）中的魔鬼表达他对女人的欲望时，这些人物都在展示他们未加修饰的情绪情感所产生的力量。这种力量对于甚至不敢提高嗓门的我们来说是极其诱人，无法抗拒的。

- 超能力。这种幻想层面的同理心和认同感可以被运用在"超级英雄——总是做着拯救世界的事情的典型人物们的身上。

但是在几乎所有的超级英雄电影里，英雄都是由作为一个普通人开始的，之后才转变为一个具有强大能力的人物。我们迅速地对彼得·帕克产生同理心，不是因为他是蜘蛛侠，而是因为我们为这个害羞却善良，被人戏弄欺负，和他的祖父母（他们深深地爱着他）居住在一起，喜欢着居住在隔壁的女孩（她几乎没有注意到他），还被一只蜘蛛咬伤的孤儿感到难过。虽然他终将会无

---

① 电影《尽善尽美》男主角。——译者注

所不能，拯救世界，但是在他被介绍出场时，这个人物就是这个清单前三项的一个极佳的例子。

（3）将人物放在一个熟悉的环境中。

一个人物生活的时代，他（她）工作的地点，他（她）的家，他（她）的家庭状况都会促使观众产生更多的同理心。例如，《朱莉与朱莉娅》（*Juile and Julia*）中的朱莉是一个在曼哈顿生活和工作的年轻妻子。显然，这并不意味着每一个认同这个角色的人都曾身处那样的情境，而是意味着观众可能已经知道或听闻了很多关于生活在这种处境中的人们的事情——并且频繁地在屏幕上看到类似的处境。这一点不适用于关于穴居人或某个俄国伯爵的电影。

因为类似的原因，那些高中生、大学生、警察、医生、秘书、家长和上班族，比类似于《血钻》（*Blood Diamond*）或《少数派报告》（*Minority Report*）中的人物能更容易地获得认同感。而那两部电影则依靠了其他的方法为观众建立了同理心。

（4）给人物熟悉的小缺点小弱点。

这一点与制造不应受的苦痛和创造一个有趣的人物都紧密相关。如果你的主人公和我们一样，时不时都会犯一些错误，比如走路撞到墙，那么观众的认同感就能得到增强。

这在社交和性的尴尬事方面尤其显得真实。在伍迪·艾伦的早期喜剧获得成功时，我曾听到那些长得像《花花女郎》（*Playgirl*）裸体照片插页上的青年说起他们是有多认同伍迪·艾伦片中的那些人物们。我不能想象一些身高一米八、富有魅力的健美男子怎么会和伍迪·艾伦笔下笨手笨脚的倒霉蛋联系到一块，但是，我后来意识到，因为我们在异性的周围或是在高压的社会环境中都会感到尴尬，所以，我们会认同任何同样遭受着一些与我们所经受过的紧张和尴尬的主人公。

（5）让你的主人公成为观众的眼睛。

当观众只在主人公获知信息时同时获知信息，他们对主人公的认同感会增强。例如，在一个推理故事中，审读人可能只在侦探得到线索的时候才能得知它们。《体热》就是主人公充当观众的眼睛的精彩例证，我们只在奈德·拉辛意识到正在发生的实情时才知情。

偶尔，一个剧本会包含一个不是主人公，却充当着观众眼睛的人物。《毁灭之路》的故事是从叙述者的角度讲述的，这个叙述者是一位青少年，他陪伴着自己的父亲，而父亲才是这部电影的主人公。另外，在《苏菲的抉择》（Sophie's Chouce）中，主人公很显然是苏菲，但是年轻人斯丁格充当了观众的最初的认同点，和有关苏菲的、渐渐揭晓的真相的来源。这个设计的好处是它可以让观众先对较为熟悉的人物产生认同感，然后在电影的过程中，这种认同感将被转化为对主人公的认同感。

你必须将这些方法结合起来，从而在迅速地在介绍完你的主人公之后，尽可能快地建立观众对主人公的同理心。只有在这时，你才可以开始揭露人物身上的小瑕疵。《窈窕淑男》（Tootsie）中，电影的主人公，迈克尔·多尔西实际上是一个幼稚的家伙，一个几乎不在乎他人的感受的演员，他的唯一兴趣就是表演、泡妞和在被发现撒谎时扳回颜面。然而，电影显然成功地让观众同情并认同了他，而忽略或接受了他的不诚实和以自我为中心。

迈克尔最开始的几场戏展现了他被一系列的试镜拒绝，不是因为他是一个贫穷的演员，而是因为他太矮、太认真或只是因为对方没有注意到他（不应受的苦痛）。而后，我们很快就看到他作为一个受人尊敬的表演老师（技艺精湛）的形象，并且愿意帮助杰夫和桑迪（受人喜爱的）。他也很有趣，居住生活在一个观众熟悉的环境里，还处在永久失业的危险边缘。

对于一个人物拥有的缺点、弱点和负面性格特征的阐述，依然可以成为获取审读人和观众的同情与认同的焦点，《窈窕淑男》对以上这些设计的综合利用就是一个优秀的例证。

3.2.3　使你的人物新颖

在确保你的审读人能认同一个人物（特别是你的主人公）之后，你必须给人物一些可以增加其独创性的品质。审读人乐于遇到他（她）觉得自己从未见过的人物。这些人物的形象应该能够跃然纸上，而不是来自于影视的无数其他角色副本。

当然，如同你的故事概念一样，你的主人公会吸收那些我们在现实生活中或在屏幕上看见过的特质。你不会想要创造一个不是在某种程度上以审读人的过往经验为根据的主人公。

《夺宝奇兵》是萨姆·斯佩德①、罗宾汉②和伊阿宋③（这里我说的是阿尔戈的英雄伊阿宋，而不是《黑色星期五》[*Friday the 13th*]里的杰森④）在文学和电影方面的衍生品。但是，为了让《夺宝奇兵》里的人物以上比所列举的其他人都多点内容，作者对这些人物的特质进行了结合和修饰。印第安纳·琼斯的帽子、鞭子、工作、知识以及他和女人和孩子的关系，都在多种层面上给他添加了新颖度，使得他成为一个独特、立体的人物。

试想你正在制作一件泥塑。首先，支架和泥土决定着这是一个人的形状。然后，其他的细节会被添加上去，从而确定这是某个特定的人。同样的，当你创作一个人物时，你将利用类似的特质和那些制造认同感的设计建立起一条与观众沟通的纽带。再然后，你要添加可以让人物显得新颖、独特且有趣味的背景素材、个性特点、习惯、语言模式、态度、职业和外貌。

以下几个方法可以帮助你为人物一层层地添加这些独特的品质：

---

① 萨姆·斯佩德，美国侦探小说中的人物。——译者注

② 罗宾汉，英国民间传说中的英雄人物，人称汉丁顿伯爵。他武艺出众、机智勇敢，是一位劫富济贫、行侠仗义的绿林英雄。——译者注

③ 伊阿宋，希腊神话中夺取金羊毛的主要英雄。伊阿宋是希腊神话中的忒萨利亚王子。叔父珀利阿斯篡夺王位后，令伊阿宋去科尔喀斯觅取金羊毛。伊阿宋得赫拉之助，与赫拉克勒斯、墨勒阿革洛斯等英雄，乘坐阿尔戈号，历经艰险取得金羊毛。最后却遭到了美神维纳斯无意间的如同玩笑一般的诅咒含恨郁郁而终。——译者注

④ 杰森是电影《黑色星期五》中的杀人魔王。"伊阿宋"和"杰森"在英文中都写作 Jason，故作者有此解释。——编者注

（1）研究。

调整人物的最佳办法就是在你的主题领域中进行广泛的研究。如果你正在创作一部有关消防员的电影，你就应当在现实生活中和许多消防员交谈，这样做不仅是为了获得关于情节的构思，也是为了观察个体的人格特质。我曾看见，当作家们给予他们的人物一些在现实生活所对应的人身上观察到的特质时，平凡的主人公就会变得独特且立体。

（2）摈弃陈词滥调。

看看你分配给你的人物的所有特性，并把每一个特性变成它的反面。如果你笔下的私人侦探是一位强壮、形貌好看、工人阶级的、三十五岁男性，那么你就把这个人物变成一个富裕的失明九岁女孩。

无独有偶，这个方法的目的也是为了促进头脑风暴。你不是在寻找好想法，你只是在寻找想法。此时你追求的是数量，不是质量。你得把你的人物改变到荒谬的程度，这样可以强迫自己产生创意。

你很可能会断定，一个富裕的九岁失明女孩完全不适用于你的剧本。但是，这样一个人物会拥有哪些特质，可以被整合到你的主人公身上让他更为新颖有趣？

或许，这位私人侦探可以是一个女人，可以来自于一个富有的家庭，可以收集玩偶成癖，可以喜欢建造娃娃屋，可以是盲人，可以佩戴着厚厚的眼镜，也可以有其他的一些残障，可以有一个九岁的女儿，可以在一个日间护理中心兼职工作，可以有一个失明的妻子或丈夫，也可以受雇保护一位谋杀案的"目击者"。"目击者"只有九岁，而且已经失明。你头脑风暴的马力越足，你就越有可能实现独创性。

这里有一个打破陈词滥调的绝妙例子：某部电视警匪片里的警察缺少了几乎所有该类型片中警察形象的典型特征。他结了婚、有礼貌、健谈、害怕枪支、不是特别有吸引力、从来不打架，并且真诚地喜欢他人。当然，我描述的是神探可伦坡。《神探可伦坡》（*Columbo*）能取得长期成功的一个主要原因就是理查德·莱文森（Richard Levinson）和威廉·林克（William Link）在创造他们的主人公时打破了固有的模式。

通常来说，犯罪系列电视剧都很重视的一点是给剧中主角找到至少一个能将其与其他所有电视剧中的警察区别开来的特性，例如《灵书妙探》（*Castle*）中的推理小说作家、《超感神探》（*The Mentalist*）中的前伪装灵媒、《灵媒缉凶》（*Medium*）中真正的灵媒，以及《神探阿蒙》（*Monk*）中的强迫症患者。

（3）塑造一个性格特征与主人公相对立的人物。

通常，你可以通过将一个人物与另一个与他（她）大相径庭的人物配对，来彰显这个人物身上的一些独特的、尚未被发掘的方面。如果下一部007电影让邦德和哈利·波特组成一队，我们就可能会看到这两个角色以前从未显露的人格侧面。

通常，故事概念本身就涉及将对立的二者扔到一起的处境，结果就造成了整部电影呈现出更多的深度和新颖度。《廊桥遗梦》（*The Bridge of Madison*）、《勇闯夺命岛》（*The Rock*），以及《老大靠边闪》（*Analyze This*）都在基本概念里采用了这种设计。

（4）为角色选派演员。

想象一个特定的演员来饰演你正在创作的这个角色。如果你的故事是关于一个见证了一次谋杀案后身处险境的人物，当你想象杰瑞德·巴特勒（Gerard Butler）、迈克尔·塞拉（Michael Cera），或佩内洛普·克鲁兹（Penélope Cruz）扮演这个角色时，你的主人公就会带上更多的个人特质。这个策略也可以被用来创作令人印象深刻的对话。

但是，永远不要让你的剧本只指定一位潜在演员。"把所有的鸡蛋都放在一个篮子里"会严重地限制你出售这个剧本的可能性。更确切地说，你应当为一个角色想象可以塑造他（她）的几个特定演员，这样做是为了帮助你让这个角色显得更加独特，使人物有血有肉，以便各种合适的演员能够扮演该角色。

3.2.4　动　机

不管你的故事概念是什么，你的每一个人物都必须想要某个东西。这些目标、欲望、目的是推动你的故事的力量。正如人们通常所说的那样，这就是人物决定情节的具体方式。

我用动机这个词来定义"一个人物希望在电影或电视剧结束前完成的任何事情"。更重要的是，正是你的主人公的动机决定了你故事的"一句话"基本概念。这是构建整个故事情节、其他每个人物和每一分场戏的主心骨。

换句话说，你的主人公所渴望的东西决定了这个故事是关于什么的。《捉鬼敢死队》（Ghostbusters）讲的是一位前大学教授想要通过驱鬼来赚钱。《终结者》（The Terminator）是关于一名服务生想要逃避一个来自未来的、试图要杀害她的机器人。无独有偶，《扪心问诊》（Treatment）中的一集讲的是保罗努力地想要说服他的一位病人开始接受化疗。任何电影或电视剧的故事概念都可以用类似的语句来表达，也就是从主人公在电影上下文里明显希望实现的事情的角度来表述。

主人公的可见动机是整个剧本中最重要的元素。从原始概念到最终稿，剧本的每一个层面倚靠的都是你为主人公创造开发的动机有多清晰、多有效。那些卖不掉的剧本所存在的问题几乎都可以追溯到它们的主人公动机要么选错了，要么令人迷惑，要么根本就不存在。

动机也并非仅限属于剧本的主人公；正如我们即将讨论的内容，你的电影里的每一个人物都想要些什么。但是，我会首先将注意力集中在主人公身上，因为这个人物的动机形成了故事的主心骨，推动着情节。然后，我再讨论其他人物是如何与主人公产生关系的。

注意，我在有关动机的定义里包含了一个短语"在电影结尾之前"。在你的剧本里，人物可以想要各种各样的东西，但是，他们的具体动机必须是他们希望在故事结束之前得到的东西。因此，在《军官与绅士》（An Officer and a Gentleman）中，扎克一直在说他是多么想在未来的某一天能成为一名飞行员。然而这不是他的动机，因为电影不是在讲他努力地做这件事。更准确地说，他在电影中的动机是要成为一名军官、和葆拉发生点风流韵事以及获得一点归属感。他的这些目的决定了这部电影的情节和推进力。

正如我们早先讨论的那样，动机同时存在于外在和内在两个层面上：

外在动机回答的是"在电影结束前，人物想要实现什么"的问题。这一点我有意地反复声明，甚至到了令人厌烦的程度：推动着故事情节并决定着基本的故事构思的是主人公的外在动机。

破解一宗谋杀案、赢得一个漂亮女人的爱以及绑架一个有钱人的妻子以勒索赎金，以上都是可见的、以情节为主的外在动机。

内在动机回答的则是"人物为什么想要做这件事"的问题。并且，这个答案总是与获得更大的自我价值有关。在故事里的人物看来，内在动机是让他（她）获得更好的自我感觉的途径。因为这个层次的动机来自人物的内心，所以它是隐藏的、主要通过对话揭露的。它与主题和人物成长的关联比它与情节之间的关联更为紧密。

这两个层次的动机之间的比较揭示了它们各自的特质，所示如下：

外在动机	内在动机
可见的	隐藏的
对外在成就的渴望	对自我价值的渴望
通过动作揭露	通过对话揭露
对问题"这个人物想要做什么？"的回答	对问题"他（她）为什么想要做那个？"的回答
与情节相关	与人物成长和主题相关

这个发现并没有什么特别神秘的地方。现实生活也在以同样的方式运转。我们都想要实现某些愿望，这些欲望决定了我们的动作：工作、上学、写作、打高尔夫球、收集珠串或者与爱人共度时光。这些都是可见的外在动机。但是，我们每个人追求这些事物的原因可以是不同的。

举例来说，你此刻的外在动机，显而易见，就是阅读此书。这个明显的渴求决定着你此刻的动作。

　　但是你的内在动机，你正在阅读此书的原因，如果我不问你，我是不可能确定的。你的原因可以是为了自我教育；为了成为一名更好的编剧；为了能挣很多钱；为了治疗失眠症。然而，不论你的内在动机是什么，它必须与更好的自我价值感相关。总之，出于某种原因，你相信阅读这本书会让你的自我感觉更好。

　　这个过程以同样的方式作用于你的剧本人物。例如，在皮特·基亚雷利（Pete Chiarelli）为《假结婚》（The Proposal）所写的剧本中，安德鲁想要和他的老板玛格丽特结婚，并且要说服移民局代表相信他们的恋爱关系是正当的。这是安德鲁的外在动机。但是，他想和她结婚（并接受她承诺给他的升职机会）的原因是为了在这家出版公司得到晋升，并从她的掌控之下逃脱。成功和独立是他的内在动机，它们解释了为何他的外在动作能令他获得更好的自我感觉以及更大的自我价值感。

　　在电影情节的进展过程中，安德鲁开始真心地爱上玛格丽特，因此，最终赢得她的爱也成了一个同等重要的外在动机。在任何爱情故事或浪漫喜剧中，爱情都是一个内在动机，因为我们一直相信，当我们赢得来自我们所爱之人的爱，我们的自我感觉会更好。

　　角色们在选择他们的内在动机时经常会表现得不明智——他们动辄会选择实现自我价值的错误途径。《虐童疑云》（Doubt）中，修女阿洛伊修斯相信，如果她能赶走神父，那就证明了她是正义、正确、优秀出众的。然而到电影结束时，她没有获得任何这样的感受，此时的她反而有了自己的疑虑。但是，只要她认为自己那严格狭隘的评判是通向自我价值感的途径，那么它就符合定义，是她的内在动机。

　　类似地，许多电影都讲述了它们的主人公相信自己的内在动机——复仇、贪婪或权力是通往自我价值的途径，而他们在电影的进程中学到的却是相反的事实。

　　主人公的外在动机一定必不可少。它决定了你电影的故事概念，是你整个剧本的基石。如果你的主人公没有一个清晰、明显的外在动机，你就不会有剧本，也就不会有电影。

　　对主人公的内在动机的探究是可选择进行的。你的所有人物，包括主人公，都会有他们的原因去做他们想要做的事情，但是你可以选择不去探究他们对于自我价值的个别渴求。

许多成功的电影，包括《007》和《夺宝奇兵》系列电影，都没有探究主人公的内在动机。我们会感到，这些主人公就是喜欢刺激的感觉。在这种心理的驱使下，他们才去做好某件事。但是，电影没有以任何明显的方式真正地研究了该层次的动机。

3.2.5 冲　突

仅仅有动机是不足以让你的剧本成功的。如果天行者卢克说："我要推翻帝国。"而达斯·维德立即回答："好。我们投降。"那就没有电影可言。必须有一些事物在阻止主人公得到他想要的东西。

任何阻塞在人物实现他（她）的动机的道路中的事物就是冲突。冲突是人物为了达到他（她）的目标而必须努力克服的一切干扰、障碍的总和。

你要记住，作为一名编剧和讲故事的人，你的主要目标是激发情绪。而情绪产生于冲突并非欲望。任何剧本或者电影里最能令人投入情绪的场景都是那些包含了人物必须面对的巨大的障碍的场景。它们可能是与反派角色或自然之力的直接对抗，对一个即将到来的巨大阻碍的预感，人物与他们的内心冲突做斗争，抑或甚至是主人公因为找到了克服某个困难的技巧或勇气而得到回报的那些时刻。欲望的存在只是为了推进故事向前发展。冲突的大小、深浅和新颖度才是维持审读人翻动纸页的动力。

像动机一样，冲突存在于外在和内在两个层面。外在冲突是任何阻拦在人物实现他（她）的外在动机的道路中的事物。

外在冲突会由其他人物（《撞车》[Crash]、《美食总动员》[Ratatouille]、《在云端》[Up in the Air]），或者由人物连同自然之力（《土拨鼠之日》[Groundhog Day]、《大白鲨》[Jaws]、《龙卷风》[Twister]）提供。

内在冲突则是指：当人物在追求他（她）的内在动机时（如果你选择了要探究人物的内在动机），那些在这个过程中阻拦他们实现真正的自我价值的事物。只有当人物可以克服他（她）的内心冲突时，他

（她）才有可能实现自我的价值感，而这也正是他（她）的目的。

　　让我们再一次细细考量由默里·西斯盖（Murray Schisgal）和拉里·吉尔巴特（Larry Gelbart）一起（和大约一打的名字未上片头字幕的作者）创作的一部真真正正伟大的剧本《窈窕淑男》。这个故事讲述了一位失业男演员想要以一名女演员的身份在一部肥皂剧中成功演出，并赢得一名合演明星的爱。"以一名女演员的身份演出"和"赢得合演明星的爱"是迈克尔·多尔西的外在动机，因为它们是可见的、推动着情节的，并且通过电影中的动作被展现出来的。而在这条道路上，阻拦主人公实现自己的外在动机的外在冲突是：他确确实实是一个男人（与自然的冲突），以及，如果其他人物，包括他的合演明星，发现了这一点，他就会失去工作，失去赢得他的爱人的可能性（与其他人物的冲突）。

　　主人公的内在动机，也就是他想要假扮成女演员的原因，是为了获得作为一名男演员的成功。这是迈克尔获得更好的自我感觉以及获得更大的自我价值感的手段。扮成"多尔西·迈克尔"将为他赚得出演一部舞台剧的钱，更重要的是，这可以验证他是一个多么伟大的演员。迈克尔的内在冲突是他不知道什么时候该停止表演。当他的室友杰夫问他，既然他可以做一个好演员、一个好老师，为什么他就是不能做自己时，他的回应是："我为什么要做自己？"显然，他看不到做自己的价值，他只有在扮演角色时才可以看到自己的价值。这就不断导致他不能诚实地面对自己所关心的人。

　　只有在迈克尔能够意识到并克服自己的内在冲突之后，他才能从自己选择的道路（表演）中获得自我价值。只有当他（通过"多尔西"）习得了诚实的价值，他才能够赢得朱莉的爱和友谊，并由此体验真正的自我价值感。

3.3　塑造剧本里的其他人物

　　在你的剧本开发到这个节点时，你至少已经有了关于主人公的物理构成、人格和背景的轮廓；找到了制造观众对主人公认同感的途径；也为人物添加了能让他们显得独特的品质和性格特点。你亦已确定了主人公的外在动机和外在冲突，或许也已经开始探寻他（她）的内在动机和冲突。

但是，世上不存在只有一个人物的电影，所以现在你必须塑造其他的主要人物和次级人物。与主人公外在动机的关系将定义所有这些人物。

3.3.1　主要人物的四个类别

在创作剧本的其他主要人物时，你将面临以下两种情形中的一种：

其一，一群活在你的剧本里的人物在你的脑海里成了形，因为你已经构思好了他们，或是你正在改编一个来自其他素材的故事，或是故事情节的逻辑就已经决定了某些人物的类型。在这些情况下，如果你知道这些人物与你的主人公各自有着怎样的关系，发挥着什么样的功能，那么你的人物就能以最有效地方式吸引审读人。

其二，你已经打造出剧本的主人公，但是，你还不知道故事里的其他人物是谁。在这种情况下，懂得主要人物的基本类别就会对你很有帮助，因为你知道，你必须为自己的故事创造各类能满足这些特定功能的人物。

剧本主要人物的四个基本类别所列如下：

（1）主人公。

这是剧本的主角人物，他（她）的外部动机推动情节向前发展，他（她）是审读人和观众的主要认同对象，也是大部分时间都出现在屏幕上的那个人。与所有主要人物一样，主人公必须拥有外在动机和冲突，而他（她）的内在动机和冲突则可能会也可能不会被揭露或探究。

（2）主要敌人。

这是在主人公实现外在动机的道路上，最为妨碍他（她）的人物。只要这个人物以某种方式阻碍了主人公，无论他是一个显而易见的大恶棍，还是只是一个对手、一个竞争者，或者甚至一个好人，他就是主要敌人。《沉默的羔羊》(*Slience of the Lambs*)里的连环杀手、《空军一号》里的劫机犯，和《角斗士》里的帝王很明显都是主要敌人，《洛奇》(*Rocky*)中的阿波罗·克里德、《西雅图未眠夜》中的沃尔特，甚至《莫扎特传》(*Amadeus*)中的莫扎特也是主要敌人，虽然这几位后者并非恶棍。

你的主要敌人越强大、越难对付，你的故事就越能让人印象深刻。阿波罗·克里德并不是另一个来自于贫民区的三流拳击手。他是世界重量级拳击冠军，这个事实给洛奇造成了一定情绪上的影响。克里德给主人公带来了非常大的挑战和障碍。同样地，《星球大战》(*Star Wars*)中的达斯·维德，他作为主要敌人的效力产生于他使用原力的能力和欧比-旺一样强。以及在哈利·波特系列电影中，伏地魔也是一个引人入胜的主要敌人，因为他看上去是坚不可摧的。

主要敌人必须是一个可见的、具体的人物，它不能是一个集体的名字（"黑手党"）、自然之力（"癌症"），或者生命的某种性质（"世间的罪恶"）。

我们很难写作能令人印象深刻的阴谋故事的原因是：观众无法把自己的注意力投入到像"中央情报局"或"苏联国家安全委员会"或"政府"这样的主要敌人上。阴谋故事《禁闭岛》(*Shutter Island*)能让人情绪投入的原因之一是：电影中的主要敌人是一个特定的个人——考利医生。如果你的主人公遭遇到了"恐怖分子"，那么你就得创造一个具体的恐怖分子来代表这个整体的威胁。

创造可见的主要敌人并不一定意味着审读人就得知道这个人的身份。例如在一部谋杀主题的悬疑片里，观众可能不知道主人公正对抗着哪一个人物，但是通过主要敌人的动作后果，我们知道有一个具体的个人正在制造障碍，让主人公难以侦破案件或难以生存下去。

你也必须展现主人公和主要敌人之间的最终对决。试想在一部西部片中，整部电影都在为一场警长和坏蛋之间的枪战做准备。然后突然有一刻，警长冲进了酒吧，宣布道："你们应该已经看到了！我开枪打死了他！"对此，没有观众还会坐着继续看电影了。

在大部分剧本里，这个终极对决是整部电影的高潮，因为正是在这一时刻，主人公要么成功实现了他（她）的外在动机，要么失败。甚至在那些最终对决发生在高潮以前的电影里，例如《体热》（主要敌人在电影进行到一半的时候被杀害），或者《大白鲨》（市长最后一次被看到是在三个好汉出海寻找大鲨鱼之前），主人公和主要敌人的对决也仍然是故事的必要元素。

（3）映像人物。

这个人物支持主人公的外在动机，或者至少在剧本的开头是与主人公处在相同的基本境况中的。映像人物可以是一位朋友、导师、伙伴、教练、同事、配偶、情人或其他任何能为主人公的目标增援的人物。

映像人物的例子包括摩根·弗里曼（Morgan Freeman）在多部电影中饰演的角色，例如《不可饶恕》（*Unforgiven*）中的内德·洛根（他想帮助主人公威廉·曼尼获得奖励），《百万美元宝贝》中的斯凯普（主人公法兰基最好的朋友，他想帮助法兰基训练麦琪成为冠军），以及《蝙蝠侠》系列电影中的卢修·福克斯（他愿意帮助主人公布鲁斯·韦恩做任何他想做的事情）。我能说什么呢？摩根·弗里曼能把映像人物的戏做得很好。

在你的剧本里创造一个映像人物主要是出于三种目的。首先，如果你的主人公在克服外在冲突的过程中得到了帮助，这会为你的情节添加可信度（如果没有老板艾德·马斯里提供的帮助、专业知识与法理，埃琳·布罗克维奇不可能赢得对抗太平洋煤气电力公司的诉讼①）。第二，它给了你的主人公一个可以与之交谈的人，更易于背景、内在动机、内在冲突和主题的揭露，也易于制造预感（"现在，这是我的计划，通托……"②）。第三个原因与主人公的人物成长弧息息相关，但是我们稍后才会讨论这一点。

---

① 电影《永不妥协》（*Erin Brockovich*）中的情节。——译者注
② 电影《独行侠》（*The Lone Ranger*）中的情节。——译者注

（4）浪漫人物。

这个人物是主人公在性或者爱情方面的目标，他（她）至少构成主人公的外在动机的一部分。当你的主人公把赢得另一个人物的爱或与他（她）发生关系作为自己的目标，并且这个目标包含在他（她）的外在动机之中，这里的另一个人物就是浪漫人物。《魔术师》（*The Illusionist*）中的杰西卡·贝尔（Jessica Biel）、《疯狂的心》（*Crazy Heart*）中的玛吉·吉伦哈尔（Maggie Gyllenhaal）和《断背山》中的杰克·吉伦哈尔（Jake Gyllenhaal）就分别饰演了各部电影中的浪漫角色。

更进一步来说，浪漫人物必须变换着立场，支持、再反对主人公的外在动机。一开始他们可能共同抱有想要在一起的外在动机。然后某种冲突产生了，于是浪漫人物不再想和主人公在一起了。最后，他们一起回到了当初，并再一次拥抱相同的外在动机。

不能仅仅因为某个人物与主人公之间有性或感情上的牵连，你就将他（她）划分为浪漫人物。《钢铁侠》（*Iron Man*）中，虽然托尼·斯塔克和小辣椒波兹之间有明显的性吸引，但她只是一个映像人物，不是浪漫人物，因为电影没有讲主人公试图赢得她的爱。同样的情形发生在《朱莉与朱莉娅》《马利和我》（*Maeley and Me*），以及《心灵驿站》（*The Station Agent*）中的配偶们、伙伴们、朋友们和爱人们的身上。只有当主人公的外在动机是要赢得某个人的爱时，这个人物才起到浪漫人物的功能。

在创造填补这四个主要类别的人物时，你必须理解一些基本规则和条件：

（1）这些角色必须是人。

我们所讨论的角色必须是人类或类人类。主要敌人不可以是一个动物（除非它是一个像《美食总动员》里的雷米那样的人格化的生物），不可以是一种处境（比如战争、饥荒或糟糕的经济环境），也不可以是某种自然之力（比如疾病、食人的鲨鱼或太阳黑子）。

（2）不探究主要人物的内在动机和冲突也可以。

通常，如果你的剧本确实要探索人物性格发展的这些层面，你也得是为了你的主人公，根据需要增添其他主要人物的内在动机和冲突。

（3）没有必要囊括所有类别的人物。

主人公是唯一的必不可少的类别。《朱莉与朱莉娅》中没有主要敌人，《莫扎特传》中没有映像人物，《飞屋环游记》中没有浪漫人物。除了你的主人公，你一定还会想要塑造至少一种类别的主要人物。塑造额外的主要人物不是强制的，取决于故事的需要。

（4）一个人物只能属于一种类别。

如果你说你的主人公是"她自己最大的敌人"，那么这句话真正表达的是一种内在冲突。作为电影的主人公，她不可能同时也是主要敌人。而一个映像人物也不能同时是浪漫人物——一个人物只能属于一种类别。

你可能会想："如果映像人物变成了浪漫人物，然后又被证明他（她）其实是主要敌人，那会怎样？"但是，这本书里所有的术语、原理、规则和方法的目的都是为了简化你写作剧本的过程。把一个浪漫人物同时也构思成一个映像人物或让一个主人公成为他自己的主要敌人，这做的恰恰是相反的事情。

当然了，主人公会时不时地与映像人物发生冲突（尤其在主人公的内在冲突方面——请参见第4章）。而主人公与浪漫人物则会在爱情故事的冲突里进进退退（参见以上）。映像人物、浪漫人物甚至有可能在一部推理剧或惊悚片的最后被揭露其实是杀手。

但是，在你创造自己的人物时，你要想想他们的主要功能与主人公的外在动机有何种关系。你要确保这些人物以清楚的、能抓住审读人情绪的方式满足这种关系。然后，你可以做各种实验，为他们的关系增添不同的方面，从而让作品体现出深度和新颖度。将一个人物放在两种不同的类别里只会让身为作者的你更难采用接下来的所有原理，而这些是我可以保证会增加审读人对你的剧本的情绪投入的原理。

这项规则的例外出现在当你的剧本中有不止一名主人公时（参见下文）。在这些例子中，每一个主人公通常都会充当另一个主人公的其他三种角色中的一种。例如在《猫鼠游戏》（*Catch Me if You Can*）里，弗兰克·阿巴内尔和卡尔·汉拉蒂都是电影的主人公，并且每一个人都充当了另一个的主要敌人。还有如《风月俏佳人》（*Pretty Woman*）、《莎翁情史》（*Shakespare in Love*）和《假结婚》之类的双主人公爱情故事里，每一个主人公都是另一个主人公的浪漫人物。

（5）每个人物的类别是不能改变的。

这些人物的定义都取决于他们在电影开始时发挥的功能。当主要人物被引入时，他们与主人公在那时的关系就决定了他们是否是主要敌人、映像人物，或浪漫人物。

也许你后来发现映像人物最终是反对主人公的，或者主要敌人根本就不是一个坏人，但是，这些都不能改变他们在故事里所扮演的角色和所充当的功能。

正如一个人物不可以属于两种类别，我一遍又一遍地被问到，如果主要敌人在电影的结尾变成一个好人，他（她）是否依然不可以成为映像人物。答案是不可以，因为这样想是无济于事的——确定这些类别的目的就是为了简化写作过程、凸显主要人物，这样他们才能更有效地发挥各自的功能。如果你开始多虑地想要为他们转换类别，那么你只会搅浑自己的故事的清晰度，降低推进力。不管这些人物在第三幕里做什么，因为他们就像工具一样，已经完成了自己的职责，所以他们的类别始终保持不变。又因为人物类别对于揭示性格成长和主题也很重要（正如我们将要在第四章探讨的那样），所以每个人物确实必须只能归于一个类别。

当观众在看一部电影时，他们潜意识里会问自己："我在支持谁，他（她）在追求什么？"（主人公和动机），"他（她）面临着什么？"（主要敌人），"谁将会帮助他（她）？"（映像人物），以及"他（她）将爱上谁？"（浪漫人物）这四个类别的目的是为了引导你创造和引入一些能达成这些期望的人物。

（6）一个类别里可以出现一个以上的人物。

双重主人公在哥们儿电影中（《致命武器》[*Lethal Weapon*]、《遗愿清单》[*The Bucket List*]）以及浪漫喜剧中（《宛如天堂》[*Just Like Heaven*]、《一夜大肚》）是相当常见的。在所有这些例子中，两个人物都是我们着重描绘的，两个人物都出现在大部分的场景里，并且两个人物都拥有推进剧情的外在动机。

与此相似的是，《沉默的羔羊》中有两名主要敌人，《大战外星人》中有三个映像人物，《二见钟情》《导购女郎》（ *Shopgirl* ）和《爱很复杂》（ *It' Complicated* ）中有两个浪漫人物。

《大寒》（ *The Big Chill* ）、《美国风情画》（ *American Graffti* ）、《撞车》《毒品网络》（ *Traffic* ），以及《情人节》（ *Valentine's Day* ）都是多重主人公故事的例子。当然了，电视剧里到处都充斥着双重或多重主人公：《摩登家庭》《实习医生格蕾》和《广告狂人》（ *Mad Man* ）都包含两个或更多势均力敌的主人公。

对于那些正在考虑创作含有多重主人公的剧情片的人，我最强烈的建议就是——别写。这样一出剧本是极难完成的，因为多重主人公会倾向于分散你的故事焦点，并让它变得令人困惑。销售这样一个剧本也很困难，因为审读人很难从字面上记住所有人物。特别对于新作者，最好的途径仍是忠于单独一个基本主人公——或许最多两个主人公，如果你的剧本是一部哥们儿电影、一个爱情故事或者一个浪漫喜剧。

3.3.2　次级人物

次级人物指的是你剧本中的所有其他人，在描绘完你的主要人物后，为了给你的剧本增强逻辑性、幽默感、复杂度、深度和真实性而添加的人物。在主人公追寻他（她）的外在动机的过程中，大部分的次级人物都应当为主人公增添更大的冲突，或弥补更多的支持。

你要让你的次级人物尽可能多地实现以上功能，从而保证每一个人物都尽量饱满、独特、令人投入情绪。但是，你应当依据主人公的外在动机，只在有需要的时候才利用他们。不要让你的剧本超载负荷大量的，会使你的情节分散、复杂化的小配角。

我从未见过一个有着极好的主要人物的剧本会因为次级人物过于薄弱而被拒绝。你应当塑造那些能发挥最大效能的主要人物，然后按需要塑造额外的次级人物，这样，你的剧本的整体人物铺排就会比较好。

3.4   制作人物，动机，和冲突的图表

接下来，我将针对由泰德·艾略特（Ted Elliott）、特里·鲁西奥（Terry Rossio）、乔·斯蒂尔曼（Joe Stillman）、罗杰·S·H·舒尔曼（Roger S. H. Schulman）创作的《怪物史瑞克》（Shrek）里的每一个主要人物，填写以下图表，以此来阐释这些有关人物、动机，和冲突的原理。

	外在动机	外在冲突	内在动机	内在冲突
主人公				
主要敌人				
映像人物				
浪漫人物				

《怪物史瑞克》讲述的是一个怪物想要拯救菲奥娜公主，并赢得她的爱的故事。这是故事概念。

主人公是史瑞克。他是主要人物，他在屏幕上的时间多过其他任何角色，观众对他最具有同理心；他的外在动机推动着情节向前。

史瑞克的外在动机是拯救公主（先是从城堡，然后是从法魁德大王手中），并赢得她的爱。这些渴望是明显的。它们有着定义清晰的、我们一听到就可以想象出的终点线；这些渴望是通过动作揭示的；它们决定了情节；它们回答了"这个人物想要什么？"的问题。

史瑞克的外在动机是他必须跨越一条炽烈的的护城河，战胜一只喷火的恶龙才能拯救菲奥娜；菲奥娜身上的诅咒使她在白天是一个公主，在夜晚却成为一个怪物；史瑞克还必须战胜强大的法魁德大王和他的军队。这些情形为史瑞克提供了障碍，为了完成他的两个外在动机，他必须克服这些障碍，这就满足了外在冲突的定义，

为了确定哪些人物满足主要敌人、映像人物和浪漫人物的定义，你得时时参照主人公的外在动机。

主要敌人是在主人公实现外部动机的道路上最为妨碍他（她）的人物。所以你得问问自己："谁给史瑞克赢得菲奥娜的爱制造了最大的障碍？"

菲奥娜身上的诅咒当然是一个障碍，但是它是一种自然之力，并非一个人物。所以真正的答案当然应该是法魁德大王。法魁德大王的外在动机是要强娶菲奥娜公主。换句话说，他想要的也正是史瑞克想要的，这让他与主人公处在相互矛盾的对立位置上。不出意料，主要敌人的外在动机为主人公提供了外在矛盾，反之亦然。

法魁德大王的外在矛盾是菲奥娜爱上了史瑞克，且史瑞克终将努力夺回她。

映像人物是话痨骡子，这个人物支持着主人公的外在动机——骡子引领史瑞克去到杜洛国，与法魁德大王见面；他帮助史瑞克拯救公主；他鼓励史瑞克和菲奥娜追求彼此；他还说服史瑞克在菲奥娜嫁给魁德大王以前找到她。

所以，骡子的外在动机是帮助史瑞克拯救菲奥娜并赢得她的爱。他的外在冲突和史瑞克的一样：炽热的护城河、恶龙、诅咒，以及法魁德大王。

最后，浪漫人物是主人公的外在动机所针对的性或感情上的目标：菲奥娜公主。因为菲奥娜先后有支持和背离史瑞克的外在动机，她进一步满足了对浪漫人物的要求。菲奥娜想要逃离城堡，并且想要最终赢得史瑞克的爱（支持史瑞克的外在动机）。但是，当史瑞克没能符合她心目中"白马王子"的形象时，当她因为自己身上的诅咒而不想走近史瑞克时，以及当她同意嫁给法魁德大王时，她和史瑞克就处在了相互对立

的位置上。菲奥娜的外在动机是要最终赢得史瑞克的爱。她的外在冲突包括：身上的诅咒、史瑞克对于她的抗拒的误解以及法魁德大王。

如果这听上去有点儿太过简单，那是因为它确实就该这么简单。所有的人物类别都应当是容易确定的；人物的可见欲求也应当是显而易见的。成功的剧本不是因为它们复杂、令人迷惑才成功，而是因为剧本中的具体人物、欲求和冲突的特殊性在情绪上具有说服力。

那么，以上就是该故事的四个主要人物，现在的图表看上去就是这样的：

	外在动机	外在冲突	内在动机	内在冲突
主人公 史瑞克	拯救菲奥娜公主；赢得她的爱。	他是一个怪物；她被一条恶龙保护着；她被下了诅咒；法魁德大王想要得到她。		
主要敌人 法魁德大王	强娶菲奥娜公主。	史瑞克和菲奥娜公主坠入了爱河；史瑞克努力想要夺回公主。		
映像人物 骡子	帮助史瑞克赢得公主。	菲奥娜被一条恶龙保护着；她被诅咒了；法魁德想得到她。		
浪漫人物 菲奥娜公主	赢得史瑞克的爱。	她被诅咒了；史瑞克误解了她；法魁德大王不会放任她与史瑞克相爱。		

当你检视这张图表时，请记住，在一个爱情故事里，主人公和浪漫人物可能不是有意识地要即刻赢得彼此的爱。甚至在《怪物史瑞克中》中，这两个人几乎是到了剧本的中间点才遇见彼此。但是，只要观众支

持两个人最后在一起，只要随着故事的进展，两个人确实渐渐爱上了彼此，他们的外在动机就可以被定义为赢得彼此的爱。

这个图表的右半部分关乎于内在动机和冲突，这一部分会变得较为复杂，因为内在的东西往往是通过微妙的对话才得到揭露的。如果想确定《怪物史瑞克》中的这些层面，我们就需要更深入地挖掘人物的评论和态度，借此发现他们每个人为了实现自我价值选择了怎样的道路。

为了摆脱那些闯进了他的沼泽，来自于童话王国的生物，史瑞克同意为法魁德大王找回菲奥拉公主。史瑞克的沼泽并非只是一块财产——它还代表着史瑞克的孤独——防御任何人与他靠近、与他沟通互动、向他提出要求抑或最终拒绝和伤害他。除了他对那些来自童话王国的不速之客的反应，史瑞克与骡子的初次邂逅也证实了这一点。虽然骡子除了想帮助史瑞克、与他做朋友（可能还想要一些华夫饼干）之外，不想要任何东西，虽然骡子接受一个真实的史瑞克，史瑞克还是不停地侮辱他、叫他滚开。

所以史瑞克的内在动机是孤立。他认为孤立能给他带来更大的自我价值感。

但是，后来他遇见了菲奥娜，并爱上了她。所以从那一刻开始，史瑞克想要的是赢得菲奥娜的爱，他的内在动机开始与所有浪漫喜剧里的外在动机一样了：爱情。这就好比在现实生活中，当我们赢得我们所爱之人或所渴望之人的爱或渴望时，我们会有更好的自我感觉。

内在冲突是存在于人物内心，阻止他（她）达成自我价值的东西。对于史瑞克来说，这个冲突是本质上他选错了一条追求自我价值的道路。如果他切断自己与他人的联系，他永远都不可能真正地获得更好的自我感受、感受到幸福和满足；如果他一直生活在一面写着"禁止入内"的带刺铁丝网之后，他肯定也永远无法赢得菲奥娜的爱，或者体验任何形式的爱。

这个内在冲突在骡子和史瑞克的对话中也得到了体现。"你有问题，史瑞克。"骡子这样告诉他的朋友，鼓励他接近菲奥娜公主。（以这种方式挑战主人公是映像人物的一个主要功能，你将在下一章节看到有关的内容。）

"不是我有问题，"史瑞克答道，"是所有其他人都有问题。"每当人们看到史瑞克出现，他们都会转身向相反的方向跑开。为了避免再一次经历这种痛苦，史瑞克可以做任何事情——即使这意味着失去真爱。

法魁德大王的内在动机则与爱情毫无关系。对于他来说，一切都关乎权力和淫欲，正如我们在他和魔法镜（法魁德衣橱里的那件可以照见他自己的东西）的对话中反复看到的那样。他追求的是菲奥娜的地位，而并非她的爱。

法魁德的内在冲突是他那残忍、邪恶的本性。因为他的这种本性，他将永远无法获得真正的自我价值——甚至连他贪求的权力，他也无从得手。

骡子的内在动机，那他想要帮助史瑞克的原因，也是为了自我价值。他通过友谊和关爱实现自我价值。而在图表上，他的内在冲突的一栏是空白的。骡子没有内在冲突，他在实现自我价值的道路上也没有什么阻碍物；他的真诚的爱与友谊是通向良好自我感觉的一条合理途径，他也确实做到了。

关于映像人物的这一点被很多电影采用，是一种典型。映像人物是一个开明的、心绪成熟（至少相较于主人公来说）的人物，他（她）的存在就是为了支持在外在和内心的旅途中跋涉的主人公，但是，他（她）自己却不需要克服任何内在冲突或性格缺陷。如果用心绪成熟来描述骡子可能会显得奇怪，因为他就是一个傻瓜。然而他与《李尔王》（*King Lear*）中的弄人、《海底总动员》（*Finding Nemo*）中的多莉，以及《阳光小美女》中的奥利芙同属一个原型。

虽然与前文例子中的幼稚、天真的人物不是同一类人，但是，《老爷车》（*Gran Torino*）中的牧师、《百万美元宝贝》中的斯凯普，以及《朱诺》中朱诺的父亲，都是心绪进化成熟的映像人物。记住，你没有必要带着所有的主要人物经历成长和转变。你可以选择完全不去探究人物的这个层面，或者如果你想要探究，那就可以单单只探究主人公。

浪漫人物菲奥娜的内在动机终究还是爱，但是一开始，满足无数的童话故事给她安排的所有规则才是她获得自我价值的道路。当史瑞克不愿意亲吻她让她醒来时，她是失望的；当她发现他是一个怪物而并非她心目中的白马王子时，她大吃一惊（虽然一点也没有像他预期的那样感到憎恶）；还有，对于人们有可能意识到她在夜晚会变成一个怪物时——她坚信自己必须要做一个童话中的美丽公主，而这个怪物却是美丽公主的对立面——她感到羞耻。

和史瑞克的内在冲突的情况一样，菲奥娜的内在冲突产生于一条无法真正达到自我价值的歧路。菲奥娜被童话故事设定的规则死死困住，它们让她无法做自己。她不仅仅被囚禁在一座城堡塔楼里；她还被禁锢在自己对于无法实现童话故事里的公主形象的恐惧。正如史瑞克为了维护自己的孤立，情愿放弃爱情，菲奥娜为了嫁给法魁德大王——仅仅因为他是皇室，并且更接近于她心目中白马王子应该有的样子——愿意牺牲她真正的命运。当她最终被赠予"真爱之吻"，从诅咒中解放出来，她和所有其他人一样吃惊：自己竟然变回成一个怪物。她不得不认识到，获得自我价值和满足感的真正途径不是通过美貌，或通过嫁给白马王子，或通过居住在一座城堡里，而是应当通过对自己诚实，敞开并相信自己的内心。

我要再一次声明，你并非一定要为你的浪漫人物制造人物成长弧。在许多爱情故事（例如《泰坦尼克号》《美丽心灵》《奇幻人生》）里，浪漫人物都是一个已经发展成熟的人物，他们没有内在冲突。而只有当主人公认识到，并且克服了自己的内在冲突，他（她）才能到达浪漫人物的层次、赢得他（她）的爱并且实现自己的外在和内在动机。

因此，电影《史瑞克》完整的动机、冲突图所示如下：

	外在动机	外在冲突	内在动机	内在冲突
主人公史瑞克	拯救菲奥娜公主；赢得她的爱。	他是一个怪物；她被一条恶龙保护着；她被下了诅咒；法魁德大王想得到她。	孤立；爱情。	他将自己排除在任何种类的人际关系、友谊和爱情之外。

	外在动机	外在冲突	内在动机	内在冲突
主要敌人 法魁德大王	强娶菲奥娜公主。	史瑞克和菲奥娜公主坠入了爱河；史瑞克努力想要夺回公主。	权力。	残忍； 对权力的欲望。
映像人物 骡子	帮助史瑞克赢得公主。	菲奥娜被一条恶龙保护着；她被诅咒了；法魁德想得到她。	友谊。	不适用。
浪漫人物 菲奥娜公主	赢得史瑞克的爱。	她被诅咒了；史瑞克误解了她；法魁德大王不会放任她与史瑞克相爱。	不辜负她作为一个童话故事里的公主的形象；爱情。	被童话故事里的规则禁锢。

一个极好的练习就是尝试为其他的好莱坞电影完成以上图表，特别为像《上班女郎》（*Working Girl*）、《黑客帝国》和《婚礼傲客》这样的电影，它们给所有四个类别的人物都设计了清晰的外在动机，并且至少电影中的主人公是有内在冲突的。本书第八章详细分析了电影《阿凡达》，我将会借此更进一步地阐明以上原理。

总结

（1）人物的四个方面是：
▶ 物理构成
▶ 人格
▶ 角色
▶ 背景

（2）有三个基本方法可以让审读人（观众）对你的主人公迅速产生同理心：

- ▶ 同情——不应受的苦痛的受害者
- ▶ 危险境地——处在失去对主人公来说有重大价值的某物（人）的危险中
- ▶ 可爱——拥有一个或更多以下的品质：
  - • 亲切、善良、慷慨
  - • 被其他人物深深地喜爱着
  - • 有趣

（3）人物身上能增强审读人（观众）的同理心和认同感的品质有：

- ▶ 高水平的技术
- ▶ 了解自己的能力
- ▶ 控制他人的力量
- ▶ 毫不犹豫去做对的事情的能力
- ▶ 不顾他人的看法，表达自己感受的能力
- ▶ 超能力
- ▶ 在一个审读人（观众）熟悉的环境中生活或工作
- ▶ 审读人（观众）熟悉的缺点和怪癖
- ▶ 充当观众的眼睛

（4）确保人物具有原创性的主要途径有：

- ▶ 研究
- ▶ 摈弃陈词滥调
- ▶ 使人物其他的性格特征相互对立
- ▶ 为人物选派（假想）演员

（5）动机的两个层次是：

- ▶ 外在动机：人物明显希望自己能在电影结束前实现的东西
- ▶ 内在动机：外在动机的原因，人物认为自我价值将借此得以实现

（6）冲突的来源有：

▶ 外在冲突：由自然或其他人物制造的障碍

▶ 内在冲突：来自于人物内心的障碍

（7）主要人物的四个类别是：

▶ 主人公：主角人物，他（她）的动机推动着情节发展，我们也与他（她）最有同感

▶ 主要敌人：在主人公实现外在动机的道路上最为妨碍他（她）的人物

▶ 映像人物：最支持主人公外在动机的人物，也可能与主人公身处相同的基本处境

▶ 浪漫人物：至少构成了主人公外在动机的一部分，是主人公在性或爱情方面的目标，他（她）必须在两种立场之间转换：支持主人公，以及与主人公产生矛盾

（8）创造主要人物的额外基本法则：

▶ 人物必须是人类或人格化的动物、生物或机器人

▶ 可以探究某个或所有主要人物的内在动机和冲突，也可以对此不作丝毫探究

▶ 没有必要囊括所有全部四种类别的主要人物

▶ 一个人物只能属于一种类别

▶ 每个人物的类别是不能改变的

▶ 一个类别里可以出现一个以上的人物

（9）添加次级人物是为了：

▶ 故事的逻辑和可信度

▶ 为了给主人公带来更大的冲突、提供更多的支持

▶ 或是为了提升故事的复杂程度。

第 4 章
主题和人物成长弧

每当我听到有人暗示，那些讲了有寓意故事的电影都是外语片，而好莱坞电影都太华而不实、太商业化、太肤浅时，我都感到很受打击。最优秀的好莱坞电影的伟大之处就在于它们可以华而不实、具有娱乐性、吸引大众，但在这种表面之下，它们仍然可以从一个完全不同的层面向观众传达思想、道义和普世真理。这些潜在层次的伦理道德是通过电影的主题得到探究的。

主题是电影对于人类境况所做的一种综合呈现。它是编剧的潜藏处方，告诉你一个人应当如何度过一生，才能成为一个更加成熟、充实、有个性、有道德的人。它是电影工作者们对于"如何成为一个更好的人"这个命题的表述。主题是普世的，适用于观众中的任何一个个体。在欢闹疯狂、聪明的情节、精彩的对白，和性的恶作剧之外，电影《婚礼傲客》的主题与擅自闯入婚礼、跟人上床没有一点关系。它所讨论的是诚实的必要性，以及与之相伴的情感风险。

不论你希望你的剧本传递怎样的普世生存良方，它必须由你的主人公在故事进程中的成长和内心转变来解释、阐明。换句话说，主题产生于人物成长弧。如果你的主题关乎我们应当如何关爱他人、为他人付出，从而让自己的人生充实、幸福（正如电影《雨人》《怪物史瑞克》

《心灵捕手》《全民超人汉考克》《冒牌天神》[*Bruce Almighty*]、《充气娃娃之恋》[*Lars and the Real Girl*]，以及其他无数的电影所呈现的那样），这个主题就是你的主人公在这个故事里必须学到的一课。

只有学会遵循你的主题所拥护的原则或道德而生活，你的主人公才能赢得实现自己的外在动机的权利。外在动机变成了对于他（她）勇于克服内在冲突、勇于改变和成长、勇于做正确的事情的回报。因为我们与你的主人公产生了情感共鸣——我们在心理上、情绪上变成了那个人物——所以你的电影给予了我们改变自己并遵从那种原则生活的直接体验。

与内在动机、内在冲突一样，这是一块你可以选择不在你自己的剧本里进行探索的领域。创作一个只在外在动机和外在冲突层面激发情绪情感，但没有进入更深的主题层次的剧本是完全可以接受的。许多非常成功的电影就是这么办的。

4.1 识别主题

前一章里，我一直在说主要人物的四个类别对于发展人物成长弧和主题也是至关重要的。原因就是：当主人公与主要敌人的相似之处，以及与映像人物的不同之处得到揭露时，主题就浮现了。当我们认识到主人公在电影的什么时刻与他的敌人有某些相似之处，而与他的盟友又有某些不同时，我们就开始领会这个剧本提出的有关我们应当如何度过一生的大胆宣言。

相似的是，性格成长也开始于主人公认识到自己与主要敌人的相似，以及与映像人物的不同之时。主题是由观众识别的（并通过间接感受体验到）；成长是由电影的主人公经历的（或许也被其他人物体验到）。从一个身陷于自己的内在冲突的人，成长为一个找到了勇气克服它的人，这种人物转变就是他（她）的人物成长弧。这是一个从恐惧到勇敢的人物成长弧，从内在冲突到面对真实自我价值的人物成长弧。

以下是一张来自上一章节的主要人物图表，这一次我使用的是另一部在商业上获得了成功，在艺术上也广受好评的电影《上班女郎》：

	外在动机	外在冲突	内在动机	内在冲突
主人公 黛丝·麦克吉尔	制定一份交易协议；赢得杰克的爱。	她是一名秘书，而非经纪人；凯瑟琳想要窃取她的想法、夺回杰克。	成功；爱情。	害怕自己其实不够好。
主要敌人 凯瑟琳·帕克	窃取黛丝的想法；夺回杰克·特雷纳。	黛丝正在制定协议；杰克喜欢上了黛丝。	成功。	不诚实。
映像人物 辛	帮助黛丝做成协议、赢得杰克的爱。	黛丝是一个冒充成经纪人的秘书。	友谊。	不适用。
浪漫人物 杰克·特雷纳	制定协议；赢得黛丝的爱。	他不知道黛丝在说谎；查斯克公司拒了这个想法。	成功；爱情。	不安全感；不愿意承担风险。

《上班女郎》的主人公是黛丝·麦克吉尔，一名来自纽约斯塔滕岛[①]的秘书，她的外在动机是假装成经纪人，制定一份电台收购交易的协议，并且赢得杰克·特雷纳的爱，杰克是和黛丝一起为这份协议工作的经纪人。她的外在冲突是自己只是一个秘书，她的老板凯瑟琳·帕克想要窃取她的想法，而且凯瑟琳和杰克之间已经有了一些浪漫的暧昧关系。

这就让凯瑟琳成了主要敌人，而杰克成了浪漫人物。黛丝的映像人物是她最好的朋友辛，她在一开始就与黛丝关系最紧密、立场一致，她也帮助黛丝执行她的计划。

到目前为止，一切都十分简单直白。凯文·韦德为《上班女郎》写的剧本就是一个证明一部电影可以遵循所有有关结构和人物的"规则"，却仍然可以非常新颖的纯正例子，它抓住了人们的情绪，也在商业上获

[①]　斯塔滕岛（State Island），美国纽约市下辖的五个行政区之一。与其他四个行政区相比，斯塔滕岛的位置较为偏远。——编者注

得了成功。

　　为了挖掘《上班女郎》的主题，我们必须探究主人公黛丝与她的主要敌人凯瑟琳有着怎样的相似之处。两个人都是在华尔街工作的女人，两个人都想通过这份与查斯克的协议为自己赢得名誉；两个人都迷恋杰克·特雷纳。然而在主题层面，她们的相似性在于她们的内在动机和冲突。两个女人都想要成功。更重要的是，两个人都为了得到她们想要的东西而撒谎。凯瑟琳试图窃取黛丝的想法，但是当此计不成，她就谎称是黛丝从她这里窃走了自己的想法。相似的是，黛丝也在撒谎，她告诉每个人自己是经纪人，然而实际上她只是一个秘书。

　　但是，如果说这部电影的主题只是"诚实乃上策"，那就太过简单化了。我们知道黛丝的蓄意欺骗是有正当理由的，因为规则对她不利。她只是将卡瑟琳的不诚实以牙还牙，而且（不似凯瑟琳的谎言），没有人因为黛丝的存在而受到实际的伤害：她正在计划的协议是合法的，并且将会给所有人带来益处。

　　所以我们必须挖掘得更深，更加近距离地查看黛丝的内在冲突：她认为自己不够优秀。在内心深处，黛丝并非真的相信自己属于那帮经纪人的小圈子——她认为自己只是来自斯塔滕岛的一名秘书，自己所搭乘的那艘渡轮会将她一直送到幸福的乐土。而这也正是凯瑟琳如何看待她的。凯瑟琳剥削利用黛丝，因为她可以这么做，也因为她认为自己是上级，有权享有她能从黛丝身上通过胁迫或窃取获得的任何东西。她瞧不起黛丝，认为她低人一等，这和黛丝觉得自己比较差劲一样。

　　此外，黛丝和凯瑟琳都在她们对于形象的重视方面十分相似。当黛丝第一次为凯瑟琳工作时，她询问凯瑟琳有何智慧可以分享，凯瑟琳唯一的回应竟是："你可能需要重新考虑一下珠宝配饰。"对于凯瑟琳来说，一切都与外观形象相关。而黛丝在追求自己的目标时，她开始让自己变得像凯瑟琳。她剪短了自己的头发，穿上了凯瑟琳式的衣服，住进了与凯瑟琳一样的公寓。在成为凯瑟琳的新秘书以后，黛丝像凯瑟琳一样相信——不管这份信念是否是出自真心——她所渴望的成功并非来自于自己的智慧和技能，而是来自于她的外在形象。

　　所以《上班女郎》的主题是与诚实和形象有关的。为了进一步完善它，我们还需要检验我们的主人公与她的映像人物之间有哪些相似之处。

　　黛丝和辛同样也有许多共同点：她们是最好的朋友；她们都来自斯塔滕岛；她们都是同一间公司的秘书。但是她们在一个关键方面不同：辛，贯穿整部电影，始终代表着诚实和自我接受。虽然辛愿意（正如一个映像人物所必须呈现的那样）帮助黛丝努力完成她的骗局，但是她一遍遍地指责黛丝弄假成真，真当自己是编造出来的那个虚假的人。她说："你走路像一个经纪人，说话像一个经纪人，并不意味着你真的是一名经纪人。"再后来，当黛丝不愿给她的前男友一个解释的机会——当她将自己和斯塔滕岛的生活切断开来时，辛宣称道："这不像你。"

　　这是一句典型的出自映像人物之口的宣告——告诉主人公他们现在的表现不是他们真正的自己。（这和骡子告诉史瑞克他有问题没什么太大区别。）对于辛来说，这句声明不仅仅是关于黛丝假装成了一名经纪人；而是关于黛丝忘记了真正的自己。黛丝与她的映像人物之间的不同之处在于她不愿意坚持真正的自我。唯有到了电影的高潮，当黛丝最终揭露自己是如何想到电台收购方案时，她的表现才是出于真实的自我，而不再是出于对自己的某种想象。也只有在彼时，她才终于能实现自己的外在动机，因为就是在那个时候她找到了完成自己人物成长弧的勇气。

　　将所有这些拼接在一起，《上班女郎》的主题就变成：想要成为最好的人，你就必须坚守真正的自己，而不是抱着某个你认为自己应该是的虚假形象。这个主题具有普世意义。我们可能不是秘书或者经纪人，我们可能甚至不知道华尔街在哪里，但我们都可以通过坚持做真正的自己来实现人生更大的成就。也正是这一点使得《上班女郎》成为一部相当优秀的电影。它不仅是一部具有很高的娱乐性并在商业上获得成功的浪漫喜剧，它还凭借一个洞见深刻的主题，讲述了一些触及更深层次意义的事情，如果人们可以找到将电影传达给他们的道理付诸行动的勇气，那么它就还是一部可以真正提升人们的生命意义的电影。

　　你会注意到，一旦你确认了人物成长弧和主题，剧本的许多其他元素都会支持并加强它。譬如，我们可以考量一下剧本的背景和描述。这部电影开始于黛丝搭乘发自斯塔滕岛的渡船，航行过自由女神像（伴随着卡莉·西蒙［Carly Simon］演唱的主题曲），驶向黛丝的理想天堂曼哈顿。她留着"爆炸头"，戴着大耳环，穿着网球鞋从船上走下来，这双鞋会在她到达办公室时换成高跟鞋。从各个方面看，她的形象都是一名秘书。

剧本中，我们还会有两次看到她从斯塔滕岛乘搭相同的渡轮去往曼哈顿，这是一个极佳的使用回响法（echoing）的例子，我会在下一章节阐释这种结构性的设计。黛丝第二次搭船是在深夜，在她拒绝了她原男友米克非常公开的求婚之后。这件事令她的所有老朋友都感到失望。现在的她是一幅华尔街经纪人的形象——做好了造型的、剪短了的头发，凯瑟琳式的昂贵的服装和珠宝——然而她看上去孤苦伶仃的，因为她知道自己永远地把"斯塔滕岛的黛丝"抛在了身后。

我们第三次也是最后一次看见黛丝乘搭渡船是在她被炒鱿鱼以后。真相水落石出，凯瑟琳也成为人生赢家。黛丝失去了工作，失去了她的人生挚爱，也失掉了她的未来。渡船现在对于她来说代表的是一块无人荒地。黛丝已经告别了她的斯塔滕岛生活，如今她也不再拥有华尔街的生活。这一次她不是任何角色的形象。她没有化妆，她的头发一团凌乱，她穿着牛仔裤、一件运动衫，和一双运动鞋——不再有等待换下它们的高跟鞋。一切她曾依附的东西都消失了。

但是，我们应当看到这是一件好事。从主题上来说，当一个主人公被剥夺掉他的依附品时，那总是好事，意味着他的所有情绪情感保护都没有了，为了获胜，为了得到他（她）想要的，为了完成他（她）的人物成长弧，他（她）必须找到勇气，遵循真实的自我而活。

在这部电影的最后一次渡船之旅中，黛丝拿着一只空的纸板箱（又一次，这代表着没有财富，除了她自己以外再也无所依傍）准备去清理自己的办公桌。但是当她到达办公室时，她碰到了凯瑟琳、杰克和查斯克。这一次她已做好准备面对她的大敌，为自己而战。她找到了让自己完完全全诚实的勇气，这赋予了她力量，让她得以最终完成了自己的人物成长弧、做成了那笔买卖协议，并得到了她的男人。

这个使用服饰和化妆来反映一个人物的人物成长弧的设计是非常有效的。你应当注意到，《泰坦尼克号》中的罗丝，和《加勒比海盗》（*Pirates of the Caribbean: Curse of the Black Pearl*）中的伊丽莎白·斯旺，在这两部电影里的关键时刻，都差点被她们那一身沉重的衣裙害死，那些衣裙象征的正是重压着她们喘不过气来的生活。抑或在《末路狂花》（*Thelma and Louise*）中，你可以找一找这样的时刻：整个人生一直都是由男人对她的期待来决定的路易丝开始搽口红，然后却忽然改变了她的想法，把口红扔到地上。正是在电影里的这个时刻，主人公特尔玛和路易丝开始掌控她们自己的命运。

这并不是说，那些看完《上班女郎》，从电影院里走出来的人们都宣布："我爱这部电影！我也相信我们必须坚持做真正的自己。"观众仅仅是无法用言语表达一个主题，并不意味着他们没有将这些思想吸收、内化。

主题生长于作者的不经意之间（创造性），通过人物的不经意行为（内在动机和冲突）传递，并由观众在不经意之间接收。如果你可以感知的话，它就是编剧和观众之间的一场灵魂相对的交流。

4.2 开发你的剧本主题

那么，所有上面讲述的这些内容将如何帮助到你自己的写作呢？你准备如何利用这些复杂的信息在你自己的剧本里发展一个主题呢？

我要再一次强调，你是无法给你的剧本强加一个主题的。一个非常荒谬的想法是：你可以从"要坚持做真正的自己"这个观念开始，然后得出"猜猜怎么着，我要写《上班女郎》了！"的结论

你应当从一个满足第二章所概述的标准的故事概念开始，然后专注于你的主要人物的外在动机和外在冲突。完成了这些以后，再开始探究人物的内在动机和冲突。只有在这个时候，你才算是准备好了，可以看看还有什么普世主题和人物成长弧可能产生。

如果你试图为你的故事强加一个主题，它会有可能并不适用于你或

者你的剧本。我曾和一些作者聊过天，他们坚持认为自己的主题是给世界的高尚启示，可是真正从他们的故事和人物中展现出来的却完全是另一回事。这就是为什么最好的做法是发展你的情节，然后再看有什么潜在的道理显露出来。

一旦你的主题开始浮现，你就可以运用文中的原理，它们可以帮助你明确你的主人公和映像人物之间的不同点，以及你的主人公和主要敌人之间的相似点，借此揭露并加强你的主题。然后，在后继的文稿中，你就可以积累添加情境、动作、描述和对话，以巩固你在故事里发现的人物成长弧和主题。

以上概述的方法并不是处理一部电影的主题的唯一途径。在任何电影或剧本中，仍有其他关于主题的定义，和其他找到更深层次意义的方法。然而这个过程是一条非常有效的途径，能给你自己的剧本带来更深的深度，以及在你看到的电影中发现更多的意义。

一部电影在它的主题和启示之外，还可能有其他更深程度的意义，譬如一些象征意义、寓言意义、典范意义，等。《伴我同行》(*Stand by Me*)的剧本是由布鲁斯·A·埃康斯（Bruce A. Ecans），和雷纳尔多·吉迪恩（Raynold Dideon）改编自斯蒂芬·金（Stephen King）的小说，它缔造的主题是：一个人应当正视自己的天赋并追随它，不管他人的看法、不论他人是否赞同。然而，埋藏在这层主题之下，电影还探究了每个人都害怕的，却也必须面对的——童年的消逝，如果我们想要实现自己的天赋，这种死亡发生在我们进入不可预知的成人世界之前。又在这一寓言性的层次之下，这部电影是一个有关追寻的故事，一个圣杯传奇故事，描绘了一条从童年到成熟，力量，和独立个性的旅途。

不论你的剧本有什么层面的意义，你的主要关注点必须始终是你的主人公的外在动机，只有将外在动机作为基础，你的剧本的深度和复杂性才能产生。

总　结

（1）主题是电影超越了情节，对人类境况的一种综合呈现。它是编剧开出的药方，指导一个人应该如何生活，成为一个拥有更大成就感、更加成熟、更有个性，或者更好的人。

（2）当主人公与主要敌人的相似之处，以及主人公与映像人物的不同之处显现出来时，主题就产生了。

（3）当主人公认识到自己与主要敌人的相似之处，以及与映像人物的不同之处时，人物成长就开始了。

（4）主题生成于作者的无意识之中，通过作品中人物们的无意识得到发展，并由观众的无意识接收。

（5）主题必须产生于故事概念之中，它绝对不可以被强加于故事概念之上。

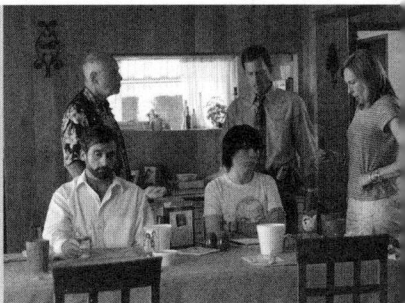

第 5 章
结　构

想象你的电影是游乐园里的一架云霄飞车：你的故事概念是坐云霄飞车经验所体现的样子——它看上去像是一次潜在的扣人心弦、令人心跳的旅程吗？换句话说，它是不是能在第一时间就能吸引人们的旅程？你的人物们（尤其是主人公）是观众感受情绪情感的媒介，就像是云霄飞车上的一节节车厢。而结构所涉及的则是故事里的事件顺序——那些可以决定这段旅程是否令人兴奋、令人难忘的弯路和曲折。

情节结构包含一部电影或电视剧集里的具体事件，以及它们彼此之间的相对位置。在一个结构合理的故事里，正确的事件按照正确的顺序发生，从而在审读人和观众心中激发最大的情绪投入。如果你故事里的事件缺乏趣味、兴奋、幽默、逻辑或者相关性；如果它们没有按照一种能够制造悬念、惊喜、预感、好奇心或者一个明晰的解决办法的顺序发生，那么这个结构就是薄弱的。

有效地架构你的故事需要两步进阶：将你的情节分为三幕，然后利用具体的结构性设计。

5.1　任何一部剧本的三幕

任何长度的电影故事都可以被分割成三幕。这种划分构成了情节结构的首个层次，并且对于创造一个有效的剧本来说是必需的。这些分幕必须满足电影的戏剧性要求，而并不一定与一出戏剧的几幕或一集电视剧中的商业广告间隔相关，虽然它们之间经常有着密切联系。一个电影故事的三幕可以通过几条途径确定，它们也将有助于解释如何有效地划分你自己的剧本。

第一种确定剧本分幕的方式是根据作者在每一幕中的目的。第一幕的目标是要确立背景、人物、处境，以及主人公的外在动机。第二幕的目标是要构建动作、悬念、节奏、幽默、人物发展，以及人物揭露（character revelation）。然后第三幕的目标是要为你的主人公的内在和外在旅程解决一切问题。

第一幕	第二幕	第三幕
确立	构建	解决

下一个确定每一幕的方式是依据你的主人公的外在动机。正如先前讨论的那样，主人公的外在动机决定了你的故事概念，并充当着整个剧本的基石。所以它是和结构息息相关的。与剧本的三幕相呼应的是主人公的外在动机的三个阶段。

这与你自己为故事设置的三个目的几乎没有区别。从主人公的外在动机的角度来看，仅仅是为了确立他（她）的那个明确的目标，就需要整个第一幕了。更准确地说，直到第二幕的开头，你的主人公才开始追求这个外在动机。

那么第二幕的内容将包含情绪情感的建立——由于情绪情感产生于冲突，那么这一步主要就意味着树立困难和障碍，主人公在拼命追求她的目标时必须克服它们。这一幕始终必须以某个大危机或大挫折结束——它是某种主人公无法战胜的大障碍，所以主人公看上去好像一定会失败。

　　然后，在第三幕中，主人公将会为了到达终点线使出最后的努力，在那里主人公要么实现她的愿望，要么失败。二选一，没的含糊。

　　最后一种可以确定你的剧本分幕的方法是与长度呼应：通常，第一幕是你的剧本的前25%；第二幕则是中间的50%；第三幕是最后的25%。在一个结构合理的两个小时的电影里，第一幕应当维持大约半个小时，第二幕则是一个小时，第三幕又是半个小时。同样的道理也可运用于电视连续剧。在一个24分钟长的情景喜剧里，三幕的时长应当大约是：6分钟、12分钟，以及6分钟。如果是在一集1小时的剧集里，你也可以依此类推。

　　电视连续剧里的一个更大的考虑是要留给观众一种有所期待的感觉，这样他们就不会在广告期间转台。让观众想知道"接下来会发生什么"，他们会因此耐着性子看完广告（如果他们是通过数字视频录像机看回放，至少让他们快进掉这些广告，而不是直接弃剧）比让商业广告间隙呼应故事的三幕更加重要。但是主人公的外在动机的必要阶段必须得到保留，遵循前25%——中间50%——后25%的惯例。

　　从页数的角度来说，你的剧本的分幕也必须符合这个惯例。好莱坞的基本惯例是一页纸将等同于屏幕上的1分钟。如果你的剧本有120页长，那么第一幕应当在第30页左右结束，而第二幕应当在第90页左右结束。不管你的剧本的长度是多少，这样的惯例（前25%——中间50%——后25%）都适用。

　　这些分幕是存在于你的故事里，而不是出现在写作格式里的有机的结构性变化。永远不要给你的剧本像舞台剧那样添加分幕标签。

　　在迈克尔·阿恩特（Michael Arndt）为《阳光小美女》创作的剧本中，主人公理查德·胡佛的外在动机是要带他的女儿奥利芙去洛杉矶，帮助她赢得"阳光小美女"的选美比赛。这是他的可见目标，有着一个清晰明确的终点线（赢得竞赛），并且当我们一听到它，我们就可以想象它在屏幕上的呈现情况。

　　我们也可以说《阳光小美女》其实是一部多主角故事，有六个同等的主要人物：奥利芙和她的爸爸、妈妈、爷爷、哥哥以及叔叔，要把奥利芙送到比赛中去的一大家子。因为我们对他们每一个人都抱有均等的同理心，而且因为他们每一个人出现在屏幕上的时间也都是等量的（至少在爷爷去世以前），这个论调是有道理的。但是，它丝毫不会影响剧情的结构。正如大部分多重主人公故事的典型特征，主人公们共享相同的外在动机，他们为实现它一起工作。

无论以哪一种方式去看，电影的第一幕建立了人物——一个六人的大家庭，以及每个人各自的处境，并且最终以理查德宣布他们所有人将一起前往洛杉矶为结束。而且，恰恰是在剧本和电影的25%的位置，他们一行人爬进了面包车，开始了他们的旅程。

现在第二幕开始了，此处，他们终于开始追求他们的外在动机。并且正如此时应当发生的那样，冲突开始积聚。面包车抛锚了。迪克失去了他的书籍出版协议。爷爷去世了。医院不肯放走尸体，也不让他们离开。一名警察拦下了他们。以及，德韦恩发现自己是色盲。最后，在第二幕的结尾——75%的位置，他们面临着给赢得比赛的目标造成最大障碍的一件事：他们迟到了四分钟才抵达选美比赛会场，工作人员不允许奥利芙注册参赛。

《阳光小美女》的实际拍摄台本有109页，这个主角们被告知现在进入比赛已经太晚了的时刻出现在第80页——剧本进行到73%的位置，非常接近75%的一个数字，我要说的是；这是艺术，不是会计。

然后，在第三幕中，为了战胜这个困难，让奥利芙进入选美大赛，并帮助她获得胜利，主人公们做了所有他们可以做到的事情。虽然她最终在比赛中失败，但是从结构上看，这已无关紧要——外在动机和这些人物的人物成长弧共同获得了圆满。

任何一集结构合理的电视剧都可以用同样的方式分解。例如，《别对我说谎》（Lie to Me）中曾有一集名为《秘密的圣诞老人》（Secret Santa），讲的是主人公卡尔·莱特曼前往阿富汗，帮助美国军人确定他们抓获的一名美国人是否是塔利班成员的故事。在亚历山大·卡里[①]所著剧本的第一幕里，一名政府特工找到莱特曼，并请他提供帮助，通知他必须去往阿富汗。莱特曼被逼无奈，向他的女儿道别，却又不能让她知道爸爸将会陷入的危险。所有这一切都在建立主角的处境，并逐步积累到主人公真正开始追求他的目标的时刻。因为这是一部电视剧中的一集，所以作者没有必要建构主要人物的日常生活，只需要展示他们在这一集中的开场处境——主人公正在为圣诞派对做准备。

第二幕开始于莱特曼抵达阿富汗，着手审问囚犯。随着一队肩负营救任务的士兵遭到突击；一名新到访的、神秘的政府特工出现；以及莱特曼意识到那名被捕的军人不是唯一一个藏守秘密的人，冲突逐渐增强。

第二幕结束于塔利班现在正在攻击莱特曼审讯囚犯用的燃料库的消息，他们都有可能因此遇害。第三幕就是关于莱特曼为了得出真相、为了逃命，付出最后的努力。

电视连续剧不会总是如此紧密地遵循这些分幕和百分比。连载更多的电视剧——如《迷失》《广告狂人》《扪心问诊》（*In Treatment*）和《护士当家》（*Nurse Jackie*）；或者那些开创了自己的结构的电视剧，如《法律与秩序》，会经常在分幕的位置方面有更多的自由空间。但是，几乎每一部剧集，即使是上面所说的这些，都会带领观众历经三幕：单独为这一集树立一个目标；积聚冲突；然后解决它。

5.2 设定和余波

除了一个合理的三幕结构，剧本在其第一和第三幕中还必须拥有另外两个元素：设定（setup）和余波（aftermath）。在你的剧本中，这两个阶段必须相互照应。每一个阶段都能让我们一瞥主人公的日常生活，一个是在剧本的最开始，在主人公开始他的前期行动之前，一个是在故事的最末，在主人公完成了他的旅程以后。

① 亚历山大·卡里（Alexander Cary）是该剧的分集编剧之一。该剧的主创为塞缪尔·鲍姆（Samuel Baum）。——编者注

一个结构良好的故事会让我们看到主人公的"前期"和"后期"对比照。在外在旅程的层面——主人公对于他的外在动机的追求——主人公开启了一部电影的故事，他尚缺失某种他将努力在电影结束以前争取到的东西（也可能是，他拥有某件将会遭受威胁，或者会被夺走的东西，而他之后他将不得不保护或重新获得它）。然而，观众需要看到主人公在剧本开始之前就已经上演的人生，这样他们就可以将之与主人公在剧本结束时，在已经实现他的目标之后（抑或没有实现，如果他最终失败了或者改变了他的想法），将主人公前后的人生做比较。

在你为你的主人公开发一条人物成长弧时，这副前期和后期的对比照会变得更加至关重要。你在引入主人公时，必须展示他（她）是如何在情绪上受到束缚，如何身陷于他（她）的内在冲突的泥沼之中。他（她）可能认为自己是开心满足的，也可能憧憬着某种更好的东西能降临他（她）的人生，但是他（她）的情绪上的恐惧总是阻止他追求真正的成长和幸福。在他有限的生活给予他的情绪上的安全感，和那种改变以及勇气将会需要他承担的伤害和情绪风险之间，主人公被撕扯着。

在余波中，你会揭晓一个新的、完成了情绪进化的主人公，因为找到了付出改变的勇气，他将收获奖励。（如果他没有做到，那么他就注定要承受一个悲剧英雄的人生。）

《关于一个男孩》（*About a Boy*），由彼得·赫奇斯（Peter Hedges）、克里斯·魏茨（Chris Weitz）和保罗·魏茨（Paul Weitz）改编自尼克·霍恩比（Nick Hornby）的小说，电影开始于主人公（叙述者）威尔正在观看电视节目《谁想成为百万富翁》（*Who Wants to Be a Millionaire*），他反驳着约翰·多恩"没有人是一座孤岛"的断言[1]。威尔宣称："每个人都是孤岛。更重要的是，现在正是成为一座孤岛的时候。这是一个孤岛时代。"

我们可以在这个设定里看到以上他所说的都是事实，这不仅仅是从对白，也是从威尔的行动和环境里看出来的。他居住在一个现代却枯燥

---

[1] 约翰·多恩（John Donne）英国诗人、神父。《没有人是一座孤岛》（*No Man Is An Island*）为其名作。——编者注

乏味的公寓里，这里充满了金属家具和现代设备，却没有任何一样暗示着人际联系的东西，例如一张照片或一件纪念品。他听取并删除了一条来自一位瑞典空乘人员的语音邮件，邮件里的女人感激他与自己共度了一夜，并留下她的电话号码，他写下号码，却又立即将其扔进他的金属废纸篓里。

威尔将自己比作伊维萨岛，一座可爱的、孤立于地中海的岛屿，因其众多夏季派对闻名（根据维基百科）。当他拒绝成为朋友的新生儿的教父时，朋友们中的一位说她一直认为威尔有隐藏的深度。"不，不"，他回答道，"你总是把我想错。我真的就是这样肤浅。"

她稍后告诉威尔他将没有子嗣，孤独终老。"嗯，"威尔回应道，"是啊，让我为如此好运祈求吧。"

所以这就是威尔在《关于一个男孩》中的"前期"照片：他从开场白开始就宣称自己是快乐的，他的生活是完美的，但是，观众看得更清楚。所有这一切枯燥乏味都清楚地表明，他的人生缺失了某些东西：没有真正的爱或者人际联系。

然后，小男孩马库斯闯进了威尔的生活，在第二幕的开始，威尔开始保护马库斯，使其免受所有令他生活痛苦的人的伤害（两个恶霸，以及马库斯的妈妈），并且开始利用马库斯追求女人（最后特别针对一个女人）。一开始，他追求这些目标只是为了摆脱马库斯，并且找寻他的下一段露水情缘。但是为了实现它们，他被迫更加接近马库斯，而且之后，他还开始爱上了自己所追求的一个女人。他不得不离开自己的孤岛生活，这种转变的结果就是，他开始与他人建立关系，他第一次把别人的幸福置于自己的感受之上。这就是他的人物成长弧。

在余波中，我们又一次见到威尔在他的公寓里，他又在看电视（这是一个普遍且有效的结构性设计——将余波放置于与设定相同的地点场所，这样所产生的对比，以及主人公的转变就会变得格外清晰。）但是这一次，他被他的新朋友们和爱着他的人们围绕着。叙述者威尔再一次描述起他的岛屿人生："每一个人都是一座孤岛。我仍坚持这个信念。但是很显然，有些人是岛链。海平面下，我们彼此相连。"

《关于一个男孩》的普世主题现在也变得清晰了：如果我们想要成为人格健全的成熟的人、充分实现自我的价值、得到真正的幸福、实现个体的独立，我们就不能像情感的孤岛那般生活；我们必须不惧冒险与他人建立联系。

这种"前期"和"后期"的对比照片甚至也适用于描绘悲剧主角的电影。在拉里·麦克默特里（Larry McMurtry），和黛安娜·奥萨娜（Diana Ossana）为《断背山》创作的剧本中，我们最先认识的恩尼斯是一个典型与世隔绝的、孤独的人。他是一个身无分文、搭便车的旅人，在怀俄明的一块边远的荒凉之地下了车，他拿着一个装有他全部家当的小纸袋。因为买不起一包新烟，他甚至在抽了几口烟后不得不节省下烟蒂。第一次遇见杰克时，他一个字也没说。他，就像《关于一个男孩》里的威尔，被隔绝于任何人际联系之外。

随着电影的进展，我们会意识到他的内在冲突源于他正让自己活在一个谎言之中，他甚至害怕向自己承认他是一个同性恋。但是，在电影的进程中，恩尼斯将开始与杰克建立联系。他的外在动机是要赢得杰克的爱，并与杰克拥有一段终生的、忠诚的关系。然而他终究无法克服自己的恐惧，去声明和恪守他对杰克的感情，直到最后，他失去了杰克。尽管我们理解并同情恩尼斯的恐惧，尤其在这个故事所发生的社会时代背景下，但是，他确实是一个悲剧人物。他无法实现自己的外在动机，因为他没能找到克服自己的内在冲突的勇气。

所以在余波中，我们再一次看见恩尼斯独自一人，紧紧攫住一件空的法兰绒衬衫——那是他遗失了的爱与幸福所留下的唯一残迹。因为他没能达成自己的内在和外在动机，这（永远地失去）便是他现在将要承受的新生活。

5.3 开 篇

你想必听说过好莱坞那句永恒的格言："你一定要在剧本的头十页抓住审读人。"

但是，我要请你忽略这句话。

虽然剧本的头十页对于你的剧本是否会得到审读、得到代理、被选中、被包装，以及得到制作来说至关重要，但是没有人喜欢被抓住。那是一种不和谐、不愉快的体验。处理剧本开局的一个更好的方式是首先要认识到，你得在剧本的头十页引诱审读人。每个人都喜欢被引诱；那是一种循序渐进的、令人享受、令人投入情绪的体验，它会完全地抓住我们的注意力。

我读过成百上千注定要在第十页前被拒绝的糟糕剧本——不是因为没有动作，而是因为动作太过直接、突然。没有真正给予人物或故事背景的介绍，除了一个场景标题和一个人物名字，再没有别的实质性的介绍，剧本的第一页，主人公就在和一个异形怪兽战斗，或刚刚赢得一场盛大比赛，或正在宣称："我爱你！"这些情况下，唯一会出现的"抓人"效果恐怕只会是一名代理人或高管抓起这个剧本，把它扔进了被拒绝的一堆文案中。

如果你不可以一上来就把审读人扔进你的故事情节里，你该如何做才能给剧本一个有效的开局？你该如何架构剧本的设定，引诱审读人，同时也让审读人在主人公开始追求他（她）的目标之前，甚至在故事开始进展之前一瞥主人公？以及，如何在不让剧本一上来就显得静止、无聊的前提下，展现你的主人公在日常生活中正经历着怎样的心理困境？

你的剧本的开场十页以及剧本的余下部分的终极目的都是一样的：激发审读人的情绪。而情绪产生于冲突。所以当你向审读人展现主人公的日常生活，以及设定中的所有其他必要元素时，你可以用一种能为你的主人公带来冲突的方式做到这些。

（1）将审读人从他们生活的世界带到你所创造的世界。

考虑一下经纪人和项目研发部门高管在阅览你的剧本时的处境。在工作日，他们会因为各种会议、电话、谈判和看片会而忙碌不堪，以至于不可能再有什么时间读剧本。所以，他们都是等到周末才不得不把包括你的作品在内的一堆剧本拖回家，然后在周一早晨以前读完它们。当他们打开你的剧本时，他们正想着所有那些不在电影行业工作的朋友们，那些人可以花上一整天与他们的孩子们相处，打网球、观看橄榄球赛……因此，无论用哪种手段，你都得把这些审读人从他们自己的思绪中拽出来，带进你的故事里。

这便是你必须从容不迫的一个原因。在前十页引诱审读人意味着你有十页纸的空间。你不需要在第一段就震惊审读人。所以，你应当从生动地描写某个背景环境开始，然后引入描写生动的人物，再然后，你要开始详细地写一些动作和对白，好让情节向前进展。你得创造我们在屏幕上看到的影像，让审读人开始在脑海里形成一幅图画。一旦这些画面占领了你的幻想世界，重要的事情就可以开始发生了。

这里有四个基本的开场片段，你可以运用、结合它们，将审读人拉进你的剧本里，将观众拉进你的电影里：

- 由大及小。最常见的电影开场镜头风格是从一个或一系列广景或全景镜头开始，然后逐渐移向第一场的具体地点。你可能开始于一个城市天际线的镜头，然后切到具体某座摩天大楼的一个镜头，再然后到摩天大楼上的一扇窗户，最后进到那个房间里，初始动作就在那里发生。这正是《惊魂记》（*Psycho*）的开局，这种方式的开场片段也被运用在了《星球大战》《美国丽人》（*American Beauty*）和《我是传奇》（*I Am Legend*）中。

- 由小及大。这里你要做的是与上面相反的事情。从一个特写镜头，或一个只有局部视野的镜头开始，然后镜头拉回，显露出一个更大的环境，这个环境是这个客体出现，或这个动作发生的地方。这种开场镜头产生的效果包括：制造好奇心、立刻就让我们集中了注意力以及提供了标准的由大及小的开场之外的变化。《危险关系》（*Dangerous Liaisons*）就是以这种方式开场的，先是用一个近景镜头展现了侯爵夫人映在镜子中的面庞，接着才是一个展现她和她周围环境的全景镜头。

在运用这种片段时（或者应该说，在你剧本中的任何地方），你必须避免使用大量的摄影指导。你要做的只是描述我们会在银幕上看到的东西，先从单独的那一件事物开始，然后再添加文字"我们拉回镜头看到……"

- 黑屏。《贫民窟的百万富翁》和《关于一个男孩》的开场，用的都是黑屏以及《谁想成为百万富翁》的节目声音。在呈现画面以前透露该场景的声音能产生与由小到大的开场方式类似的情绪：通过限制观众们可以感知到的东西，让他们的注意力得到充分集中。
- 叙述。这个手法可以与其他任何方法组合使用。通过再现"曾几何时……"这种语句的效果，叙述法可以引诱审读人。如果我们听到有人说要跟我们讲一个故事，这种讯息就会马上引起我们的注意。

另有额外的两个元素也应当被记住：

- 标题字幕。标题字幕可以被用作为以上任意四种基本开场设计的补充。如果你想让观众知道具体时间（如果这个故事是一部时代剧，或是设定在未来），或位置（如果我们不能从银幕上明显看出来这里具体是哪一个城市或地点），你就必须将信息附加到银幕上。剧本对于该部分的表现通常是这样写的：

叠加的文字：俄勒冈州，塞勒姆
1959

这里也可以写其他任何地点和日期。你不能只将该信息摆在场景标题中，因为那样做并没有告诉审读人：观众将如何得知自己正置身何处。

● 演职员名单。永远，永远，永远也不要提到你的电影的片头字幕应该在哪里出现。这不是你的工作，而且，这样做只会将审读人的注意力从你正在讲述的故事上分散开来。

我将在第六章讨论场景写作的原则，届时我将更加详尽地阐述如何写描述性文字、写动作、写对话，以及有关什么内容是你可以囊括在剧本里，什么内容是你不可以囊括在剧本里的规则。至于现在，你只需理解即时将你的电影投射到审读人内心的必要性。

（2）引入你的主人公。

你的主人公必须出现在剧本的头十页中。通常，主人公会是电影开场中，第一个出现在银幕上的人物。

（3）制造审读人对主人公的同理心。

一旦你的主人公被介绍入戏，你就必须利用至少两种第三章里描述的制造同理心的方法。

（4）展示主人公正在经历的日常生活。

再强调一次，我们需要看见你的主人公的"前期"照片。在设定中，你其实是在跟观众说："这是我的主人公昨天的样子。实际上，她保持这个状态已经有段时间了。"

（5）开始显露主人公的内在冲突。

即使你不准备通过对白宣布主人公的内在冲突，你也不大可能会透露这个冲突的缘由，你也必须通过主人公的日常生活暗示他（她）的内在冲突。这是他（她）的人物成长弧的起点，而且，我们需要看到她是如何在心理（情绪）上受困——带着某种无意识的恐惧，虽然我们还不知道那恐惧是什么。

《廊桥遗梦》中，我们看到弗朗西斯卡的第一眼就知道了她是一位妻子、一位母亲，她看似幸福，但其实是害怕打破婚姻为她织就的自我封闭的心理外壳。她很显然是被需要的，甚至是被爱着的，然而，所有的独立性和激情都已经从她的生活里消失。这就是她感到心灵受困的地方。在任何新的或令人兴奋的事情发生在她身上之前，在故事开始推进之前，我们一上来就看到了以上这些。

（6）在第十页之前授予主人公一些转机。

在设定的最后部分——剧本10%的位置——某件从未在主人公身上发生过的事情必须发生在他（她）身上。某个新的事件必须发生，将她带入某种新的处境，她的具体的外在动机将从中浮现。这是一个将开启主人公旅程的转机，它将会把故事之车从空档换到一档。记住，直到第二幕的开始——在你的剧本里至少再往前进15页（如果它是一部故事长片的剧本），主人公才可以开始追求她的外在动机。但是此时，为了离开庸常的生活，进入新的生命版图，你的主人公可以，也必须开始追寻某个初始的渴望。

《矮子当道》（Get Shorty）里，这个转机发生在奇利·帕尔梅被送去拉斯维加斯寻找利奥·德沃·迪福的时候。《糖衣陷阱》（The Firm）里，这个转机出现在米奇得到了在"班迪尼、兰伯特和洛克律师事务所"的工作，并且和他的妻子艾比一起前往孟菲斯市的时候。《二见钟情》里，这个转机则是在露西救起了彼得——她的梦中情郎，并将他送往医院时；就是在那儿，她走进了一个新的处境，成为彼得的家庭一员。

注意，在所有的这些例子中，那个转机其实是将主人公带到了一个新的地点。这是一个常见且有效的策略——让地理变化与你的剧本结构相匹配。但这并非是必需的；《蜘蛛侠》（Spider-Man）中，在剧本的10%处，彼得被蜘蛛咬了。虽然他将留在他的故事开始的同一个地方，但是他还是要进入新的处境：转变成蜘蛛侠。

在长度超过两个小时的电影里，这个转机可能会在第10页之后出现，毕竟一部150页长的剧本的10%是15页。在《泰坦尼克号》中，直到电影开始后的大约二十分钟，罗丝才登上轮船，起航远洋。但是，如果你才刚刚开始你的编剧事业，那么你就别让剧本的长度超过120页，并且还要确保主人公的转机发生在剧本的第10页。把你的史诗级作品保存到你成为一名已被认可的好莱坞编剧的那一天吧。

5.4 设定的七种类型

你至少有七种不同的处理方式可以用到剧本的设定部分，这七种方法可以单独或组合在一起使用。我指的不仅仅是上文所讲的电影开场镜头，那些开场镜头可以与下文列出的任何方法结合在一起使用。这里我所讨论的是为占据整个剧本10%空间的开局选择风格。

（1）在动作戏中引入主人公。

因为情绪产生于冲突，也因为同情和危险是建立同理心的有力工具，所以，在一段惊心动魄的动作片段中引入你的主人公是可以立即迷住审读人和观众的。在《夺宝奇兵》那个如今已被奉为传奇的开场之后，即使印第安纳琼斯博士用接下来的20分钟阅读一份保险单，观众仍然会留下来盯着银幕。这种手法在《拯救大兵瑞恩》（大规模战争的片段）、《速度与激情》（大规模的追车戏）以及《王牌对王牌》（那场惊心动魄的枪战和救援）中也被使用。

不幸的是，除非你的主人公是一名士兵、间谍、偷车贼或警察，否则从逻辑上来讲，他的日常生活不大可能会牵涉到一些激发高肾上腺素的对抗情节。由于大多数电影都是关于被推到不寻常的情境里的普通人，这种动作戏的设定虽然极具感染力，但并不是那么常见。

（2）在日常生活中引入主人公。

这里，在主人公被推进将会由某个转机开启的不寻常的情境之前，你需要即刻介绍你的那位过着平常的生活的主人公。这些电影中的初始情绪不是来自于某段动作大戏，而是来自于各种形式的冲突，例如主人公不应遭受的不幸或不应处于的危险境地，这个可以用来制造同理心效果；主人公的内在冲突；对于冲突即将来临的预感；以及幽默。

在电影《假结婚》中，男主角安德鲁·帕克斯顿正过着他平常的生活，在一家出版社作为玛格丽特的助理工作。这个开局不仅不是大动作片段，而且看上去根本什么都没有发生。然而，它却成功地将我们吸引到人物和故事里，究其原因，主要是由于冲突和幽默。安德鲁看上去是一个挺好的小伙子，办公室里的其他人都喜爱他。但是，女主角玛格丽特是一个恶魔（对于安德鲁来说这是一个不应受的不幸），当员工们知道到她正提早赶来公司（预感冲突即将到来），每个人都明显表现出了不安。安德鲁被这个糟糕的工作困住，容忍她剥削自己，为的就是得到她承诺给他的提拔机会，但是因为安德鲁不懂得捍卫自己（内在冲突），这个他应得的回报一直拖延了很久。在促使事情发生变化的转机到来之时（他俩得知玛格丽特将要被驱逐出境），冲突变得更大了，我们完全能感同身受安德鲁的遭遇，我们也全心地投入了电影。

（3）初来乍到。

你是否曾注意过，多少电影故事是从机场开始的？如果你引入那位平凡主人公的时机是在他（她）的飞机刚落地时，或是当他走下大厅时，你就等于是在向观众巧妙地释放信号："别担心，你没有错过任何东西——我们才刚到这里。"这种开场片段也使你能更加容易地给出阐明情节人物等的提示性内容——如果我们随着初来乍到的主人公获悉正在发生的事情，这些提示、解释性的内容就可以避免成为"两颗呱啦呱啦说个不停的脑袋"的无聊场景，转而变得更为自然，令人在情绪上投入。

《朱莉和茱莉亚》开始的镜头是茱莉亚和保罗·蔡尔德的车抵达法国翁弗勒尔，一到这里，茱莉亚就即刻从车里出现，并且对等待着他们的房东太太说："我叫茱莉亚·蔡尔德"（我相信，这个设计比让丈夫介绍她更为自然得多）。然后，镜头切换到了朱莉·鲍威尔，两个平行故事的另一个主人公，她和丈夫埃里克抵达了他们在皇后区的新家。

初来乍到的人并非总是剧本的主人公。例如，电影《借刀杀人》（*Collateral*）的开场所展现的是职业杀手，文森特到达洛杉矶国际机场，而他将会成为主人公马克斯的主要敌人。

（4）外界的动作。

这个熟悉且非常有效的手段结合了以上第一项和第二项中的元素，通过一段不涉及你的主人公的动作镜头制造即时的情绪反应，然后再引入某位正过着日常生活的主人公。《好人寥寥》中，我们先是看到士兵圣地亚哥遭到袭击，随后才认识中尉卡菲，他漠不关心地为一名他从未见过的士兵认罪。《黑客帝国》的开场先是一连串崔妮蒂参与其中的大动作戏镜头，然后才引出电影的主人公尼奥，他正过着自己"平常的"生活，在办公室里的一个小隔间里工作，同时他也在做着兜售黑市计算机程序的营生。以及，《达·芬奇密码》中，影片在引入罗伯特·兰登的之前有一段情节紧张的追逐戏和一桩发生在卢浮宫里的谋杀案。

通常，外界动作需要主人公的主要敌人做某件坏事，正如上文最后两个例子所呈现的那样，这种设计能让我们产生一种对于主人公终将要面对的困难的预感。

外界动作的设定不仅是科幻片《时空线索》、恐怖片《午夜凶铃》、灾难片《2012》、动画片《大战外星人》，以及惊悚片《虎胆龙威》的基本特征，在这些电影中，市井小民们被投进蕴含巨大危险的处境之中，外界动作的设定也几乎可以在每晚的电视上看到——在警探剧、奇幻剧，和推理剧中看到，例如《法律与秩序》、《犯罪现场调查》（*CSI*）、《千谎百计》（*Lie to me*）、《超感神探》、《危机边缘》（*Fringe*）等等。

（5）序幕法。

这种开场可以涉及，也可以不涉及主人公，但是，它总是开始于一件发生在主线故事之前的重大事件。这种方法有助于制造期待，同时透露某个将来会给主人公带来外在或内在冲突的事件。在《星际迷航》中，我们看到乔治·柯克船长死在尼诺手上。将来，尼诺就会要面对柯克的儿子吉姆，成为吉姆的主要敌人，主人公的外在动机由此产生。这个事件也为吉姆的内在冲突（愤世嫉俗、孤立、不尊重权威）提供了缘由。

相似的，在《超时空接触》《飞屋环游记》《与歌同行》以及《无间道风云》（*The Departed*）的序幕式开场中，我们看到的都是孩童时期的主人公们。这些过往的事件都会影响到主人公后来的行动和他们将会遭遇的冲突。

序幕式开场并非一定是关于主人公的童年——《第六感》向我们展示的是马尔科姆·克罗威遭遇到一名曾经的病人的枪击，这个事件的发生距离主线故事开始只有不到一年的时间。序幕也有可能根本不涉及主人公——《木乃伊》（*The Mummy*）的开场展现了的起因是古老的诅咒和复仇，而这些远古事件发生在主人公出生之前好几个世纪。

序幕之后，剧本就会跳到主线故事发生的时间和地点，在到达10%处的转机之前引入一位正在过着自己的日常生活的主人公。

（6）闪回法。

此种情况下，你的剧本以故事中途某处发生的某个情节开场，然后切到发生在第一个事件之前的某个重大情节，这是一个展现主人公的日常生活的情节。闪回法的一个绝佳例子是《碟中谍3》（*Mission: Impossible III*），开场中，大反派欧文·戴维恩举枪指着主人公伊森·亨特的脑袋，他想从伊森口中挖出一些信息，但是伊森声称自己不知道。于是，伊森的未婚妻茱莉亚被带了进来；戴维恩给了伊森10秒钟的时间松口披露信息；数到"0"的时候，戴维恩朝茱莉亚开了枪。然后，画面立即跳跃剪接到订婚派对上的伊森和茱莉亚，这个情节明显发生在上文描述的开场情节之前。

这种开场的优势是显而易见的：紧迫的动作、剧烈的冲突、高涨的情绪，于是我们就会感到好奇，开始预测这对幸福的小两口最后怎么会走到如此恐怖的境地——以及，伊森有没有可能阻止这场不幸的发生，或是从中逃离？如果运用这种方法，你差不多可以从故事里的任何一个情绪高峰点开场，从而更容易地通过设定和主人公的引入抓住审读人的注意力。为了获得更多的喜剧效果，《宿醉》（*Hangover*）就使用了这种设计，电影开场于三个男人正面临的一个危机时刻，在他们最好的朋友婚礼之前的几个小时，在距离婚礼场地数百英里之外的地方，他们把新郎官弄丢了。

和序幕一样，在你运用这种开场之后，你就应当介绍主人公的日常生活。而让事情发生变化的转机仍必须发生在剧本10%的位置。

（7）"书立"法。

"书立"法与闪回式设定十分相似，你开始于一个片段，随后再倒回去介绍你的主人公。但是，这种开局的起点是在你正在讲述的故事的结局后面。然后，我们再倒回去看到整个故事，最后，在电影结束以前，我们又回到开启了这部电影的情境。

通常，这两个"书立"情节中会有一个叙述者，之后，在我们目睹这个故事的过程中，他也会伴随在我们耳边做故事讲述。在《走出非洲》（Out of Africa）的开场，年老的凯伦·布利克森写下"我曾在非洲拥有一个农场……"之后，我们在丹麦遇见了年轻时候的她，那是在她出发去非洲以前（她的转机）。类似的，《公主新娘》（The Princess Bride）为我们引入了一位生病在家休息的年轻男孩，他的祖父将开始为他朗读韦斯特利和芭特卡普的故事。《甘地传》（Gandhi）、《阿拉伯的劳伦斯》（Lawrence of Arabia）以及《谍海军魂》（No Way Out）也都运用了这一种开局，但它们没有用到叙述者。

"书立"式开局还有一个更加复杂的版本，可以被用在讲述两端平行故事的剧本里，例如《油炸绿番茄》（Fried Green Tomatoes）和《泰坦尼克号》故事的展开都从一位叙述者开始，这个人不仅将向我们讲述一段她的过往故事，她也是电影中当代故事的组成部分。《泰坦尼克号》中，我们首先被介绍认识了"老年"罗丝，随着她讲述那段发生在1912年的故事，我们也回到了过去。但是，与这段闪回交织在一起的是发生在现今的，寻找一颗被认为仍然在这艘沉船里的无价宝石——"海洋之心"的情节。

5.5 结 局

　　所有商业上获得成功的电影都有两个共同点：好的口碑和反复观影的观众。如果观众不觉得电影的结局令他们满意，不能在情绪情感上获得满足，你就无法实现以上两点中的任何一点。为你的故事选择一个最佳结局，对于它在艺术方面和商业方面的成功都是绝对必要的。

　　一个有效的结局需要两个元素：高潮（climax）和余波。

　　正如余波与一部剧本开头的设定形成对比（参见以上）一样，故事的高潮照应着故事前期的转机。高潮和转机都是以前从未在主人公身上发生过的一件事件。转机开启的是这个故事向前的进展——通过将主人公带入一个新的处境，开启他的外在旅程；高潮则通过解决主人公的外在动机，为这场旅程画上句号。虽然，高潮不一定发生在剧本的90%的位置（正如转机发生在剧本的10%的位置），它始终是要发生在电影第三幕的后一半内容当中。

　　高潮是一段续发事件，主人公面临着他的最大的可见障碍——他的外在冲突的最高点。此时此刻，他要么赢，要么输，一了百了。这个高潮正是他从第二幕的开头开始就极度渴望跨过的可见的终点线，并且，这个外在动机的解决必须是电影里的情绪巅峰时刻。

　　虽然有例外，但是高潮几乎总归要牵涉到主人公和主要敌人之间的终极对决，就像在《迈克尔·克莱顿》《魔术师》《功夫熊猫》（*Kung Fu Panda*）以及《洛城机密》这样的许多电影里那样。

　　如果你的主人公正在追求的是两个可见目标，好比在大部分浪漫喜剧中那样，那么你的剧本就必须还包含第二个高潮，以及解决第二个外在动机。《假结婚》中的第一个高潮是对抗主要敌人——想要将玛格丽特驱逐出境，有可能会逮捕安德鲁的移民官；而电影的第二个高潮几乎立即发生在第一个高潮之后，彼时，玛格丽特和安德鲁重新相聚，完成了他们的爱情故事。

　　在像《恋爱假期》（*The Holiday*）、《他其实没那么喜欢你》（*He's Just Not That into You*），或《真爱至上》（*Love, Actually*）之类的双重或

者多重主人公故事里，每一条故事线都必须借助于一系列连续性的高潮场景。

　　剧本的高潮点不可以含糊不清。你的主人公可以实现他（她）的外在动机，也可以没有实现它，但是，你不可以遗留下这个问题，不解决它。为了找到这个问题的答案，审读人和观众已经等待了至少一个半小时；你不能把他们抛弃在疑惑之中。

　　你的剧本的结尾仍可以包含一些不明确的元素或者未解决的情节线。但是，它们都绝对不可以致使主人公的外在动机悬而未决。《毕业生》（ *The Graduate* ）、《曼哈顿》（ *Manhattan* ）、《记忆碎片》（ *Memento* ）、《午夜凶铃》《老无所依》《虐童疑云》《在云端》《盗梦空间》（ *Inception* ），和其他许多极佳的电影就是这样做的。然而，在所有这些作为例子的电影里，观众在电影结束以前都会知道主人公是否达成了他（她）总体的外在动机。

　　在高潮处的情绪峰点之后，会有一个带着故事渐渐弱化直至画面隐没的场景或者片段，那就是余波。余波不仅能让我们一瞥主人公如今将要过上的新生活，还赐予了观众一些时间以体验来自结局的情绪冲击。如果你的主人公在电影的结尾处死去，余波就经常会让我们看一眼这个被主人公改变，现在却要在他的缺席之下继续运转的世界。《角斗士》的高潮是马克西蒙斯和他的主要敌人康莫迪乌斯之间的最终决战。余波展示的是马克西蒙斯的遗体被罗马民众带出了角斗场，这些人如今（由于马克西蒙斯的牺牲）将要生活在一个更加民主的帝国里，这段余波也呈现了马克西蒙斯最终与他的家人在来世重相聚的情境。

　　有时，电影的结尾几乎不会留有时间展示主人公的新生活，抑或是作者想要将观众留在情绪高峰时刻的震撼之中，这些情况下，电影的余波就会非常短暂，而电影的结尾就会出现在剧情高潮之后的仅仅几秒钟时间里。《末路狂花》、《功夫梦》和《无间道风云》都运用了这种简短的结尾。

　　最后，你的剧本的结尾必须是一个能被审读人和观众接收到的，在情绪上最令他们满意的故事结局方案。这并不意味着你一定要给剧本一个快乐的结局；这种规则会抹杀掉数十年间成功赚人眼泪的影视作品、所有的经典悲剧和所有的黑色电影。但是，你一定要避免失败的结局，在某些方面，你的电影的结尾必须保存和传达人类灵魂的尊严，和一种关于人类生存现状的希望、成长或启发。《飞越疯人院》就是一个绝佳的例子，其结局虽然令人悲伤，却仍然保持了一种令人振奋的救赎意识，也存留了人类精神的高贵与美好。

我在这里真正要说的是，观众愿意听你诉说人生之艰苦，人生之忧伤，甚至愿意听你告诉他们人生是悲剧性的。但是，他们不会想听你说人生是垃圾。或许他们心中早有怀疑这就是事实，但是他们绝对不会花十块钱让这种感觉得到强化。

最后，如果可以选择，你就给电影一个美满的结局吧，因为大体上来说，美满的结局更好出售。这不只是一个武断的好莱坞式选择。观众去看电影、看电视，就是想看问题得到解决，是要与那些克服了看似不可逾越的困难的人物产生共鸣。电影和电视剧可以给观众一种希望感和满足感，即使他们自己的生活正处在一团糟中。特别是如果你正尝试开创自己的编剧事业，为观众提供这种情绪上的满足确实可以增加你得到工作的机会。

5.6　利用三幕结构

当剧本开发到这个阶段，你已经十分清楚地知道你的基本的故事概念、你的主人公、主人公的外在动机、其他主要人物，和他们的外在动机。你甚至可能也已创造了一些次级人物，并且开始探索人物们的内部动机和内在冲突。

你的下一步是将你的主人公的外在动机划分成三幕，然后通过确定剧本的设定和余波，切分第一幕和第三幕。完成了这些步骤之后，你将可以得到一个基本的、大致的剧本结构，你将以这个结构为基础，构建你的情节、人物、动作场景，和各场戏。

一切都要从你的主人公的外在动机开始。一旦你能够将主人公的目标清楚陈述出来，并且能够在每一个听到这个目标的人的脑海中绘制一致的清晰画面，那么接下来你必须马上想清楚的是：你的剧本中的两个关键事件——第二幕的开始，以及整个剧本的高潮是什么？因为无论你的主人公的外在动机是什么，他（她）都必须在剧本25%的位置开始主动追求这个动机，并且，他必须在剧本的高潮处实现它（或者没有实现它。这是一次彻底的了结）。

例如，假设你正在创作一个讲述一个女人抢劫银行的故事。那么，抢劫银行就是这个女人的外在动机。一看到这样的字句，很容易你就可以想象这个动机的实现放在银幕上会是什么样子。总而言之，外在动机是可见的，并且有一个定义清晰的终点。

我们知道在第二幕的开头，你的主人公就必须开始为实现抢银行的目标采取行动。那么在你的剧本的25%处，这个女人可能开始在银行下面挖起了地道，或者她可能雇用了一位经验丰富的银行抢劫犯来帮助自己，又或者她可能试图勾引银行行长以求窃取金库的构造图。但是无论她做什么，这件事都必须代表她向着抢劫目标迈进的第一步。如果她在更早些的时候采取了行动，审读人的情绪就会无法保持到故事的结尾；如果她在25%处之后才开始行动，审读人又会失去兴趣，而拿起另一部剧本了。

我们也知道如果抢劫银行是她的外在动机，那么高潮就必须是她携带着金钱永远离开的重大时刻——或是她在有机会离开之前，被警察抓住或杀害的时刻。这两种选择给了这个故事一个毫不含糊的结局。你只是不能在逃脱戏进行到一半的当口结束电影，留下我们纳闷她到底成功了没有。

确定了剧本中这两个不可或缺的时刻之后，你就可以开始处理第一幕里的其他关键事件。问问你自己："是什么导致了我的主人公抢劫银行？"

假设这趟抢劫发生的原因是因为银行不公正地辞退了你的主人公，所以现在她想要报仇。这个情节告诉了我们她的内在动机，也为我们提供了剧本10%处上的转机：她失去了工作。这是一件之前从未在她身上发生过的事情，并且这件事将会将主人公带入一个新的处境：失业、愤怒、绝望，同时还要探寻一条让自己富裕起来并且进行报复的道路。

现在，我们还有确定另外一个关键的拐点：标志着第二幕结束、第三幕开始，剧本75%处的事件。对于你的主人公来说，这件事必须是某个巨大的损失或挫折——在这个时刻，她一直以来施行的计划突然全成了竹篮打水一场空，一个全新的障碍出现了，而且在审读人和观众看来，主人公似乎已经失掉了一切。

所以我们可以想象，在我们这个剧本的75%的位置，女主人公以为她已经成功卷款逃离，但后来才发现她的同伙欺骗了她，私吞了所有的钱。现在，她不得不去寻找那个骗子，把钱弄回来。并且因为此时抢劫案已被发现，她同时还得逃避警察的追踪。克服所有这些新困难，实现她原先的外在动机看上去是不可能的。

你很有可能会觉得这个构思糟糕透顶，随着你写到了剧本的第二幕的结尾，或者甚至在你还处在开发故事大纲的阶段时，你甚至有可能会将这个故事丢出窗外，并且也想到了某个更好的构思。如果是这样，那很好——创作一个故事常常就是以这种方式向前进展。你遵循一个构思或者情节线，看它将你引领向何处，如果它不奏效，你就放弃，然后想出另一个新的主意。但是，因为你拥有你的故事的基础，你仍然有一些坚实的东西可以依托，所以这些改变不会压垮你。

你也有可能会决定要更改这个故事的大框架。现在的情况是：第一幕在讲一个女人被炒了鱿鱼，于是她想要计划一场银行抢劫行动；第二幕在讲这个女人想要执行她的抢劫计划；第三幕则讲她想要携带偷得的钱逃走。但是，我们可以轻易地将第一幕变成是讲一个女人想要保住她在银行的工作；第二幕变成讲这个女人想要密谋抢劫这家炒了她的银行；然后第三幕就变成讲她想要实施抢劫。

再者，如果我们想要讲一个爱情故事呢？如果这个女人爱上了与她合作的职业银行抢劫犯，而他却正计划着背叛她，那么这个故事会变成什么样子？或者，如果她爱上了那位越来越怀疑她正在酝酿什么阴谋的警察呢？你可以将所有这些设想都拿来实验一番，直到你看到一个最能抓住你自己和广大观众的情绪的情节组合清晰地显现出来。

无论你如何确定剧本的每一幕，你的剧本现在应该有了一个很好的基础。大约在剧本的第10页，这个女人失去了她在银行的工作。这个事件将她带到一个新的处境，她不得不想法子赚钱，并且要对炒了她的银行进行报复。于是，大约在剧本的第30页（25%），她开始采取行动抢劫银行。剧本的第二幕将包含这次抢劫，并且75%的位置以前，这场抢劫一直进展顺利，但是在剧本的75%处，她的同伴偷走了钱，警察也开始追捕她。此时，她必须找到背叛了她的同伴，从他那里拿走钱，躲避警察，然后在电影的高潮带着钱永远地逃走。

现在，你可以从剧本的设定开始一步步填满存在于这些关键时刻之间的大片空白。这个女人是谁？她的工作是什么？你如何介绍她？你有无数值得考虑的选项，但是你知道你必须在设定中回答特定的一些问题。我们必须与这个女人产生情感共鸣。所以为了制造同情心，你可以考虑她是否在被辞退以前已经在某种程度上就是一名受害者了。比如，她可能一次次地错过了晋升机会，后来的某一次，她的老板向她承诺：如果你和我发生关系，我就提拔你。她拒绝了，这就是她为什么会被炒鱿鱼的原因。这种事件可以让她得到同情（不应受的不幸），也把她放在了失去工作的危难境地。

这种设计也可能可以让我们瞥见她的内在冲突——她以前被忽略是因为她不肯捍卫自己，即使她是一名技术熟练的出纳员，或者低级别的银行高管人员，或者其他的什么。一则讲述了一名温顺的银行出纳员找到勇气、抢劫银行的故事听上去还是挺有趣的。

接下来，让我们来看看她的新处境。对于被炒鱿鱼，她最初的反应是什么？她陷入了怎样的心理困境？她是不是有通过正常途径寻找新工作，但是没有成功？她第一次有抢银行的想法是在什么时候？她的初始计划是什么？她有没有和任何人谈论起她的计划？她是否已经拥有一套技能是可以利用到抢劫行动中的？以及，她的第一步动作是什么？第一步的动作表示着她正为实现抢劫的目的采取直接行动，也标志着剧本已经进入了第二幕。

在使用我们已介绍的人物和结构原理之后，你就应当以这种方式继续开发你的故事。为了填补已确定的转折点之间存在的空白，你要集思广益，当更好的选项出现时，你要及时做出修改或替换。

但是，你应当已经看到，你现在进行到了确定剧本的每个独立分场的阶段。大框架变得越发锐利精准，你的故事也更加清晰明白。所以，是时候运用一些额外的结构性原理了——用一些能够使相继的每一个场景中的情绪潜能都得到最大化的有力工具。

5.7 剧本结构的检查清单

以下检查清单涵盖了更具体的、适用于剧本逐个分场的结构性原理和策略，在你完成了为故事构建整体的三幕结构和关键的转折点之后，在你开始以分场格式写作剧本时，你就可应当运用这些原理和策略；你也应当带着相继的每一稿剧本回来比照这个检查清单，以不断磨砺你的剧情结构。

（1）剧本中的每一个场景、事件，以及人物都必须对主人公的外在动机起到作用。

主人公的外在动机不仅决定着剧本的三幕结构，还必须与每一个单独的场景都有关联。你可以创作一部欢闹滑稽的岳母邂逅记，或者一场惊心动魄的追车戏，或者其他任何刺激的、感人的，或者令人捧腹大笑的场景，但是，如果它与你的故事的中心推进力无关，你就得丢弃它、改变它，或者把它留给另一个剧本用。这将是令人感到痛苦的决定，因为有些时候，这些场景是你最喜欢的，甚至是你在开始研发这个剧本时最先设想到的。但是，没有一场单独的场景可以优先于你的主人公的外在动机。

（2）向观众展现这个故事会走向哪里。

在你的剧本的早些时候，你希望在你的审读人心中制造一个问题，这样他们就会为了找寻答案而继续翻动纸页，特别是当这个问题与主人公的外在动机的结局有关时。虽然，直到剧本的四分之一处，你的主人公才会采取实现目标的行动，但是，你应当早一点——在第一幕就让观众知道那个目标可能是什么。

观众们很快就能感觉到，他们会在电影结束以前得知《爱很复杂》中的珍妮和杰克是否恋爱了，《魔法奇缘》中的吉赛尔会否赢得罗伯特的爱，以及《老无所依》中的治安官贝尔能否成功阻止精神病患者安东·齐格。所有这些主人公都是等到这些剧本的25%处才开始追寻他们的具体目标（事实上，珍妮和吉赛尔都会极力否认她们对那两个男人有任何谈情说爱的意思）。然而，观众们一看完所有这些人物的介绍引入，就会清楚地知道这些故事会朝什么方向发展。

有些时候，你可以将审读人脑海中的一个问题替换成另一个问题，只要新的问题是从第一个问题合乎逻辑地发展而来，而且会更加重要、更加刺激。看《无耻混蛋》（*Inglourious Basterd*），观众最初想到的问题是混蛋们能否在不被抓住的情况下杀死纳粹党人。但是，这个问题最后却被另一个更加具体的事项替代：他们能否在电影首映礼上成功谋杀纳粹高层？从逻辑上看，这个问题是产生于初始问题的，且比初始问题远更具体、远更刺激。

对于传记电影，观众脑海中的问题可能仅仅是："这位主人公的人生将如何完结？"但是，在更为给人深刻印象的传记电影里，主人公的人生是和一个更为具体的问题相关的。例如，看《与歌同行》，我们的问题不会仅仅是："约翰尼·卡什这小子接下来会做什么？"那个推动着故事的、更为聚焦、更有效的问题是："约翰尼·卡什能赢得琼·卡特的爱吗？"

（3）树立冲突。

你要让主人公接下来面临的每一个障碍和困难都比前一个更大、更刺激。《捉鬼敢死队》中，想象如果彼得·温克曼和他的组员在第一幕遭遇了纽约城中的所有恶魔，而之后在第三幕，他们只需面对图书馆里唯一的鬼魂，这种安排就会显得很滑稽荒唐。主人公外在冲突的每一个元素都必须随着剧情的推进变得更加艰难，看上去好像越发不可逾越。

（4）加快故事的节奏。

随着你将故事推向它的高潮，故事的动力也应当稳定地增强。这一点不仅适用于动作电影，也同样适用于喜剧和剧情类电影。甚至在像《美食总动员》《当幸福来敲门》，以及《太坏了》（*Superbad*）这样的电影中，随着电影推向高潮，主人公们面对的障碍变得愈发频密地发生。

这个结构性原理还要求：你要尽早提供一些阐明情节人物等的提示内容——观众必须知道的、帮助他们理解正在进行的事情的事实信息。

《黑衣人》（*Men in Black*）中，詹姆斯·爱德华兹（以及观众）需要了解一切有关地球上的外星人，有关K的身份，有关MIB组织，以及它是如何运作、位于哪里、老板是谁，和有关他们将要面临的事情的信息。但是，所有这些信息都在第一幕得到了呈现——确切地说，是在剧本10%位置的转机与第二幕的开头之间，后者即为爱德华兹（现在代号为J）和K开始追查威胁地球的虫族的时候。

如果《黑衣人》的剧本在结构上变得不同，让所有这些阐释性的内容在电影的后半部才得以呈现，那么电影中原本加快的节奏会慢慢停下来，情绪会消散，观众们也会渐渐离去。

（5）制造动作戏和幽默戏的高峰和低谷。

你的剧本里，跟在情绪高涨时刻之后的必须是一些冲击力较小的场景，这样好让观众可以喘口气，也便于你积聚下一个更高的高峰。三十分钟全程高能的动作片段、玩笑，或追车戏是不存在的。这种戏最终只会耗尽观众的情绪投入，因为审读人终将会厌倦，然后远离这种高位上的情绪。

《大白鲨》中有一个发生在船上的经典场景，三个男人正在比较他们的伤疤，金特谈论着印第安纳波利斯号船舶。此时的观众几乎快要感到猎鲨可能已经变成只是例行公事。所以编剧彼得·本奇利（Peter Benchley）和卡尔·戈特利布（Carl Gottlieb）给了观众一个喘气的时刻，同时也将幽默、悲伤和人物性格特征的展现加入到电影中。然后，正当观众被骗入一种虚假的安全感中时，鲨鱼来了，情势急转直下。

对于幽默戏的处理也遵循同样的原理。不论这个喜剧有多粗俗、多滑稽，你不可能讲一个90分钟的笑话。幽默的动作或对白必须用更为严肃的场景点缀，这些场景不仅可以用作其他的目的，还可以让审读人的情绪投入得到最大化。《鸟笼》中固然有欢闹滑稽的晚餐聚会场景，艾伯特在其中假扮瓦尔的母亲，但它同时也有柔情动人的场景，让阿曼德大声宣告自己的爱，努力争取艾伯特的原谅。

（6）赋予这个故事幽默感与严肃性。

这一点就是说，即使你在创作一部悲剧，你也要赋予它一些幽默的、轻松的、喜剧性调剂的时刻。现实生活中，就算是最黑暗、最悲伤的处境也会包含一些幽默元素，对于那些陷身苦痛之中的人们来说，这种幽默通常是一种必需的情绪释放。同样的原理也适用于电影，一些像《朗读者》、《七磅》（Seven Pounds）、《珍爱》这样的情绪沉重的电影就是例证，虽然它们基调严肃，但是它们都有让人情绪缓和的时刻。

反之亦然：如果你正在写一部喜剧，无论这个故事有多粗俗，都请你严肃对待你的故事和人物。即使在像《波拉特》《宿醉》《空前绝后满天飞》这样的看似异乎寻常的电影中，这些人物虽然身处各种粗俗、滑稽，或者具有讥讽性的事态之中，他们仍被呈现为真实的、令人同情的人。这些电影或许是在默许纵容观众，但是它们并没有以一种"这只是一个喜剧，所以我们做什么都无所谓"的态度逃避它们应该做的事。我们理应感到投入，相信这样的故事和人物，幽默感就是从这种情感联系中产生的。

这条原理的最佳例证是那些几乎无法划分为喜剧还是剧情类型的电影。《西雅图未眠夜》《在云端》《朱诺》《充气娃娃之恋》以及《朱莉与朱莉娅》就成功地对严肃情节和欢闹元素进行了结合，但是这些电影绝对不会为了换取笑声牺牲它们的角色塑造，牺牲观众的情绪投入。

（7）在审读人的心中制造预感。

当一个审读人阅读剧本或是当一名观众观看电影时，他们都会试图猜想接下来发生的事情。正是这种对于故事未来走向的预感让审读人或观众在面对电影时能保持全神贯注。

这一次，我们还是可以用《大白鲨》作一个绝佳的例证。如果你让某人用单独一个词语总结这部电影，他（她）极有可能会说："鲨鱼"。但是事实是，在两个小时的电影中，鲨鱼在银幕上只出现了大约十五分钟，而且，在这十五分钟的大部分时间里，我们只看到鲨鱼的背鳍。能让观众把目光集中在银幕上的并不是看得见的鲨鱼，而是对于鲨鱼袭击时会发生的恐怖、吓人、未知的事情的预感。

我们预感到《我是传奇》中主人公与夜魔会有一场最终对决；《奔腾年代》（Seabiscuit）中，"海洋饼干"和"战将"之间最终会有一场激烈的比赛；在《摇滚校园》（School of Rock）中，会有一场乐队大乱斗，以及《危机四伏》（School of Rock）中的秘密终将会得到揭晓，正是这些预感维持着我们在这些电影中的情绪投入。

通常来说，广大观众会更为偏爱悬疑惊悚片，其原因就在于这个原理，而并非在于不间断的暴力。每当你设置了一个预感，你就必须用事实兑现它，所以，任何惊悚片都会有一定程度的暴力出现。但是，在砍向脑袋的几斧头之前，人物和剧情还有很长一段路要走。

（8）给予观众优先知情地位。

当观众被给了电影里的一部分人物还不知道的信息时，优先知情地位或者观众全知就产生了。我们知道《美国黑帮》（American Ganster）里的毒枭弗兰克·卢卡斯正在做着什么勾当，但是警察里奇·罗伯茨不知道。我们知道《银行大劫案》里的那帮盗贼正在实施一次银行抢劫，我们知道《无耻混蛋》里有一段情节是要刺杀整个纳粹统帅部，我们还知道《冒牌天神》里的布鲁斯被委派了上帝的工作，我们远在电影里的其他人物意识到正在发生的事情之前就知道了这些，

这种设计如果和预感结合在一起使用，其激发情绪的效果会变得极

其明显。优先知情地位制造预感。当电影中的人物获知或是遇到了观众已经知道的事情时，观众就会对将要发生的事情产生某种预感。

在许多访谈中，阿尔弗雷德·希区柯克都引用了一个电影场景作为例子：有两个人坐在一张书桌旁，讨论着一些家常话题。忽然之间，一枚藏在书桌里的炸弹毫无征兆地爆炸了，于是这两个人都被炸成了碎片。

这样一出场景能让观众产生高度的情绪投入，但是这种效果仅会作用短短一段时间。在大约60秒的震惊和惊讶之后，观众就会开始疑惑："好吧，接下来呢？"

让我们想象一个相同的场景，不同的是，摄影机会从两个人对话的画面切换到抽屉里的炸弹正在嘀嗒嘀嗒倒计时的画面。你可以足足利用这个场景5分钟，甚至更多，你还可以再将镜头切到一个防爆小组正赶过来解救这两个人的画面。虽然电影里的人物不知道炸弹就在他们身边，但是我们知道（优先知情地位），所以我们会想象，如果炸弹爆炸的话，这场面将会变得多么恐怖（预感）。

如果你想看更近期的展现这种处境的例子，你可以看看《拆弹部队》的那些开场镜头，你会看到对于炸弹将会爆炸的预感可以维持多长时间。

同样的原理在喜剧中也可以产生同等的效果。在《全民情敌》中，我们知道希钦斯私底下是一名约会专家，而且他还在帮助阿伯特赢取阿利格拉·科尔的爱，但是，希钦斯心头的新爱莎拉却不知道这一切。幽默就产生于我们对这个秘密终将会被发现的预感。

（9）使观众感到意外，扭转预感。

虽然预感是你可以使用的最强有力的结构性设计之一，但是你不会一直想要你的审读人预感到可能要发生的事情。偶尔地，为了制造恐惧、幽默、震惊，并且避免可预测性，你必须使观众感到意外，震惊他们，让他们从安全感中脱离出来。用某件完全是意料之外的事情将观众能预感到的行为反转，借此使观众轻微地产生毫无准备之感，这将更进一步地增强观众的情绪投入。

让我们再看看《拆弹部队》。在几场炸弹被成功拆除的场景之后，我们遇到了一个炸弹出乎意料爆炸的场景，对此我们毫无预感。因为观众已经培养了一种对于每一次爆炸都能被预知的期待，这个本就令人震惊的事件变得更加具有冲击力。我们对这次事故猝不及防，它给我们带来的情绪冲击也更加强烈。我们也有机会更加深刻地感受到这些军人所处的恐怖境地，在这里，死神可以很快地、随机地、没有任何警告地发动攻击。

反转观众的预感也可以提升喜剧的可能性。为此，《夺宝奇兵》提供了一个著名的例证，在印第安纳·琼斯用他的鞭子击退一大群坏人之后，他遭遇了一个头戴黑色头巾、旋转着一把巨大弯刀的、身形巨大的打手。所有观众现在都会期待看到一场刀与鞭子的决斗，所以当琼斯博士只是耸耸肩膀，抽出一把抢，射杀了敌人时，它就形成了一个令人难忘的喜剧时刻。

《窈窕淑男》中，在迈克尔扮作多尔西演戏时，有一个场景安排他要去亲那个被其他女演员称作是"舌头"的男演员，此时电影运用了双重逆转以形成幽默。我们先是看到迈克尔借着用文件夹打他的动作避免了这一吻，我们会大笑，因为这不是我们原先预测的结果。结果，他最终还是被亲到，这就变得加倍好笑了。

记住，观众是想要试图猜想和预测接下来将会发生的事情，但他们并不希望自己的猜想始终都是对的。

（10）让审读人产生好奇心。

如果一个人物、事件，或场景在开始的时候没有被完全解释清楚，或是当主人公必须在故事的进程中找到某个问题或谜团的答案时，审读人就会为了获悉解决方案并且满足自己的好奇心而"逗留"。

格兰特·尼波蒂（Grant Nieporte）为《七磅》创作的剧本提供了让观众产生好奇心的大量例子。本在电影开场中拨打的神秘的911急救电话有什么含义？那些电脑打印文件里列出的人都是谁？ 他为什么要拨打一个800号码①，然后开始无情地用言语攻击、折磨那位接线的盲人销售员？他给弟弟打去的、含义模糊的电话又是什么意思？还有，为什么片名叫做《七磅》？

通过逐步揭晓这些问题的答案，而不是立即提供本的所有背景故事和动机，这个剧本增强了观众的情绪投入。

显然，好奇心在侦探故事里会是一个关键的结构性设计；整部电影的关键就在于寻求一桩谋杀案的谜底。但是，相较于悬疑惊悚片，谋杀推理故事长片在商业上通常不太会成功，也较少得到制作，因为好奇心没有优先知情地位和预感带来的情绪冲击力。最有效的办法是将好奇心在与列表中的其他结构性设计结合在一起使用。

至此就出现了另一个关键问题：你对观众隐瞒一个秘密越久，秘密就变得越重要，而秘密的揭晓也会变得更加能令人感到满足。一个好的例子就是扎克·海尔姆（Zach Helm）创作的《奇幻人生》剧本。在这部电影的较早的几个场景里，国税局审计师哈罗德·克里克听见一个神秘的声音在不停地描述他的每一个行为。观众当即也感到好奇——这个声音来自哪里？为什么它在"解说"哈罗德的生活？

在第二幕开头，我们了解到，原来哈罗德是小说家创作出来的一个虚构人物。现在，他必须在作家完成这本书以前找到这位作者，阻止作者将他杀死。他的外在动机由此建立，同时，观众的好奇心也得到了满足。这个设计能产生效果的原因是，在剧本中的其他更激动人心的事件可能发生以前，它让审读人和观众的情绪投入得到了加强。如果整部电影都只是对"那个声音来自哪里？"的问题的解答，那么这个答案的揭晓是不足以令观众感到满足，让他们对电影保持情绪投入的。相反，《奇幻人生》运用的这种设计可以有效地加强观众的情绪投入，直到其他的结构性设计可以将观众的情绪投入提升到一个更高的水平。

（11）让故事显得可信。

最近我在为一名编剧提供咨询服务，当我提出他的剧本缺乏可信度

---

① 在美国，800开头的电话号码被大量企业应用于营销和售后。——译者注

时，他有了一些抱怨。

"电影从来就不是真实的，"他争辩道，"《小猪宝贝》（*Babe*）里，一只猪能够说话；《十二猴子》（*12 Monkeys*）中，一个人能够穿越时光回到过去，这些是可信的吗？《虎胆龙威》系列电影中，布鲁斯·威利斯甚至可以阻止所有坏人，这是可信的吗？"

我给他的回答是："是，这些是可以相信的。"

所有的电影都是幻想，都起源于那个强有力的问题："如果……将会怎样？"

"如果，美洲最蠢的两个家伙试图要将一个装满现金的行李箱还给一位美丽的女郎，但他们同时还在被一伙匪徒追赶，将会怎样？"（《阿呆与阿瓜》[*Dumb and Dumber*]）

即使是植根于现实，或者实际上就是以真实故事为基础的电影，它们都会被当作幻想作品来讲述，在这些作品中，一个普通人被投入一个超乎寻常的、高于生活的处境之中。

"如果一位心地善良、在政治上属于自由派的修女，与一名关押在死囚牢房的可怕杀人犯产生了某种联系，并且在为他争取减轻刑罚而努力的过程中，不得不解决她自己的内在冲突——围绕着杀人犯的可恨本性，围绕着她对于受害者家人的同情，事情将会变成怎样？"（《死囚漫步》[*Dead Man Walking*]）

"如果一名来自加州某个小镇的律师从身无分文开始打拼，直到成为美国总统，最终却成为美国历史上唯一一位辞职的首脑，那将会怎样？"（《尼克松》[*Nixon*]）

将观众们吸引进戏院的正是这些故事里的幻想元素。没有人真的想要看一部真正现实的电影，除非那部电影让我们认识到日常生活可以像小说那样离奇非凡。

所以人们说电影是幻想，这是事实，没有问题。当作者在自己的一套规则中，无法使他们的故事符合逻辑、令人相信时，问题就产生了。

为了理解电影的可信性，你必须认识到，电影在表面上是假的，但是在表面之下却是真实的。另一方面，现实生活在表面上是真实可信的，但在表面之下却是不可思议的。以下我将解释我这么说的意思：

如果我说，之所以我花了很长时间才写好这本书，是因为我被外星人绑架，被困在了他们的宇宙飞船里一年，那么你很有可能会去查看亚马逊网的退货政策。但是，如果我告诉你，我刚刚看到一部电影，讲的是一个人声称他被外星人绑架，并且要说服世界相信一场侵袭即将来临，你大概只会想要知道这部电影何时在当地的巨型影院上映。换句话说，你会乐于接受一个在现实生活中难以置信的电影故事。

另一方面，如果我说我的创作被延迟，是因为我被卷进了一个可怕的事件：一个陌生人，不知出于什么原因，走进了一家超市，并且掏出一件自动化武器，开始枪击每一个在场的人，最后他持枪自杀，你或许会觉得这件事恐怖，但是你不会认为它难以置信。但是如果我说我有一个剧本，里面的主人公向大众开火，然后自杀了，而且到最后，我们仍然不知道他的动机是什么，你就会公正地告诉我，我永远不可能卖出这个本子。

电影中，我们需要知道人物的内心真相。对于你创造的任何难以置信的处境，他们的反应都必须是合理的、事出有因的、真实可信的。

许多不寻常的事情发生在现实生活中，人们也经常表现出奇怪的行为。但是在你的剧本里，即使你是在改编一个真实故事，在这个故事的上下文中，人物们的行为看上去都得是符合逻辑的，事件都必须是可信的。而且，你万万不可将可信性与文档记录式的事实混为一谈。为了证明人物行为的正确性，你能够做出的最无力的争辩就是："但是那真地发生了。"

制造让人信以为真的处境的关键是：有趣的、令人兴奋的、浪漫的、搞笑的并非是幻想元素本身，而是我们每天真实的世界对那个异想天开的处境的反应。你唯一能做的就是在你的故事中引入那一个难以置信的元素；其他所有的事情都必须是符合逻辑的、可信的。

举例来说，电影《长大》（*Big*）是一部奇幻片，它讲的是一个十二岁的男孩许愿变成一个大人，醒来之后他就真的拥有了一具三十岁的身体。如果我告诉你这件事在现实生活中是绝对不可能发生的，希望我没有破坏你的幻想。

但是，让我们想想乔什变身之后发生在他身上的一切：他从家里逃出，找到一份工作、一个住处，他与一位以为他真有三十岁的女士陷入爱河，他最终必须决定是否要回到他过往的生活里。换句话说，每一个他面对的冲突都是符合逻辑的、可信的，并且是植根于现实之中的。盖瑞·罗斯（Gary Ross）和安妮·斯皮尔伯格（Annie Spielberg）的剧本探索了这种奇幻情形发生之后，什么事情可能会真的发生。

现在让我们想象同样的一部电影，假使乔什长大以后进入了另一个世界，在那里，他最好的朋友拥有可以隐身的能力，他的女朋友可以在时光中穿梭，每一个人都会读心术，大家都在与地球上四处出没的恐龙战斗。这样一部电影几乎不会让观众提起兴趣（除了一些炫目的特效以外），因为这个故事缺少一切的真实性和可信性。

这样一个完全奇幻的场景却无法抓住观众情绪，其原因之一就是：乔什将要面对的冲突正变得毫无意义。当主人公或其他人物的力量变得没有止境时，对于他们来说就没有什么事情是难以克服的了；观众也不会真正地感受到紧张、担忧或恐惧。他们仅仅是在观察那些行动，而无法置身心于其中

你能想到的任何事情在你的剧本里都可以变为可能、人可以飞翔；隐形；在时空中穿梭；挑战死亡、挑战重力、挑战美国国家税务局。但是，如果你准备以某种方式改变现实生活的规则，你就必须向观众清楚说明，你的虚构人物和世界的特别因素和限制因素都是什么。

这就是奇幻电影很难成功的原因。你很难做到既能解释清楚你的虚构世界和主人公的能力边界，又不能让你的故事变得令人费解。但是，如果你的主人公的力量和能力的界限不清晰，那么你的情节就不会有张力或冲突，因为在这种情况下，你的主人公看上去似乎总能找到一种合宜的超人技巧，克服故事情节中的障碍。

如果你的剧本引入了不止一个异想天开的处境或动作，那么你也不大可能让你的人物或主题呈现真正的深度。借着将我们的欲望、信念和感情放进高于生活的情境之中，电影可以让我们审视自己，从而展现人

性中更为深刻的层面。如果你描绘的人物不是以某种观众可识别的方式行事，观众就不会对他们感到有情绪上的联系，观众也就不会自我反思、受到启迪，或实现精神宣泄的机会。

不论你想要构建何种程度的幻想，逻辑和可信度对于你的剧本仍然是至关重要的。你的人物必须像我们所习惯看到的那样说话和行动，而且，他们的行动必须符合你给予他们的背景和处境。

针对这条原理，两个最大的违例情况是：一，他们为什么不离开房子；二，他们为什么不叫警察？

任何一位看过普通鬼屋电影或暴力电影的观众都能理解第一条。大部分人在面对危险时都会试图逃离。但是，我们在电影里一再看到的却是，人物们对那些秘密的、不祥的警告所暗示的谋杀、鬼魂和流血事件总是不闻不问，所以他们会停留在一处明显会对他们造成不利的房屋、地下室、野营地、游乐园、青年旅舍、异国他乡、僻径上的农舍里不走。

解决这种进退两难的困局有一个相当容易的办法：给人物一些令人信服的，能解释他们为何不会离开的理由。或许，他们是被困住的，就像在《电锯惊魂》（*Saw*）系列电影中那样；或许，他们所爱之人的生存与否取决于他们能否勇敢地面对邪恶力量，像在《午夜凶铃》里那样。如果你的主人公没可能逃离危险，那么你的故事就会变得更具有可信性。

第二种情况是类似的。如果无法逃脱一个险境，大部分人都会试图寻求帮助。与其因为忽略这个问题而使故事的可信性落空，不如让你的人物无法获得援助：通讯被切断（《战栗空间》）；政府当局就是敌手（《第九区》）；如果主人公试图寻求援助，他（她）所爱的人就会受到主要敌人的威胁（《鹰眼》）；当局无能（《终结者》）；或是主人公不能求助于当局，因为他们（也许正确地）怀疑他是一名罪犯或杀人犯（《达·芬奇密码》）。

不论你的电影的类型是什么，在你发展你的故事的时候，你要反复地询问自己："这个处境很否十分符合我所创造的世界里的各种限制？"

以及："考虑到我的人物背景和处境，他们的这种行为符合逻辑并且可以相信吗？"

如果答案是否定的，你就必须更改人物的那个行为，或者把它变得可信。那么，使难以置信的行为变得可信的最有效的办法就是……

（12）提前为剧本里的主要事件给出预告。

我对预兆的定义是：通过在剧本中的早些时候为奠定基础，为人物的行动和能力创造更大的可信性。预兆的作用是要使人物行动变得可信，并防止出现一些为了应对人物所面临的重大困难的、不自然的解决方案。

在你创作你的故事时，你给予主人公一个目标，然后在他（她）的道路上安排一些障碍，从而让他（她）的那个目标看上去几乎不可能实现。显然，这种做法将你搁在了一个进退维谷的困局之中：如果那些障碍太容易被跨越，你的情节就不会有戏剧张力或情绪；如果那些障碍过于困难，你就必须让主人公能够通过某种方式克服它们的情节变得可信。提前给出预兆就是针对这个困局的一种解决方法。通过在故事中的早些时候积蓄一些场景，向观众展示主人公最终将如何达成他的目标，你就给电影的高潮时刻奠定了必要的可信性。

在吕克·贝松（Luc Besson）和罗伯特·马克·卡门（Robert Mart Kamen）为《飓风营救》创作的剧本中，布莱恩·米尔斯必须想办法去到巴黎，调查出是谁绑架了他的女儿，渗透到他们的组织当中，阻止每一个妨碍他的职业杀手，打破警方对事实的掩盖，并在女儿被当作性奴隶带出国之前解救她。这一系列看似无法逾越的障碍让主人公看起来几乎不可能成功——事实也应如此，所以这部惊悚片才会令观众维持最高程度的情绪投入。

对于作者来说，有一个难题就是：任何一个普通人都确实不太可能做到以上所有这些事。所以，《飓风营救》的作者们将他们的主人公塑造得绝不平凡——他是一名前政府特工，用他自己的话来说，他有着非常特殊的一套技能。这些绝妙且致命的能力在电影一开始就得到展现，一方面是通过与他的朋友和以前同事的对话，一方面则是通过动作——他保护摇滚明星免受行凶的粉丝侵害。所以待他到达巴黎，我们看到他弄清楚了事件的真相，并彻底摧毁了那群坏蛋，我们相信了，因为我们在第一幕已经看到和听说过他的能力。

如果直到布莱恩·米尔斯来到巴黎开始追查女儿的下落，或是在一场一次要与二十名敌方走狗对决的枪战中幸存时，观众才了解到他的能力，那么观众就会厌恶地嘲骂这太不自然了。事实是，这情节确实是非自然的、被设计出来的。它只是设计得很精巧，因为他的技能，在变得对于主人公达成他的外在动机很重要之前，就已经很好地得到预兆。

预兆也可以被处理得更为微妙，并只为整个故事的一小部分增添可信度。《七磅》中，本必须有能力把自己安插在人们的生活里，还要知晓有关他们的机密事项。因此，编剧格兰特·尼波蒂将他呈现为一名国税局税务师，这是我们几乎在本才刚被引入时就看到的。但是，整个故事并不是建立在这个前提之上——本也可能通过其他某种渠道获得信息，而这个故事仍可以运作。但是，在电影里的早些时候了解他的工作确实可以防止这位主人公的能力看起来不自然或令人难以置信。

《虎胆龙威》中，马特关于电脑的知识，《达·芬奇密码》中，罗伯特·兰登因其拥有丰富的艺术史知识而拥有破解"密码"的能力，以及《加勒比海盗1：黑珍珠号的诅咒》中，威尔·特纳的剑术，俱是建立预兆的例子。

建立预兆可以让你避免"天降神兵"（deus ex machina）式的结局，这种结局中，因为你无法找出任何一个可信的解决方案，你只能让上帝之手降临以解救你的主人公。如果你为最终的大结局建立了充分的预兆，那么这些解决方案在观众看来就会显得更为可信，更容易被接受。

（13）让一些特定的处境、物品和对白产生回响，从而展现人物的成长和变化。

你是否曾在毕业之后回到你的旧高中，想起旧时光，看到这里经历了多大的变化？你正在做的其实就是衡量你自己的成长。高中的教学楼从未改变，历经改变的人是你。将你现在的自己与最后一次看到高中的你做比较，你就可以看到自己已经走了多远、失去了多少，或者已经变成了一个多么不同的人。正是这条基本原理让各种同窗会得以忙活了几十年。

这条原理同样适用于电影。你可以在故事进程中，每隔一定的时间，就重复剧本里的某个物件、处境或对白，这样就可以展现你的主人公经历过的变化了。

例如，我们在《走出非洲》中至少三次看见杜鹃时钟，它从未改变。但是每一次出现，它都暗示着主人公的某种新的、经历改变后的阶段。当凯伦拆开包裹取出杜鹃时钟时，它象征的是她依恋着的家乡和过往，因为唯有依托于此她才能承受肯尼亚的寂寞与孤独。当土著居民等待着这只时钟咕咕叫响，然后在恐惧和惊喜中跑开时，它展现了凯伦在他们眼中是多么的陌生，但也体现出他们正越来越接受她。最终，当凯伦被迫要卖掉时钟时，这只钟则展现了她不得不放弃的许多东西，也展现了她已经获得的内心力量，这股内心的力量取代了电影开始时她所依附的外部束缚。

回响法也可以运用于场景再现，正如《在云端》中的"你的背包里有什么？"讲座；抑或《充气娃娃之恋》中拉尔斯允许别人触碰自己。再者，一部剧本还可以用重复的对白，正如《口是心非》（*Duplicity*）中雷和克莱尔之间一次次的"偶然"相遇，或者《西雅图未眠夜》中不断出现的字眼"魔法"。在这些例子里，这些被重复的语言或画面都暗示着人物的成长或改变。

（14）间接地，通过剧本里的人物教导观众做某件事。

如果一个故事的主人公必须学会某项特定技能，而观众可以通过那个人物"学习"这个技能，那么这个故事通常就更加能令人投入情绪。《功夫梦》中，我们会像德瑞（或者丹尼尔）那样学习功夫（在好莱坞1984年的同名电影里叫作"武术"）的技巧和思想。类似地，《最后的武士》中的武士训练，《丑陋的真相》（*The Ugly Truth*）中的恋爱指导，以及《黑客帝国》中的武术教学都有助于让观众投入这些故事中。

你应当注意，这个结构性的设计是与观众优先知情地位、预感、和预兆紧密相关的，因为这种教学指向的是之后将会用到这些知识的事件。审读人预感着这些技能将会有一些大的用处，新技能得到运用的场景也因此被赋予了更大的可信性。

（15）为一个人物构建威胁。

将你的电影里的任何一个重要人物放置于危险的境地都会增添观众对这个故事的情绪投入。只要人物面临着即将发生的危险，审读人就会坚持看下去，看她是否能安全脱险。这一点不仅适用于人物生命会遭受威胁的悬疑惊悚片，也适用于喜剧或剧情类电影，存在于这些电影中的威胁可能是真相的揭露（《假结婚》）、生命的失去（《米尔克》[*Milk*]），或者是追寻目标的失败（《阳光小美女》）。

即使威胁不是针对于主人公，这个设计也同样可以有效。在《2012》中，我们能与游轮上的两位老年音乐家产生共鸣，虽然他们只是剧本中的次级人物。

（16）最大化地使用时间。

通过以下三个关键办法，你可以用故事的时间跨度最大化地激发情绪：

- 压缩故事的时间跨度。大部分好莱坞电影里的故事都在发生在很短的时间里——几个星期、几天，甚至几个小时，而极少会有几年或者几十年的时间跨度。《禁闭岛》《宿醉》《四喜临门》《虎胆龙威》《空军一号》《借刀杀人》都发生在少于两天的时间段内。这种聚焦的、紧张的叙事方法将外在动机清晰地锁定在眼前，让观众保持深深地投入。

- 展现时间跨度。在《我最好朋友的婚礼》中，朱尔斯宣告道："我有四天的时间去破坏一场婚礼，偷走新娘的男人。"在《拆弹部队》中，我们知道（多亏银幕上的标题字幕），距离这个小分队轮值结束还剩38天。还有《和莎莫的500天》是要持续……让我们看看……我猜应该是500天。所有这些剧本都在告诉观众："别担心，我们没打算和你一起变老。一切都会在有限的这段时间内得到解决。"

- 制造一个最后通牒。为你的主人公增添冲突，为你的故事增添情绪的一个最好的办法就是给你的主人公一个极难应付的时间限度。并且，如果他们多花一秒钟，他们就会失去一切。因此，在《战栗空间》中，梅格·阿特曼不仅必须逃离那间恐怖的房间和那几个想要杀了她的小偷，她还必须及时逃脱，为患糖尿病的女儿拿到救命的胰高血糖素注射剂。在《奇幻人生》中，哈罗德必须在创造了他的小说家完成大作以前找到她。以及，在无数的惊悚片中，如在《勇闯夺命岛》、《末日戒备》（*The Peacemnaker*）和几乎每一部已面世的007系列电影中，恶人都必须被及时阻止，否则这个世界的某个部分将会被炸成碎片。

总 结

（1）结构包含的是一部剧本的情节里的各个事件，及其彼此相关的位置。好的结构就是对的事情发生在对的时间，从而激发了最大化的情绪。

（2）一部结构合理的电影故事有三幕，这三幕的确定取决于：

▶ 编剧的目的：
- 第一幕——建立背景、人物、处境，以及主人公的外在动机
- 第二幕——给主人公的动机树立障碍和困难
- 第三幕——解决主人公的外在动机

▶ 主人公外在动机的三个明显的分段和时期

▶ 剧本的三幕需要对应一定的比例：前25%——中间50%——后25%

（3）两个额外元素必须分别在第一幕和第三幕中得到展现：

▶ 设定

- 主人公的"前期"形象

- 在任何新事件发生，将故事向前推进之前，我们看到的是日常生活中的主人公

- 如果主人公有一条人物成长弧，那么我们现在看到的他（她）应当表现出某种心理困境，陷在了自己的内在冲突之中

▶ 余波

- 主人公的"后期"形象

- 展现的是主人公在解决了自己的外在动机以后，现在将要走上的新生活

- 如果主人公有一条人物成长弧，我们就会看到他因为克服了自己的内在冲突而得到回报（或者如果他（她）是一位没能克服内在冲突的悲剧人物，那么他（她）就将再度受困）

（4）你的剧本的开局必须在十页之内引诱审读人，通过：

▶ 将审读人从他们生活的世界转移到你所创造的世界里，未做到这一点，你通常要靠运用以下四种开场片段中的一种：

- 从大到小

- 从小到大

- 黑屏

- 叙述

▶ 必要的时候使用标题字幕以确立时间或地点

▶ 避免提及任何的片头字幕（演职员名单）

▶ 介绍主人公

▶ 制造针对主人公的同理心

▶ 展现主人公正在过着她的日常生活

▶ 让人一窥主人公的内在冲突

▶ 在剧本10%的位置，给予主人公某个转机

▶ 借着这个转机，将主人公带入某个新的处境

（5）你可以运用的设定类型至少有七种，你可以单独或组合着用它们开启你的剧本：

▶ 在动作戏中引入主人公

▶ 在日常生活中引入主人公

▶ 初来乍到

▶ 外界的动作

▶ 序幕法

▶ 闪回法

▶ "书立"法

（6）一个有效的结局将包含：

▶ 一个令人满意的、清楚解决了主人公的外在动机的高潮

▶ 一个展露了主人公现在将要过上的新生活的余波

（7）在你确定剧本的三幕，包括设定、转机、高潮和余波时，你需要开始应用更加具体的结构性原则和策略，让审读人的情绪得到最大化：

▶ 确保剧本中的每一个场景、事件和人物都对主人公的外在动机起到作用

▶ 在剧本的早些时候就应当让观众看到这个故事的未来方向

▶ 构建冲突，要使得主人公面临的接下来的每一个障碍和困难都比前一个更大、更刺激

▶ 加快故事的节奏，要在剧本的早些时候给出阐明情节人物等的提示内容，然后随着故事向前推进，让困难的出现变得逐渐频繁

▶ 制造动作戏和幽默戏的高峰和低谷，在剧本的情绪高峰时刻之后紧跟着的应当是带有较小冲击力的场景

▶ 赋予这个故事幽默感与严肃性

▶ 在审读人的心中制造预感

▶ 给予观众优先知情地位

- ▶ 使观众感到意外，并偶尔反转他们的预感
- ▶ 让审读人产生好奇心
- ▶ 让故事显得可信，通过：
  - • 限制你自己只可以使用一个幻想元素
  - • 让故事在本质上符合逻辑
  - • 清楚地定义各个人物的能力的边界
- ▶ 提前为剧本里的主要事件给出预兆
- ▶ 让一些特定的处境、物品和对白产生回响，从而展现人物的成长和变化
- ▶ 间接地，通过剧本里的人物教导观众做某件事
- ▶ 为人物构建威胁
- ▶ 最大化地使用时间，通过：
  - • 压缩故事的时间跨度
  - • 展现时间跨度
  - • 制造一个最后通牒

第二部分

创作电影剧本

第 6 章
编写分场

当剧本开发进行到了这个阶段，你就算是准备好可以开始应用合适的剧本格式来写每一个分场了。与故事概念、人物和结构一样，你将文字如何铺展到纸上对于激发情绪也是至关重要的。而且，正如前面的那三项工作需要特定的途径以吸引和抓住审读人和观众一样，我们也有一些基础性的原则用于书写动作、描述和对白，以保证审读人的情绪投入。

6.1 编写分场的基本原则

这些整体的规则和指南会教导你如何将文字铺展于纸上，并用你的剧本写作风格激发最大化的情绪：

（1）你必须在审读人的脑海中创造一部电影。

如果你曾为一部小说全神贯注，以至于完全失去了现实世界里的时间和地点概念，你就会清楚地知道你希望为你的剧本审读人制造的那种情绪体验。任何一件让审读人慢下来，或是让他们注意到字句本身的事情，例如尴尬和令人困惑的风格、错误的拼写和语法、印刷错误，或是剧本中有20页过于冗长的内容，这些都是对你不利的。

相反，你做的任何事情如果能让阅读你的剧本变得快速、简单，且是一种享受，那么它就是对你有益的。如果存在一个能将畅销的剧本和不畅销的剧本区分开来的唯一品质，那就是：那些有能力制作电影的人会选择他们在阅读中获得享受的剧本。当你让你的电影在审读人脑中成形，它就更有可能为审读人带来享受。

（2）不出现在银幕上的内容也不会出现在纸上。

剧本是由情节、描述，和对白构成的。并且就只有这些。它不可以包含任何无法传达给观众的内容。它不可以有作者的旁白、说明、人物的内心思想（除非它们在银幕上被用语言表达了出来），以及未被戏剧化的背景信息。

在写每一场戏时，你都要问问自己："观众将如何获知我刚刚写给读者的那些内容？

（3）任何一部剧本都有三种用处。

一个剧本可以充当一部你希望得到拍摄的电影的提案（就是我们所称的投稿剧本），一部正在拍摄中的电影的蓝图（换句话说，就是拍摄剧本），以及一部已经拍好的电影的记录（给剪辑师、作曲家等人在后期制作中使用）。这三项功能里唯一与你相关的是投稿剧本。

在写作过程中的这个阶段，你唯一的目的就是推销你的剧本，并将其作为自己的一个写作样本。因此，一些出现在拍摄剧本中的惯例对于你的投稿剧本就是不必要的，还反而会减缓阅读速度，那么也就违反了上述第一条原则。场景的编号、大写的音效，以及出现在大部分页面底部的"待续"字眼都是拍摄用剧本才会采用的设计，它们应当被剔除在你的投稿剧本之外。

不必担心如果你的剧本被成功卖出去了，你还得知道如何写一个拍摄剧本。你在任何一个优秀的剧本格式软件中，通过菜单上的一个选项，就能将你的投稿剧本转化成一个拍摄剧本。

（4）剧本里不能有尚可改进的内容。

当你最终提交你的剧本时，你是作为一名专业人员向其他的专业人员交稿。你必须让它尽可能的贴近完美。

一名潜在的制片人或代理人并没有职责告诉你如何修订你用于递交的稿件。如果你还没有做到一切你所可能做到的能使你的剧本达到最好的事情，那么你就还没有做好呈献它的准备。

有一次，我接到一位身在哥伦布的编剧的电话，他是我哥哥的朋友的朋友的朋友，他想向我出任项目开发总监的制片公司投稿一部剧本。这位作者显然明白搭建人脉网络的价值，我准备看一看他的剧本直到我问了他剧本有多长。"有145页，"他回答道，"在更进一步地修改它之前，我想得到您的意见。"所以，我告诉他别把剧本传给我。我知道我的制片人老板永远不可能同意拍摄一部那么长的剧本，所以，在这位作者尽自己的一切可能使之变得商业之前，考量此剧本是没有任何意义的。

当然，如果他把我当作是一名顾问来接触我，这就会是一个不同的故事。我经常与作者们一起工作，帮助他们将他们的剧本降到有销路的115页的长度。但是，代理商、制片人和经理们不会为你做你的这项工作。并且，由于你一般只有一次机会面对一位潜在买家，你得确保你的剧本达到了你所能做到的最好水准。

与此类似的是，不要因为你认为无论如何最终都会有人来改动你的剧本，你就遗留下未完成的内容。省去对白不写而留待演员们临场发挥，或是让艺术指导和特效美术师决定电影看上去会是什么样子，这些都是巨大的错误。你必须写作你的剧本就好像这电影的每一个时刻都是你的责任。

（5）不适当的格式会降低审读人的情感投入。

好莱坞的审读人们做过大量的归纳推理，大致是这样说的："我刚刚读过九十部剧本，它们都很糟糕，而且它们的书写格式都是不正确的。因此，如果第一百号剧本也以不恰当的格式呈现，那么这个剧本本身也一定很糟糕。"

这个结论不一定是真的，一部好的剧本也可能被写在了一卷纸巾之上。但是，要让一位经纪人或者制片人将感情投入到你的剧本之中已经够难的了。为什么还要在一开始就给自己不利的额外一击？你的剧本应当套用现今适用的格式。有了可以为你所用的一流的剧本格式程序，你就没有任何借口做出任何不专业的表现了。

这一章节剩下的内容将会确切地向你展示，要用怎样的风格和格式书写描述性文字、动作以及对白，从而让你的写作能够遵从上述五项原则，并且在你的审读人心中激发最大的情绪反应。

6.2 剧本格式

在我刚开始写作这本书的时候，处理正确格式的唯一办法是在的文字处理程序中，甚至于打字机上设定格式，并且记得在适当的时候使用缩进和转成全用大写字母。所以在第一版里，我全面地展示了所有关于描写动作、描述、对白、场景标题、人物介绍、辅助描写、旁白叙事等元素的相应规则。

现在我已将所有那些信息精简归纳为一条必不可少的原则：买一个剧本格式软件。

有几个特别出色的程序能够处理好你的页边距、间距、大写，以及其他大量问题，并且它们的价格不超过200美元。在你的编剧职业生涯里，你不妨将此认作是一项必要的投资。

剧本格式软件 Final Draft 和Movie Magic Screenwriter 设定了行业标准，并且在我写作这本书的时候，它们是在好莱坞受到最广泛应用的。这两个程序都很棒——全面、容易使用、并且带有许多附加功能。Movie Magic Screenwriter 最近版本里包含了我专为此程序制作的一个模板，专注于指导编剧在写作剧本时遵循那些有关结构和性格发展的原理。但是，判断哪一个程序能最好地为你服务，这最终都是一个私人偏好的问题。每一款程序都提供一次免费试用期，所以我建议你两个都试试看，然后再挑选出最适合你自己的那一款。

如果你想节省费用，或者只是刚刚事业起步，并且还不确定是否你要将编剧作为自己的职业，Open Office（OpenOffice.org）提供了Screenwright®，这是一款免费的剧本格式软件，由阿尼科·J·巴托斯（Anikó J. Bartos）和艾伦·C·贝尔德（Alan C. Baird）设计。

如果你有任何有关格式的问题是你的格式软件没有涉及的，我强烈推荐戴维·特罗蒂尔（David Trottier）的著作《编剧圣经》（*The Screenwriter's Bible*）和《格式博士解答你的问题》（*Dr. Format Answer Your Question*）。

6.3　描述性文字

原创的、聪明的、有趣的、刺激性的、生动的以及多姿多彩的描述性文字会使画面更加清晰，并让你的剧本读起来更有意思，从而能增强观众的情感投入。

有些作者和剧本顾问宣称：描述性文字减慢了审读人的阅读速度，还声称一个剧本在本质上应当只限于情节、对白，以及对于地点或人物的简单命名。当然，我们的目标是清晰、简洁的文字，而不是连篇累牍、无穷无尽的散文。但是我仍然主张用三两词汇或短语使人物或场景具体化，这种做法能加强审读人对于故事的投入和理解。

一切好的描述性文字所共有的元素是细节。我们应该运用对样貌、服装、装饰、态度和举止的详细说明来传达出 个人物或场景的精华和独特性。举例说明，"一台年老的、布满灰尘的安德伍德打字机"远比仅仅一个"打字机"生动许多。还有，"他那光洁的、焕然一新的保时捷"相比于"他的轿车"更能制造出一副引人入胜的画面。

当你将人物引入剧本时，不要仅仅只用描述体貌特征的手段，而应当描述诸如服装、发型、动作、环境或者体貌细节（伤疤、残疾、肢体语言，或面部表情，而不是总体上的体貌外观）等方面。

有效的描述完全不必是冗长的。《体热》中，劳伦斯·卡斯丹（Lawrence Kasdan）这样描述那个向奈德·拉辛提供炸弹的男人：

泰迪·劳尔森，摇滚纵火犯……

这两个词（摇滚、纵火犯）都以一种具有刺激性的、机灵的方式描述了人物，在观众的脑海中创造出一副足够生动的电影画面。这种描述读起来有趣，并且也传达出了人物的精髓，还不会限制选角的各种可能性。

当然了，如果该人物的外貌对于情节来说至关重要，你偶尔也需要提供一套细节化的人物体貌描述。《第九区》《波拉特》以及《本杰明·巴顿奇事》所描绘的人物们的体貌外观都对情节产生了影响。在这些情况下，详细的体貌描写是恰如其分的。

在编写人物描述时，你可以针对"银幕上不会出现的内容也不会出现在纸上"这一规则做点手脚。你可以在描述中采用一些关于人物背景的限定性语句。例如，你可能会说：

厄尔的每一个动作都是他十年来练健美的写照。

我们没可能在银幕上展现"练健美"的"十年"，但是这句能制造生动画面的描述在你的剧本里还是值得一试的。只是别做得太过火了，将人物描述折腾成了一篇人物传记。

6.4　动　作

在描写动作时，你的主要目标是保证其清晰。你必须准确地向审读人传达银幕上正在发生的事情，为的是让审读人不会产生疑惑、误解，也不至于需要重读这一段。

（1）使用日常的、简单明确的语言。

你的剧本应当达到高中阅读理解的水平。这样会让你的剧本易于阅读，并且引导你远离复杂费解的字眼和短语、过多的技术术语，和令人印象深刻但却冗长的词汇。

（2）使用描述动作的词语。

不要让你的文字变成静态的。英语里至少有二十五种表达"走"的方式。一个人物可以步行、跑步、爬行、飞驰、跳跃、猛冲、急驰、蹦跳或者拖着步子走过街道。你应当使用特定明确的字词来表达动态，从而让动作栩栩如生。

（3）将你描写的动作交给别人过目。

这是核实你的剧本是否达到了必要的清晰程度的唯一办法。让审读人告诉你这个场景里发生了什么。如果审读人遗漏了或者混淆了任何重要的细节，那么你就该回到电脑前改稿。

有一些片段是必须从你的剧本里完全删除的。比如第五章中说到的，不要写标题或片头片尾字幕会在何时以及怎样出现。虽然有些电影使用了在情感上能抓住观众片头字幕，但是阅读它们会使审读人的情绪在你试图引诱他们的时候消散。请你完全略过片头片尾字幕，直接进入你故事的情节中。

特效这个词也应当从你的剧本中消失。你的工作是准确地描写银幕上发生的事情。什么时候需要召集工业光魔[①]就留予电影制作者们去断定吧。如果你的剧本包含一场激动人心的宇宙大战、一场幻觉，或者来自另一个次元的恐怖怪物，那么就请你纯粹以细节描写之，尽你所能创造出一幅生动的心理意象。在胶片上创造画面是别人的工作。

同样的原理也适用于动作片段，例如追车戏或激情戏。你必须通过特定的细节来描写银幕上的动作。不要仅仅只说：

---

① 工业光魔（Industrial Light & Magic，简称 ILM）是美国著名的电影特效制作公司，由乔治·卢卡斯于 1975 年创立，并参与了第一部《星球大战》的特效制作。——译者注

> 他们跃入车中，展开了精彩的追逐。

这一句话几乎没有制造出任何的画面或情绪。相反，你应当明确地描写银幕上正在发生什么：

> 当黑色的豪华轿车朝着吉米驶去，他纵身一跃跳上了旁边驶过的冰淇淋车的餐具箱。他打开正在行驶中的货车的门，一把将惊慌失措的司机推出座位，加大油门。
>
> 豪华轿车一个甩尾，追向吉米和货车，擦过了路边的一根灯杆，还差一点撞到一个骑着儿童三轮脚踏车的小女孩。
>
> 很快，当吉米的货车轰隆隆地驶向灌溉水渠时，豪华轿车正以接近90英里的时速急速靠近它……

记住"一页纸等于银幕上的一分钟"这一规则。这意味着，如果你预计在银幕上一场追车戏将持续五分钟，那么这场戏就会有将近四到五页纸长。那将会是一段特别冗长的场景，需要一些超棒的文字。（如果这个规则阻止了你将漫长的追车写进你的剧本，那么我就算是为人类文明的发展做出了贡献。）

类似地，当你写床戏时，你不能仅仅是说：

> 他们长久地望进彼此的眼睛，然后他们做爱。

你必须确切地告诉观众银幕上发生的细节。你不必写得色情（虽然那肯定会为好莱坞的众多审读人的一天增色），但是，你确实需要在审读人的脑海里创造清晰的画面。

这种细节的一个绝佳例证就是劳伦斯·卡斯丹为《体热》写的剧本。

请你仔细考量一番以下场景，奈德·拉辛打破窗户，第一次和麦蒂·沃克做爱：

内景——大厅

　　拉辛快速地穿过黑暗的客厅。当他走到麦蒂身前，她抬起手与他拥抱。他们用力地紧紧相拥。他们接吻。然后又接吻。她的手游走在他的身体上，就好像她想要它们触碰他已经很久了。

　　沿着墙壁，他们缓缓地进入中央大厅的黑暗之中。然后他将她的身体转离自己，又将她拉近。有那么一瞬间，他从她的肩膀往下看她的身体，然后他把手放上他的目光掠过的地方——慢慢地，温柔地，而后更加不顾一切地——一开始只是轻轻地触摸，然后有力地抚摩她。

麦蒂

是的，是的……

　　然后她就只顾着点头了。拉辛把自己的头深深埋进她的头发，在她的味道向自己袭来之时闭上了眼睛。

　　麦蒂在他的怀抱中转身，狠狠地亲吻他。她向后退了一步，开始用力撕扯他的衬衫，笨手笨脚地摸索着纽扣。他们的手都颤抖得厉害。她扯开了他的衬衫，亲吻着他的胸膛，同时她的手向下探去开始捣鼓他的腰带。

　　拉辛的手则在她的大腿后侧向上游走，将她的短裙推到了臀部以上，让它不再碍手碍脚的……

　　麦蒂对着他的脖子呻吟着、呜咽着。她的手在下面，玩弄着他。汗水布上了她的额头。她倒向地板，把他也一起拽倒了。他跪在了她身前，而

> 她则抬起自己的臀部，将裙子上翻到了腰部。
>
> **拉辛**
>
> 就这样……这样做就对了！
>
> 近看麦蒂的脸庞，有一种可能是痛苦的表情。她不耐烦地、充满期待地、发情地咬住自己的嘴唇。拉辛的脸因为汗水而闪闪发亮。他的眼睛向她的身下移去。
>
> **麦蒂**
>
> 快做吧……求你了，求你了……
>
> 对！快做。
>
> 她把他紧紧地拉向自己，像一个快要溺死的女人那样紧紧抓着他不放。

我打赌你不会指望在哪本老旧的教科书里读到这些，你有预想到吗？劳伦斯·卡斯丹曾在一篇报道中说过，他说他希望人们读着《体热》的剧本时感到兴奋起来。别的不说，至少这话表现了作者对于激发审读人情绪的原则的深刻理解。

请注意作者在描写动作的时候提供了多少细节，同时用的也是简单、清晰的语言，而不会求助于低俗的字眼。这一段文字创造出一幅生动的心理意象，但是它也为审读人留下了大片的想象空间，不会耽于粗俗或重复的描写。

当然了，如果你想要争取一个PG-13的分级①，无论如何你得在激烈

---

① PG-13级为美国电影协会制定的影视作品的分级制度中的一档年龄分级：普通级，但不适于13岁以下儿童。特别辅导级，13岁以下儿童尤其要有父母陪同观看。内容对于儿童很不适宜。该级别电影没有粗野的持续暴力镜头，有时会有吸毒镜头和脏话，一般没有裸体镜头。——译者注

的内容开始之前让画面淡出。特别需要指出的是，在描写任何动作时，你要全面确切地描绘观众会将看到的内容，并且要尽可能地做到在情绪上给人以刺激和享受。

6.5　音　乐

音乐可以以很多种形式出现在电影里，每一种在你的剧本里都会需要略微不同的处理：

（1）配乐。

这是观众听到的背景音乐，而不是电影里的人物会听到的。请你将背景音乐完全从剧本中删掉。无论一部电影的背景音乐能制造和扩充多少情绪，阅读音乐会对审读人造成一种阻碍。所以规矩就是：如果你的电影里的人物们听不到这种音乐，那么你在剧本里就不要提到它。

（2）电影里的一个人物演奏或歌唱的音乐。

如果某人播放了一张唱片、坐到了钢琴旁，或者在自动点唱机上点了一首熟悉的歌曲，那么这就是你的故事的一部分，将其包含在你的剧本中就是你的职责了。例如，在《和莎莫的500天》里的一个关键场景中，一对情人在卡拉OK吧唱歌。这个场景以及那首特定的歌曲，就得被写进剧本里。

当你指定一曲现有的音乐时，你得注意几个隐患。第一个就是审读人可能并不能识别出它。不要假定审读人会认识除了《祝你生日快乐》和美国国歌以外的任何曲调。在任何歌曲的名字之前或之后，你应该用一个短语描述它：

贝多芬的《月光奏鸣曲》的轻快旋律飘上了她的阳台。

在故事当中使用现有音乐的另一个危险是，一首特定的歌曲的使用权可能会花费很高。而你不想让审读人认为音乐版权会导致电影的经费翻倍。

（3）由你的人物创作的原创音乐。

偶尔，你的剧本可能会需要一位能创作原创音乐的人物。在这种情况下，由于音乐是情节的一部分，而且其他的人物也会听到它，你就必须得描写它。

你最好能简单地描写一下这个人物正在演唱或演奏的歌曲。正在聆听歌曲的人物们的反应也应当连同着一块写。不要把这些歌曲的歌词写在剧本里！在剧本里读歌词和读诗是一样的。针对此类语言的阅读是要用一种不同的方式和速度的，而那种调整是可能令人不快的。其结果就是，审读人反而只会跳过你的歌词，然后继续看故事。但是那时，他们其实已经离开了你正在创造的脑中电影。

有一种情况中，你也许得将一些歌词作为剧本内容的一部分——那就是当歌曲的含意推动着你的电影情节时。例如，《疯狂的心》里所有歌曲当中，最关键的一首是《软弱的灵魂》（*The Weary Kind*），由瑞安·宾厄姆[1]和"T骨"伯内特[2]创作。该曲出现于巴德·布莱克在琼的床上开始写歌的场景里，后来又由汤米·斯威特在一大群观众面前演唱，而拜德就在后台观看。歌词包含以下内容：

> 你悲怆欲绝
> 弹起你的吉他
> 让汗水冲走恨意
> 日夜已无法分辨
> 在你眼中烈酒已如鲠

---

[1] 瑞安·宾厄姆（Ryan Bingham），美国民谣歌手、词曲作者。——译者注
[2] "T骨"约瑟夫·亨利·伯内特三世（Joseph Henry "T Bone" Burnett III），1948 年 1 月 14 日出生，美国音乐家、词曲作者、配乐配乐和唱片制作人。——译者注

难以忘怀

身未动心却已远

这里无法容纳软弱的灵魂

因为这歌词代表着巴德第一次向琼敞开心扉谈自己的生活，其本身就在推进着剧情向前，所以该片的编剧兼导演斯科特·库珀（Scott Cooper）将其放在了剧本里。以下就是这一部分场景在剧本中的具体呈现情况：

有那么一会儿，巴德只是弹着玩。他在和声和旋律之间来回转换，回应着那些他没有意识到的灵感。就好像他的手指已经掌控一切，而所有他需要做的，必须做的，就是聆听他的手指正在弹奏的东西。

巴德

你的心放荡不羁

屡遭打击却从不低头

这里无法容纳软弱的灵魂

琼探进脑袋来偷看。

当然了，这是拍摄剧本，所以这首歌的歌词很有可能是在他们开始影片制作之后才加进剧本的。但是这仍不失为一个很棒的例子，验证了寥寥几行歌词如何能传达一首歌的情绪，而又不会把自己变成某种大段的诗歌。在给出了几行你的原创歌词之后，你得在剧本里让该人物继续歌唱，且你要描述正在听歌的人的反应。无论你做什么，千万不要附上一张由你演唱这些原创歌曲的CD。

6.6 扮演导演的角色

我知道在阅读此书的你们当中，有些人打算在将来的某一天导演电影。即使你没有这样的打算，那种想要将每一处镜头切换和摄影机运动都插入你的剧本之中的诱惑是势不可挡的。试图以这种方式来传达你对于这部电影的各个方面的艺术憧憬就是一个巨大的错误。但是有一些方法是你可以用到的，你无须指导摄影机的位置，或是写上一连串无聊的（且是不专业的）特写、摄影机角度，以及镜头切换，也可以让你的审读人想象出具体的镜头和剪辑。

我们的大脑只会想象我们当刻被告知要去想象的东西。所以，想要在审读人的脑海里制造一个特写镜头，你就只该详细地描写摄影机移近去拍摄的目标。

假设你想要保持一名杀手的身份不被揭露。你就不应该写道：

> **特写镜头**拍摄到一只戴着手套的手拣起开信刀，并将它扎进政客的后背。

简简单单地，你只用删去"特写镜头拍摄到"这几个字眼：

> 一只戴着手套的手拣起开信刀，并将它扎进政客的后背。

我打赌在你读着那最后一句时，你想象到了那只手和匕首的"特写"，不是吗？

至于"剪辑"你所写剧本的电影，我有接下来的一个想法，是来自于比约诺·卡尔托尔姆（Björn Carlström）的，他是一位来自瑞典斯德哥尔摩的制片人、编剧以及导演。这是一个很好的技巧，可以用来稳定你的场景节奏，以及避免要将你的剧本填满本不该存在于其中的许多剪辑镜头和导演技术的诱惑。

在你写作一段没有对白的动作片段的时候——沉默的一顿饭、一幕激情戏的场景、一段搜索、一次打斗、一场追车戏——用一段完整的段落来书写这个场景的第一稿。

然后，当你重写这个片段的时候，想象如果是你自己正在导演或是剪辑这个电影，你会在哪些地方切换镜头。换句话说，在整个一场戏里，你会在哪里改变拍摄镜头？

在每一个你想要对电影进行剪切的地方，你都应当开始一个新段落。如果你这样做，你的场景的节奏就会与电影的场景节奏相匹配。所以，一场由许多镜头切换所组成的追车戏将会包含许多很短的段落——有时只有一两个词语那么长——而审读人将会很快地看完这一页。一个浪漫的场景会有少一点的镜头切换，段落会长一些，而节奏也会慢一些。

在整个剧本中，这也保证了你的剧本将符合"一页纸等于一分钟"的准则。

如果你不相信我，你就自己试试看吧。找一个令人兴奋的、快节奏的动作电影来读读，再找一个喜剧剧本，以及一个普通剧情片或爱情故事的剧本来读读。请你留意那些段落的长度，以及这些在类型上的不同是如何影响到剧本的节奏和文风的。

6.7 对　白

轮到是时候写对白了，你经常就会发现自己处在两种情况之一中：

在第一种情况下，你开始写场景标题，并用描述性文字和动作为这个场景开头。然后你想出谁应当先开口说话，写下那个人物的名字，并给这第一个人物一句对白。另一个人物将会回应这第一句话，第一个人物又会做出应答，或者给出另一个陈述、或提出另一个问题，对话就会开始流动，然后很快，人物们就好像在写作他们自己的对白一样。

当这种不用你费吹灰之力的创造性产生时，请好好滋养它。在它进展过程中不要进行编辑。换句话说，当对白（或者你的写作的其他任何方面）开始涌动时，你就是直接掘进了你的创造之源。你要尽可能地辅助这个进程，所以不要停下来决定究竟这个对话是好还是不好。如果你开始发挥你的批评、审判机能，你就会扼杀你一度在为之奋斗的创造性。

相反，你应当让文字自己出来，即使它们看上去很糟糕或不相干，即使那会使你三分钟的戏变得有二十页长。你总归可以回过头去再度编辑，好让其符合电影剧本的整体需求。但是，当你已经对你的人物了解到这种程度，它们可能会向你展现一些新的想法，将你的场景，或是故事带入一个新的甚至更好的方向。

另一方面，别等待着创造力的辉煌迸发。正如你可能知道的，你往往会更常发现自己处于这第二种情况之下：

你写下了场景标题，跟着之后是一些描述性文字和动作，然后你写下一个人物的名字，盯着空白的页面，并对自己说："这些人到底准备说些什么？"

当你实在想不到任何对白，你所面对的最大危险就是写作瓶颈了。出于某种原因，对白可能比你的剧本的任何一个方面都要令人惊恐。你很容易就会允许你的焦虑将你的创造性粉碎，并且开始偷偷溜向冰箱，而不是写作你的剧本。

为了预防在写作对白时遇上写作瓶颈，你首先必须明白你的人物们说的话并不是你的剧本里最重要的部分。对白远没有角色发展或情节结构重要，再者，任何一位有经验的电影制作者都知道，对白是一个剧本中最轻易能被改变的内容。

这也并不意味着好的对白不能帮助你卖你的剧本，或者甚至粉饰一个结构上薄弱的故事。你当然不想你的话语显得无聊或是愚蠢。但也不是说所有的对白听上去就好像是艾伦·索金（Aaron Sorkin）或者昆汀·塔伦蒂诺（Quentin Tarantino）写的，而且有些时候，"抖机灵"的对白甚至是不合时宜的。你的主要目标是要让对白有助于故事的整体推力和你所期望的角色发展。

所以，如果你马上就要遇到写作瓶颈，请你放下你的恐惧，并且通过以下步骤。这些应当能够让你为你剧本里的任何戏创造有效的对白。

在着手处理任何对白之前，请问问你自己以下关于这场戏的问题：

（1）在这场戏里的，我的目的是什么？

这是最重要的一项考量，因为它会将这场戏与你的故事的主心骨联系起来，并且保证这场戏能够对你的主人公的外在动机起到作用。你必须知道这场戏在故事的上下文语境中起到一个什么用途。无论你的对白可能有多么好笑，多么有戏剧性或是多么新奇，如果这场戏对你的主人公的外在动机无法起到作用，你就得改写这场戏或者将它整个剔除。

（2）这场戏该如何结束？遵循问题（1）中的描述决定了你的目标之后，你应当决定这场戏的结局。

几乎所有分场都应当以这场戏里的那一个独立问题得到解决为结局，但是同时又有某个元素未得到解决，这样就能逼迫着审读人往后翻页（并且让观众们保持期待）。在《全民情敌》中，希钦斯第一次遇见艾伯特·布列曼的那场戏里，有待解决的问题是希钦斯是否会接受艾伯特作为他的客户。这个问题在这一场戏的结尾得到了解决。但是现在我们想要看到的是，希钦斯如何有可能帮助这个可怜的蠢货赢得富有、美丽，却遥不可及的阿利格拉·科尔的心？

（3）每一个人物在这场戏中的目的是什么？

你的剧本里的每一个分场里的每一个人物都必须想要某些东西。这个渴望将决定着人物的动作和对白。在上文所描述的《全民情敌》的场景里，艾伯特的目标是要让希钦斯帮助他，而希钦斯的目的是要调查艾伯特，并且决定是否要帮助他。除去艾伯特的午餐涉及一些肢体喜剧，以及之后的快速闪回中他给了阿利格拉·科尔一支钢笔，这场戏本质上都是对白——所有的对白都将那两个人物向实现他们的目标推得更近。

如果可能的话，将人物们在一场戏中的目标置于对立位置。情绪产生于冲突，所以任何时候当一场戏涉及两个带有相互矛盾的目的的人物时，情绪就产生了。《全民情敌》的那场戏那样写，结果看上去就像是希钦斯不会愿意接受艾伯特作为客户。艾伯特也一定是这样想的。这就为一场已经很好笑且动人的戏添加了一个冲突元素，并将故事向前推进。

（4）这场戏中每一个人物的态度是什么？

对于正在发生的事情，每一个人物的感受是怎样的？经常，一个人物的态度是不会为审读人所见的，但是作为编剧，你必须时刻清楚你的主人公的真实感受。

《阳光小美女》的开头部分中有一段晚餐片段，每一个人物对于其他人都有一个非常直截了当的态度。理查德自视甚高又盛气凌人，爷爷粗俗招摇又吹毛求疵，奥利芙是个好奇的小姑娘，德韦恩满心愤怒以至于一句话也不说，努力地维护着家庭和睦的谢乐尔感到灰心丧气，而有自杀倾向的弗兰克有些惊讶地倾听着每一个人，同时越来越憎恶理查德。随着故事向前推进，我们将了解到所有这些态度的根源是什么，但是每一个人物的情绪都能从这令人捧腹的对话中清楚地显露出来。

（5）这场戏如何开始？

你将如何带你的人物们进入你正在创造的处境？《洛城机密》中，有一场戏是巴德·怀特第一次询问林恩，这一场倚重对话的戏的整体目的是要提供更多的关于这宗悬疑命案的信息，而且更重要的是，要开始他们的浪漫关系。

编剧布莱恩·海尔格兰德（Brian Helgeland），以及柯蒂斯·汉森（Curtis Hanson）本可以简简单单只是以巴德·怀特开始他的审问来展开这场戏。但是取而代之的是，他们明智地在怀特到达之前，以林恩向一位"客人"告别的场景开始了这场戏。怀特警官敲门，在使"客人"安分下来之前与之有一个短暂的对峙，然后他进入房间并开始了他的审问。

这段开场中的动作和对白提供了许多微妙的解释，却不用任何"直截了当"的话语。林恩的身份很明显；巴德·怀特不畏惧权势金钱（他告诉那"客人"："洛杉矶警察局。你个垃圾，给我滚开，要不然我就打电话叫你的妻子过来接你。"）；这个城市腐败不堪（在"客人"离开的时候，他说："警官。"而怀特回复道："议员。"）；此外，林恩对此次邂逅的反应是沉默而又被逗乐了，这表明她即刻被这个警察吸引住了。而所有这些都发生在这场戏的关键——审问之中，甚至是审问开始之前。

当应用到一个原创场景中时，以上问题将如何发挥作用？

让我们假设我们想要为一出浪漫喜剧创作对白，这段对白牵涉了一场两个人物之间的求职面试。弗兰克是一名广告经理，他正在面试贾尼丝，就是我们的主人公，她在应聘秘书的职位。这就提供了一个典型的、以对话为主的双人场景。

让我们假设贾尼丝想要得到这个工作的原因是：弗兰克对她的妹妹邦妮有非礼之举，而她不愿意配合，之后被弗兰克从这个职位上炒了鱿鱼。现在，贾尼丝想要向这个性别歧视的恶人报复，她要在弗兰克对她做同样的事情时揭露他。

有了这样的故事线，在试图创作任何对白之前，我们将如何回答以上的每一个问题？

（1）这场戏里我的目的是什么？

让贾尼丝从弗兰克处得到这份工作。这将有助于促成主人公的整体外在动机，那就是让弗兰克被解雇或蒙羞。

（2）这场戏将如何结束？

为了实现以上目的，这场戏必须以弗兰克将这份工作给予贾尼丝，而贾尼丝也接受了它为结局。

（3）这场戏里的每一个人物的目的是什么？

贾尼丝想要得到这份工作。弗兰克要决定是否雇佣她。

（4）这场戏中每一个人物的态度是什么？

在应聘面试中，一个人可以有各种各样复杂的情绪：恐惧、忧虑、信心、好奇、愤恨。但是从我们所概括的故事来看，贾尼丝的态度和情绪必须涵盖愤怒、决心，以及欺骗。

鉴于我们所知道的弗兰克的过往行为，弗兰克的态度很可能包括好奇、欲望，以及期待。

（5）这场戏将如何开始？

一个符合逻辑的开场或许可以展示弗兰克对上一位应聘者不予考虑，因其年龄、性别和样貌都明显不对他的口味，然后接下来就是呼叫下一位秘书候选人，也就是贾尼丝。

现在你有了所有问题的答案，你给予了你的人物我们所知的"直截了当"（on-the-nose）版本的对白，在这种对白中，人们说的就是他们所思考的、感受的和意指的。我们都掩藏着我们真实的意图、感受，和欲望，跳着踢踏舞前行，循序渐进地推向我们真正想要的。如果你不相信我，回想一下最近一次你对一位朋友发火，或是你买了一辆车，或是你邀请某人共赴约会的时候。

但是，我想说的是，你应当给你的人物们这种不好的、"直截了当"版本的对话。因为当这个过程开始时，你并不知道人物们会说什么，而且你会面临着文思停滞的危险。至少有了"直截了当"版本的对白，你就会有一场戏。从此出发，你可以告诉你自己剩下来的就全是编辑了，从心理层面上，这就比在一页空白纸上创作对白简单多了。

所以在这个例子中，"直截了当"版本的对白应当会像是下面这样：

> **贾尼丝**
> 弗兰克，我特别想要这个工作，因为你对我妹妹的所作所为让我很生气，我要为她报仇。

> **弗兰克**
>
> 因为我被你吸引了，所以我准备把
>
> 这个工作给你，希望你将会比我的
>
> 上一任秘书更有合作意识。

太糟糕了，可不是吗？但是现在我们至少有一些内容可以转而依靠。从现在开始，我们就仅仅是在重写了。

现在我们回到原始的问题列表，从问题（5）中我们所选择的开场开始发展这场戏，这一回我们允许人物的对话基于"直截了当"的对白，那段对白会作为这场戏的转折点。我们将假设在前一场戏中，贾尼丝已向邦尼描述了她的计划，所以审读人已经知道了这些人物和他们的真实渴求。

内景——弗兰克的办公室——日

弗兰克正坐在他的书桌旁，面试着一位毫无吸引力的女士。

> **弗兰克**
>
> 好，谢谢您，克伦克小姐。我们会
>
> 在做完我们的最终决定时打电话给
>
> 您。您把简历留在接待处就可以了。

克伦克小姐离开，弗兰克对里屋说话。

> **弗兰克**
>
> 格拉迪丝，请你带下一位应聘者进
>
> 来，好吗？

　　贾尼丝走进弗兰克的房间，她看上去很漂亮。弗兰克变得兴奋起来。
他看着她的简历。

弗兰克

请坐，约翰斯顿小姐。能向我简单

介绍一下你自己么？

贾尼丝

好的，我有过十一年的办公室工作

经验，我之前为莫克利普斯股份有

限公司的CEO做过行政秘书。还有，

我每分钟可以打80个单词。

弗兰克

这是相当令人印象深刻的。你多快可以开始工作？

贾尼丝

我即刻可以入职。

弗兰克

很好。星期一9点钟来这里吧。你

得到了这份工作。

　　仍然很差，对白不自然，措辞笨拙，而且没有一点感情。但是，我
们已经完成了我们的主要目标（让贾尼丝得到这份工作），虽然人物没

有向对方彰显自己的情绪，但每个人物都各自有了清晰的目标，并且对白与每个人物的态度是统一一致的。

注意我们已经摒弃了那种"直截了当"版本的对白。它的作用只在于让我们启动、向前，并让我们瞄准主人公的主要渴求可以被揭示的那个时刻。

现在，我们的目标是返回去，为这场戏实现一些更加精炼的目标：

- 创造更加有趣生动的描述和动作描写。

- 为这场戏增添幽默感（如果这场戏理应是搞笑的，正如在例子中显示的那样）。

- 展露人物更多的内在动机和态度。

- 为主人公（贾尼丝）制造多一些障碍。

- 让这段对话与人物的语言模式更加统一一致。如果贾尼丝和弗兰克都属于财富五百强人群，他们将会展现与初中生、军人或者艺术史教授完全不同的词汇与句法。

鉴于以上考量，下一轮的改写有可能会是这样：

内景——弗兰克的办公室——日

弗兰克正坐在办公桌后，面试一位中年女士。从弗兰克眼中的呆滞目光和勉强在脸上挤出的笑容来看，很明显，这已经不是他今天的第一轮面试了。并且，鉴于这位应聘者有着一张蛋头太太[①]的脸庞，很明显，她也不会从弗兰克那里得到一个允诺的点头。

弗兰克
好，谢谢您的到来。我们会在做出
最终决定的时候电话通知您。

中年女士离开，弗兰克对着里间说话。

弗兰克

外面还有应聘的吗？这回也许是个
地球人了吧？

贾尼丝走进弗兰克的办公室，弗兰克差点儿从他的椅子上滑下来。如果《美信》杂志[②]做了关于秘书的一期，她就该出现在那一期里。

弗兰克

好，让我们看看，这位女士您姓……

贾尼丝

约翰斯顿。但是你可以叫我贾尼丝。

她的声音已经带着喘息声，她将身体倾向弗兰克的办公桌，并具有挑逗意味地垂下了她的眼睫毛。

弗兰克

好的，贾尼丝，我看到在过去的四
年里，你一直是莫克利普斯股份有
限公司的市场总监。

---

① 蛋头太太（Mr. Potato Head）是一种美国流行的塑料玩具，外形通常为拟人化的蛋形（土豆形）球体。玩家可以将蛋头太太的手脚、五官等部件替换拼插，打造出各种造型。蛋头太太与蛋头先生是一对夫妻。——编者注
② 一本主要刊登女演员、女歌手和女模特儿照片的男性杂志。——编者注

> **贾尼丝**
> 我敢肯定那边的任何人都可以为我
> 证明。

弗兰克的声音里揉进了一丝怀疑。也许是这个女人太好了，才令人难以相信其真实性。

> **弗兰克**
> 你知道，你将仅作为我的私人秘书
> 工作。难道你不认为自己或许有点
> 资历过高了？

贾尼丝的脸上闪过一丝惶恐，但是她很快地按捺住。

> **贾尼丝**
> 是这样的，弗兰克……我可以叫你
> 弗兰克么？我以前的那个职位是挺
> 好的，但是我发现让自己最快乐的
> 是能在一个有能力的男人下面做事。

现在她正在露骨地恭维弗兰克，而且我们看得出这种话也触怒了她自己，但是她决心一定要把这个男人引入自己的圈套。弗兰克看上去就像是马上要大声喘起粗气来，他决定探探口风。

> **弗兰克**
> 好吧，我当然能理解你的那种感觉。

> 但是这份工作并不简单。举个例子
> 说，你可能要经常加班到深夜。你
> 懂的，我们两个，很紧密地在一起
> 工作……在夜晚的时候。
>
>
> **贾尼丝**
> 那没问题。我往往在夜晚有着最棒
> 的状态。
>
> 弗兰克站起来、几乎无法抗拒想要跳过办公桌的欲望。
>
>
> **弗兰克**
> 那就这么定了。你星期一就可以开
> 始工作了。
>
> 贾尼丝起立，并给了他一个留恋的、绵长的握手。
>
>
> **贾尼丝**
> 我已经迫不及待了。

这个剧本不完全是伍迪·艾伦式的，但是读起来比先前好多了。

至此，如果你正开足马力，想要再度重写这场戏，请继续。否则的话，你可以放下这场戏，继续去处理你的剧本的剩余部分。

当你完成第一稿剧本之时，你将会更加熟悉你的剧情和人物。所以，当你在第二稿中回到这场戏时，你就能够使其与你的情节和人物可能已经走向的新方向更加一致。

针对接下来的每一稿，你应当集中精力让这场戏更加完善，使之与你的情节和人物更加统一，以及改进写作风格。如果有机会应用一些额外的结构性设计，那么就去用吧；要更多地显露内在动机、冲突、人物背景，或者主题；加强角色识别度；或者适当地增添幽默感、动作、以及冲突。

接下来，在磨砺了所有那些品质之后，请你开始做删减。在不会丢失这场戏的情绪能量的情况下，尽你可能地扔掉任何非必要的、啰唆的，或是重复的对白。关于你的对白的最重要的考量是，它要有助于增强你的故事的整体推动力；它要适用于你的人物；以及它听上去要像是"真的"。以上流程应当能实现这所有的要求。

6.8 分场的检查清单

以下的检查清单现在可以应用到你剧本里的每一场戏，这样就可以确保这场戏尽可能的高效。

在你完成了剧本的第一稿之后再使用这份检查清单。虽然在你开始写作流程的那一刻起，你的心里就已经有了这些原则，但是针对连续的重写的，能有一些可以运用在手的新工具是很有帮助的。你在一个剧本上投入的工作时间越久，你就越有可能丢失你批评的客观性，感到沮丧、困惑或是精疲力竭，并且开始满足于那些并没有最大限度地激发情绪的场景。使用新的方式来看待你的剧本可以帮助你想到额外的提升空间。

（1）这一场戏如何对主人公的外在动机起作用？

即使当一场戏没有牵涉到主人公，它也可以造就故事的主心骨。《魔术师》中，乌尔侦探和王储之间的戏并不包括主人公——艾森海姆。但是尽管如此，因为他们每一个人都为主人公制造了额外的冲突，而主人公为了拯救以及之后替苏菲报仇的目标不得不克服这些冲突，这些戏就促成了艾森海姆的外在动机，并且决定了他后来的动作。

（2）这一场戏有没有它自己的开头、过程和结尾？

你剧本里的每一场戏都应当好像一部迷你电影那样；它必须设立、构建，和解决一个处境。这场戏并非一定要遵从完整剧本的前25%—中间50%—后25%的布局，但是它必须采用相同的情绪弧线。

在斯考特·诺伊施塔特（Scott Neustadter）和迈克尔·H·韦伯（Michael H.Weber）所著的剧本《和莎莫的500天》里，当汤姆和莎莫把他们的喝醉了酒的同事麦肯齐送上出租车时，一场关键的戏就开始了。当麦肯齐告诉莎莫，汤姆喜欢她，而她又去问汤姆这是不是真的时，这场戏就被构建了起来。当汤姆告诉莎莫，他确实喜欢她，但是是作为朋友的那种喜欢，然后他俩各自朝着相反的方向回家时，这场戏得到了解决。

偶尔，你或许会有意地打破这个开始—中间—结尾的规则，以期让观众保持好奇和投入情绪。让我们想象你有这样一个场景：一位保姆走进了一幢埋伏着杀手的房子。我们跟随保姆走进一间间房间，直至她听见一个声音从一扇柜门后传来。我们看着她打开柜门并发出一声尖叫，她的脸上流露出惊恐的表情。

这个剧本然后就切换到了另一个场景，并在随后才展示保姆的尸体。通过场景的切换，我们让第一场戏没有得到解决，在中间就结束了。它的解决（保姆被谋杀）是后来在稍晚的场景里得到展露的，且与此同时，观众的情绪也已被好奇心和期待感给带高了。

虽然这可以是一个有效的手段，但不要过分依赖它；在一个剧本里用上那么一两次已经够多了。

（3）这一场戏能推动审读人进入随后的场景里吗？

在每一场戏的结尾，你必须迫使审读人翻动页码；什么时候一个审读人对接下来将要发生的事情不再关心了，你的剧本就算失败了。所以，每一场戏都必须让审读人觉得想要看到更多。

（4）这一场戏里每一个人物的目的是什么？

每一场戏里的每一个人物都想要一些东西。它有可能简单到就是观察正在发生的事情，或是花时间与另一个人相伴，但无论它是什么，人物在每一场戏里的可见目的都必须清晰明确。

（5）这一场戏里每个人物的态度是什么？

每一场戏里的每一个人物都对正在发生的事情有一些特定的感受。不论是高兴、伤心、愤怒、厌倦、恐惧、无趣或是兴奋，每个人对于这个行动都抱有某种态度。

虽然人物们的可见目的总会得到展露（或者至少其中一个目的会得到展现，即使他们将其他的一些隐藏了起来），他们的态度不一定会对观众或是审读人昭然若揭。但是作为作者，你必须知道你的人物感受如何。

（6）这一场戏不仅仅有对白，还包含动作吗？

当你创造了一个场景是以人物们所说的话，而不是他们所做的事为中心，这对于你这位作者来说就可算是一个危险的信号了。显然，任何电影里都会有一些场景主要是由对白构成的。但是，如果电影里的大部分场景都落入了这一类型，你就有麻烦了。

这里是一个有效的窍门：想象由你的剧本拍摄出来的电影的声道已被关掉。问问你自己观众是否仍然能理解人物的动机、冲突、解决，以及人物之间的关系。如果诚实的回答是"否"，那么你的剧本的对话成分就太重了，那么你就应当关注更多的动作成分，或者找到一个更加偏向于动作的故事概念。

即使是在包含有大量对白的电影，如《诺丁山》（Notting Hill）、《好人寥寥》，或是《在云端》当中，观众仅仅只观看动作就能清楚地展现主要人物是些谁，他们的渴求和冲突又是些什么，以及这些故事将如何得到解决。这些电影可能已经不再特别具有娱乐性，但是它们每一个故事的推动力仍会非常清晰。

（7）这场戏具有多重功能吗？

这场戏有没有尽最大可能地保持了观众在情绪上的投入？以下所有内容都有可能被包含在单独一场戏里：人物背景、内在动机、内在冲突，和身份认同；主题；幽默性；（阐明情节、人物等的）提示部分；以及任何结构性的设计（观众优先知情地位、期待、惊讶、前兆、回响等等）。

有些场景应当只包含动作而别无其他的。在由杰夫·阿奇（Jeff Arch）和诺拉·艾芙隆（Nora Ephron）所作的《西雅图未眠夜》剧本中，当萨姆·鲍德温跑到纽约去找乔纳的时候，如果安排萨姆叫停出租车，并开始向司机吐露自己的内在冲突，那就会不利于培养观众的情绪，还会显得荒谬可笑。当单独的动作已然使得情绪高涨，就别再为这场戏添加多余累赘的其他目标。

那些激发起较低情绪水平的戏——可见冲突没有那么剧烈的场景——才是其他那些目的常常得到实现的地方。想想《西雅图未眠夜》里一处较早的场景，当时萨姆正在同广播里的心理学家交谈，与此轮番切换的镜头是安妮·里德正通过收音机倾听他的故事。这一片段几乎没有包含动作，观众的肾上腺素也就没有特别高。但是，这些使用交切镜头的场景在交代人物背景、同理心、内在动机、内在冲突，制造回响、期待、好奇心、可信性，以及主题方面，为这个故事贡献了很多。

请你在完成剧本的每一稿之后参照这份检查清单，尤其是当你感觉到你与自己的故事已经过于紧密，你也已经做过太多次的改写，而以至于你失去了自己的客观性的时候。这些原理在此时就可充当一个工具，帮助你鉴别哪些场景最有效用，哪些需要改写，哪些需要与其他的场景合并，以及哪些应当完全被摈弃。

6.9　剧本阅读

最终，你将会到达一个状态，就是你觉得自己不可能让你的剧本变得更好了。那个时候，你就需要一部录音机，一两个担任公正的观察员的朋友，和充当你的剧本里那么多主要人物的演员，还要一个扮演所有小角色的人，以及再多一个阅读动作和描述性文字的人。如果你无法找到任何有意向的演员或者表演系学生，你就尽管用你的其他朋友们，或者你也可以联系我在本书第九章里提到的剧本语音朗读服务。

将你的剧本的打印件分发给表演者们（不要把剧本给你的观众；你应该要他们聆听对话，而不是阅读）。打开录音机，并让演员们阅读一遍这场戏。从现在开始，你就要闭上你的嘴巴。你不要在这种练习中充当导演。你想看的是，你的写作是否能够自圆其说，因为在现实世界里，你不会有机会与你的审读人们交谈并向他们"解释"他们错过了的内容。

在他们结束时，首先问问你的观众他们有什么感想。这个故事引人入胜吗？对白是否清楚、有趣、真实、与人物相符合？这故事好笑吗？（有一条很好的线索可以用来鉴定一个喜剧的成功与否：如果你的朋友们在阅读会上笑了，那这故事就是好笑的；如果你的朋友没有笑，但是他们告诉你这个故事很好笑，那他们只是在跟你说客套话而已。）

接下来，你要问问演员们他们对于这个剧本的意见，汲取他们所提出的能改善这个剧本的任何建议。

最后，如果这些演员们是受过训练的，且他们乐意，就让他们放下剧本，在他们此时已经了解这个故事和人物的情况下，即兴表演任何让你感到困扰的场景。

当你已经记录下所有的表演，以及每个人的点评和建议，你应当谢谢所有人，回家去，依据你之所闻，对你的剧本再做一次改写和修缮。

6.10　为剧本绘制图表

你可以做一个名副其实的左脑逻辑性练习——将你的剧本逐场逐场地画成图表。但是请你等到至少已经完成了几稿剧本之后再采用这个策略，因为如果你在创作的流程中过早地做了这项整理，你就冒了将所有的自发性都排除在你的剧本之外的风险。更有效的绘制图表时刻是当你已耗尽针对你的故事的所有头脑风暴的可能性，而你感觉到与自己的创作太"紧"以至于不再能想到任何新的东西。这个时候，图表能为你缔造一个激发创造力的新视角。

首先，为你剧本里的场次编号。（这只是为你自己所用，不要为待上交的终稿中的场次编号。）然后，使用索引卡片、纸张、你的电脑，或者大张的新闻用纸，制作以下图表，为你剧本里的每一个场次画一列。

开始填写图表时，你要在页面的顶端，每一个场次号码的后面标注正确的页码。例如，假若第19场开始于你的剧本的第54页，那么那一列的顶端就应当写上：19（54）。

场次：	1（1）	2（1）	3（2）
概要			
环境			
主人公			
浪漫人物			
主要敌人			
映像人物			
主要次级人物			
主要次级人物			
其他次级人物			
同理心效果			
结构性设计			
人物成长弧			
以及主题			
色标			

接下来，将正确的人物的名字放在每一行人物栏的开头。如果你的主人公是杰里，你的浪漫人物是夏洛特，那么前两行人物栏就当相应地

标作：主人公杰里和浪漫人物夏洛特。浪漫人物被安排在了图表中的第二位，是因为如果确实存在这样一个人物，那么她极有可能就是电影里第二重要的人物了。

当然，如果你有不止一个主要人物在任何一种类别下，你就要为他们每一个人物增加一列。

在场次编号和主要人物姓名被添加到行列标目中以后，检查每一个场次，并在每一行适当的空白处填写相关内容，如下所示：

在概要和环境栏里，简要地描述该场戏——足够让你可以辨别你正在概括的是哪一个场次——及其发生的环境。

在主要人物栏里，在适当的列目下，确切描述每一个人物在每一场戏里的所作所为。

如若一个人物不能符合任何一个主要人物类别，但却又十分重要，似乎要将那个任务特别描绘出来才是符合逻辑的，那么就请将主要次级人物栏中的一行献给那个人。只要你觉得有用，为你的图表添加尽量多的这样的行目，并将那些人物的动作放进每一个适当的列目中，就如同你对你的主要人物们所做的那样。

在其他次级人物栏里，只需要写下每一个特定的场次中出现的次级人物的姓名。你不需要概述他们做了什么；提供他们的名字已经足矣。

西蒙·博福伊为《贫民窟的百万富翁》所创作的剧本获得过多个奖项，该剧本由新市场出版社（Newmarket Press）出版，并且在绝对是我最爱的资源中心——作家商店（thewritersstore.com）里能够买到它（与无数其他的可供作家使用的珍贵书籍、程序，以及工具一起）。让我们假设你正在为这个剧本绘制图表，

就像你将会看到的那样，你要带上一切你喜欢的自由，随这个图表一起，将其打造成一个将会对你最有帮助，并且最适合你的剧本的工具。

因为这部电影在开场场景中运用了快速的交切镜头，在开场标题出现的时候，我们已经抵达了第10场。但是为了我们绘制图表的目的，我不想将每一个独立的场次标题看作是一个新的场景。取而代之的是，我会将他们只列作三场戏，以对应在这段标题之前的片段里出现的三个

地点。（当你在为自己的剧本绘制图表时遇到了这种使用交切镜头的场景，我推荐你也做相同的处理。）

以下就是这个图表最初看上去的样子：

场次：	1（1）	2（1）	3（2）
概要	在《谁想成为百万富翁》电视猜谜节目上，贾马尔被介绍给观众	浴缸里的钱，和一支正在被上膛的手枪	贾马尔受到警察们的拷问和威胁
环境	电视演播室	贾韦德的安全屋	警察局
主人公贾马尔	被普雷姆采访		遭受拷问和审讯
浪漫人物拉媞卡			
映像人物萨利姆		一只观众看不见主人的手正在为枪上膛	
主要敌人普雷姆	采访贾马尔；拿他的开支开玩笑		
主要敌人警局探长			审问并威胁贾马尔
主要敌人马曼			
主要敌人贾韦德			
主要次级人物治安官锡利瓦斯			拷问贾马尔
其他次级人物	电视观众	一个声音（画外）正对着萨利姆叫喊	
同理心效果			
结构性设计			

场次：	1（1）	2（1）	3（2）
人物成长弧 以及主题 色标			

　　贾马尔是这部电影的主人公，拉媞卡是他的浪漫对象，萨利姆则是他的映像——这些很容易就能分辨。但是《贫民窟的百万富翁》有一个相当复杂的结构；它其实讲的是三个各自分开，却又相互交错的故事，它们发生在三个不同的时间点，主人公在每一段故事中都各有一个单独的外在动机。第一个故事里，贾马尔是《谁想成为百万富翁》电视猜谜节目中的一位选手，他的外在动机（我们假设）是要赢得两千万卢比。在第二条故事线中，贾马尔正在被一位警局探长审讯，他的目的就是要证明自己并没有在那场竞猜秀中作弊。第三个故事是贾马尔的人生故事，在这个故事里他的外在动机是赢得拉媞卡的爱——而这也正是所有的传记性事件，和全部三条故事线结合在一起的线索。

　　在这每一个故事中，贾马尔都面对着一个不同的主要敌人。作为竞猜秀节目主持的普雷姆试图阻止贾马尔赢得头奖。警局探长让他备受折磨，却就是不肯相信贾马尔对于自己无罪的声明。在那些传记性的闪回中，先是马曼，然后再是贾韦德，都试图阻挠他和拉媞卡在一起。所以这个图表呈现了四行分开的主要敌人栏。

　　最后，我将治安官锡利瓦斯列为主要次级人物。他不是一个足够突出、足够大的障碍，还不足以起到一个主要敌人的作用。但是在剧本的整个进程中，他来来回回地出现了不少次，所以我单独将他列出。所有其他的人物，譬如贾马尔的母亲，抑或盲人歌手阿尔温德只出现了一两次，因而他们只会在适当的场景里被列为次级人物。

　　影片的情节在举行精彩秀的电视演播室里、警察局里，以及（非常简短的）在贾韦德家的浴缸里被交替呈现。贾马尔出现在了其中的两处，因此他的动作被列举在了那些空格中，但他没有出现在贾韦德家的场景里，所以彼处属于他的空格依然保持空白。其他主要人物的动作也被包含在图表中的适当空格里。因为拉媞卡直到剧本的第22页才被引入，她在之前对应的空格全都是空白的（正如你可以相见的那样；在大部分爱情故事里，主人公要等到10%位置处的机遇之后，才会见到他（她）的浪漫对象）。

继续来看这一开始的三场戏，现在你将填写同理心效果和结构性设计的行目，为此你要列出你在每一场戏里运用到的所有那些技巧（参看第三章和第五章）。举例说明，开场戏重复使用了"同情心理"和"危险境地"技巧，借此塑造观众对贾马尔的同理心：他遭受着拷问；他受到督察的威胁；他被电视节目主持人侮辱；以及，他只是个正在紧张地努力回答着一个又一个越来越难的问题的"茶水小贩"，因此，他正面临着失败的巨大危险。

从结构上看，这个剧本制造了即时的好奇心。（他在这场精彩秀中将会表现如何？一名游戏参赛者为何正在被拷问？如果没有作弊，他是如何做到回答出那些问题的？以及，这把枪用在哪里？谁正在为它上膛？）我们也被给予了优先知情地位（我们知道他将会遭到作弊的指控，并且会被拷问，但是竞猜秀闪回片段里的人物们是不知道这些的），而这就制造了对于这位主人公显然将要面对的冲突的预感。从竞猜秀突然切换到拷问是很令人惊讶、感到意外的。贾马尔置身巨大的险境之中。再者，情绪上也有高低起伏（拷问场景和竞猜秀是非常紧张的，但是当贾马尔被安置在一张椅子里，并被允许开始讲述他的故事时，随着他开始诉说自己"曾几何时"的人生故事，电影的基调就变得多了几分静谧，少了一些冲突）。

人物成长弧和主题栏提醒你在每一场戏里都要寻找不同的途径，以展露你的主人公更多的内在冲突和人物成长弧，这些也将最终决定这部电影的主题。《贫民窟的百万富翁》则是那些比较罕见的例外之一，这里的主人公没有人物成长弧，但是仍然促成了电影的主题。贾马尔（就像《阳光小美女》中的奥利芙，和《艾利之书》中的艾利的性格）在情感上是进化成熟的。他从电影的一开始就活出了自己的真我和本质，不会允许内心的恐惧阻拦他捍卫那个真正的自己，和做正确的事。最终，剧本里的转变发生在拉媞卡的身上；贾马尔给予了她勇气，让她得以放下自己对于人生和人性的悲观嫉愤，并且奋起反抗贾韦德，追求她的新人生。

但是，依然很有价值的是，用图表的这一部分来检视贾马尔的勇气，以及他对于拉媞卡和萨利姆的影响是如何彰显了这部电影的主题。从更深的层面上看，《贫民窟的百万富翁》是关于选择正确的人生道路。如果你问，贾马尔和他的主要敌人有什么相像的地方，你会看到在内在动机和冲突的层面，他和他们并不像。但是如果你说："贾马尔与他的映像人物萨利姆有什么不同？"那么答案就非常清楚。贾马尔相信爱、诚实，和正直，然而萨利姆却选择了与那四位主要敌对人物一样的道路：通向财富、权力和名望的道路，而这条道路也同时指向了欺骗、腐败、盲从和最终的失败。这个剧本传达了一个熟悉但有力的道义宣言：爱与诚实是通往救赎与幸福的道路，其他的任何东西只会最终导向悲剧。可惜萨利姆意识到这一点的时候已经太晚、无法自救了，他只能在为弟弟和拉媞卡牺牲自己的时候希冀从上帝的眼中得到最后的救赎。

通过绘制《贫民窟的百万富翁》剧本的图表，我们可以看到这个主题是如何巧妙地得到发展，以及人物们选择一种道路而不选择另一种的实例是如何在剧本通篇产生回响。在场1中，我们看到，身为一台完全和金钱相关的竞猜秀的主持人，普雷姆是如何立即就展现了他对贾马尔的偏见。一张涵盖整部剧本的图表将显示他是如何一次又一次地试图用财富诱惑贾马尔，而贾马尔又是如何每一次都拒绝，反而选择继续游戏，直至其引领着他找到拉媞卡。我们也将看到普雷姆曾经同样是来自于贫民窟的贱民，然而，追逐这台节目所代表的名利，已让他变得不诚实且腐败。

类似的，那把手枪，以及之后撒满浴缸的钱将会象征萨利姆已经走上的财富和暴力之路。以及，警察局里的场景展现了另一种形式的腐败——一个社会公共机构因其所拥有的权力滥加使用权力，而不是为了真理或正义。

但是，贾马尔却拒绝撒谎。"有意思，"探长在之后的某个时间点告诉他，"你看上去好像对金钱不怎么感兴趣。"而贾马尔确实不感兴趣。他并不想成为一名百万富翁。他只想要真正属于他的命运：拉媞卡。

这些主题性的元素被再一次铺排进了剧本，并立即出现在图表上，虽然观众还没有很清楚地了解到这一切。

色标一栏可以提供给你一个机会，让你通过为在剧本的每一场戏里出现的，诸如动作、幽默感、和阐明情节人物等的提示部分之类的每一个元素分配一种不同的颜色或符号，从而将这些元素"图示出来"。

在这里，由于我们不会仅仅为了这一个图表就把这本书印成彩色的，我们会用一种比较便宜的方式来处理：假设表示动作的符号是！！！！！！！！！！，表示阐明情节人物等的提示部分的符号是×××××××××，以及，表示幽默的符号是HAHAHAHA。然后，我们可以为每一场戏画一条线，以表明这每一种成分都有多少出现在了那一场特定的戏里。一场有特别多动作的戏就会有一条很长的！！！！！！！！！！线，而极少的动作就意味着少数的感叹号。

这显然是主观的，相对于整个剧本里出现的动作的含量而言的。而且，你可以为你剧本里的任何你希望衡量的其他特性添加另外的符号，例如内在冲突、浪漫邂逅，抑或重复回响的画面和对白。

现在，对应《贫民窟的百万富翁》首三场戏的完整图表就变成了这个样子：

场次：	1（1）	2（1）	3（2）
概要	在《谁想成为百万富翁》电视猜谜节目上，贾马尔被介绍给观众	浴缸里的钱，和一支正在被上膛的手枪	贾马尔受到警察们的拷问和威胁
环境	电视演播室	贾韦德的安全屋	警察局
主人公贾马尔	被普雷姆采访		遭受拷问和审讯
浪漫人物拉媞卡			

场次：	1（1）	2（1）	3（2）
映像人物 萨利姆		一只观众看不见主人的手正在为枪上膛	
主要敌人 普雷姆	采访贾马尔；拿他的开支开玩笑		
主要敌人 警局探长			审问并威胁贾马尔
主要敌人 马曼			
主要敌人 贾韦德			
主要次级人物 治安官锡利瓦斯			拷问贾马尔
其他次级人物	电视观众	一个声音（画外）正对着萨利姆叫喊	
同理心效果	紧张；有可能失败的危险；受到侮辱；		遭受拷问；遭受威胁；
结构性设计	好奇心；预感；重复回响；危险境地；	好奇心；预感	好奇心；预感；惊讶；危险境地；
人物成长弧以及主题	金钱；名望；盲从；被给予许多选择中的第一个；	暴力	暴力；腐败；说出真相；盲从；
色标	！×××	！	！！！×

在色标一栏，1号场景提供了一点点动作戏（竞猜秀带来的兴奋和骚动），以及大量阐明情节、人物等的提示部分，这是因为普雷姆对贾马尔的介绍让我们知道了有关他的大量背景情况——且是通过一种非常可信的方式，因为任何新来到竞猜秀的选手都会被问及这些问题。第二场戏只包含有动作（那些叫喊，和那把枪的出现），但是没有任何解释，所以此处没有阐明情节人物等的提示部分。但是然后，3号场景里的拷问片段为电影增添了许多动作戏，和一些阐明贾马尔这个人物的提示部

分，以及他正在接受审讯的原因。这些场景无一带有幽默感，所以此处完全没有HAHAHA符号。

随着图表的进展，那些颜色或符号将会指出有些场戏包含大量的动作（抢击和许多追车片段），有些场戏更有幽默感（跳进屋外厕所的粪坑）。再一次，你用的颜色多少并不重要；你只是想要看到一幅大致的图像，知道每一场戏相对于其他的戏都包含有多少动作内容、阐明情节人物等的提示部分，以及幽默感。

那么，所有这一切的意义是什么呢？这一张巨大的图表对你有什么好处？

关于为你的剧本制作图表，有一件有意思的事情，那就是，这个详尽的、左脑型的工作产生的是一件非常右脑型的工具。这份图表可以让你从自己的剧本后退一步，并得到一个有关你的故事的发展情况的整体观感。这是一个绝妙的方法，可以用来发现你剧本里的那些可能被你遗漏了的问题。而且，如果你正在创作一个像《撞车》或是《情人节》那样的多主人公故事，一个像《泰坦尼克号》或者《非常嫌疑犯》（The Usual Suspects）那样的双时间线平行故事的剧本，或是一个带有复杂结构的剧本，类似于《记忆碎片》《和莎莫的500天》，以及《贫民窟的百万富翁》那样，图表绘制就显得价值无量。

在为你的剧本里的每一场戏每一节片段绘制图表之后，首先你要看看你的主人公的那些条目。他应当出现在几乎每一列中，因为按照定义，主人公必须大部分时间都在银幕上。这通常都不会是一个问题，因为当你创作时，你会趋向于聚焦在你故事的主人公身上。正是在对其他主要人物的发展的分析当中，这个图表在揭示未被注意的弱点放面特别有用。

在离开主人公那一行的条目之前，再看看你的图表的下方，确保你已充分利用各种途径以制造同理心效果。这些必须在你开始显露你的主人公的主要缺陷之前，在最开始的几场戏里就得到采用。

现在请你继续前往其他主要人物的条目上，并要确保以下需求得到了满足：

（1）你的浪漫人物、主要敌人，以及映像人物是否是依据你的主人公的外在动机来定义的？

（2）你所有的主要人物是否都在第二幕开始之前得到了介绍？

（3）一旦一名主要人物被引入，图表上是否有任何较长的这个人物没有出现的间隙？这是一个危险的信号。一个主要人物应当在整部剧本中保持规律性的出现，除非他（她）是死了，或是为了一个戏剧性的回归而有意被移除很长一阵子，就如同《克莱默夫妇》（Kramer vs. Kramer）中的乔安娜·克莱默，这个既是妻子也是母亲的女人先是抛弃了特德和比利，然后又在第二幕的结尾处归来，她回来是要争夺比利的抚养权。

（4）你的主要敌人、映像人物和浪漫对象都拥有清晰的外在动机，以及那些渴求是否在剧本的结尾之前得到加强和解决。

（5）除了主人公以外，那些主要人物之间是否有互动？这不会总是发生，但是作为一条普遍规则，如果你的映像人物、主要敌人、以及（或者）浪漫对象遭遇到了彼此，那么你的剧本就会更加强有力。

　　想想保罗·哈吉斯（Paul Haggis）的剧本《百万美元宝贝》当中那一场相当精彩且十分具有揭示作用的咖啡店场景，当时斯凯普和麦琪（法兰基的两个映像人物）讨论着法兰基不想冒险和麦琪赛一场。这样的场景为额外的冲突、幽默和性格显现提供了机会，并且有益于避免一条较窄的、只涉及你的主人公的故事线。

（6）是否你的每一个主要人物都有至少一个"大时刻"？如果你能为除了你的主人公之外的其他角色创造一两个特别戏剧性的、搞笑的，或者具有揭示作用的场景，那也是挺不错的。

　　当你要为电影选演员的时候，这些"大时刻"就变得至关重要了。在筛选哪些电影是他们想要参演的时候，演员们寻找的是让自己可以发光的机会，那些场景是他们在其中可以反应真实的困难，展现内在冲突，以及传达情绪的多个层面。这些时刻不仅会为你的人物增加深度、质感，和情感投入：它们会为你销售剧本起到帮助。

在次要人物栏中，你要确保每一个人物都提供了剧本所需要的逻辑、幽默、冲突，以及其他种种，但是你没有让你的剧本负荷太多不必要的次要人物。并且，不要让这些角色中的任何一个留有悬望。审读人永远都不应该在读完你的剧本时还想着你的某一个次要人物身上还会发生什么故事。

在人物同理心效果行中，你有没有为你的映像人物建立一定程度的同情心？对于浪漫对象，我们是否也会像主人公一样爱上他（她）？为什么？即使是主要敌人，也应当被给予一些可以让他显得独一无二、有趣，以及或许能引起同情的特质。图表中的这一行将有助于确保你的审读人和你的主要人物之间的必要情绪联系。

结构性设计行将会帮助你集中注意力于你为故事选择的事件，以及你为它们安排的顺序。你可以从标注故事里的关键转折点开始：10%位置上的机遇，开始于第一幕结尾处（25%）的对于外在动机的追求，第二幕结尾处的重大挫折，以及位于剧本的最后10%里某处的电影高潮。

当你已经在你的图表中确定了故事的三幕，请你检查这些场景所出现的页码。如果事态的变化不是发生在剧本的25%和75%处，那就说明你的幕间休息被放错了位置。为了让故事有效地激发情绪，它必须遵从前25%——中间50%——后25%的布局模式。

现在请你翻到第五章的结构性设计的检查清单，确保在整个剧本中你已经采用了尽可能多的那些原则。这个剧本有在不断地制造预感吗？你有没有偶尔地反转那些期待从而使审读人感到惊讶？剧本里有没有频繁地使观众获得优先知情地位、好奇心、危险境地、回响？以及最重要的，是否每一个场景都与主人公的外在动机相关？

使用这一行的目的是要确保人物们在每一场中的行为都符合逻辑且可信。如果你感到某一场景或许有些难以置信，那么解决的办法可以是回到一个较早的场景，在其中提供必要的背景或前兆，从而使这个行为可信。类似地，你要察看色标一栏以检视哪些场景包含最多的动作内容。这些通常都是那些包含有人物所面对的最大的障碍的场景。然后你要使用结构性设计那一行，以确保人物们克服那些障碍的能力已经在前文中合理地得到了预兆。

人物成长弧和主题行列应当展现出的讯息是，主人公的内在动机和内在冲突从他（她）在一出场之刻起就影响着他（她）的行为，即使他的渴求和恐惧情绪背后的原因尚未向观众剖白。随着你在图表中继续向前，你应当会发现，这些不可见的特质是在倚重对白的场景里逐渐得到揭示，以及，你的主人公在向终点线进发的过程中会展现越来越多的情感上的勇气。

色标的部分还能揭示剧本的其他特质：

（1）随着故事的发展，代表动作的线条一般会变得越来越长，而最长最频密的线条会出现在第三幕。这表明的是必要的速度上的加快。

（2）类似地，代表阐明情节人物等的提示部分的线条应当在剧本的一半处都已经全部消失了，因为给观众信息会减慢故事的节奏。例外的情况则有可能是在一场余波中，针对一个案件的解决方法，或者对于一个故事结局的解释发生在故事的高潮之后。好比在一个谋杀推理剧中。

（3）无论故事的主题有多么的严肃或戏剧性，请确保你的剧本偶尔也会出现幽默。如果你正在创作一部喜剧，那么代表幽默的符号或颜色应当出现在至少一半的场景里。

（4）代表动作和代表幽默的线条都应当交替性地变长变短。一场到三场含有较多动作或幽默内容的场景之后，应当是一些较为安静的或更加严肃的戏。这些线条表明的是你故事里的情绪水平所必要出现的高峰和低谷。

你可以为这个图表添加尽可能多的其他的颜色或符号或行，只要你认为这对于改写你的剧本是有帮助的。但是如果你看到这个技巧，却宣称道："我进入编剧行业不是为了成为一名注册会计师！"那么你就别使用它。所有在这个图表中被采用的原理，也都被包含在了这本书先前概述过的检查清单和方式方法中。如果你真的相信将你的剧本转变成一张数据一览表会剥夺掉你的创造性和乐趣，那么你可以使用其他的方法来评估和改写你的剧本。

在我过去的咨询客户中，那些最初表现对此流程抗拒的人中，大部分不管怎么说最后都对其进行了一番尝试，然后他们就惊讶于这个办法是多么有效了。这个图表能为让你在开始相信你的创意源泉已经干涸的时候重新审视你的剧本。

规则总是这样：如果一个特定的方法没有效用，抑或是它阻碍了你，那么你就不要采用它。如果它能起到作用，那么就坚持使用它，直到你发现一个更加有效的方法。

总 结

（1）把故事写在纸上，并通过你的剧本风格激发最大量的情绪的整体规则和指南是：

▶ 你必须在审读人的脑海中制造一部电影

▶ 剧本的内容只能是动作、描述和对白——不出现在银幕上的内容也不应出现在纸上

▶ 任何一个剧本都有三种用处

- 一部你希望得到制作的电影的提案（投稿剧本——这也是唯一与你相关的剧本）

- 一部正在拍摄中的电影的蓝图（拍摄剧本）

- 一部已经完成拍摄的电影的记录（其目的是为后期制作服务）

▶ 在提交任何一个剧本之前，你需要确保你的剧本里已经没有任何你知道的可以改进的地方了

▶ 不正确的格式会降低审读人的情感投入

（2）为了保证所使用的是正确的格式，你可以买一个优秀的格式软件。

（3）人物和环境描写要做到简洁、灵活、有刺激性以及详尽，并且能传达出人物或环境的精髓，而不仅仅只做外形描写，因为对外形的描写有可能会限制甄选演员的可能性。

（4）在编写情节时，清晰是最主要的目标。

▶ 使用日常的直白的语言

▶ 使用描述动作的词语

▶ 让其他人阅读这场戏以验证它的清晰性

▶ 省略一切对于片头片尾字幕或配乐的提及

▶ 避免提及任何的特效——仅需简单地描述观众将会看到和听到的内容

▶ 使用细节来制造生动的画面

（5）在写作对白之前询问以下有关任何一场戏的问题：

▶ 我在这场戏里的目的是什么？

▶ 这场戏将如何结束？

▶ 每一个人物在这场戏中的目的是什么？

▶ 每一个人物在这场戏中的态度是什么？

▶ 这场戏将如何开始？

（6）随着一稿接一稿的改写，你要对对白进行润色从而使之：

▶ 有助于促成这一场戏的目的，以及你的主人公的整体外在动机

▶ 与人物保持一致

▶ 在适当的时候揭露人物的背景、内在动机、冲突或者主题

▶ 恰如其分得显得聪明、好笑、具有独创性、刺激、有趣和令人读来感到享受

（7）为你的剧本进行一场阅读会以评估这个故事和风格

（8）在每次新完成一稿之后，将以下的检查清单运用到你剧本里的每一场戏中：

▶ 这场戏如何有助于对主人公的外在动机发挥作用？

▶ 这场戏有没有其本身的开头、中间和结尾？

▶ 这场戏有没有将审读人推入之后的场景中去？

▶ 这场戏中每一个人物的目的是什么？

▶ 这场戏中每一个人物的态度是什么？

▶ 这场戏是否不仅仅有对白，还包含有动作？

▶ 这场戏是否起到多重功效？

（9）当剧本的第二或第三稿已经完成，你可以运用这一章节最后一部分所论述的方法为你的剧本制作图表。

第 7 章
规则的例外

　　如果你读了这本书，当然还有如果你曾听过我的讲座，或是作为客户与我一起工作，你就会知道我处理故事的方法的基础是建立在这个简单的想法之上的：主流电影讲述的是关于主人公追求清晰可见目标的故事。然而，那些超越套路的电影又是怎样的呢？

　　有些电影里的主人公没有一目了然的终点线——他们只是被放置在了一个艰难的处境之中，或是追求着一系列的目标，又或是他们的渴求并不可见？

　　我不是要讨论实验电影、外语片、纪录片或是色情片——这些电影不在此书讨论的范畴之内，它们有自己的标准和激发情绪的方法。我所指的是那些在你家附近的多厅式影院中出现的片子，以及那些吸引着去看《阿凡达》《暮光之城》《玩具总动员》（Toy Story）和《宿醉》的广大受众群的具有吸引力的电影。

　　所有这些规则之外的剧本几乎都可以被纳入三种类别：传记电影、竞技场电影以及女性模式电影。

7.1 传记片

简单说来，传记片就人生故事。我们在很长的时间跨度里追随真实的或是虚构的主人公，经常是从他（她）的年轻时代（有些时候是从出生开始）开始，直到他们的最后岁月（有些时候是到死亡为止）。《公民凯恩》《灵魂歌王》以及《本杰明·巴顿奇事》都是传记片。

一部电影不会仅仅因为它是基于真人真事就能成为传记片。《惊爆十三天》（*Thirteen Days*）就不是一部传记片。它是一个关于约翰·肯尼迪总统努力阻止苏联将导弹部署进古巴的故事。这个故事是真实的，其中的人物也是以真实人物为基础的，但是它并没有从肯尼迪的童年一直追随到他的遇刺。这个故事只是关于他对于这一个明显可见的目标的追求。（另外顺便提一句，《刺杀肯尼迪》[*JFK*]也同样不是一部传记片——肯尼迪甚至都不是那部电影的主角。）

鉴于同样的原因，《米尔克》《弗里达》（*Frida*）和《阿甘正传》（*Forrest Gump*）都是传记电影；《女王》（*The Queen*）、《当幸福来敲门》和《成事在人》（*Invictus*）都不是传记电影。

通常来说，传记片会背离"单一外在动机"规则，因为一个人物在一生的进程中会有一系列相继的目标。《与歌同行》里约翰尼·卡什想要和他的兄长玩耍、面对兄长的死亡、参军服役、唱歌、结婚、制作唱片、酗酒、吸毒、再多唱一些歌曲、赢得琼·卡特的爱、与卡特相伴、在福尔松监狱表演、戒酒戒毒、应对父亲对他的拒绝，以及赢回琼·卡特。剧本给了我们连珠炮似的一系列事情，而不仅仅是一两个目标，要我们为之捧场。

传记片有一个大的缺陷是，因为有了这么多连续的外在动机，观众看不到一条清晰的终点线。在那个非常重要的、25%处的转折点上，不会出现一个可见的目的告诉审读人这个故事何时结束，或者我们将如何判断主人公是否获得了成功。

如果你怀疑这可能并不是一个问题，那么你就看看好莱坞每年发行的传记片只有多少，以及那些传记片中又只有多少成了卖座大片。在每一部《阿甘正传》抑或是《勇敢的心》（*Braveheart*）的成功背后，都有一部《卓别林》（*Chaplin*）、《最后巨人》（*Hoffa*）和《艾米莉亚》。

如果不顾这一类型的有限市场，你还是想写一个传记片剧本，你就必须克服你的主人公在单一的外在动机方面的固有的缺失。解决这个问题的关键是要找到一个将会贯穿人物一生的渴求——或者至少是从25%的位置开始发展的。几乎在所有成功的传记电影里，这一部分往往都是爱情故事。

《阿甘正传》里的阿甘在其一生中经历了众多的冒险和冲突，包括脊髓灰质炎、越战、捕虾、乒乓球以及他母亲的死亡。但是，将所有这些结合在一起的那根线是他对珍妮的爱。虽然他并不是一直都在主动地追求珍妮，但是观众仍深深地被这个故事触动，因为他们渴望看到阿甘和珍妮最后能走到一起。

那种想要赢得——或者想要留住——浪漫对象的爱的渴望也同样是电影《与歌同行》《弗里达》《美丽心灵》《本杰明·巴顿奇事》的核心。我们支持鼓励这些主人公和浪漫对象克服他们的困难，并最终走到一起，这就和我们对待那些非传记性的以及没有长时间跨度的爱情故事的做法一样。

有一些传记片中，决定主人公人生的目标并非是浪漫感情，但仍然贯穿一生、令人叹服，可以将主人公的所有情节都统一在一起。在《勇敢的心》和《甘地传》中，主人公们把他们全部的生命都奉献给从英国统治下赢取独立和自由这一事业。

《公民凯恩》则采用了另一种精明的办法来处理这个问题，它把一个将主人公人生各个阶段都结合起来的目标安排给了一个次要人物。查尔斯·福斯特·凯恩在其一生中追求过许多的愿望。但是，驱使着我们看到电影结束的是那名记者对于"玫瑰花蕾"的含义的调查。《艾米莉亚》也试图做同样的事情，围绕着艾米莉亚·埃尔哈特的最后斗争构建起这部传记。然而，或许是因为大部分观众都已经知道主人公的那份追求走到最后的悲剧结局，这部电影谈不上成功。

7.2　竞技场故事

在我所命名的"竞技场故事"中，主人公被扔进了一个充满冲突的处境里，在此他唯一的目标就是肉体上的或是情绪上的生存。面对在新环境里所有这些向他扔来的困难，他不得不谋划如何处理和克服它们。虽然电影中从来没有一个单独的、清晰可见的终点线要他去跨过，即使在高潮部分也没有，但是如果他存活的时间足够长，电影结束了，他就已经获得了成功，

《拆弹部队》就是该类别的一个绝佳例子。在一段充满张力的序言式开场之后，主人公詹姆斯上士作为陆军亡命连拆弹组的新队长在伊拉克报到上任，从那一刻开始往后，我们经历了一系列詹姆斯上士所必须克服的困难，这些困难伴随着詹姆斯上士和他的小组拆除一系列的炸弹，从狙击手的袭击下逃命，以及找到那些应当为伊拉克小男孩的死担负责任的人们。不可否认，这部电影是情绪化的——令人兴奋、充满悬疑、深思熟虑、搞笑，又具有悲剧意味——但是它缺少一条单独的、高于一切的终点线。主人公的终极目标仅仅就是好好干他的工作，直到他的服役期结束。

詹姆斯上士，抑或《女王》中的伊丽莎白女王，或是《托斯卡纳艳阳下》（*Under the Tuscan Sun*）里的弗朗西斯，或是《穿普拉达的女王》中的安德丽娅都好比竞技场里的格斗者。每一个人都出于自己的选择，或出于境况所迫而进入了一个新的环境。每一个人都有一份渴求（要拆除炸弹，要经受围绕着王妃之死的争议，要在一次离婚之后开始新的人生，或是通过为一本顶级时尚杂志工作以求在新闻事业中争上游），并且每一个人都面临着难以抵抗的障碍。然而没有一个人物追求的是一个具体的、有一个明确定义的终点的外在动机。这些主人公只是不得不继续向前进，希望境况好转，或者至少他们能活着看到自己的困境得到解决。

虽然一部竞技场电影里可能会存在一段浪漫关系，但是这种浪漫的诉求要么已经开始（例如《拆弹部队》《女王》和《穿普拉达的女王》里已婚的或是有感情纠葛的主人公们），要么它只是组成了整个故事的

一小部分（例如《托斯卡纳艳阳下》）。如果主人公对于爱情的追求从第二幕的开始一直持续到一部电影的高潮，那它就成了一个传统的爱情故事，而不是一个缺少外在动机的例外。

在竞技场电影里，就如同在传记片里一样，你要给观众一些值得他们去支持的东西，以及一些对于结局的预感，即使在这里，一条清晰可见的终点线是缺席的。所以，《拆弹部队》中，詹姆斯甫一到任，观众就看到一条宣告了距该连队轮值结束日还剩多少天的字幕卡片。其结果就是，观众潜意识里开始为他加油，鼓励他能活着回家。这不是一个外在动机，但确是某种终点线。

类似的参量也被添加进电影《女王》（从戴安娜王妃的死亡到她的葬礼），和《托斯卡纳艳阳下》（跨越了整整一年的对于那幢别墅的改建工程）的处境中。

那些真正牵涉到竞技场的体育电影不能与竞技场故事混为一谈，例如《百万美元宝贝》《光辉岁月》，或是有关旱地轮滑比赛的电影《滑轮女孩》（Whip it）。"竞技场"仅仅是一个我能想到的最好的词，用以描述那些由主人公身处的环境而非他们的渴求建立起冲突和情绪的剧本。而且，正如你所能看到的那样，主流电影中的竞技场故事也没有比传记片更多——这种迹象表明对此类别的剧本进行营销不会是一件容易的事。

7.3 女性模式故事

让我们来考察一下电影《钢木兰》（Steel Magnolias）。虽然这部由多位演员集体出演的作品将故事聚焦于六位不同的南方女性身上，但是这部剧本的主人公是麦琳，她在荧幕上的出场时长多过其他人，是我们最感同身受的人物，最重要的是，她想要支持和保护女儿谢尔比的渴望为整部电影提供了主心骨，让所有其他人的故事都围绕此展开。

但是确切来说，麦琳的外在动机究竟是什么？当然了，她总是愿意随时为自己的女儿和在美容沙龙的朋友们提供支持帮助，但是"支持帮助"并没有一条清晰可见的终点线。麦琳也想为女儿举办一场婚礼，在女儿怀孕期间帮助她，甚至想通过捐赠一个肾脏的方式来对抗纠缠女儿的病魔。但是这些心愿的持续时间都没有整部剧本那么长。实际上，这部电影就像它所基于的舞台剧一样，被分为了三个时间段。

好的，所以没有外在动机。这就是排除规则的一个例外。但是它既不是一部传记片也不是一个竞技场故事。我把它叫作女性模式电影。

现在，在我对有关女性模式电影的一切做出任何解释之前，让我先阐明我并不是在这里讨论针对女性的浪漫电影、言情片和"小妞电影"（chick flicks，针对女性的浪漫喜剧）。女性模式电影甚至不需要有女性主人公。它只是我创造来用以描述第三类缺少一个明晰的外在动机的电影。

让我们从定义一个"男性模式"故事会是什么样子开始。想象一位身着闪亮铠甲的骑士，他已做好准备要骑着马去杀一条恶龙，解救一位少女，寻找圣杯。这些都是有着清晰可见的终点线的任务——与大部分好莱坞电影中的赢得、阻止、逃离、传送、取回目标几乎没有区别。

现在，我们想象这位公主没有因为某个请求就走下了城堡，而是留在了城堡里。也许一个诅咒被投放在了这个王国之上，也或许一种魔法让事物在某些方面变得黑暗了。王国的人民正在忍受痛苦。万事万物都陷入了紊乱。所以现在公主必须拿出一些有勇气的举动以阻止诅咒，让这黑暗的日子结束，并让一切再度恢复正常。

换句话说，这个故事并不是真正关于征服或者成就的——它讲的不是一个冒险去赢得某件事物或者跨过某条终点线的故事。它讲的是留在原地不动，并把事情重新整顿好，将一切带回平衡状态。

这就是我想通过"女性模式"所表达的意思。在一个女性模式故事里，主人公的目标是要解决一段非罗曼蒂克的关系。

《钢木兰》中，麦琳的主要目标贯穿于这个故事的全部三个分段，那就是要将她和谢尔比的关系带回平衡。谢尔比告诉麦琳："我从来不担心，因为我一直知道你已经为我们两个担心得够多的了。"她们的关系其实是倾向一方的，而不是真正的对等。

虽然她们爱着彼此，但是麦琳对于保护谢尔比的坚持不断威胁着要限制住谢尔比的生活，并伤害她们之间的关系。正如谢尔比对她母亲说的那样："我情愿要三十分钟的精彩，也不要一生的庸常。"

对于城堡里的公主来说，王国中有一些东西变得不正常了。而这都要由麦琳将其整顿好。

当我说麦琳的目标是要将她和女儿的关系拉回平衡，我的意思并不是说这完全是在她有意识的情况下做的。就好比在一个爱情故事里，观众知道主人公终将会想要和需要的是什么，即使可能主人公在第二幕的开头远远过去之后才承认这一点。

这段关系必须是非罗曼蒂克的原因是，在一个关于浪漫关系的故事里，主人公是在努力着要赢得，或者赢回浪漫对象的爱。这就赋予了主人公的动机一个清晰可见的终点，所以它不是规则的例外。根据其定义，爱情故事是男性模式的。女性模式的电影可以是关于解决与一位家长、一个孩子、一位兄弟姐妹、一个最好的朋友或是一帮朋友的关系。但是它们中的大部分都共有以下特性：

- 女性模式电影几乎总是地域性的。《亲情无价》和《希望浮现》（*Hope Floats*）中，女儿们回到家里与她们的母亲住在一起，《大河恋》（*A River Runs Through It*）中，儿子回到了他父亲的家，《你可以信赖我》（*You Can Count on Me*）中，弟弟来到姐姐的家里，《四月碎片》（*Pieces of April*）中，母亲来和女儿共同度过感恩节。《大寒》《迷人的四月》（*Enhanted April*）和《斯通家族》（*The Famaily Stone*）中，一帮朋友、陌生人，或是家庭成员相聚一起，共同度过一个周末、一段假期或是一个节日。

- 如果一个女性模式故事里存在一段浪漫关系，那么它相对于故事中的非情爱关系来说一定是次要的。《希望浮现》《你可以信赖我》（*You can Count on Me*）以及《大寒》里的主人公都与其他的剧中人物有些风流韵事，但是这些情节线从来没有从第一幕的结尾延伸到高潮。

- 女性模式电影对于时间的运用总有那么一两种方法。要么它们包含有跨越了漫长时间的三个阶段（《为黛西小姐开车》《钢木兰》《当哈利遇到莎莉》），抑或是它们发生在一段较短的时间跨度上，有一个业已决定的终点，例如一种绝症，或是一次节假日拜访（《大河恋》《亲情无价》以及《四月碎片》）。

不幸的是，大部分的女性模式电影所共有的另一个问题就是缺少强烈的商业吸引力。以上列举的例子当中只有五部可以名副其实地算作是票房大片：《大寒》《为黛西小姐开车》《钢木兰》《穿普拉达的女王》以及《当哈利遇到莎莉》）。当然了，其中的三部是基于非常成功的小说书或舞台剧，在这份详细的清单上，就只留下《大寒》和《当哈利遇到莎莉》）作为唯二日后会票房大卖的原创女性模式剧本。而且，《大寒》在一开始是被好莱坞的每一个制片厂都拒绝了的。所以，在你赶去开始创作你的原创女性模式剧本以前，你必须意识到它将会是一部非常非常难以销售出去的剧本。

你或许在想，为什么像《当哈利遇到莎莉》这样的浪漫喜剧竟然会出现这个清单上，既然它是一个爱情故事，那它就应当算是一部男性模式电影。而我将这部电影囊括在以上清单中的原因是，与几乎每一部其他的好莱坞浪漫喜剧不同，这个故事被分为三个阶段讲述，并且跨越一段长长的时间。在电影的早些时候，哈利曾有一次无力的勾引企图，然而情爱的追求和冲突直到剧本的最后三分之一处才出现。

在我看来《当哈利遇到莎莉》更多的是关于两个尽管有过一段露水情缘，但必须要将他们的友谊带进平衡，并最终坠入爱河的人。所以确实，它是有趣的，它也确实是浪漫的。它也一直以来是我最喜欢的电影之一。但是，奇妙的是，和它十分贴近浪漫喜剧片的定义一样，它同样符合女性模式电影的定义。如果你不同意我的观点，就忽略它，把注意力集中到其他的例子上吧。

7.4　识别规则的例外

不要太快地为一部电影贴上例外的标签。这里有一些办法，帮助你在观看一部电影或者阅读一出剧本时判断其属性：

- 如果剧本是关于一名主人公追求一个明确定义的、可见的终点线，那么它就是一部男性模式电影。无须争论。

- 如果不是以上情况，并且，主人公的故事跨域了他（她）的人生的一大段时间，涵盖了一系列的各种目标，那么它就是一部传记片。

- 如果故事既不是男性模式的，也不是传记性质的，那么你就问问自己，这个剧本有没有将主人公放置在了一个被限制的或是明确定义了的环境里，并在其中充满了冲突，而这个故事只是想检验主人公是否能够在生理上或者情绪上生存下来。如果是这样的话，它就是一个竞技场故事。

- 如果以上情况俱不符合，这时（并且只有这时），你要问问自己，主人公的主要目标是不是要解决他（她）与一名家庭成员、一位朋友，或者一帮亲人或朋友之间的关系。若是如此，那么它就是一个女性模式的故事了。

千万不要在一开始的时候就探究你看到的一部电影，或者你正在创作的一套剧本是不是关于一段关系的解决。每一部已拍摄的电影都是关于一段关系的解决。只有当你已经排除了其他任何可能性时，你才该考虑女性模式这个类别。

而且，如果你遇到了一部电影看上去不属于以上任何类别，不要为此感到担忧。你只要记住绝大部分好莱坞电影中的主人公都是在追求可见的、有明确定义的外在动机。并且，在选择你的下一个故事概念时，你要将这个事实铭记于脑中。

总 结

（1）有三种类型的剧本所运用的是除主人公模式、外在动机模式以外的另一种故事手法：

> ▶ 传记片讲述的是一个人物的完整的人生故事——并不简简单单的只是这个人物生命中的一两桩事件

>> • 成功的传记片往往具有能够将主人公人生的所有情节都统一起来的某个渴望

>> • 在大多数情况下，这条线是一个爱情故事

（2）竞技场故事是将它们的主人公放置在某个新的，充满冲突的环境里，他们在其中的渴求仅仅只是想要获得生理上的或是情绪上的生存

> ▶ 主人公的处境必须有某个清晰的或可预见的终点

> ▶ 爱情故事是次要的，并且不涉及对爱情的追求，抑或这种追求只会占领故事的一小部分

（3）女性模式电影所描绘的主人公的主要目标是要解决一段非关情爱的感情关系

> ▶ 这段关系会是存在于他（她）与一位父（母）、一个孩子、一个最好的朋友，或是一帮朋友或亲人之间

> ▶ 这种故事几乎总是具有地域性的——主人公去拜访一个与他（她）关系失衡的人，或与这个人住在一起

> ▶ 任何情爱关系都是次于这段非情爱关系的

> ▶ 女性模式电影中受到频繁使用的两种时间跨度是：

>> • 人物生命中的三个阶段，跨越了较长的时间段

>> • 一段缩略的时间段，由某种外部情形决定，例如某种绝症，或是一次假日拜访

（4）以上所展示的三种类别的剧本都极其难以出售，究其原因主要是因为，相较于传统的故事模式，它们在票房方面的表现非常弱。

（5）要决定一部电影是否是规则的例外，你要按照这样的顺序问问以下的问题：

▶ 它是不是关于一位主人公追求一份清晰定义的外在动机的？如果是，那么它就不是一个例外。如果不是，接下来你就问

▶ 它是否通过一系列的显在目标，追随了一位主人公的几乎全部的一生？如果是，那么它就是一部传记片。如果不是，然后你就问：

▶ 这部剧本有没有将主人公放置于一个充满冲突的处境之中，只是为了检验他（她）能否在生理上以及（或者）情绪上生存下来？如果是，那么它就是一个竞技场故事。如果不是，那么你就问：

▶ 主人公的主要目标是要解决一段非关情爱的关系吗？如果是，那么她就是一部女性模式电影

▶ 如果你对于所有这些问题的答案都是"否"，那么这部电影就是那种不属于任何以上任何类别的凤毛麟角了

第 8 章
对电影《阿凡达》的分析

　　现在让我们看看有没有可能就拿一套成功的剧本举例，用它来阐释我已经介绍的所有原则。我决定使用《阿凡达》这部创了历史最高票房纪录（在我写这本书的时候）的电影来做这项练习。超越其经济上的成功，《阿凡达》也是一个在故事概念、主要人物的四个类别、剧情结构、人物成长弧、主题以及分场写作方面表现极佳的例子。最重要的原因是，我希望这个练习能够强化巩固这些原理，并且使你更能得心应手地将之运用到你自己的写作中。同时，或许这样能帮助我们理解为何这部剧本获得了如此大的成功。

　　在你开始阅读此章节以前，请你一定要观看这部电影并且阅读剧本。你非常有必要获得《阿凡达》电影所提供的全部情绪体验，然后再来阅读我关于这部电影要说的东西。再者，我不想因为剧透而毁了这个故事的结局或者其他任何部分。

　　这部电影已经有了DVD版本，它的剧本现在也有了各种纸质版或电子版。你只要在网上搜"阿凡达剧本"就可以找到各种获取剧本的途径。这一章节是以二十世纪福克斯公司在电影最初上映时刊登出的一个免费PDF版本为基础的。我将尽自己最大的可能避免提到页码，如果你参照的是另一个稍微不同的版本，你也不会因此感到迷惑。

　　针对《阿凡达》的个人观点并不与本章的讨论真正相关。我希望你是喜欢这部电影的，但是，即使你认为这部电影糟糕透顶，只要你理解为什么你认为它是糟透了的，那也是有用的。在你阅读剧本或观看电影史，你尤其要问自己，哪些用以激发情绪的原理和方法没有被用到。继而在写作自己的剧本时，你要确定自己会更有效地运用那些原理。

8.1　故事概念

　　《阿凡达》的故事概念可以通过以下方式表述：

　　《阿凡达》的故事围绕着一名被派往一颗遥远星球的卫星的海军陆战队士兵展开，他要做的是阻止雇佣军毁灭这颗卫星上的原住民的纳威文明，以及赢得一位纳威女性的爱情。

　　拯救纳威部落和赢得娜蒂瑞的爱满足了一个恰当的外在动机的全部条件：两者皆有清楚确定的终点；主人公杰克不顾一切地想要完成这两个目标；他会积极地追求这两个目标直至剧本的高潮；实现这两个目标也在他的能力范围之内；而且，为了成功，他愿意搏上一切，包括自己的生命。

　　注意我对这些欲求进行了压缩，目的是为了用一句话简洁地表述它们。然而实际上，这两个外在动机都是在剧本的进程中才逐步形成和发展的。就好比在任何一个好的爱情故事里那样，主人公不会立即开始追逐爱情。一开始，他只是希望她别杀他，然后他希望向她学习，再然后他才爱上她，直到最后，他会失去她，并要将她赢回来。

　　类似地，虽然他的目标是要保护纳威人不被采矿公司的雇佣军们屠杀，但是一开始的时候，他只是想要观察他们；然后他要渗透到他们的文明之中以获得关于他们的情报；再然后他想要劝说他们和平地离开家园，这样采矿公司就可以得到他们的超导矿石；最后，他的目标是要领导和保护纳威人。但是在所有的这些阶段中，他的目标一直是要阻止战争毁灭纳威人。

　　我指出这一点是为了让你能看到，虽然一个外在动机可以被表述为一个简单的可见的目标，但是在一个动听的故事的进程之中，那个目标是会逐步进展和变化的。

这个概念很清楚地建立在至少一个"如果……将会怎样？"的问题之上："如果一个人可以占据一个外星生物的身体，并且因为这样做了，他开始偏爱那个外星文明更胜自己的文明。"这可能并不是编剧／导演所确切想到的那样，但是它看来肯定是这个故事的独特元素之一。

詹姆斯·卡梅隆将这个很具有刺激性的想法与许多其他的更令人熟悉的想法结合在了一起，从而发展出最终的故事概念。如果一小波战士遭遇到一支更加强大的军队，那会怎样（好比在《七武士》［*The Seven Samurai*］、《日落黄沙》［*The Wild Bunch*］以及《星球大战：新的开始》［*Star Wars: A New Beginning*］中那样①）？如果来自某一种文明的主人公爱上了来自另一种文明的某个人，那会怎么样（就像在《与狼共舞》［*Dances with Wolves*］、《最后的武士》中那样）？

显然，詹姆斯·卡梅隆已经压着这个想法几十年了，才最后等到能够实现它的科技成熟的那一天，所以谁知道他的概念确切地是从哪里来的。但是你可以看到，将这些不同的"如果……那会怎样？"的问题结合在一起，会如何引向一个像这样的故事。

在评估这个故事概念的潜质时，你首先要寻找的是一个故事的五个必要元素。《阿凡达》具有全部五个元素：一个主人公、对这个主人公的同情、某种欲求、冲突以及风险。

说到商业潜力，这个故事绝对可以被看做为一个高概念。这是一场由一名人类带领的外星战士和一群装备精良、力量强大的雇佣军之间的战争，这个想法就给人一种对能看到大量动作戏的期待，而那段爱情故事则给人以看到浪漫传奇的希望。换句话说，不去管演员的选派、故事的主题等，单只是电影的概念就保证了一种情绪体验。

这个故事也符合作为一个好莱坞电影概念的两种商业类别：为了阻止什么，以及为了赢得什么。

---

① 此处疑为作者笔误，此处指的是《星球大战：新希望》（*Star Wars: Episode IV – A New Hope*）——编者注

要想验证单纯这个故事概念的商业潜质是非常困难的，因为大部分排队去看这部电影的人是冲着詹姆斯·卡梅隆的声誉，以及那些关于令人惊叹的艺术指导、特效和3D效果的热评才去的。但是，即使这只是一套由一位不知名的作者写出来的原创剧本，审读人仍将能嗅到其在冲突、情绪和商业吸引力上的潜力。

8.2 人 物

《阿凡达》的主人公很明显是杰克：他是主要人物；他出现在银幕上（和在纸上）的时间多过其他任何人；他是我们全力支持的人物，也是我们抱有最多同理心的人；他的外在动机推动着故事向前发展；而他的人物成长弧决定了电影的主题。

《阿凡达》运用了若干方法以制造人们对杰克的同理心。以下显示的是他如何在第一页被介绍的：

> 杰克·萨利，一名伤痕累累、衣着邋遢的战争老兵，坐在一架年久失修的碳纤维轮椅上。在22岁这样的年纪，他已经承受过了他的年龄所不该承受的痛苦，智慧和谨慎让他的眼神变得坚定而严峻。

接下来，他的画外音是这样说的：

> **杰克（画外音）**
> 他们可以修好一根脊柱，如果你有
> 钱的话。但是，依靠老兵福利是不
> 够钱的，在这样的经济情况下是做
> 不到的。

　　所以，我们立马就会因为杰克所遭遇的、不应受的不幸而为他感到同情。并且，在三页纸之后（在拍摄完成后电影里会更早一些），我们了解到他的哥哥惨遭杀害。"一个小子就为了汤米钱包里的那几张钱，用一把刀结束了他的生命。"

　　杰克将自己描述为："……只不过又是一个愚蠢的低等大兵，被派往一个我注定要后悔来到的地方。"这不仅增加了同情分，还暗示了杰克即将会遭遇的危险境地。在杰克到达潘多拉星的时候，那种陷入险境的迹象变得更加明显，我们听到警告说这里的大气如何会在四分钟内杀死一个人，以及"任何爬行的、飞行的或是烂泥里蛰伏的生物都想杀死你，拿你的眼睛来当糖吃。"

　　尽管电影中没有呈现，但是在剧本的开场，我们还看到杰克猛烈攻击了酒吧里的一个男人，因为这家伙扇了一个女人耳光，并且威胁说要打她。叙述者杰克说："一直以来，在我这个可怜人的生命中，我全部想要的就只是一件值得为保卫它而斗争的东西。"这一切起到的作用都是让杰克变得讨人喜欢——他被树立为无助的人们的守卫者，他渴望着一件能给他的人生带来意义的东西。这件东西是他将会在剧本的进程中找到的。

　　除了以上这些方法，还有其他几个设计对建立同理心效果起到了补充作用：杰克看上去并不怎么在乎别人怎么想；他起到的作用是充当了观众的眼睛（跟随着杰克的所见所闻，我们才看到并认识到潘多拉星球上的一切，一直到剧本的后半部，观众都没有被赋予优先知情地位）；以及，杰克与夸里齐上校之间的对话揭示了杰克曾经是一名身手不凡的海军陆战队士兵，经历过委内瑞拉的艰难的服役期（这也预兆着杰克后来能够在种种攻击之下幸存，能成为一名纳威族战士，并指领纳威人抵抗雇佣军兵）。

　　稍后，我会在有关人物成长弧的部分讨论杰克的内在动机和冲突。目前，让我们先来看看主要人物的其他几个类别。

　　主要敌人是指在主人公实现外在动机的道路上最为妨碍他（她）的

人物。如果杰克的目标是要阻止纳威人遭到覆灭。那么最大冲突的制造者就是迈尔斯·夸里齐上校。夸里齐的外在动机是要摧毁那些纳威族"恐怖分子"，从而矿业公司就能采获超导矿石。所以夸里齐和杰克是抱着截然不同的两种目的的矛盾双方。

像所有主要人物一样，主要敌人是在剧本第二幕的开始时，由他（她）与主人公外在动机之间的关系决定的。所以，在夸里齐被介绍时，即使他看上去像是在支持杰克，但是一旦他叫杰克秘密地给他侦察情报，帮助他对抗纳威人，我们就知道他们终将会成为敌对的双方。"这是我的战争，"他告诉杰克，一点也不打算掩饰他对纳威人（他将他们称为"敌方"）和这个阿凡达项目（"一帮没屁用的科学家"）的蔑视，以及他想要发起战争的欲望。

在确定主要人物时，观众知道和期待什么比主人公所了解的是什么是什么更加重要。有的影片中，谁是反面人物，每个人在一开始都清楚了。但是有时，正如《阿凡达》中体现的那样，主人公要耗费更长的时间才认识到他支持的是哪一边，以及他的真正的同盟是谁。

主要敌人越强大、越难以对付，主人公面临的冲突就会越激烈，同时，审读人和观众的情感投入就会越深。夸里齐是一个顽悍、残忍、无畏的指挥官，他的背后有一支庞大的雇佣军队伍、成吨的设备及火力支持。这些杰克都没有——他只是"又一个愚蠢的低等大兵"，甚至没法走路，他完全是如鱼离水，不得其所。

杰克和夸里齐之间的第一次会面强调了他比杰克更强大多少。夸里齐爬进了一台重达两吨的巨型装甲机——与之对照的是杰克的旧轮椅——并且，夸里齐还开始做一些威风的武术动作。我们看到和听到的每一件事都是被设计过的，旨在让夸里齐显得万夫莫敌。

夸里齐并非是唯一一个阻挡在杰克和他的外在动机之间的人物。塞尔弗里奇，整个矿业考察项目的首领，最终将会是他下令攻打纳威人。还有苏泰，一位已与娜蒂瑞订婚的纳威人，想要杀死杰克，或者至少要让杰克远离纳威部族、无法接近娜蒂瑞。但是，塞尔弗里奇和苏泰这两块绊脚石都不及夸里齐大，所以，夸里齐才是主要敌人，而他们只是次级人物。

　　映像人物是指与主人公最为共进退的人物，他（她）为主人公实现其外在动机提供了最大的支持和帮助。《阿凡达》中的许多人物都站在杰克这一边，尤其是娜蒂瑞，她不仅救了他，还教导他、训练他，并在战斗中加入他这一方。但是，她是杰克的爱情对象，是他的外在动机中的一部分，所以我们得将她留到下一个人物类别。

　　最符合此类别的人物是格蕾丝·奥古斯汀博士，她是阿凡达计划的领头人，她自己的外在动机和杰克是一样的：要渗透到纳威人当中，向他们学习，与他们产生联系，并最终保卫他们。她帮助杰克做着那些同样的事情——他们没有为了主人公的目标而相互竞争——所以她是他的映像。让我再重申一次，决定主要人物类别不是看他们最初是如何对主人公做出反应的。就好比格蕾丝和杰克，当他们第一次见面时，格蕾丝对于杰克在她的项目里出现是相当鄙夷的。

　　浪漫人物是至少作为主人公外在动机的一部分的一个目标，与性或情爱相关。娜蒂瑞是杰克爱上的人物，并且观众也支持他希望他在电影的最后能与娜蒂瑞在一起。正如任何有效的浪漫人物一样，有些时候，娜蒂瑞会与杰克产生矛盾（她威胁他，叫他滚开，不赞成教导他，频繁地侮辱他，以及，在得知了他的欺骗后对他弃之如敝履），而在另一些时候，她又支持着他（教导他，爱上他，加入他一起对抗雇佣军）。

　　詹姆斯·卡梅隆创造出了一位观众也会爱上的浪漫人物。娜蒂瑞聪明、勇敢，是一名技艺熟练的斗士，也是一位优秀的老师。如果她没有吸引力的话，观众就不会支持这段爱情故事，并会最终丧失对这位主人公的认同感。

　　假如我们要为《阿凡达》剧本绘制一幅任务表格，那么此刻的表格应该是这样的：

	外在动机	外在冲突	内在动机	内在冲突
主人公 杰克·萨利	阻止雇佣军摧毁纳威文明；赢得娜蒂瑞的爱。	纳威人不相信他；夸里齐和雇佣军部队无比强大。		
主要敌人 夸里齐	毁灭纳威人。	杰克领导着纳威人对抗雇佣军部队。		
映像人物 格蕾丝	帮助杰克与纳威人产生联系，并保护他们。	纳威人不信任她以及任何一个人类；雇佣军很强大。		
浪漫人物 娜蒂瑞	教导杰克；阻止雇佣军；赢得杰克的爱。	雇佣军太强大了；苏泰和娜蒂瑞的家庭都反对她和杰克之间的关系；杰克欺骗了她。		

　　为了完成这张图表的右边部分，我们需要转移到《阿凡达》的下一个组成部分……

8.3　人物成长弧和主题

　　决定主人公人物成长弧——以及电影主题的第一步——是要找到主人公的内在动机和内在矛盾。

　　内在动机是一条主人公认为将会引领他实现自我价值的道路。它是主人公追求他（她）的外在动机的原因。

　　要弄清楚杰克的内在动机还是有点复杂的，因为他要替代死去的哥哥加入阿凡达项目，并加入纳威人的原因在剧本的进程中发生了变化。而且剧本并不会一五一十地将杰克的内在动机明讲给审读人听。其言外之意是他敬仰自己的哥哥，并且很可能觉得他的哥哥比起他是一个更加优秀的人，所以他或许是为了纪念汤米而前往潘多拉星球。

但是我们也看到杰克感到迷惘。他是一位截瘫患者，所以他是一位再也不能战斗的战士。夸里齐就是通过向杰克承诺会帮助他复原双腿，而说服了杰克暗中侦查纳威人部落。但是，杰克看上去是想要复原他的整个人生。他想要再度成为一名海军陆战队士兵，想要有"仅仅就一件值得为守护它而战斗的东西。"

所以杰克的内在动机是要找到那一件值得为保护它而战斗的东西。这就挺好的——他不是一个选择了错误道路的人物。但是一开始，他仍试图从一条熟悉的路径达到目的，也就是仅仅通过服从命令以求夺回他所失去的。这就是为什么他的外在动机看上去发生了转变——为了实现自己人生的意义，他要帮助和保护纳威人，但是他以为只要听从和信任夸里齐，他就可以保护他们。他会保持相同的内在和外在动机，但是在电影的后半部分，他听从了自己的内心，并且拒绝了夸里齐，从而最终达成了这个目的。

杰克的另一个动机是要赢得娜蒂瑞的爱，这背后的内在动机，就如同在所有的爱情故事里一样，是爱。让我重申一遍，他认为如果他赢得了他所爱、所渴望之人的爱，他将会对自我的感觉更好。

内在冲突是指存在于人物内心的，阻止他（她）实现真正的自我价值的某种特性。那么，阻碍了杰克寻找他的人生真意和真爱的是什么呢？

当我们第一次见到杰克时，他是一个愤世嫉俗的孤家寡人（"你想要一个公平的交易？那你算是来错了星球。"），他自我隔绝于其他人（"我不想要你的同情，这世界就是一大块冷屁股。"）他酗酒、打架、不作任何一点他在加入阿凡达项目之前理应做的准备工作，并且丝毫不留意指令。他不受控制，我行我素（例如我们看到他进入了自己的新阿凡达身体之后就跑出了房间，一点也不在乎自己撞倒了工作人员，吓到了所有人），他为自己考虑的甚少，为别人着想的更少。作为叙述者，杰克是这样讲述自己的过去的："我曾告诉自己，我能够通过其他任何人能通过的测试。"但是然后他说："……在战场上受的枪伤使我的身体、心理都受到伤害，人生感到无望。"

这就是杰克的内在冲突。如果他还是生活在过去，耽溺于他失去了的东西，并将自己看作为一名没有通过考验的失败者，那么他就永远也不会找到真正的自我价值和意义。

主要敌人夸里齐的内在动机是权力。他甚至看上去对超导矿石能够带来的巨大财富都不怎么感兴趣（不像塞尔弗里奇）。夸里齐告诉我们，在他的脸受伤留下了疤痕之后，他本可以回家的，但是他没有。"我好像有点儿喜欢这个，"他评论着自己的伤疤，"况且，我不能离开。这是我的战争，就在这里。"他获得自我价值的途径就是战场。

夸里齐的内在冲突——那件阻碍他实现真正的自我价值的东西是他除了仇恨和杀戮欲，再也感受不到其他的情感。为了能够剿杀纳威人，他可以牺牲诚实、荣誉和人性。"这就是我们的游戏规则，当别人有你想要的东西，你就把他们变成敌人，然后堂而皇之地把东西抢过来。"当夸里齐看到纳威人，或是任何支持他们的人时，他所看到的就只是敌人（他将他们称为"恐怖分子"以及"蟑螂"）。

格蕾丝的内在动机是发现。作为一名科学家，她渴望了解纳威人所利用的力量，向他们学习一切可以学到的东西——她的目的，或许是为了使人类获益，但是更多的是为了科学的利益。她想要清楚而深入地"看见"他们究竟是谁。

格蕾丝没有展现出任何我能看得到的内在冲突。在她生命的终点，她告诉杰克她总是"退缩。"但是，我们并没有看到真正印证这一点的证据。在她最后出现的场景里，剧本这样写道："格蕾丝大口喘着气，猛地睁开了眼睛。她的表情很惊讶，就好像看到了什么特别美丽却无法解释的东西。"她给杰克的最后的话是："我看到爱娃①了，杰克——她是真的——"她成功地争取且实现了她的内在动机，也就是建立连接，并获得一种深刻的、难以想象的理解。

———————————

① 爱娃，《阿凡达》中纳威人的神灵。——编者注

　　与杰克相像的是，娜蒂瑞也有两个内在动机。爱情（赢得杰克的爱），以及为她的人民服务（在教导杰克同时也向他学习，为她的人民战斗，并最终跟随她母亲的脚步，成为一名精神领袖）。

　　她的内在冲突较为不明显一些，但是也很清晰：她不理解人类——"天外来人"[1]。因为人类曾杀死她的妹妹，这让她变得偏执；她不愿意相信或是靠近他们（她其实是准备杀死杰克的，直到圣树之种——家园树的木精灵们飞来阻碍了她）。正如她在杰克归来后告诉他的那样："我与你眼相见，心相连……以前我是在害怕，杰克，我为我的人民感到害怕。现在我再也不害怕了。"

　　所以，《阿凡达》的完整人物图表将会是这个样子：

	外在动机	外在冲突	内在动机	内在冲突
主人公 杰克·萨利	阻止雇佣军摧毁纳威文明；赢得娜蒂瑞的爱。	纳威人不相信他；夸里齐和雇佣军部队无比强大。	重获他过往的生活；找到某件值得为保护它而战斗的东西；爱情。	被蒙蔽了的双眼看不见正确的事情；孤立；关闭了情感之门。
主要敌人 夸里齐	毁灭纳威人。	杰克领导着纳威人对抗雇佣军部队。	权力；在战争中体验胜利。	对于正确的事情视而不见；不在乎自己正在为什么而战斗。
映像人物 格蕾丝	帮助杰克与纳威人产生联系，并保护他们。	纳威人不信任她以及任何一个人类；雇佣军很强大。	发现；理解；建立连接。	不适用。
浪漫人物 娜蒂瑞	教导杰克；阻止雇佣军；赢得杰克的爱。	雇佣军太强大了；苏泰和娜蒂瑞的家庭都反对她和杰克之间的关系；杰克欺骗了她。	服务于她的人民；爱情。	恐惧；偏执。

[1] "天外来人"，《阿凡达》中纳威人对地球人类的称呼。——编者注

通过对比主人公与主要敌人的相似之处，以及与映像人物的不同之处，我们现在可以确定《阿凡达》的主题。

显然，杰克和夸里齐都是军人，不仅如此，他们还都在某种程度上被他们的过去蒙蔽了双眼。他们都在战斗中留下伤疤（杰克失去了他的双腿；夸里齐在潘多拉星上受了伤。），并且他们俩都在对那些创伤做出反应。杰克想要得回他的双腿，夸里齐则想要报仇（或者若非如此，那他就是因为受到了过深的战争洗礼，以至于他只是对于任何他能找到的潜在敌人杀戮成瘾）。所以和夸里齐相似，杰克最初并不能"看见"真实的纳威人。纳威人对于他来说，就如同对于夸里齐一样，就是"敌对势力"。

贯穿于剧本之中，有一句反复回响的对白语句是纳威人相互打招呼时使用的"我与你眼相见。"这里的很明显不仅仅只是说看到了什么人。这是说真正地与某人心相连，感受到他们的能量，他们深层次的自我。比起说是一种观察，这句话更贴近于感同身受的意思。

这种联系也并非仅限于在人类与纳威人之间，而是涵盖了所有其他的生灵（所以这个场景一再出现：纳威人将自己的发辫与斑溪兽的触角，或与树木的卷须，或与某种更深的灵魂之源连接起来）。杰克说："很难用语言描述这里的人们与森林之间的那种深刻联系。他们看见的是一个流淌于所有生灵之间的能量网络。"

又或是在他们缠绵之后，娜蒂瑞对杰克说："灵魂才是一切。"

所以，如果"看见"意味着建立联系，而夸里齐和杰克都无法真正"看见"纳威人，那么主人公与主要敌人的相似之处就在于无法建立心理联系。以及，如上所述，在杰克被引入影片中的那个时刻开始，他就是一个在情绪上孤立而疏离的人物。

当我们第一次听说超导矿石，也就是塞尔弗里奇和夸里齐用来解释他们所企图的种族大屠杀的理由，那种每千克价值两千万的矿产时，塞尔弗里奇就正盯着那一块悬浮在磁铁基座上的矿石。这块石头不接触任何东西，不与任何东西相连。这是剧本里的一处小小的带有象征意义的时刻，但真还有点酷，不是吗？

　　杰克与格蕾丝的不同之处也就在于这同样的问题上。格蕾丝的一切都是相关于建立心理联系。她想要真正地"看见"纳威人，理解他们，探寻那个将他们所有人相互之间，以及与他们的世间万物，与他们的存在之源"爱娃"连接起来的强大能量。因此，只有等到杰克有勇气放下他的孤独，并且学会真正地"看见"、真正的建立连接，他才能完成自己的人物成长弧，并且找到那一件值得为了守护它而战斗的东西。

　　我们就按其出现顺序，考量一下这些对白的语句。夸里齐对杰克说："你很有种，小子，敢跑到那外面去。"娜蒂瑞对杰克说："你有一颗坚强的内心。没有恐惧。"杰克对格蕾丝说："……如果（他们族人）将我的心挖出来给我看。"杰克对格蕾丝说："你就告诉（塞尔弗里奇）你的内心所知。"杰克（作为叙述者）说："众灵之井。森林之心。我知道你们的人民会去往那里。"格蕾丝（在她弥留之际）对杰克说："我——总是退缩。而你已将你的心给了他们。我为你感到骄傲。"

　　微妙但却清楚地，詹姆斯·卡梅隆一直在重复这种对话，从而提示我们注意，在杰克从人类向纳威人的实际转变的同时，他还需要经历隐喻其中的另一种内在变化。他们真地准备向他展示他的心——那个藏在他的内在冲突之下的更深层次的真意，它会给予他勇气，使他最终能够"看见"。

　　电影里还有另外一句台词是我很喜欢的，但是我却没能在拍摄剧本里看到。在电影最开始的几分钟里，杰克作为叙述者，正谈论着他在哥哥遇害后来此替代哥哥。"一条生命结束，另一条生命开始。"杰克这样说道。然而在这一刻，杰克并不知道，他现如今那茕茕孑立的生命将会终结，而他作为一名勇敢、有爱、与他人和世界深刻相连的纳威斗士的新生命即将开启。

　　将所有这些摆在一起，我们得出《阿凡达》的主题大概是这样：要成为最为完善的人，我们必须要与他人、与我们周遭的万事万物、与我们的精神之源建立联系。詹姆斯·卡梅隆将此呈现得更加富于表现力，然而这当然是一剂教我们所有人应当如何过此一生的普世良药。

8.4 结 构

从结构上看,《阿凡达》的三幕如下:

(1) 第一幕讲的是,在2154年,一名海军陆战队士兵杰克·萨利被派往遥远的卫星潘多拉星,参加阿凡达项目,他的任务是要与那里的原住民纳威人部落建立联系,并研习关于他们的知识。

(2) 第二幕说的是,杰克想要作为一个阿凡达渗透进纳威人的部落,并说服他们在矿业公司的雇佣军们来将他们赶走之前离开他们的家园,从而保护纳威人免受毁灭。

(3) 第三幕是说,杰克希望在战斗中领导纳威人抵抗雇佣军,从而拯救他们的生命和他们的家园。

以上每一幕都表述为主人公的一个可见外在动机,并且每一条都是主人公在电影中的整体外在动机的一个断面。

《阿凡达》的三幕遵从了重要的前25%——中间50%——后25%模式:

(1) 娜蒂瑞解救杰克的时候就是第二幕开始的地方。虽然夸里齐已经下令他去接近纳威族人,而格蕾丝也已告诉他那正是阿凡达项目的目的(虽然两者是出于不同的原因),但是只有在娜蒂瑞将其从毒狼的围攻之下解救出来之后,他才真正接触到纳威人,并开始积极主动地追寻他的目标,那就是要成为纳威人中的一分子,从而保护他们,让他们不会卷进一场与雇佣军队的致命对抗中。该剧本有151页纸长,娜蒂瑞救他是在第38页——几乎正正好好是在第四分之一处。

(2) 第三幕开始于第113页(正好是在剧本75%的位置),当杰克和其他人逃离围地,前往众灵之井,去寻找幸存的纳威人,并带领他们作战。"你有何意见?"杰克对格蕾丝说,"现在是发动一场革命的时候了吧?"

剧本的设定必须树立主人公的形象，展现他（她）的日常生活，为其创造同理心，并为他（她）制造一副与其人物成长弧相关的"前期"映像。

当我们初与杰克相识，我们不仅同情他，我们还看得到他是如何深陷在自己的内在冲突的泥潭之中。他渴望某种有意义的东西，但是他却将自己的情感之门紧紧关闭，成了一个愤世嫉俗的孤家寡人，陷于过往以及他所失去的东西之中不可自拔。

这个剧本结合了四种可能的开场片段中的三种：一段黑屏，伴随着远处的鼓声，接着是一个从远处拉近的航空拍摄镜头，从上方展现潘多拉星球，再接着就是叙述。

这个剧本中的设定是对一个平民英雄的引入介绍；我们遇到的杰克正过着他在地球上的日常生活，在此之后，我们得知他的哥哥已不幸身亡，而他则加入了阿凡达项目。电影删去了这一部分的引介，而是随着杰克恰在降落潘多拉星球之前醒来，改用了一种"新人来到"式的设定。

这个剧本采用了几乎所有于第五章讨论过的结构性设计。以下举例说明：

（1）每一个场景、事件，以及人物都作用于主人公的外在动机。

为了阐释这一点，我们只需要拣出剧本中的任何一场戏，看看它是否有让杰克更接近于他想要加入并保护纳威人的欲求，是否更接近想要赢得娜蒂瑞的爱的欲求，或者两者兼顾？

所有展现娜蒂瑞教导杰克，展现杰克证明自己是一名战士且是他们当中的一员，以及展现杰克真正与雇佣军进行战斗的场景都在支撑着他的两个目标。不仅如此，起到相同作用的还有格蕾丝和阿凡达项目的其他成员出现的场景（学习有关纳威人、有关寄居于他的阿凡达化身"内部"的知识）。

唯一可能的例外或许是早先有夸里奇出现的一些场景，在那其中，杰克向夸里奇提供的信息是会帮助雇佣军打败纳威人的。但是，此时的杰克只是在执行命令，而且，他在主要敌人和映像人物之间的游移不定也正暗示着他的内在冲突——他还没有下定决心走上一条真正实现自我价值的道路。所以，这些场景也还是与他的外在动机相关，虽然它们为杰克以保护纳威人为终极目标的路途增加了阻碍。

（2）剧本应向观众展示故事的走向。

从我们看到巨型拖车轮胎上的原始箭头的那一刻起，我们就开始对即将到来的冲突感到疑惑和期待。观众等待着去发现杰克是否能在这个敌对者的领地里幸存，甚至成为一名纳威人，赢得娜蒂瑞的爱，以及他和娜蒂瑞能否最终赢得胜利。而正是这些问题让审读人一直不停地翻动纸页。

（3）每一个障碍和困难都比之前的更大更难。

显而易见的是，在潘多拉的丛林中生存要比学会使用自己的阿凡达化身更加困难。而成为一名纳威族战士，或是领导他们与夸里齐的强大的军队作战则更加困难。

（4）故事的节奏要不断加速。

随着杰克抵达潘多拉星，学习有关潘多拉和他的阿凡达的知识，并与格蕾丝和夸里齐聊天，第一幕包含有大量的叙述和阐释内容。第二幕则含有更多的动作戏，因为杰克正由娜蒂瑞带领着参加"训练营"，他必须捕获并驯服一头斑溪兽，他和娜蒂瑞发生关系，他还要在雇佣军针对家园树的袭击中逃脱。最后，当然了，第三幕几乎就是一大段的战争片段，冲突时刻接连不断地飞快地降临到主人公和纳威人身上。

因其未来、遥远的背景环境设定，《阿凡达》需要大量的说明性内容：这些信息有关于潘多拉星球，有关于为何科学家们和雇佣军队都聚集在这里，有关于阿凡达是什么，杰克·萨利是谁，以及他为何被派往这个危险的前哨基地。而剧本则富有技巧性地在节奏需要加速，以及冲突矛盾进入如火如荼之际之前，将所有这些信息都呈现在了电影的第一幕中。

《阿凡达》所采用的是额外的通过情绪传递信息的说明手法。我们在打斗中结识了杰克。没有关于潘多拉和阿凡达的枯燥讲座，取而代之的是，我们从主要敌人夸里齐听闻到这是一个充满敌意、非常不利于生存的地方，也正是这位夸里齐后来秘密雇佣杰克，为与纳威人打仗做准备。而当杰克进行着他对阿凡达和这些科学家的任务的介绍时，格蕾丝·奥古斯汀博士对于他是一名海军陆战队士兵，对科学和他们正在做的事毫无准备、毫无认知进行了批判。情绪从冲突中产生出来，甚至于，这些说明性的戏就在冲突时刻被释放出来，或是以某种方式催生出审读人观众对于即将到来的冲突的好奇感和期待感。

（5）情绪水平应当有高有低。

以上第（4）点提及的所有动作戏都穿插有一些更为安静的场景，包括杰克记录他的日志，与在大本营中的其他人争执，上语言课程，观察一只作为图腾的大魅影龙头盖骨，以及聆听魅影骑士吐鲁克·马克的传奇。

（6）剧本应当制造预感。

像轮胎上的飞箭那样，电影中的无数场景都为杰克和雇佣军之间的最终冲突建造了预感。娜蒂瑞对于教授杰克的抗拒也让审读人、观众预感到他们之间的冲突，并期待看到他将用什么行动来证明自己。另外，早些时候有关必须佩戴呼吸面具的对话也对后来杰克无法够到他的呼吸面具而快要窒息的场景产生了预期效果。

（7）观众要被给予优先知情地位。

我们比格蕾丝更早知道杰克受命于夸里齐；我们比纳威人更早知道杰克的潜伏计划；我们比杰克和纳威人都更早知道塞尔弗里奇已经命令夸里齐采取进攻；我们比娜蒂瑞，比她的父母以及苏泰要更早看出来杰克已经爱上了她。所有这些事件都为即将到来的冲突种下了预感，就等这些信息被透露给所有人的那一刻。

（8）要给观众的心理期待带来惊喜和反转。

在槌头雷兽发动突然袭击之后，我们不会预计到还会遭逢更加吓人的闪兽。我们也不会预想到潘多拉星球上的生灵们会前来帮助纳威人共同迎战雇佣军队。

（9）剧本要制造好奇感。

在所有谜团之中，我们最好奇的是杰克和纳威人到底会不会打败夸里齐和他的军队。但是在剧本的早些时候，我们好奇的是什么让潘多拉星球如此危险骇人，是谁发射了那些飞箭，杰克什么时候会找到并驯服他的斑溪兽，以及他讲如何重新赢得已被他欺骗了的纳威人的信任。

（10）故事要可信。

《阿凡达》是奇幻故事的一个绝佳范例，清楚地定义了奇幻的界限以及人物的能力的界限。这个故事可能发生在距今150年的未来，但是彼时的人类并不会拥有超能力——我们理应相信他们和今天的人类的机能运转是一模一样的。对人类未来生存状态的唯一赞美是那有几分现代感的武装装备，以及阿凡达的创造。

然而即使是在阿凡达和纳威人的身上，也存在有种种限制。这些生物体形庞大，具有高度技巧，并且还拥有某种能与他们的神明产生联系、听到神明们的心灵感应能力。但是他们不会飞行或是隐形，或是仅仅用他们的思想就让物体在空气中穿行。所以在第三幕的大战来临之时，巨大的冲突就出现了，因为他们的能力的限制太大，以至于看上去不大可能克服得了攻击他们的军队。

（11）人物的动作和能力都提前得到预兆。

这个的例子非常多。杰克是一名拥有对战经验的海军陆战队士兵。阿凡达体格庞大、强壮而敏捷。纳威战士（以及娜蒂瑞）庞大、强壮、聪明、勇敢，他们是技巧高超的飞行家，是优秀的猎人。夸里齐的雇佣军部队庞大且装备优良。他擅长操纵一套强力移动战甲。苏泰是一名技术高超的飞行家。杰克了解到娜蒂瑞的祖父的祖父通过驯服并驾驭一头魅影龙而统一了所有的部落。这每一则事实都在它们显现出对于这个故事的重要性之前得到了充分的介绍。并且，每一件事实都为人物们的动作增加了可信度，这些动作中就包括纳威人在早些时候被杰克欺骗之后仍愿意让他带领他们战斗。

（12）使用反复回响以表现人物的成长和变化。

除却之前引用的所有牵涉到"心"这个字眼的对白，我们也反复听到"我与你眼相见，心相连"。为了挽救格蕾丝的生命，纳威人尝试将她的"灵魂"转入她的阿凡达化身，这个情节在电影的最后杰克也做出同样的尝试时得到了回响。并且，每次我们看到杰克添加他的日志，或是钻进他的身份转换连接器，他都离最开始的那个自己更远了一步。

（13）观众可以身临其境地学习。

这一条听上去有点傻，但是随着观众们见证娜蒂瑞教会了杰克狩猎，或是抓捕并驾驭他的斑溪兽，我们会感到我们也正在掌握那些技能。这就是同理心的作用。

（14）人物们都身处险境。

每一个人都在剧本中的某一个时间点陷入危险——这是一部动作戏。但是我就在此举一个例子，想想看在格蕾丝遭遇枪击之后，我们有多担心她能否活下来。

（15）对于时间的运用达到最大化。

夸里齐告诉杰克他有三个月的时间去让纳威人离开他们的家园，否则他就会发起攻击。这个设计浓缩了故事的时间，宣布了这个故事将会持续多久，并且制造了一个倒计时钟，从而大大地增加了主人公将会面临的冲突。另外，记得剧本开始时那句有关呼吸面罩的话吗？"……如果你遗失了自己的面罩，在二十秒内你就会失去意识，而在四分钟内你就会挂掉。"这个设定在剧本的高潮位置制造了一次十万火急的倒计时，就是在杰克没法拿到他的面罩并且晕倒的时候。

（16）剧本具备一个有效的结局。

作为故事高潮的战争是主人公与主要敌人的终极对抗，它很明确地解决了杰克的外部动机，并且为观众呈现了电影一直在支持的东西。杰克也在归来时受到了娜蒂瑞的欢迎，从此永远地赢得了娜蒂瑞的爱。并且，在故事的余波中，我们看到了主人公现在将要开启的新人生。所有牵涉进采矿活动的地球人们都被遣送回家；杰克则前往圣灵之井，与母亲树连接，永久地住进了他的阿凡达化身，并开始他作为一名纳威人的生命。

8.5　写作风格

以下我会使用詹姆斯·卡梅隆《阿凡达》剧本中的段落，我想借此阐释书写有效的描述性内容、动作戏，以及对白的原则。

8.5.1　描　述

随着杰克转动着自己的轮椅"走"出宇宙穿梭机前往军事行动中心，我们是这样被介绍认识人类基地"地狱之门"的：

> 杰克，移动着他的轮椅，观察着周围——
>
> 一辆巨大的，比房子还要高的拖车咆哮而过，车身下的轮子沾满泥土。他注意到有什么东西粘在轮胎上——箭。新石器时代的武器在这些高科技装备之中显得很不和谐。
>
> 在离拖车远一点的地方，两架垂直起降机起飞了。它们披着装甲，全副武装，它们是AT-99型天蝎战机。
>
> 三菱MK-6强力移动战甲——4米高的人控行走机器——正在周边巡

逻着。它们有着厚重的装甲，手持着GAU-90大型旋转加农炮。

在隔离栅栏之外是黑墙一般的数百英尺高的森林。一个岗楼上的哨兵开火了。曳光弹划过，照亮黎明的天空。一个影子一样的物体尖叫着从隔离墙上掉了下来。这是一个被围困的武装营地。

当杰克接近时，威因夫利和菲克给了他和他的轮椅一个白眼。

编剧的目标始终都是要在审读人的脑中创造一部电影，但是还要让自己的创作读起来快、简单且令人享受。你应当首先注意到作者所使用的语言是简单的——没有仅限于圈内人的大词，没有的复杂费解的长句，也没有令人迷惑的句法。这是一种轻松的阅读。

包含在你的写作当中的只能是那些快速且简便地就制造出生动画面的细节。以上的段落还不到半页纸，只会消耗大约半分钟的银屏时间。

但是，作者仔细挑选了组成背景环境的各种元素，以求传达出潘多拉星球的险恶特性——向我们展示它的精髓。所有的事物都看上去很大：一辆拖车比一座房子还高；移动战甲有4米高；如同围墙一般的黑森林有数百英尺高。没有一样东西是吸引人的；甚至没有一样东西看上去是人类的。我们通过这些描述所"看见"的一切都只有机械和武器。最后终于出现的两个人给了杰克嫌恶的眼色——他在此是不受欢迎的。

你也当注意到，描述的文字不仅限于涵盖视觉的内容。牵引机轰鸣而过，一个身影尖叫着，以及一支枪开火。作者想要你看见、听见，并且几乎能感觉到周围的环境。

现在我们来读读从剧本下一页开始的有关夸里齐的介绍：

在军事行动中心的一条走道里，我们从空中俯瞰到，一个穿制服的身影握着栏杆，看着杰克控制着他的轮椅穿过下方的通道。

他的头发被修剪的很短。头皮被刻上了几条平行的伤疤，那是被某位潘多拉居民抓过的地方。他那在紧紧卷起的袖口下露出的手臂，看上去就像是从某种坚硬的热带树木中劈下来的，并且布满十字交叉形的疤痕。

男人抬起他戴着面具的脸，望向天空。他的眼睛是钢铁一般的冰冷的灰。

从他的视角看——云层之后的雄伟的波吕斐摩斯星像是把整个天空都填满了。

男人（画外音）
你已经不在堪萨斯州了……

镜头切至：

内景 — 物资供应站 — 黎明

这个在阳台上的男人——迈尔斯·夸里齐上校——是地狱之门殖民地的保安部长。一百多个新到人员全神贯注地看着他迈着像豹子一样的步伐走到食堂的前面。他停下来，大大咧咧地站着。

我们看到，没有了面具，夸里齐的脸其实沧桑而英俊——除了那伤疤，它从他的头皮一路划过脸庞直到下巴。他的大腿侧面别着一支巨大的手枪。

再一次，书写描述性内容的目的是为了传达环境或是人物的精髓。以上文中所展示的有关夸里齐的一切都告诉了我们，他是一个强悍的，危险的战士：他的短发，他的留有疤痕的头皮，受伤的手臂，冰冷似钢铁的灰色眼睛，布有伤痕的脸，以及那一把很大的手枪。

　　作者对于字词的选择仍是简单的，但也是独特而生动的。他不仅仅只是有着肌肉健壮的手臂；那对膀子"看上去就像是从某种坚硬的热带树木中劈下的。"他不仅仅只是受了伤；他的头皮"头皮被刻下了几条平行的伤疤"，他的手臂"布满十字交叉形的疤痕"，他脸上的伤痕"从他的头皮一路划过脸庞直到下巴。"他不仅仅只是站着欢迎新到来的人们，他像一头豹子一样踱步。

　　在首次被介绍入场时，夸里齐只是一个穿着制服的形象。当一个人物还没有被赋予名字时，他（她）的角色就必须全部以大写字母书写。其后，当我们在稍晚些的时刻知道他（她）的名字，它也必须全部以大写字母表示。作者本可以在首次介绍夸里齐时就给出他的名字，但是延时制造了一点期待感，并让我们完全看见他的那个时刻显得更加具有戏剧性。如果你喜欢这个技术，你可以使用它——但是或许每部剧本只能这样使用一次，才不至于变得重复。

8.5.2　动　作

　　现在请你读读以下的动作戏段落，此处的内容是杰克挑选他的艾柯兰[①]——他的私人斑溪兽：

　　那些斑溪兽们。当杰克走近时，它们都瞅着他。

　　有几只叫着飞走了。其他的拍着翅膀，打着哈欠，展示着一排排的尖牙，一副威胁人的样子。

　　杰克解开了一团一头拴着石头的皮带，这工具就像一条只有一头的飞绳。

---

① 艾柯兰，电影《阿凡达》中斑溪兽的纳威语发音。——译者注

一头体格庞大的公兽展开它巨大的翅膀，尖叫着，直勾勾地瞪着杰克。

杰克也直直地看着他的眼睛——然后大步迈向它。

杰克

我们来跳舞吧。

遭到挑衅的斑溪兽发出了嘶嘶声，跳向他，张着大嘴——

杰克计算着向前扑捕的时间，挥舞起那条绳子，做着假动作。然后突然闪向一边，躲过了斑溪兽猛地合上的大嘴。

杰克将绳子重击在它的长鼻上。那石头在大嘴上绕了两圈，把它绑上了。伴随着的一声压抑的尖叫，它剃刀一般的爪子划向了他的肚子，但是——

杰克跃过了利爪，抱住它的脖子将它扭倒。它向一边倾倒，他就爬了上去，双臂紧紧抱住它猛烈摆动着的脑袋。

杰克抓住了它像鞭子一样的触角，并试图把它与自己的辫子合到一起，但是——

它那多骨的脑袋使劲一摆，砰！——正正撞上了他的脸，几乎把他撞了下去而且——

它扭动着，把他抛向地面。他滑到石头上，差点从悬崖边掉下去——娜蒂瑞倒吸了一口气。苏泰嘲弄地大笑着，喊叫着。

那野兽晃动着脑袋，绳子渐渐松开了，但是——

杰克爬了起来，迎面跳向它。它的利爪抓过他的腿，但是他的胳膊抱住了它的脑袋并使劲钳制着。他们滚到一旁，杰克爬在上面，压住了它，然后——

抓住它甩动的触角，把它夹在胳膊底下，然后把自己的辫子杵了进去。它们合在了一起——

那斑溪兽停止了挣扎。它躺在那里喘着粗气。他们连在一起，真是大眼瞪小眼。

杰克
这就对了！你是我的。

在你阅读这段文字时，第一件你或许会留意到的事是，这个段落看上去移动得特别快。那是因为，这里的语句和段落相比那些描述性的例子，更短，更有断奏感。并且，段落之间的双倍行距也大大加速了节奏。我们很容易想象到每一次一个新段落开始，电影里就有一次镜头切换。

以上是剧本里的一处较大的动作戏片断，所以以这样一种方式书写是合适的——这样，审读人读到的动作，就和观影的观众所看到的一样快。

你也当再一次注意到这里的语言是简单且容易阅读的。但是，作者采用了生动的动作动词以求制造出画面感，并让我们保持情绪上的投入。杰克不仅仅只是"走"向斑溪兽。他是"大步迈向""向前扑捕""重击""跳跃""扭倒"和"爬起"。斑溪兽的巨口"猛地合上"。它的脑袋"撞上"他。利爪"抓过"他的腿。

也请你留意这段动作戏有多少细节。如果作者单只是说："杰克跳上斑溪兽的背部，摔下来，他就再跳上去，然后就被它驮着疯狂地奔跑"，这样描写出来的画面不仅模糊，且不具有情绪上的感染力，整个三四分钟的场景（从到达斑溪兽的群栖地，到杰克的征服和飞行）仅将会持续半页纸。在拍摄剧本中，这场戏持续了整整三页纸，正如它应当的那样。

所有这些运用在描述性内容和动作戏上的选择考究的语言，其目的是为了保持审读人在情绪上的充分投入，从而让他（她）忘记自己正在读纸上的文字。这些场景的效用是为了让我们感觉自己仿佛正在潘多拉星上，我们正与夸里齐会面，以及，我们正在驯服斑溪兽并骑着它们飞行。

詹姆斯·卡梅隆在创作这个剧本时，他是知道自己将要导演这部电影的。并且，在《泰坦尼克号》的成功之后，他很大程度上是确定自己将会得到投资的。但是他依然尽他所能地把这个剧本写得生动，扣人心弦。所以，如果他都能做到如此认真尽责，难道你就不应该对你的剧本展现同样的关切吗？

8.5.3 对 白

最后，这里有一段对白，来自于格蕾丝去找塞尔弗里奇要求换掉杰克的场景：

内景一 军事行动中心 — 黄昏

这里看起来就像是一个机场调度塔的内部，有许多屏幕，和许多能看清楚这整片地区的大窗户。

行政官帕克·塞尔弗里奇从一个最近才打开的泰特利斯牌球盒中拿出一只高尔夫球，并把它放在了地上。塞尔弗里奇年轻、有魅力、很专注。或许也会有人说他是冷酷无情的。

他站好准备击球的姿态，轻轻一击，高尔夫球穿过控制室，朝着一个练习杯滚去。在格蕾丝走来时，他抬头瞥了一眼。

格蕾丝

帕克，我以前认为你们只是善意地
忽视我们，但是现在我发现你是故
意在和我们对着十。

塞尔弗里奇

格蕾丝，你知道我很享受我们之间
小小的谈话。

格蕾丝

我要的是一个助理研究员，不是什
么退役的锅盖头。

塞尔弗里奇看着下面，击球。格蕾丝把那个杯子踢开，球滚到一边。
塞尔弗里奇看着她，叹了一口气。

塞尔弗里奇

事实上，我们很幸运能有他。

格蕾丝

幸运？怎么叫幸运？

塞尔弗里奇慢悠悠地走过去捡球——

塞尔弗里奇

好吧——你的人有个孪生兄弟很幸运，而且这个兄弟不是个口腔保健医师或者什么类似的东西。我们能用得上这个海军陆战队大兵。我任命他为你们队伍的安全护卫。

格蕾丝

我那儿最不需要的就是一个喜欢开枪的浑蛋！

塞尔弗里奇

看，你要做的是赢得那些土著的心。这不就是你这个小小的傀儡戏全部？如果你看着和他们很像，说话也和他们很像，他们是不是就信任你了？

塞尔弗里奇走向他在附近一堵玻璃墙后面的办公室。格蕾丝跟上。

塞尔弗里奇

但是这要在——多少年之后？——我们和土著的关系只能越闹越僵！

格蕾丝

当你把机关枪对着他们时，这种事往往会发生。

塞尔弗里奇的桌子上有一个磁性底座，在其上方，观众看不见的地方，半空中漂浮着一块金属岩石。纯的超导矿石。

他用大拇指和食指夹起这个小石头，举到格蕾丝眼前。

塞尔弗里奇
这就是我们为什么在这里。超导
矿石。就因为这种灰色的小石头
每千克能值两千万。没有其他的原
因。这就是我们这个派对的报偿。
这也是你们搞科学的经费来源。
懂了吗？

他把它放回到磁力场中。

塞尔弗里奇
这些野蛮人正威胁到我们的整个采
矿工作。我们处在战争的边缘，而
你理应找到一个外交解决方案。所
以，用你现有的资源给我折腾出一
些成果来。

让我们考量一下作者写下这场戏的目的，这里有好几个目的。首先，它主要是一场说明性质的场景——我们需要弄明白为什么所有人都在潘多拉星上——矿业公司、雇佣军，还有科学家。同时，它也起到了介绍塞尔弗里奇，建立他与格蕾丝之间的敌对关系，以及加深树立格蕾丝最初对杰克的不屑。另外，这一场戏还为塞尔弗里奇与夸里齐的秘密议程埋下铺垫——他们想利用杰克收集有关纳威人的情报。

因为有这些目的，作者让这场戏就简简单单地从格蕾丝到达塞尔弗里奇的指挥中心开始，然后以他拒绝她弃用杰克的请求为结束。但是，请你注意，这场戏是以对白结束的——不是以格蕾丝说"好"然后离开收尾。而是，通过用塞尔弗里奇的话"……给我折腾出一些成果来"切换掉场景，作者制造出更多的好奇感和期待感（她能够得到更多的成果吗？怎样得到？），并且通过直接跳到下一个场景，回到杰克那里（看见他的阿凡达化身），剧本更为有效地保持了向前进展的动力。

现在让我们问问每一个人物在这场戏里的目的是什么。很明显，格蕾丝想要踢掉杰克，塞尔弗里奇却想要他留下——还要格蕾丝别烦他。

想想詹姆斯·卡梅隆还可以通过什么方式，将所有这些解释正在发生的事情的信息给我们：让叙述者填补我们的信息空缺；可以为所有新到人员举办一场迎新讲座；麦克斯可以在带领杰克四处参观时告诉他所有这些参与者都是谁。但是所有这些选项都缺少了之前的场景所能提供的东西：冲突。请你始终牢记，你的目标是要激发情绪，而情绪产生于冲突。因为格蕾丝的目的和塞尔弗里奇的目的相背，所以这场戏更加能够激发兴趣。

当格蕾丝风风火火地走进来，表达自己的最初控告时，塞尔弗里奇给予的回应是："格蕾丝，你知道我很享受我们之间小小的谈话。"塞尔弗里奇的反应充满了潜台词。他的态度尖刻讽刺，显现出作为上级的高傲——他显然不喜欢格蕾丝，并且知道自己在他们之间的关系中占据主导权。他的讽刺也暗示着格蕾丝的抱怨并不是什么新鲜情况——他们两个很明显闹不和有一段时间了。

随着这场戏的向前推进，更多的讽刺和贬损使得他们彼此之间的厌恶得到了强化。他把她的阿凡达项目称作一场"傀儡戏"，而纳威人在他口中成了"野蛮人"。当他言及人类与纳威人之间的关系恶化了的时候，她回答道："当你把机关枪对着他们时，这种事往往会发生。"

这些语句也阐释了最赤裸裸表达用意的对白如何可以通过俚语、行话，以及形象化的比喻，被转化为更加自然、聪明和让人读起来津津有味的对白。格蕾丝没有称呼杰克为一名退伍海军士兵，而是叫他一个"退役的锅盖头"，以及一个"喜欢开枪的浑蛋"。塞尔弗里奇也没有说："是采矿行动找到了我们的新发现，"而是举起一枚不可知矿说道："这就是我们这个派对的报偿。"

最后，我希望你注意到，这一场完整的戏是如何符合第六章中介绍的对白和场景检查清单中的每一项的：

（1）它对主人公的整体外在动机起到作用。虽然杰克甚至都没有出现在这一场戏中，但是这场戏仍是关于他的，并且他将由此开始能够继续作为阿凡达计划的一员。

（2）它与人物关联、一致。格蕾丝代表着科学，以及人类与纳威人之间的相连；塞尔弗里奇代表着金钱高于一切的态度；而他们的对话则与他们各人的教育背景、角色和态度一致。

（3）它展露了背景、内在动机、冲突和主题。他们的背景（至少在言及潘多拉星时）是清晰的；格蕾丝的内在动机是发现探索，而塞尔弗里奇的内在动机则是贪婪；他们这两股力量之间的战争暗示着电影的更大的主题，那就是放下个人利益和情感疏离，珍视人们（人与万灵万物）之间的连接。

（4）它聪明、新颖，读起来令人感到津津有味。

（5）它有开端（格蕾丝的到场），中间部分（他们之间的争吵），以及结尾（塞尔弗里奇拒绝将杰克从阿凡达项目中剔除）。

（6）它将我们投进了接下来的场景。我们现在想要看到，当海军陆战队员开始与格蕾丝合作工作时，将会发生什么。并且，我们会好奇阿凡达项目到底是什么。

（7）这场戏包含有动作内容。高尔夫球和那枚超导矿石的出现避免了这场戏仅仅成为一幕两个脑袋对着讲话的场景。

（8）这场戏起到多种功效的作用：阐释说明、人物介绍、冲突、期待、好奇、主题。

8.6 关于《阿凡达》的结语

我知道我在开始时说过，人们如何看待《阿凡达》与我们的讨论并没有什么真正的关系。我选择这个例子的目的仅仅是为了展示一部非常成功的剧本是如何能够这样有效地激发情绪，同时我希望能加强巩固到目前为止我在书中所呈现的所有原理。

但是我确实还想加一条编辑评述。

似乎在有些人当中有这样一种感觉，那就是这部电影之所以能成为一部超级大热片，完全只是因为它那令人炫目的3D艺术效果、摄影技术以及特效。当然，不容否定的是，这部电影那令人叹为观止的影像，以及能够带观众融入这个神奇世界的技术层面的进步，很大程度上增加了人们的情绪体验。但是若认为这就是它获得欢迎的唯一原因，那就是错误的。

无论特效是有多么令人惊叹，为电影贡献了三十亿票房的观影者们并非付钱只为看特效。如果他们确实是为此，那么一部纪录片，一部旅行报道片，或者仅仅只是一段展示技术的样片，都可以获得如此巨大的成功。让《阿凡达》成为有史以来最赚钱的电影的正是它的剧本。但这不是单独一个剧本就做到的，而是依赖其与导演、表演以及其他元素的结合，这些元素都是一个成功的电影所必须结合的。故事不是唯一，而是一切的基础。电影制作者是讲故事的人，作为一位电影人，詹姆斯·卡梅隆的无人可比的成功首先也是最主要来自于他可以讲述一个伟大故事的能力。

《阿凡达》是一部触动人心的电影，它令人感动，使人兴奋，给人启发，引人思考，也让人感同身受。它做到这些成效的方法也是伟大的剧本一贯做的，那就是通过让观众进入一个人物角色，并且走上一条将人性相连的旅途。而为全世界上千上万的人们做到所有这些的确是值得一些认可的。

一些评论家称赞了《阿凡达》提供的观影体验，但是称这个故事"熟悉"或"陈词滥调"或"笨重"。

　　这个剧本带给我们的是这样一位主人公：他感到自己是残缺的，没有能力，在一个饱受太多贪婪和太少人性伤害的世界里，他被困在了自己的挫败和愤世嫉俗之中。但是这位主人公找到了转变自己的勇气，并且在这个过程中，找到了爱，并拯救了自然的和美好的事物。这部电影是充满希望的。它告诉我们世界或许看上去荒凉而难以应付，但是我们仍有值得为之奋斗的东西，我们可以成为勇士投身于一场维护正义的战争，而通过寻找我们彼此之间、我们与我们的星球之间，以及与我们的精神源泉之间的联系，胜利终将属于我们。

　　是的，这是大家熟知的话题——自从人类文明的开始，说故事的人们就一直在讲这些事情。但是，我们需要再一次听这样的故事。再多一次也不嫌够。并且纵观《阿凡达》所得到的反响，我们很显然都渴望听到这样的故事。

第三部分

编剧这一行

第 9 章
营销作为编剧的你

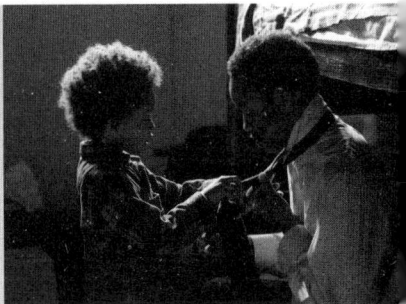

　　这本书的标题其实是不完整的。在追求你的编剧事业的过程中，你的主要目标并不是销售你的剧本，而是营销你自己。你的最终目的是想要通过为电影或者电视写作来赚钱。售卖你的已完成剧本当然是实现这个目标的一条途径。但是你要记住，你自己就是商品。你正在营销的是你的才华，而你的剧本将会展现那种才华。

　　然而，大部分由好莱坞制造的电影都并非来源于已完成的剧本。续集、翻拍、小说改编、漫画书、游戏和真实故事，以及起源于某些创意的电影——这些组成了大部分我们所能在电影院里或是在电视机上看到的东西。"待售"剧本——在商讨有关剧木的任何协议之前，编剧用自己的时间和资金研究和创作的，等待收购的剧本——只占有我们在大银幕上看到的电影中的不到三分之一，而在电视上放映的连续剧则基本上不会出于这样的剧本。

　　比让你的剧本立刻售出更重要的，是要让你的剧本代表你作为一名编剧的才华和能力。虽然剧本的成功销售总归是你的一个目标，并且如果真能成功卖掉一部剧本会是很棒的一件事，但是，你也必须将你的剧本当作你的一张名片和一份写作样本来使用，让它能够为你获得更多的编剧工作机会。

你们当中那些听过我的讲座，或是请我做剧本顾问与你们共事过的人应该知道，我认为编剧们都过分关注于寻找代理，而对于写作一部不需要代理的剧本则太不重视。才华和承诺在好莱坞很快就会为人所知，一旦你有了一部创作优良、情绪上引人入胜、具有真正商业潜质的剧本，你就会看到你有很多条途径去达成一笔交易。

不幸的是，这并非意味着你可以将完成了的大作粘在你的枕头下面，然后等待着"剧本精灵"给你带来一份三部电影的合约。发展人脉关系，把你的剧本送到审读人手中，这对于你的成功是至关重要的。

我在这里探讨的是销售——出色的、老派的、四处奔走找机会的、敲门到访的、打电话沟通的推销术。如果你的目标是要做一名编剧以养活自己，那么你就不能成天闭门造车。你必须接受的一个事实是，在将你自己推销给那些可以使你的电影得到拍摄的人时，你就把自己放在了另一个需要承担风险的位置上，承受被拒绝、遭受挫败和劝阻的风险就成为了你工作的一部分。

9.1　确保你的剧本已经准备就绪

在开始你的营销战役之前，你必须确定自己已经拥有用以追求你的事业的必备之物：一部优秀的剧本。

为了将你自己作为一名编剧向市场进行推销，你必须拥有一部完整的剧本。这绝对是至关重要的。就算你有某本书的版权、剧本阐述、一个大热的创意、来自于某位明星的兴趣，或是除却完整剧本以外的其他任何东西。你可以将这些额外的东西拿来用以实现电影的制作，但是你不能因此成为一名编剧。此中只有极少数的例外情况，因此你最好忽略这些额外的东西。应该被你当成必须遵照的守则的是：只有当你完成了一部剧本时，你才可以开始采取这些手段，以求向你的终极目标挺进。

你不仅必须拥有一部完成的剧本，这部剧本还得归属于你所追求的类别：半个小时的情景喜剧，一个小时的电视剧单集，或是一部故事片长度的影片（故事片或是电视电影）。两部属于你的关注领域的已完成剧本比一部剧本好两倍都不止。每一部额外的剧本都会比前面一部更好，增加你的成功机会，并向你的联系人展示出你对完成自己的目标的坚定信念。

不要考虑为一个还不存在的连续剧集写小型电视系列片或试播集剧本。这两种类型的剧本几乎都是由那些已经证明自己实力的、在业内确立了自己的地位的编剧创作的。

最重要的是，为了有效地向市场推销你自己，你必须拥有一部专业水准的剧本。所以在开始投稿你的剧本之前，你必须确定它的质量是足够好的。

不幸的是，你不能相信自己在这一点上的判断。你当然会认为自己的剧本很棒；到目前为止，你为你的剧本已经如此努力地工作了这么长时间，以至于假如《外太空计划9》①是你创作的，你也会认为它很棒。所以，去找一些关于你的剧本质量的、更客观的感受吧，你可以紧随以下流程：

当你完成了你认为是最终改写的稿子时，将你的剧本放在抽屉里一个星期，这是为了制造一些情感上的距离。否则的话，你只会因为终于完成了剧本而感到释然，而不会有一丁点的客观意识。然后，为你的剧本做最后一次润色修饰，并要以最诚实的态度确保你的剧本达到了这本书里所概述的所有要求。仔细检查，看是否有笔误、语法错误和拼写错误，尽你最大可能地让你的剧本呈现最好的状态。

当你的剧本达到了你可能做到的最好水准，你就应当在美国版权局（copyright.gov/register）以及美国作家工会（wgawregistry.org/webrss）为其注册版权。这是对你自己最好的保护，可以防范剽窃，并且为在你的剧本被改写和制作时确保你得到正当的署名。

然后你应该请五个你信得过他们判断的人来阅读你的剧本，你得让他们给予你意见。你相信他们的判断是因为他们聪明而有才智，了解有

---

① 《外太空计划9》（*Plan 9 from Outer Space*）是由美国导演艾德·伍德（Edward D. Wood Jr.）在1959年拍摄的一部低成本电影，以拙劣、业余，以及导演的认真努力而著称，被誉为"史上最烂的电影"。当下的流行文化中有不少向该片致敬之作。——编者注

关电影的知识，并且在电影行业里工作，或至少看过大量的剧本。

把其中一份剧本给你的母亲看是没有害处的，这样你就可以确保至少会得到一个正面的反馈。但是，你应该将其他几份剧本给那些你知道会表现诚实的人，他们既不会对你的心理感受过度敏感，也不会妄作批判。

9.1.1 剧本顾问

如果不邀请这五位朋友或联系人，你或许想要雇佣一名顾问来对你的剧本进行评判或是指导。

我就是这些人中的一员，而且我指导编剧和电影导演已经有相当长的时间了，因此我更偏袒这一选择。但是你要选用这种途径的前提条件是：一、这位顾问拥有故事和剧本创作方面的知识；二、这位顾问是有经验的（无论是在好莱坞还是在编剧方面）；三、他们的收费公平且在你的预算范围以内；四、他们具有职业道德且值得尊敬，不会对他们做不到的事情做出承诺；以及五、他们的性格和方法非常符合你自己的需求、项目和性格。

你可以借助在网络上的一次搜索；参加这位顾问的讲座；读他（她）的书籍或文章；与那些已经接受过这位顾问的服务的人们交谈，尤其是通过与这位顾问本人直接交谈，调查出这位顾问的背景和经验，从而确定以上所有内容。

一位优秀顾问的优势是，与他（她）合作应当可以为你同时保证诚信和高水准的专业技巧。劣势是他们让你花费金钱——有些时候是很多钱。剧本顾问服务中有下至50美金的简单"剧本评估报告"，或来自于一位相对缺乏经验的审读人的评论，以及上至几千美金的顶级顾问。

当我第一次开始指导编剧写作他们的剧本时，"剧本顾问"这个词几乎不存在，而我们这些提供如此服务的人只在少数。现时现日，只要你在洛杉矶的任何一个地方扔出一根棍子，你都有可能砸到一个声称自己是剧本顾问的人。

在我的经验里，以及根据一项最近由《创意编剧》（*Creative Screenwriting*）杂志所做的民意调查，大部分使用过顾问服务的编剧都对他们所接受的指导感到非常满意。但是，也有许多与我合作过的编剧，来到我这里之前曾与不够专业（或是在这方面见识不够）的顾问或老师共事的，他们没有告诉我的编剧们，他们的故事没有能让人产生同感心理的主角，没有清楚的故事概念，没有一丁点的商业性，结构不合理，或是甚至连格式都不正确。所以请你务必先做足自己的功课，然后再去挑选一位顾问，投入你的金钱。

9.1.2　改　写

在你的五位联系人或你的剧本顾问的对你的剧本做出回应之后，你就面临着这整个过程中最困难的一个阶段。因为大部分情况下，他们会告诉你，你的剧本还没有准备好出街。几乎所有的专业水准剧本，在它们可以被交到掌权人士手中之前，都经历过许多稿，和至少几轮来自于外界的评论。

会令你感到相当痛苦的是，你经常不得不带着你的故事概念回到起点（或至少回到第五或第六阶段），然后用你所知道的所有原理和你得到的所有反馈意见，做一次完全的改写。你或许甚至不得不接受这个事实：你已经为这个特定的想法付出了足够多的努力，而现在你最后的做法却是要将其抛弃，去重新开始一个新的、拥有更大潜质的故事概念。

任何一条途径（一次大的改写或是转向另一个故事概念）都会让你感到一阵子的折磨。但是请你给自己一些勇气，要知道每一位成功的作者在他（她）的职业生涯中都曾有很多次面临这样的决定，要相信你的下一个剧本或下一稿改写总会是更加好的，以及直至此刻，这整个过程（有很大可能性）令人感到满意，且（肯定）具有教育意义。

永远不要绕开这一获取外界反馈意见的阶段。将一个薄弱的剧本交给掌事的人以求得到一纸交易，比不交还糟糕。

让我们打个比方，想象通过你的人脉，你可以将自己的剧本拿给雷德利·斯科特①看，因为你急切地想要好好利用这一笔宝贵的财富，你

---

① 雷德利·斯科特（Ridly Scott），英国电影导演。——编者注

将一部根本还没有准备好的剧本寄给了他。因此，他礼貌地拒绝了。然后，你写下了你的下一个剧本，这个剧本很棒。然而在雷德利·斯科特看来，来自于同一个作者的是几个月前寄来的一堆垃圾，那么他会有多热切地想要去读这一个剧本呢？现在让我们以更加积极的心态来假设，在阅读过你的剧本的五位联系人之中，有至少两位认为你的剧本具有强大的潜质，并且已经或几乎准备好可以上交了，那么你就可以往前跟进。你永远不可能让五个人在某件事上全部达成共识，包括针对你的剧本，五分之二已经是一个相当正面的反应，足以证明你可以为你的剧本做投稿的准备了。

如果你采用的是一名剧本顾问的服务，那么他们会告知你他们何时认定你的剧本可以投稿。或者更有可能的是，他们会说："如果你做了这样那样以及这样的更改，你的剧本就可以去到制片人那里了。"当这些建议变得足够简单且量少，你完全可以自己轻松应对时，你就该将它们用作为你对剧本的最终润色的基础。

当你完成了这整个过程，并且有信心相信你的剧本已经达到了它应当达到的最好状态，请你再次为其注册一个版权，并同时为其在美国作家工会（WGA）注册。现在，你可以开始营销流程了。

9.2 自我营销的三个关键点

一旦你的剧本准备好，你也愿意带着一颗"终结者"的决心向外推出自己，借此开启你的职业生涯时，你一定要牢牢记住这三条原则：

（1）尽一切努力。

如果你和十位有工作的编剧交谈，你就会听到十种不同的故事，讲述他们具体是如何闯入行业并达到第一阶段的成功。任何不会伤害到他人的事情都应当值得你去尝试，即使它在你的勇气和胆量的边界之外。

（2）不要听信统计资料。

所有那些传闻，说有多少编剧没有工作啦，有成千上万份在美国作家工会注册的剧本没有销售出去啦，以及找到一个代理是有多不可能啦，它们唯一的目的就是要劝止你追寻自己的目标。

你不应无忧无虑地带着对市场实情的一无所知从事编剧事业。但是，一旦你决定要通过创作剧本追寻你的梦想，走上通往个人成就的道路，那么你就必须专注于那些能够让你实现你的目标的途径和态度。其他的什么人未能达成同样的目标，这与你毫无关系。

但是如果你坚定地想要听一些陈旧的、死板的统计资料，你可以仔细考量以下内容：

- 100%现如今有经纪人的编剧过去也不曾有经纪人。
- 100%现在有工作的编剧过去曾有过失业的经历。
- 100%已经靠写剧本挣了钱的编剧曾有过一分不挣的时候。

另外，如果你有注意到那些流传在好莱坞的、剧本封面封底之间的内容有多少是完完全全的垃圾，你就再也不会怀疑你是否可以与他们竞争才华。在我参加会议、提案阐述大会、协商、面试以及作家论坛的那些年里，我从来没有听或哪位制片人、经纪人、明星或制片厂高管说："我们再也不用寻找好的编剧了。"

你面临的困难与统计资料毫无关系。事实是，哪里有这么多垃圾，哪里就需要这样一个过滤系统。这也是为什么上帝创造了审读人。

这也解释了同样的一群制片人、经纪人、明星和高管们中，为什么会有那么多人确实在说他们不会去看"自己送上门来的"材料。你的目标则必须是穿透那一套过滤系统，让你的剧本被那些能够帮助你开创事业的人（包括审读人）看到。

（3）知识就是力量。

预想在某个地方有某个人正在寻找一部剧本，而或许正是你的剧本会被买下——这是不够的。你必须确切地知道那些要做电影的人是谁，他们在找的是什么，以及你到哪可以接触到他们。

9.3 获取资讯

为了开始追求你的编剧事业，你必须忽略所有负面的统计资料，鼓起勇气，以任何一种你可以做到的方式，将你自己和你的作品推向市场，并且开始获取大量的资讯。这里有两条途径可以让您找到你所需要知道的东西。

9.3.1 人 脉

人脉是指任何一个你知道的人。不只是电影行业里的什么人，不只是写过剧本的什么人，或是住在好莱坞的什么人。它是指你所知道的任何一个人，就是这样。你的会计的姐姐的男朋友的女儿可能是一位愿意读你剧本的好莱坞经理人，或者是一位想要投资你的电影的投资人。

建立社交网络其实是一个很简单的流程，你只需要与两个人会面，并让他们每一个人为你介绍两个人，然后那两个人再为你介绍另两个人。通过不断地继续这个流程，最终你就会得到一座内容颇丰的人名金字塔，它将引领你找到那些能付钱买下你的作品的特定的人。从这条人脉链里的每个人那里，从你的人脉网络里的每个人那里，你实际上获取到的是信息：有关（或介绍）其他人的信息，或是有关特定某个人的编剧需求的信息。

一旦你将每一个你遇到的人看作是一条人脉，你就会愈发有效地扩大你的活动范围，并获取资讯。你有无数的场合可以会见他人，然后推动你的职业：参加电影培训班和作家论坛，加入作者小组以及电影业的职业组织；联系城市或州立电影协会，志愿参加学生电影或独立电影的制作，甚至换一个在电影工业里的工作。

　　这最后一条建议并不意味着说，你要放弃做一名股东，而成为一个在地方电台上做农场报道的剧组设备员。而是说，假如你是一名在豆制品罐头工厂工作的秘书，你何不看看自己能否在一家电影制作公司谋得同样的职位？它会给予你有关电影行业的额外讯息，并将在很大程度上扩展你的人脉。

　　另一个众所周知的人脉来源就是社交聚会，这会把我们带到好莱坞派对的神话中去。尤其是在洛杉矶，这里似乎有一种说法：除非你常常被邀请到乔治·克鲁尼（George Clooney）家做客，否则你不会真的有多大机会成为一名编剧。

　　成为克鲁尼家的座上宾应该会挺有乐趣。我也想被邀请至克鲁尼家。但是好莱坞派对的真相只有两种：要么是第一种，第一次于此见面的人只是在建立人脉。要么是第二种，在这里达成协议的人们，只是在继续他们或许在这个星期的早些时候，在某人的办公室或通过电话，已经开始了的讨论和商谈。一个人在鸡尾酒会上首次见到一位显要人物，然后在派对结束以前就敲定了他们的剧本协议，这种情况的发生是极其罕见的。许多成功的编剧甚至从来没有参加过派对。

　　从今天开始，你就应该将寻求人脉作为你编剧工作的一部分，直至这件事成了你的习惯。当有人问你，你靠什么职业维持生计，你就说你是一名编剧。稍晚些时候，你就可以提到，你同时还是一名神经外科医生。你必须给别人机会以感知理解你的追求，并向你提供一切他们拥有的资讯。

　　使用人脉的关键是：不要害怕寻求帮助，但是永远不要依赖于一个人。和其他的行业一样，电影行业中的业务也总是离不开人际关系中的各种恩惠。当你要求得到某样东西时，你得预想到，你的联系人作为一个成年人，如果他（她）确实不想帮忙，他（她）是能够说“不”的。这是诚实、自信的行为的一个关键原则。

　　但是，如果你问一个人寻求帮助，然后就坐回去等待他兑现承诺，那么你的事业就会渐渐停止。可能在你的优先取舍的列表上，你所寻求的帮助是很重要的，但你的需求不会是他的优先事项。请你礼貌地寻求帮助，当你得到允诺时，也请你感到感激，然后，你应该继续联络你的下一位联系人，谋求额外的资讯，或寻求更多的帮助。此时，如果第一位联系人兑现了承诺，你就处在了极好的情势下，但是如果他没有做到承诺之事，你也没有因为懒惰或怯懦而败退一步。

9.3.2　媒　体

像《创意编剧》和《剧本》（Scr[i]pt）这样的书籍杂志；专业性报纸（《综艺》[Variety] 和《好莱坞报道》[Hollywood Reporter]）；日报；电视；甚至电台都是资讯的来源，肯定可以补充你的人脉网络。

鉴于电影产业衍生出的众多文章、访谈、节目，以及宣传活动，媒体提供了丰厚的资讯财富，能帮助你追求你的事业。

接下来还有网络。不管你相信与否，我第一次写这本书的时候，还没有因特网。（实际上那时候是有的，但是没有人知道。）现在它已经是一种效力强大、为大家所熟悉的、无处不在的资讯来源，以至于它经常会取代以上列举的其他所有来源。名录、指南、报纸文章、访谈（拍摄的和文字的）、专题讨论会、视频新闻资料、网站、博客、推特，以及在我写下这句话到你读到这句话之间的时间段当中，已被创造出来的其他任何信息渠道——所有这些都是你在营销自己和你的作品的过程中，可以且必须使用的工具。

让我们假设你创作了一部有点古怪的浪漫喜剧，它的调调、风格，和／或预算近似于《和莎莫的500天》。如果你登上互联网电影数据库（见下文），你就可以找到《和莎莫的500天》的制片人、导演、明星和编剧的姓名，以及他们的代表的姓名和联系信息。你还可以看到一则以他们当中的一些人为重点拍摄对象的视频，你可以借此更好地了解这些人是如何达成这部电影的协议，他们是如何参与其中，抑或他们想在剧本项目中找到什么。你可以链接到他们每一个人已促成的所有项目的表单，以及他们现在正在参与的、所有尚未发行的电影。你甚至可以找到一条由经销商福克斯探照灯影业（Fox Searchlight Pictures）公布的PDF版拍摄剧本的链接（虽然这对你手艺提升的帮助，比对你营销过程的帮助更大）。

你现在有一些你可以拿着自己的剧本去接触的人的姓名和地点。而且这只是基于一个网站。如果你登陆boxofficemojo.com，你就可以了解到《和莎莫的500天》的预算是多少，以及它在国内和全世界的总利润是多少。如果你搜索一下编剧斯考特·诺伊施塔特[①]和迈克尔·H·韦伯[②]，你会找到一个他们为《骑士新闻》(*Knight News*)所做的访谈，他们在采访中谈及他们如何创作了这个剧本。并且，这个网站也提供了导演马克·韦布访谈的链接。以及其他内容。

网络提供了太多丰富多样的与剧本创作相关的网站和信息资源，我甚至没可能在这里囊括哪怕只是它们当中的一小部分。那么取而代之，我只准备列举四个我认为对于编剧来说必不可少的网站：

（1）互联网电影数据库（IMDb, imdbpro.com）。

这个网站拥有（看来是）几乎每一部已制作出来的美国电影，以及大部分的外国电影，和大部分的电视连续剧集。每一项列表都提供有每一部电影的情节概要和剧情简介，还有大量其他的好东西，例如电影片段和花絮、引文和图片，以及最重要的——几乎每一个参与这个项目的人的姓名，附带一条链接，显示的是他们参与过的所有其他电影的清单。imdb.com是一个免费的网站。在站名末尾的加上"pro"，则会导向订阅站点。只需很少的月费或年费，你便可以从IMDb Pro上获得制片人、导演和编剧的公司名称及联系信息，或代表他们的经纪人、经理和律师的相关信息。

（2）剧本成交专业网（donedealpro.com）。

这个很棒的网站提供了各个制片厂和电视网 正在开发的项目，根据类型、公司、参与人员，以及他们的代表，和联系信息，为它们设立了可相互参照的条目。它也提供有关最近的剧本、书籍、剧本阐述，以及

---

① 斯考特·诺伊施塔特（Scott Neustadte），美国著名编剧、制片人。——译者注
② 迈克尔·H·韦伯（Michael H. Weber），美国著名编剧、制片人。——译者注

提案预售的新闻，它有与编剧及其他电影制作人的访谈，还有一个各类编剧比赛和截稿日期的数据库。订阅费适度，且物超所值。

（3）作家商店（writersstore.com）。

该网站为编剧们提供一切可以买到的编剧书籍、CD、DVD，和电脑程序，外加大量的其他工具和资源。在本书的第一次发行之前，我就知道了作家商店，并一直与之合作，我可以准确地说，这里的工作人员都很棒，且知识渊博，他们会尽一切可能提升你的手艺，帮助你的事业。

（4）故事大师（storymastery.com）。

这是我的网站。尽管这是公然的自我推销，但这个网站容纳了丰富的文章、疑问和解答、视频，以及其他提供给编剧和小说作者们的资源。

既然你知道了你必须接触人脉和媒体以利用资讯的力量，那么究竟什么样的资讯是你需要的，你又将如何使用它呢？

9.4　销售剧本的四条途径

四种类别的人会使你能争取到一笔剧本生意：代理人、制片人、主创，以及投资人。在这每一种类别当中，你必须明确哪些是有权拍板制作一部电影的人，他们在一个客户或项目上所寻找的是什么，以及你在哪里可以接触到他们。

通常，为了争取一笔生意，你会需要附带或在你的项目中附带这些人中的至少两位。例如，你可能和一名代理人（一名经纪人或经理人）签订了合同，这个人转而会将你的剧本交给一家制片公司，这家公司又会为这个项目附加一名主创（一位明星或导演），然后与资方（制片厂、经销商或投资商）为你的电影设立拍摄协议。

你将去亲自接触所有这些人，同时地——永远不要一次只接触一个人。你可以在你的电脑上，或使用一个三孔档案夹，从建立一个营销文件夹开始。在这个电脑文件夹或笔记本里，为上文提及的每一类人员指定一个部分，外加第五个部分留给一般联系人。

实际上，一个很好的主意是，在你开始写作你的第一个故事和剧本时，就立即着手建立这个文件夹。如果你已经开始创作你的剧本，而你还没有一个联系人文件夹，那么你现在就应着手建立。那样的话，在你的剧本准备好面向市场时，你将会拥有一份长长的罗列有你需要接触的人和公司的清单。

每一次你通过你的人脉或媒体获得一个新的名字，你就应当将那个人的姓名、地址、电话号码和电邮输入匹配的分组。如果你的资料不全，就采用以上资源找到它们。输入日期，你拥有的额外信息，以及该信息，或介绍的来源。任何时候你找到有关此人的其他信息，就将其添加进他们的档案或清单里。

9.5 寻找手握大权的人

明白了经纪人、经理人、制片人和项目研发主管日常都在处理些什么会帮助你理解为何他们有时似乎显得难以接近，以及为何在请求他们看你的作品时，你必须表现得执着，也要能体谅他人。通过更好地了解你的剧本如何影响到经纪人的目标和工作量，你就可以更加有效地得到你想要的回应。

以下是关于经纪人你所应当知道的事情（对于经理人、制片人，以及所有其他类别的买方）：

（1）经纪人的工作是极其超负荷的。她典型的一个工作日时长达十至十四个小时，包括一个早餐会议、一个午餐会议、员工会议、洽谈、合同、备忘事项、电邮、晚间放映会，和至少每天一百个的电话。一旦你联系到某位经纪人，你就给她的"待办事项"清单又多添加了一项。

（2）她一次会被各个不同的方面施加压力，各种要求来自于老板、客

户、客户的经理人、其他的经纪人、制片人、项目研发主管、她
自己公司的律师、制片厂和电视台的律师，以及（如果她蠢到试
图拥有私人生活的话）她自己的家庭。你一联系上她，你就变成
一个想要被照顾的人。

（3）她永远没有时间看剧本。每个周五，她的后座都堆满了她必须做
好准备在经纪公司的周一晨会上讨论的剧本和小说。如果她同意
看你的剧本，她的那堆文件只会变得更高。

（4）比起不知名作者的投稿，经纪公司的客户、老板的需求，和"被
摆上台面的"的协议始终会被放在优先位置。

（5）她的经纪公司只想要能给他们挣钱的客户。无论你多么友善、多
么富有同情心，或者甚至非常有才华，如果你的经纪人认为她没
法卖掉你的作品，她就不能带上你。

（6）她不想要那种会用不合理的要求或不专业的行为给她增添难题的
客户。

（7）最后，在好莱坞，有一条普遍原则：要想避免更多的风险、责任
和压力，最简单的方法就是说"不"。

这听上去挺令人绝望的，可不是吗？其实不然。我就是希望你能做
到下文所列的那样，对他们的观点表示感激，以一种智慧、职业的方式
接触那些当权者。

（1）永远不要道歉！

我或许给了你一种错误的印象：你要为占用了经纪人或高管的宝贵
时间而感到愧疚。其实完全不是这样。你是一名专业人士，你在给另一
名专业人士从你的作品上赚钱的机会。你要做到宽容和蔼、善解人意，
但你也要直率，并确信自己的才华。勇气和魄力永远比退缩和自我贬低
更为有效。

（2）拒绝他人的拒绝。

你在这里玩的是一场博彩游戏，而如果你将他人的拒绝当成是针对你个人的，你就会感到灰心然后放弃。剧本遭到拒绝，其中是有许多政治和商业原因的，而与写作的质量毫无关系。

（3）坚持，不要放弃。

迟早你会找到可以通过你的作品分享你的热情的其他人。记住，所有成功的编剧都有一个共通的品质，不是智力，不是才华，也不是人脉，而是韧劲。

9.6 代理人

这个类别涵盖了代表作为编剧的你，帮助你找到工作，以及洽谈你的编剧协议的任何人。这个人可以是一位文学经纪人、一位经理人，或者一名律师。如果一位文学经纪人代表你，他（她）将收取你做编剧的收入的百分之十作为自己的回报。一位经理人可能会抽成百分之十五，但他（她）也会做更多的工作以监督你的编剧事业（包括有些情况下，也再找一个经纪人和你一起工作）。如果代表你的是一名律师，你就要按其每小时的收费支付报酬，且不论成果如何。已在业界确立地位的编剧经常会有以上两种或全部三种代理人：经理人监督作家的事业；经纪人帮助他们找到工作并洽谈协议；律师则从法律层面上代表作者，也有可能参与洽谈，并最终订立合同。

如果你是一个才起步的编剧，你肯定会想要找寻经纪人和经理人。但是，请你谨记，你同时也要找其他三个类别的人（制片人、主创、资方）。如果你从一名制片人或投资人那里得到了一笔售卖机会，而你没有文学经纪人，那么你可以雇请一位律师为你洽谈协议。很多业界名编剧都只由律师代表。

针对潜在的客户，任何经纪人或经理人都会想要寻找三种人：

（1）能为他（她）的公司挣钱的人。

代理的唯一收入只是她的客户的收入的百分之十至十五（除非他们还要收客户制作剧本的包装和制作费）。如果你写不出能卖掉的剧本，她就没法承担代表你的费用。

（2）一个有职业发展潜力的作者。

任何经纪人或经理人都知道，编剧的第一部或第二部剧本，根据好莱坞的标准，很少会要求大笔的价码。但是他们也知道后续的每一个剧本都会挣取更多的钱，并且，一个成功建立起来的事业将会使所有参与其中的人都获得利益。

（3）不会为他（她）增添难题的人。

作家代理成天都要与研发高管、制片人、商务部门、律师，以及其他经纪人和经理人做斗争。他们不想还要跟自己的客户做斗争。

这就意味着，如果你表现积极，精力旺盛，并且全身心地投入于写作事业，你的经纪人在代表你时就会保持一种较高的热情，比起你不停地为你的事业和你的人生的悲惨境遇而唉声叹气。抱怨开会、拒绝接受针对你的剧本的建议、不加准备地参加制片人会议，还要频繁地责怪是你的经纪人、经理人、制片人、甚至整个电影行业让你成为生活的受害者，这样做绝对会造成无人回复你的电话。

你也要在潜在代理人身上找三样东西：

（1）将为你的事业保驾护航的人。

你不会想要一个抛头露面只为很快地从你的剧本中挣取15%佣金的经理人。至少在颇有声望的经纪人或经理人当中，这种心态还是极少见的。你想要的是一个对你的编剧事业，而不仅仅是对你的一部剧本抱有热心的人，这个人要能与你一同努力，并将指导你的事业，向着实现你自己的愿望、才华和目标而前进。

（2）强有力的人。

个人在电影行业里的能量体现有两种形式。第一种是影响力：在好莱坞社区享有较高地位；来自于一大批主要作家的影响；背靠一个大的经纪公司；有能力通过电话找到城中的任何人士。

如果你的经纪人也代理沙恩·布莱克（Shane Black），诺拉·艾芙隆（Nora Ephron），以及泰德·艾略特（Ted Elliot）和特里·罗西奥（Terry Rossio），那么如果他（她）要想打通那些能给你工作的人的电话，应该不会有困难。这就是找好莱坞的大经纪公司做代理的优势：他们有能力接触到顶级制片厂和电视网的高管们，并能将你的项目加上同样也是由他们代理的大明星和大导演们做成一揽子计划。

但是这种影响力也有消极的一面。如果你的经纪人同时也代理沙恩、诺拉，以及泰德和特里，那他（她）还能花多少时间代表你？其他的那些剧作者，一部剧本可以挣到一百万美金甚至更多，而你或许还要为一个二万美金的重写协议奋战。这就是为什么影响力并不是你要考虑的唯一一种形式的能量。

第二种形式的能量是敬业精神：为代表你所花费的精力、热情、毅力和决心。如果你的经纪人或经理人不是好莱坞业界的最大牌，但是他（她）对作为作家的你有着真诚的热情和投入，并且愿意出面为你跟进工作，你可能就算找到了最好的代理人。

记住，要代表你的是一名经纪人，而不是一家经纪公司。有一个强大的公司背景是会有帮助，但是你的主要关系是存在于你和代理人个人之间。

（3）有能力进行谈判的人。

这一点可能是三个品质之中最不重要的，尤其是在你事业的早期阶段。这里有一个普遍的误解，就是经纪人每天都在谈判协议，而实际上，他们的大部分时间都花在了将他们的客户和客户的作品积极地推向市场。仅凭与代理人的最初几次接触，你无论如何都不大可能判断得出他们的谈判技能如何，因此你应当更为优先考虑之前的两项品质。

在没有代理的作家们当中经常有一种气馁沮丧的情绪，就像格劳乔·马克思（Groucho Marx）的一句老台词说的那样："我拒绝加入任何接受我为会员的俱乐部。"似乎有些时候，那些在你的事业起步阶段愿意带上你的经纪人或经理人肯定是紧缺客户，以至于没有多大能量或影响力。但反过来，那些有能力可以很好地为你代理的人并不想要找新客户，请他（她）做代理也就没有什么可实现性。

这种叫人左右为难的逻辑不仅徒劳无益，甚至不具有真实性。哪怕是大牌的经纪人也会时不时地失掉编剧客户，并有可能会将一位有才华的，但是未经验证的剧作者带进经纪公司。无论这位经纪人在行业内的地位如何，最为至关重要的考量是你与你的经纪人之间所建立的关系，他（她）对你的感受如何，以及这位经纪人将有多积极进取地推动你的事业。

就如同你可能是一名新的、饥饿的，但是有才华、工作勤奋的作者那样，也总会有新的、饥饿的，但是有才华的、工作勤奋的经纪人和经理人也才刚步入电影行业。

9.6.1　研究潜在的代理人

想要知道有关代理人的必要信息——是谁，做什么，在哪里，一如既往的，你要从你的人脉开始。每一次你会见什么人说他（她）有或者知道或者本身就是一位经纪人或经理人，你就要从他嘴里套出信息。这位经纪人是谁？你对他（她）满意吗？他还有些什么其他的客户？电视和电影事务他是否都代理？你能向他介绍我吗？

通过访问上文所列的两个网站，并遵循以下概括的流程，你可以做一些二手信息的调研，用以补充这些一手资讯。

美国作家协会，还有一些其他的网站会出版愿意接收未经请求的文稿的经纪公司名单。这些公司会考虑你的剧本，即使剧本尚未被他们所知道的人推荐。所以，仅仅只以此为基础，这些名单就已经为你提供了至少一打你可以尝试接触的经纪公司的名称和地址。

那些愿意看你主动提供的剧本的经纪公司（和经理人）当然值得你去联系，但是你绝对不能只将你自己限制于那些代理人的范围。即便一家经纪公司已经做出官方声明，他们不会看不请自来的材料，你仍然应该接触他们。我敢保证，在最近的六个月里，一定有人在没有推介的情况下，让自己的剧本得到了阅读。

9.6.2　接近代理人

一旦你的剧本准备就绪，你就当开始联络代理们了，他们的名字现在应该已经填满了你的营销文件夹。不要把剧本发送给这些人！投递剧本打印稿会耗费高额的邮费，而且经常还没被打开就寄还回来了，最好也不过是被放置在一大堆文件的底部。不被注意到。即使是一部随着电子邮件送出去的剧本，那也只会立马成为"删除"键的受害者。

比较便宜，却更为专业，更有成效的做法是要首先与代理人建立直接的联系，希望能说服某人看一下你的作品。并且，虽然这是免费的，但是也请你不要将剧本电邮给他们。除非在你已经说服他们读剧本的时候。

有几条途径可以将其实现，所以我将从详细描述自荐信（query letter）开始，然后我会概括这种方法的一些变化方案。

9.6.3　自荐信

一封写给潜在代理人的自荐信，其目的是为了激发对你的剧本的阅读兴趣。它是一封简短、专业的信件，用以描述你和你的剧本，并为今后的交流奠定基础。这封信可以是打印稿，也可以是电子邮件，但是处理方法是相同的。

一封好的自荐信永远都不要超过一页纸长，并且要用你自己的语言清楚、简明地书写。不要太过正式，也不能"忸怩作态"。你的信件应当是礼貌的、直率的，并且切中要点，不可自大骄傲，写得天花乱坠，也不能卑躬屈膝，过于谦卑。

你的处理方式要表现得专业而积极，你要拿以下语句当作你的日常警言：我是一名优秀的专业编剧，我正在给他人从我的作品赚钱的机会。和经纪人谈话之前，看看《王者之剑》（*Conan the Barbarian*）或许也能帮助你摆正自己的心态。

你写给一位潜在的经纪人或经理人的自荐信应当包含以下内容：

（1）这封信的目的。

清楚扼要地说明你刚刚完成了一部故事片电影或连续剧的剧本。你现在正在寻找代理。不要用冗长的介绍兜圈子；直接切入正题。

如果你所写的剧本是你的第二或第三部完整剧本，那么你就照实说。这样可以显示你不是一个剧本创作方面的浅薄涉猎者，而是决心要从事编剧事业的人。

（2）一点个人化的评论。

至少尝试让你的信件相较于那些写给出版结算所公司（Publishers' Clearinghouse）奖券抽奖大赛的信件更为私人化。永远不要将这封信的收信人姓名地址写为"至相关人士"。如果你给这位特定的代理写信，是出于某位朋友的推荐，或是因为他代理了具体某位作家，那么你就如实说明。没有人会为一封通函感到兴奋。

（3）你的背景。

简要地给这位代理任何能够表明你作为编剧的潜力的，有关你的背景的信息。如果你有过出版经历；在某个领域获得过稿费支付；有得过任何写作奖励或荣誉；有制作、导演，或写过一部电影的经验；或有获得在电影或写作方面的文凭，那么请你就如实说明。如果你的背景赋予你针对自己剧本内容的特别洞见，也请你提及这一点。但如果你是驻瑞典大使，你就不必劳心提起此事了，因为它完全不能暗示任何特定的写作才华。

即使你有丰富的写作经验，也不要写关于此的冗长细节。你只需提及高分项目，引起代理的兴趣，且应至此收手。不要附带你的简历，除非你有被特别要求这样做。

（4）关于剧本的描述。

在任何自荐信里，最重要的一个元素就是有关你的项目的描述。你必须于一两句话内传达出你的故事概念，还要有足够的细节表达它的独特性，它的情感潜能和商业潜能。

一个写得好的故事概念首先应当表明这部电影的类型："我刚刚完成了一部故事片长度的浪漫轻喜剧。"然后，它应当传达出主人公是谁他（她）的作用（而不一定是名字），我们为什么会对这个人物产生同理心，主人公的外在动机和外在冲突。然后再加上任何让你的故事独特、触人心弦的任何内容。这可以是呈现给主人公的机遇，或是主人公为完成目标所做的计划，抑或这个故事是如何将某个原创元素添加到一个较为熟悉的处境里的。

至少研习一百部出现在互联网电影数据库、剧本成交专业网上，以及在网飞、百视达①的电影名录中，和在电视频道上的剧本或电影的故事梗概。用它们当中最为有效的例子——尤其是那些与你的电影是相同类型的——作为描述你自己的故事的模板。

《阿基拉和拼字大赛》（*Akeelah and the Bee*）是一部由道格·阿金森创作的优秀电影。网飞上的介绍是这样描述它的：

带着对词语的天资，11岁的阿基拉·安德森决心要依靠自己的拼字能力，冲出南洛杉矶地区赛，再在州赛中胜出，并最终在华盛顿赢得斯克里普斯全国拼字大赛。虽然母亲并不鼓励她，但是阿基拉从她那书生气的导师、校长，和自豪的社区成员那里都得到了支持。

在两句话里，我们就知道了主人公是阿基拉，她有一个不支持她的母亲，她们居住在洛杉矶市中心南区（用同情制造同理心效果），她想要赢得斯克里普斯全国拼字大赛（她的外在动机），尽管她的背景没有

---

① 百视达（Blockbuster），美国家庭影视娱乐供应商。——编者注

优势，她的母亲不支持，尽管事实上她还要赢得当地比赛的积分，然后与全国最好的拼字者竞争，才能拔得头筹（冲突）。这个故事将观众熟悉的"竞赛"电影与一些独特的元素结合，这些元素包括：一项全国性的拼字大赛，以及一名来自艰苦的低收入人群居住区的年轻女孩。

如果我要写有关这部剧本的自荐信，我应该会重新组织语言以强调这些元素：

我最新的一部剧本，《阿基拉和拼字大赛》，讲的是一个满怀斗志的来自于洛杉矶市中心平民区的11岁非洲裔美国女孩，她对单词有着令人惊异的天资。尽管她那位孤独的导师态度勉强，尽管她那位已经放弃了自己梦想的母亲也并不支持她，阿基拉一路过关斩将，直到冲入了在华盛顿举行的斯克里普斯全国拼字大赛决赛，她将在此竞争冠军奖项。

注意，我在文中没有囊括电影的类型，因为如果要提及，我将不得不使用没有特色、不是很商业化的"剧情片"类型。相反，我着重强调了竞赛元素，给出了更多的矛盾冲突，让它听上去几乎像是一部体育电影。你必须好好打造自己的描述语言，利用你剧本里的巅峰情绪元素。

（5）提请签订授权协议书。

基本上来说，授权协议书就是一份书面同意：如果经纪公司（或制片公司）参与到一部与你的故事类似的电影当中，你不会起诉他们。很多经纪公司和制片公司都要求这些表格，以至于如果你不愿意签署它们，你对于自己的剧本的营销尝试就将会受到严重的限制。

（6）后续的联络。

在书信的结尾，你应当表现出后续的追踪联络会由你来掌控。"我将在接下来的几天里联系您，以更进一步地讨论此事。"这样一句就可以完成这项任务了。

不要说："如果您想要读我的剧本，请给我打个电话。"因为他们不想读，他们也不会打电话。这封信的目的只是为其后的通话奠定基石。

你要礼貌地结束这封信，如果它是打印的版本，而不是一封电邮，那么你就要亲笔为其签名，你还应当在你的营销文件夹中记下这封信的日期。另外，我再重申一遍，现在还不应把你的剧本发给任何人。

9.6.4 后续追访电话

尽管这是一个小细节，但是你的信件最好能在某个周二、周三或周四寄达。大部分人在周一都会特别忙，以至于无法处理（在他们看来）不甚重要的通信，而在周五又会特别急切地想要回家，不能给予你的信件足够的关注。你要放出额外的一两天（但是不能再长）让信件抵达，然后打电话到代理人的办公室，请求与她交谈。有些时候，比较明智的做法是在下午六点半之后打通电话，因为那个时候，代理人的助手往往都要回家了，经纪人或经理人就得接听她自己的电话。然而大部分的时候，你都得和经纪人的助手打交道。

这就为你的剧本营销战略提出了一个基本规则：请对助手们好一点！至少为了三个原因：

（1）他们值得被善待。助手们工作起来都十分卖力，还要被分派去做筛选你们打的电话的这种吃力不讨好的工作。

（2）如果你没能让助手站在你这一边，你也就永远不会说服经纪人读你的剧本。如果你惹恼了一位助理，你的诉求就会无限期地被搁置。

（3）很多情况下，助理们都在为攀爬娱乐行业的阶梯而努力工作，想要自己成为经纪人、经理人，或是项目研发高管。而他们需要承担的首要的额外工作就是阅读不请自来的剧本。换句话说，你可能正在与那个最终还是会要看你的剧本的人对话。

当你在电话上接通助理时，你得要求与经纪人或经理人说话。当助理询问你为何打这个电话时，请你直接告诉他（她）。开始的时候，你可以说经纪人应该已经收到了你的信，并正期待着你的电话。但是不要绕着圈子表达你的动机。告诉助理你已经完成了一部剧本，并且为此想和他（她）的老板进行讨论。

许多助手被指示应当给出的回答就只是一句套话——本公司不接受不请自来的材料。这里，你就必须用到你可以召集的一切推销术、说服力和个人魅力的各种结合，努力通过这一关，直到接触到代理人。

如果这种尝试被证明是不可能实现的，那么你就可以询问，这家公司是否还有别的经纪人或经理人可能愿意和你聊聊。或者，你可以问问助理，他（她）是否能看看你的剧本。如果他（她）喜欢，你就可以确定他（她）的经纪人上司将会得知你的作品。

又或者，你至少应当尝试在挂断电话之前能弄到另一个联系人的信息：问问助理，他（她）是否有其他的经纪公司或个人可以推荐给你去接触。

你的目标不是非得要你接近的代理人读你的剧本，而是要让这家公司的任何一个人能看到你的作品。

最后一个目的，你要敞开大门，以备将来的交流。结束对话时，请用这句申明："或许我会在一个月左右之后再打来电话，看看这儿的情势是否有所改变。"如果你表现和善，如果你有定期地打来回访电话，有可能最终你会从助理那里赚取不少同情，或是让其产生不少愧疚感，足以让某人看看你的作品。

很多情况下，你将无法实现这些事情，至此，你与某个特定的经纪公司或经理公司的关系也将走入一个死胡同。但是，如果在此过程中，每十次的尝试，终有一次你的剧本能被看到，那就意味着，在好莱坞的三百多位文学经纪人和经理人中，有至少三十位将最终会看你的剧本。而且，因为这整个过程的早些时候，你的剧本已经获得五分之二的好评，你应该能有40%的概率，这三十位经纪人（经理人）也会喜欢它。在好莱坞能有十二位经纪人喜欢你的作品会是一个令人难以置信的好结果。

说服代理这件事就是一场博彩游戏，想要找到对的人，你需要的是坚持。永远不可以允许自己灰心气馁到要放弃。记住，你其实完全不需要经纪人。你同时还在接近其他三个类别的人，你总还可以雇请一位律师去做一位经纪人所做的任何事情。

9.6.5 60秒提案阐述

当你能通过电话找到一位经纪人或经理人时，请简明地表达你的意思。你要始终记得问："您现在方便听电话吗？或者您希望我在您更方便的什么时候再打来电话？"少许的闲谈可以用来打破僵局，但是之后你要直击主题。

在介绍完你自己之后，你可能会听到的第一个问题是："你的剧本是关于什么的？"如果你回答："好吧……呃……我不知道……你看，这里面有一个男人……然后他……嗯，不对……一开始有一个女孩……"云云，那么你绝对不可能给人留下一个好印象。

可以理解的是，你很难能对自己的剧本做极其简明的叙述。你刚刚花了你生命中的好几个月，甚至好几年，仔细地打造出了那焕发着才华的、复杂精细的110页。现在却有人叫你用几句话表达你的整个故事。这就带我们来到了60秒提案阐述的原理。

实际上，围绕着这个主题，我写过一整本书。《60秒卖出你的故事：如何确保你的剧本或小说得到审读》（*Selling your story in 60 seconds: The Guaranteed Way to Get Your Screenplay or Novel Read*）为你展示的就是在这种情形下，用以说服他人看你的剧本的原理，另还附有针对提案阐述不同类型的项目的模板，以及大量的电影和出版高管所写的有关怎样才是一个优秀的提案阐述的文章。不会令人惊讶的是，我强烈推荐你在准备好开始营销流程时，去买一本该书。

与此同时，这里有一些用以描述你的故事的最重要的元素。

当有人询问你的剧本是关于什么的时候，你能做得最糟糕的事情是试图向他讲述整个故事。你根本没有时间漫谈所有的情节元素，而且你会在自己的冗词森林中迷失。

取而代之的是，你应当告诉这个人你剧本中的关键元素：你的主人公；她在故事开始时的处境（包括原因，我们将会在后文着重讲这一点）；呈现给她的机遇；从她的新处境里产生出来的外在动机；以及那些让她看上去不大可能会实现自己的目标的障碍。

你要设计一个能展现这些元素的提案阐述，并且它要匹配你的性格、你的这个特定的故事。接着，你就要练习，练习，再练习，直到它听上去很自然，且能传递你对这个项目的热情。

然后，当你的电话接通了代理时，你要用一种简单的、对话式的方式展示这些元素——就是你向朋友推荐一部电影时，你会使用的那种方式。最后，以你的剧本的标题作为结尾（不要作为开头），并询问那个人是否有任何问题，或者他是否希望你发给他一份剧本。

在询问了你的故事概念之后，经纪人的下一个问题可能会关注你在南加州之外的生活情况（如果你确实居住在南加州之外）。此刻，你可以说，如果有必要，在有确切的工作机会或收入来源的情况下，你是准备好了要搬来洛杉矶居住的，并且重申，如有任何需要，你可以随时来洛杉矶。

你完全可以承认，你不能就这么搬到洛杉矶来，放弃掉你的工作，以及你的全部支援系统，除非有一个确切的收入机会能替代你现有的生活处境。你也不会有什么错，如果你在接触好莱坞里的人们时承认自己的贫穷。城中的每一位经纪人都有过与那些，曾几何时，在餐厅当服务员或运送快递的作家们所共事的经历。

有些代理，直到你已经搬到了洛杉矶，才会愿意与你讨论你的项目，或是看你的剧本。但是也有其他的代理不会在乎你居住在哪里，他们会为了看看你作为编剧有些什么潜质而翻阅你的材料。

在此之外，无论你们的谈话走向哪个方向，你的目标就是要搞定代理，或是这家公司的其他什么人，令其同意阅读你的剧本。一旦有人说他愿意看，你就得问他是希望你为其寄送一份打印稿，还是电邮一份电子版给他。然后你要礼貌地结束谈话。立即邮寄（或电邮）一份你的剧本给那位先前与你对话的人，还要连带一封简短的说明信或电邮，以提醒他你是谁，感谢他给予你的时间，以及表达你热切地想要获得他对于你的作品的回应。不要用说明信再次力荐你的剧本。你已经赢得了他人的同意去读你的作品；现在就让你的剧本靠自身本事说话吧。

一定要保存所有往来通信，以留作记录。如果你想要拿回剧本，你还得内附一张写明自己姓名地址，并已贴好邮票的信封。通常来说，在太过严重地折角或沾上咖啡渍而不能再被寄出之前，一份剧本可以用于两至三次的投稿。从心理上说，你总归希望你的剧本的打印稿看上去就像是刚刚印出来的一样，因而每一位买家或代理都会在潜意识里相信自己是第一个读到它的人。

送出剧本之后，等待几天，然后再打电话给助理以确认其已成功送达。然后再耗费一个月左右的时间等待针对剧本的反响。我们永远不可能说准你的材料要花多少时间能被看完——周转时间有些时候是即时的，如果公司有一班审读人的话，但是其他的时候，等一个回复可以耗尽不知道多少个月。你要明白，你那不请自来的剧本总是会被放到超大的一堆剧本的最底部，并且总是会被来自于代理人自己的客户的剧本取代。

如果你花了很长时间才等到针对你的剧本的回应，不要感到气馁。这通常意味着经纪人或经理人自己在阅读你的作品，而不是将其转给了一位审读人。你要做的就只是每个月打一次电话，礼貌地询问助理，剧本有没有被看过，这是为了确保它在经纪公司或制片公司没有遭受忽视。一种没有丝毫好处的做法是，如果因为代理人方面没有按照你希望的那么快地看完剧本，你就表现生气，并要求拿回剧本。即使这个公司花了一年的时间才看完你的剧本，彼时你可能已经得到过然后又放弃了一位代理，而现在你又对最早的这一位经理人或经纪人的回应有兴趣。另外，由于你同时还在接近另外的一百个人，其他任何一个人都可以按照他们的需要，花很长的时间读你的剧本，而你不必有任何气馁或生气的情绪。

如果这个人付费让一名审读人阅读并评估你的剧本，这名审读人就将会给经纪人一段有关你的剧本的故事梗概或报道，外加评论和推荐语。这种方式将经纪人、经理人和制片人解放出来，让他们可以不必自己看所有交给他们的东西。

你不用为经纪人可能不会亲自看你的剧本而担忧，大部分的审读人都很认真尽责，他们渴望能发现一部他们可以推荐的剧本。如果你的剧本能够很好地调动读者情绪，他的老板终究会知道这部剧本。

故事梗概有些时候会和剧本概念性计划混淆在一起。剧情简介写于你的剧本完成之后。除非有潜在的买家特别提出需要你的剧本的故事梗概，你应当避免尝试为自己的作品写梗概。你要让剧本为它自己的优点说话。故事分析（审读人工作的正式称谓）需要的是另一种才能，而对于你自己的故事，你几乎是没可能做好的。

剧本阐述则是剧本故事的散文版，写于剧本之前，我将在第10章中讨论它。

在开始收到正面的回馈之前，你要做好准备迎接大量的拒绝。你要记住：第一，每一位成功的作家都必须经历同样的过程；第二，这是一场彩票赌博，洛杉矶有超过三百位代理人，还有许多别的代理人在纽约和其他地方；第三，你得同时地寻找接近其他类别的代理帮你搞定一份编剧协议；第四，必要的时候，你可以雇佣一名律师为你谈判；以及第五，在你找寻接触这些人的过程中，你同时也要在为你的下一部剧本工作。当这部新的剧本完成之后，你就可以回头再去找这一帮相同的人，并且这个时候你能提供的写作样本甚至更好。

除了自荐信或邮件，另外还有至少三种途径可以让你找到愿意看你的作品的代理：自荐电话；亲身走访；以及来自于你认识的人的推荐。

9.6.6　自荐电话

接近代理的另一条途径是略去自荐信，直接跳到打电话的步骤。通过前文讨论过的各种方法，你将获得一位潜在经纪人或经理人的姓名，然后在没有事先寄信的情况下给经纪公司打电话。你的风险是可能会遇到经纪人或其助理直接挂掉你的电话，但是你也有希望因为表现得足够有说服力而成功地让某人同意看你的剧本，如果没有别的原因让你挂断电话的话。

由此开始，接下来的路径就和自荐信一样了。目的是要在这家公司找到一个人看你的材料。你要用上一切适宜的招数让自己通关接触到经纪人或经理人，然后简洁扼要地解释说你有一部很好的商业电影剧本，你正在找代理。你要准备好自己60秒的提案阐述演说，做好准备回答助理或代理提出的其他有关你的职业经验、你的据本项目，和你的目标的任何问题。

在你开始找寻接近代理人（以及其他三类代理人员）时。在你看到某一种方法对你更有好处之前，自荐信和自荐电话是你都应该尝试的。

9.6.7 亲身走访

还有另一种途径要求你脸皮够厚、胆气更多，那就是亲自来到洛杉矶，打印二十至三十份的剧本，然后直接去你正在寻找接近的代理人的办公室。当你出现在他们的办公室里时，你得说："你们好。我刚刚写成一部很棒的剧本。这里有没有什么人愿意读一读？"大多数的经纪公司不会聘请保镖赶走使用这种方式的人。你或许会时不时地遭到鄙夷或不信任的怒容，但是我曾听到过不止一位编剧新手提到了使用这种方式的高成功率。

9.6.8 推 荐

这最后一种方式是到目前为止最好的：来自于那位代理人认识的某人，尤其是某位制片人或经纪人经理人自己的客户的私人推荐。如果你认识某个人是有自己的代理的，或是与一位代理人有很好的职业关系，并且这位联系人也至少愿意引荐你，你就更有希望让那位经纪人或经理人愿意读你的剧本。如果你的联系人愿意读你的剧本，并且愿意把它推荐给代理，那么这就是最好的方式。

在你找到最适用于你的方法之前，你要将所有以上提及的方式结合起来使用。自始至终，你的目标都得是搞定尽可能多的代理或经纪公司，让他们读你的剧本，直到有某个愿意代理你的人出现。

9.6.9 如果一位经纪人或经理人有兴趣代理你

如果你最终搞定了一位代理人看你的剧本，并且她喜欢这个剧本——还想代理你，那么会发生什么？

首先，请为你自己感到高兴、骄傲和兴奋，因为你一直以来都确信是一部好剧本的作品现在得到了一位业内人士的赞同。与此同时，不要仅仅因为这是第一个来到你身边的人而纵容你的释然和兴奋，让自己立即投身到一段工作关系中。你必须与她详细交谈，最好是面对面的，你得看看这段工作关系包含什么样的潜质。

代理人也极有可能想要这种沟通，以衡量你作为一名客户的潜质。记住你要找的是这一章早些时候讨论的那三个特质（职业指导、能量，以及谈判的能力），而代理人也想找到你的三个特质（赚钱的能力、职业潜力，以及积极的态度）。

在这一场双方的面试中，你要留意自己的直觉和本能反应。这次对话将会为你们提供更好的机会在各个层面相互了解，你要相信自己取得的事实资讯，同样的，你也要相信自己对这个人的感觉。

为了聚焦于你想要在代理人身上寻找的品质，我推荐你向代理提出以下两个问题：

（1）你认为我的剧本怎么样？

这个问题能让你大概了解代理对你作为一名作家有何感想，以及你们可能会以何种方式在一起工作。不要认定对于你的剧本的负面的评价就是不好的信号。如果这个人赞同你的愿景，但是又提供了大量的批评，以及你还没有想到的有关商业性的考量，这就预示着一段深厚、互补的关系。具有建设性的批评比无止境的夸奖更可取。

（2）你的其他客户都有些谁？

这个问题应该可以让你认识到这位代理的成绩如何，她能发挥多少影响力，以及他主要代理电视剧编剧还是电影编剧。不要感到不好意思问其他的客户都写过什么作品。

为了满足你自己的好奇心，也为了建立你和代理人之间的融洽关系，你还可以在会面中提其他的问题或担忧。

代理也将衡量你的潜力，他（她）会想要了解你的职业目标、你的其他的故事构思、剧本，等等。你要诚实、直率地回应所有这些问题。如果你不想写电视剧，如果你最终想要自己导演故事长片，抑或你的目标是要成为《犯罪现场调查》的专职编剧，你都不应该隐瞒。起初的误解可能引起后续的合作中的巨大不满，而且，如果这个人因为你的目标不愿意代理你，那么即使你秘而不宣自己的目标，这段代理关系也不可能成功。

除了你们双方都表现的像潜在的雇主，这个会面与求职面试没有什么不同。代理会从技术层面上为你服务，但是所有人都知道你才是那个感觉自己是求职者的人。你们两个人都在进入一段合伙关系，对待这种关系，你必须拿出相应的关心、热情和平等。

记住，第一个敲响你的门的人不一定会是最适合你的代理。这个筛选的过程确实会比较难，但是只有当你的大脑和你的心都告诉你这将会是一段有益的关系，你才能与这位经纪人或经理人签署合同。

当你最终选择了一位代理时，你要签署一份符合美国作家工会规章制度的合同，即使你还不是作家工会的成员。但是，如果在过了一段事先确定的时间之后，代理人还没有给你找到工作，那时你就有权利终止你们的关系，转投另一家经纪公司。

你也可以同时拥有一名经纪人和一名经理人，或是给你的剧本安排一位代理人，再给你的小说单独安排一位经纪人。但是作为编剧，你一次只能最多被一家经纪公司代理。

一旦你与一家经纪公司或经理公司签约，那一家单位就接管了对于你的才华的市场营销，而你只需专注于创作。继续建立人脉，收集有关电影行业的讯息对于你来说仍然很重要，但是不要因为自己寻求剧本销售协议，对你的经纪人采取规避伎俩。

找一个代理就好比找一个伴侣。你先进行广泛的搜寻，遇到一些有希望的候选人，度过追求期，然后在经历过一些短暂的关系之后，你最终会与一位和你共度一生的人安顿下来。

9.7 寻求其他掌权人士

寻求其他三类掌权人士（制片人、主创人员，和投资方），为自己争取一个剧本合同的潜藏原则与前文所述用于代理人的原则一样：

（1）利用人脉和媒体获取资讯，知道谁是掌权的人，他们在找什么样的项目，以及你在哪里可以接触到他们。

（2）当你的剧本已经磨砺成熟，可以交出去了，你就要通过信件、电邮、电话、面见，或者你认识的人的引荐，以期说服每一类人士都来看你的剧本。

（3）如果这些掌权人士中有谁有兴趣将他加入到你的剧本项目中，你应该与那个人会面，以决定这是否是一段你想要建立的关系。

（4）绝对不要被打击到，也不要接受拒绝，而是要在所有四个类别里同时寻求尽量多的人，玩一场博彩游戏。

（5）永远不要让你的商业活动干扰到你的写作。你要保持自己的创作生活的规则，再为营销自己添加一些额外的时间，这样在你完成下一部剧本的时候，你就可以多带一部彰显你的写作才华的作品，重新开始这个流程。

现在，我将用这些原则，概述运用于制片人、主创人员和资方的研究和接触流程。

9.8 制片人

制片人和代理人之间最关键的不同之处就是，代理人是在找寻他（她）要代表的作者，制片人则是在找寻他（她）要制作的电影。代理人的兴趣是在于你的才华和整体的职业前景，而制片人的兴趣是在于你完成的剧本和你创作某个具体项目的能力。

我在这里所指的是研发素材的独立制片人们：他们的公司是要为可

以被拍成电影的项目支付或筹备资金。制片人的另一个功能是要确保在项目得到开发或投资之后，电影会真正得到拍摄。

许多制片人会一人完成两种功能，制作他们自己开发的电影。但是，有一些制片人受到制片厂的雇佣只是为了确保一个项目，在制片厂决定投资它之后，会得到拍摄。因为他们没有积极地参与开发新项目，他们不会对你的剧本——不论是为了拍摄，还是作为写作样本——感兴趣。你要紧跟那些在资本进入以前就参与到项目中的公司和个人。

取得关于独立制片人的"谁""什么"和"哪里"的讯息比取得关于代理人的这些讯息更为容易。你或许没有可以使用的资源供你获取一份呈现经纪人或经理人的客户的清单，但是，取得有关制片人的成绩的信息却较为容易。这些信息会告诉你什么类型的材料更易于吸引他们。

你只需浏览过去几年内的电影的广告和演职员表，你就会获得成百上千的制片人的姓名。那些取得最高票房的电影（可以通过boxofficemojo.com或专业性报纸《综艺》《好莱坞报道》获取）可以为你提供一份更有针对性的清单，告诉你哪些制片人在好莱坞表现强劲。制片人也会为媒体或DVD的附加花絮做一些有关他们的电影的访谈，以期推广他们的电影。

如前文所述，互联网电影数据库和剧本成交专业网是获取有关活跃在好莱坞的制片公司的演职人员及其联系信息的重要资源。拥有类似功能的还有另外一份目录：《好莱坞创作指南》，它有纸质版和在线版两种形式。

随着你的营销文档中制片人部分的内容的增长，你将会开始看到哪些制片公司最适宜于你的特定剧本。我们假设你发现杰瑞·布鲁克海默（Jerry Bruckheimer）曾参加制作过《加勒比海盗》《国家宝藏》《绝地战警》（Bad Boys）系列电影，以及《勇闯夺命岛》《空中监狱》（Con Air）、《世界末日》《波斯王子》，以及其他大约四十余部高概念、动作电影。你大概就能总结出，如果你的剧本是小场面、文艺范、低成本的《亲情难舍》（The Squid and the Whale）的类型，他就不是你应该接触的制片人。

但是不要在你的研究中太过狭隘地给制片人分类；《亲情难舍》可能

正是杰瑞·布鲁克海默现在想要制作的片子。谁知道呢，或许他一直梦想着赢得一座独立精神奖。虽然值得怀疑，但是你永远也猜不准。大部分制片人对某一特定的类型会逐渐厌倦，如果你是唯一一个带给这位制片人某种不同于他过去五年制作的电影的东西的人，你会有可能成为那位得到他的注意的作者。

当你准备好开始接触任何特定的制片人，检查你的资源，或打电话给那个人的制片公司，确定他们的项目研发负责人的姓名。她的责任是获取和开发新剧本、新项目（虽然任何公司都可能有不止一名负责此事的人）。她的头衔可能是项目开发部副总监、创意事务总监、执行编审，或是其他一些难以归类的称号。你要接触的人是她，不是制片人，除非某个你认识的人通过介绍和推荐能让你直接接触到制片人。

一旦你在制片公司确定了合适的人选，你的处理方法就和对待代理人是一样的了。唯一的关键不同点是，你联系制片人或项目研发负责人不是为了寻找代理——你打电话是希望他们能看你的剧本，考虑将其立项制作，或是考虑让你作为编剧加入其他项目的开发制作。

这一次，接近一位制片人的最好的办法仍然是奉上另一位值得信赖的专业人士的推荐。永远不要低估你的人脉的价值。

你永远都要准备好一段简短的提案阐述文字，还要准备好与每一个你接触的人讨论你的故事概念和剧本，借此说服他们看你的剧本。不要让他人的拒绝阻止你的努力。

如果，在看过你的剧本之后，某位制片人对你的作品产生兴趣，那么结果就将是他可能会选择你的剧本，也可能是另一个作品开发协议。这两种情况都会在第10章中得到详细讨论。

9.9　主　创

主创是一笔成套交易的组成部分：具有足够影响力的明星或导演，他们如果愿意参与到用你的剧本拍摄的电影之中，你的剧本得到制作的机会就会增加。哪些演员和导演的电影最后进入了最高票房名单，他们就是最强的主创阵容。

　　大部分的大导演和明星（电影故事长片和电视剧中的明星）都有他们自己的独立制片公司来开发项目。因此，你可以用上文描述的方法，通过他们的项目研发负责人接触他们，让他们做制片人。这当中的特别之处在于，当你接触这些潜在的主创人员时，你带着的项目是你认为会特别令这些人感兴趣参演或指导的，而不仅仅只是制作。

　　如果这位明星或导演没有一间独立的制片公司，你就必须找到另一条途径把自己的剧本给到他（她）。你认识的人的推荐或介绍再一次地成了最好的方法。你也可以通过那位主创人员的私人经理人、经纪人，或律师联系到他（她）。这通常是一个较难实现的做法，因为经纪人主要想看他能获得多少预先支付款。即使你没有钱能给他，但是这是一个长线投资，所以这种做法仍然值得一试。

　　你还可以通过使用你在作家研讨会上听到的离奇办法，尝试接触明星和导演们，比如，将你的剧本藏在比萨饼外卖盒里；学好网球，让自己能被邀请到某位明星的私家球场上；空降到这位明星的下一部电影的布景里。

　　总之，基本的规则就是，如果这么做是有意义的，不是违法的，不会伤害到任何人，那么它就值得你努力。即使某个做法看上去没有意义，你仍然有可能想要试一试。

9.10　投资方

　　这个类别涵盖了所有会为由你编剧的这部电影筹集资金的人：制片厂、电视网、私人投资者、补助基金（私人基金会，或美国政府）。

　　你在一开始就应该将制片厂和电视网完全排除在你的目标之外，除非你能被直接介绍给编审或更高级别的什么人。要不然，你的剧本最多只能给一个巨大的储藏箱压箱底，然后因为没有人声援你的剧本，它最终还是会被拒绝掉。更好的办法是去接触独立制片人，让他们参与到你的项目中来，让他们去接触与他们有交易或是有关系的制片厂、电视网。

想要研究这个类别里的其他投资人都有些谁，在哪里可以找到他们，你又该一如既往地从你的人脉开始着手。任何时候你如果听到一个电影项目是受到独立投资的，你就可以开始多问问题了。或者，如果你遇见了有钱人，你就该对人友好点。

你的媒体研究应当涵盖所有你听到的或是看到的独立募资电影的信息。你要好好利用市或州电影委员会，他们一般都很热心于支持本地的电影活动 —— 他们会有在本地区得到资助或拍摄的电影的信息。还有数不清的电影杂志和网站也提供有关低成本、独立融资的故事片的信息。如果你在谷歌上查询术语"电影融资"，搜索引擎会列出差不多两百万条链接。

这个类别的人们不仅想要令人情绪投入的剧本，他们也在寻找好的投资。你拟定的预算越低，以及获得直接利润的机会越大，你的项目对于多数投资者来说就越有吸引力。所以除了评估你的剧本，任何潜在的投资人都会想要知道最重要、最基本的一点因素：你的电影会花费多少钱的投资，这笔投资能让他们理性地期待获得怎样的回报，以及这些收益何时能兑现？因此，在接触投资人之前的重要事项就是，你得为你的项目准备某种财务计划书，其中要包括剧本的预算分解。

如果你不知道该怎么做这个预算，你可以找有制片或投资经验的人帮你做。作为回报，你可能需要直接付钱给那个人，你也可以视取得资助的情况，为他（她）提供定额费用，或是投资额的百分之多少，你还可以将这个人以某种形式附加到你的项目中。

如果你住在南加州之外，你在这一方面是有优势的。洛杉矶的多数投资人要么已经没钱，要么就是对电影投资过于精明。然而，有钱人到处都有，电影的魔力，和获得巨额收益的可能性经常就能吸引到你自己家乡的投资人们。这一点尤其正确，如果你剧本的地点设定是这些投资人的家乡。知道如果电影得到拍摄，他们的投资将会返回来回馈当地的经济，对于大多数投资者来说又是一笔额外的激励。

你或许也想研究研究为电影制作者授予补助金的基金会。比起私人投资者，拨款机构于潜在的剧本里寻找的特质会较为不同，因为总的来说，免税基金组织，或美国政府机构是不得产生利润的。拨款机构仍会需要知道这个电影项目将花费多少资金，他们同时也提出的其他相关问题不会是"这个项目能赚多少钱？"而是"这部电影呈献的是怎样的讯息或观点？"

这些机构关心的方面，一是你编剧的电影是否有助于推进电影艺术的现状（这一点与美国国家艺术基金会相同），它呈献的讯息是否带有通识教育或文化传播的性质（美国人文学科国家基金会）；或是这部电影能否服务于该基金会支持的某个特定领域的需求。例如，如果你的剧本关注的是性侵受害者救助基金，那么支持妇女问题的补助金机构肯定会值得你去追寻。

如果你创作的剧本是一个短片，那么将补助金作为筹资的一个来源就更为合适。但是偶尔，为美国公共广播公司拍摄的故事片或电视电影也可以获得基金会或政府的制作资助。

当然，如果你的目标是美国以外的投资，那么寻取政府款项不仅较为普遍，甚至已经成了约定俗成的规律。举例来说，加拿大电影局，澳大利亚电影协会，英国电影协会，瑞典电影学会，以及在全世界几乎每一个发达国家都有的类似的机构，如果你正在这些地方寻求出售剧本的机会，这些享有税收支持的团体就是你必不可少的选择。

一旦你准备好、可以拿得出手你的剧本、预算分解以及财务计划书，你就应当用同样的基本方法，同期开始接触潜在的投资方，和其他类别的人士。不要让高级复杂融资的神秘性唬得你不敢走这条大道。哪怕你只能为你的剧本找到一部分的投资，那也将大大提升其他三个类别的人士对这个项目的兴趣了。

9.11 营销服务

随着互联网的出现，以及人们对于一切有关剧本创作的事情的兴趣增加，一套能帮助你将作品送入掌权者手中的完整产业出现了。虽然接下来的列表不可能尽数其详（并且我确信当你阅读本文时，那些在我下笔之际尚未存在的新捷径已经出现），但它们是现今可用的能帮助你营销剧本的几大主要服务类型。

9.11.1 提案阐述大会

以往，人们需要经过上述整个流程才能与代理人或高管直接交流。现在则可以简单地通过付费获得此项特权。提案阐述大会上，活动主办方将众多潜在买家和代理聚集在一个大房间中，与他们相对的则是所有缴付了规定费用的卖家——他们被允许逐个推销自己的剧本。

通常分配给每个项目进行提案阐述的时间是五分钟，但是有些提案阐述会可以提供更多时间，或允许买家在规定时限外继续会谈。也有些提案阐述会需要"后续资料"——提案阐述的对象们可以带回去给他们老板看的、简短的剧本概要。

提案阐述大会的收费各不相同。有些提案阐述大会要求一次性缴费，以涵盖数量不限的提案阐述项目；另外一些提案阐述大会则根据每个提案阐述项目付费。而在所有提案阐述大会中，剧作者都可以选择进行提案阐述的目标公司，前提是买家在他们的日程中安排了开放接待时段。

提案阐述大会的一个显而易见的价值就是为接触到制片人和代理人创造了捷径。你不用再花上一个星期去查询和联系十五个掌权的人，希冀他们回应你的书信、电话或邮件，你只需在提案阐述大会的短短几个小时，就能和十五个他们直接对话。提案阐述大会的日益普及也正是我写作《60秒卖出你的故事：如何确保你的剧本或小说得到审读》的主要推动力。

然而，提案阐述大会也有其不利的方面。其一是花费；除却为了参与提案阐述环节的费用，如果你住在洛杉矶（或者任何活动举办地）以外，你就还得承担旅行费用。第二个弊端是，你的提案阐述对象中很多人都手无权力。关于提案阐述大会我听到的最大的抱怨就是：太多来参与提案阐述大会的买方都只是被派来收集资料的小喽啰们，他们甚至没有对他们听到的故事给出任何反响的实际权力。这种现象是可以理解的，因为很多高层管理者和经纪人不会想要放弃一个周六或者周日，只为去听一连串经常是很糟糕的故事（以及往往也做得很差劲的提案阐述）。

尽管如此，如果你所选择的提案阐述大会声誉良好，并且有相当多适合你的剧本的公司出席，那还是值得郑重考虑的。如果你有努力遵循上述流程，确保你的剧本在提案阐述之前达到了专业水平，那它定会是提案阐述大会上的头档剧本——因为大部分提案阐述者都不会按照流程准备。这就为你大大增加了从至少某些你接触的公司得到积极回应的机会。

在好莱坞脱颖而出的，有三个最有名、最受欢迎的年度提案阐述大会：每年秋季与由《创意编剧》杂志主办的"电影剧本世博会"（Screenwriting EXPO, screenwritingexpo.com）同时举行的"黄金电影提案阐述大会"（Golden Pitch Festival）；每年夏季在洛杉矶举行的"全美电影提案阐述大会"（Great American Pitch Fest, pitchfest.com）；以及由《淡入》（*Fade In*）杂志主办的"好莱坞电影提案阐述大会"（Hollywood Pitch Festival, fadeinonline.com，正是它在20世纪90年代开启了提案阐述大会的流行现象）。在美国和加拿大，还有许多其他的作家研讨会，也提供机会让你向与会的经纪人和高管（或者编辑，如果你是个小说家）推销你的作品。

提案阐述大会就像下列所有其他机会一样——多给了你一条途径，让你的剧本被尽量多的手握大权的人士读到。至于它对你是否有价值，那就取决于你的项目本身、剧本的潜在市场，以及也许是最关键的，你的预算。

9.11.2 在虚拟世界中进行提案阐述

提案阐述会的普及和成功也致使产生了通过网络推销你的剧本的机会。虚拟提案阐述活动形式多样。

- 故事链接[①]（storylink.com）是作家商店（参见上文）推出的一个网上社区，提供有大量与编剧相关的文章、博客、资源和信息。故

---

① 该网上社区现已被《剧本杂志》（*Script Magazine*, scriptmag.com）取代。——译者注

事链接中的"完美提案阐述"（Pitch Perfect）板块允许你发布张
贴推销自己的项目的视频。然后，由"完美提案阐述"筛选出的、
正在搜寻人才的电影业专业人士就可以看到你的视频。如果你去
看这个网站上的教学视频（storylink.com/pitchhowto），你会看到
我讲解用什么窍门可以让你制作出强有效的视频提案阐述。就为
这一点，这个网站也值得你去看一看了，不是吗？

• Q提案阐述（pitchq.com）也允许你发布视频（以及书面）的提案
阐述，只有行业专业人士能获取相关内容，其他能看到视频或文
字的会员可以为你提供意见和评价，除此之外，该网站还提供其
他各类服务。

•《淡入》杂志（参见上文）目前有提供在线版本的好莱坞提案阐述
大会，该线上活动允许参与者在三天的时间内，向被他们选取的
十所参会公司推销他们的项目。这里只能发布书面提案，所以这
实际上更像是将你的自荐信张贴出来，然后寄给具体的制片人和
代理人，他们能保证给你一个书面的回应。

• 投手视频（pitchingclips.com）网提供视频片段，帮助棒球运动员
提高他们的快速球、曲球，和滑球技巧。我知道这与剧本创作毫
无关系，但这是你用谷歌搜索"video pitching"时会得到的结果[1]。

9.11.3　情节概要和群发邮件

除了提案阐述，你还可以将你的情节概要、故事概念、自荐信、剧
本概念性计划、剧本开头十页或者整个剧本都发布到网上。InkTip.com，
PitchQ.com，SellAScript.com，ScriptDelivery.net，以及ScriptBlaster.com
等网站会帮助你将这些材料递交给选定的业内专业人士；这些网站会将
这些材料公布给订阅他们的服务的公司，刊登在他们的月刊中，或是发
送邮件给他们的客户名单中的经纪人和制作人。大部分的这类网站都会
提供咨询服务，帮助你编写自己的情节概要以及自荐信。

---

[1]　"提案阐述"和"棒球投球"在英文中是同一个词。——编者注

9.11.4 有声剧本朗读

iScript.com和ScreenplayReadings.com等网站运营的理论基础就是忙碌的高管们宁愿听而不愿意看故事。这些网站会用专业演员和解说员，为你的剧本制作有声版本。这些有声剧本然后可以被烧制成CD，或是通过一个独立的URL链接送到你本人和潜在买家的手中。

9.11.5 竞 赛

我时常被问及，我是否会推荐剧本创作比赛，我对此的回答与对所有这些资源回答一样：可能。如果你在任何一个有超过十四部参赛作品的竞赛中最后获得了第一名，那么你的剧本就会较为容易被市场看到。制片厂、制片人、经纪人经常会追寻到已被认可的竞赛的获胜者，以获取提前看到剧本的机会。哪怕你最后不是比赛中的第一名，只要你在前三名中占有一席，你都可以，也应当在你的自荐信中讨论到个人背景时提及这一点。

作为报名费用途的一部分，许多竞赛还会为参赛者的交稿提供简短评论，这也是一条能让你的作品获取额外的反馈意见的途径。

但是，这里你还是得面对预算的问题，以及它是否能让你的时间产生最大化的效率，你会消耗掉什么。例如，美国电影艺术与科学学院（The Academy of Motion Picture Arts and Sciences）尼科尔学术奖金（Nicholl Fellowship）是所有编剧竞赛中最负盛名的一个，每年都会收到五至七千份参赛作品。但是，即使是获胜的作品也多半不能得到拍摄，因为被评判为具有艺术性的作品不一定会被投资人们评判为具有商业性。所以，即使你有一部很棒的剧本，你这五千个里面只挑得出一个的好剧本能被卖出去的胜算仍然很小。

如果是我，我会找一些更少人参加的，或是有一些能缩窄领域的限制因素的比赛。例如，有一些比赛就只面向赛事主办方所在州的居民。也有一些主办方承诺，最顶尖的制片公司和经纪公司将会考虑在比赛中胜出的剧本，然而"考虑"是一个意义非常含糊的字眼，所以，不要用这句承诺做为你做选择时用的主要标尺。

你要找出你正在考虑参加的比赛的过往优胜者的姓名，然后在互联网电影数据库和剧本成交专业网上查看他们在比赛中的成功是否确实引致某些电影项目的成交。你也应当尝试找到那些胜出的剧本是关于什么的。如果某个竞赛的过往优胜作品全部都是伊丽莎白时代的悲剧爱情故事，那么它可能就不是你那僵尸乱飞的电影的好去处。

任何列举剧本竞赛的清单都会显得太长、太叫人眼花缭乱，我就不试着在此罗列了。幸运的是，剧本成交专业网上现成就有一份极好的免费清单，详细列举了上百个剧本比赛，任你挑选。

然而，我有一个警告。永远不要进入一个以任何方式占有获胜剧本的版权的竞赛。如果进入比赛就意味着，你允诺一旦你的作品赢得比赛，版权将归主办方所有，那么请你去找另一个比赛。

关于所有这些营销服务，以及关于整套营销的一般流程，我还有最后的一些话想要说。对应这一章讨论过的每一种推销手段，我都有听说过成功的故事——因为遵循某些或全部这些步骤，编剧们的剧本得到了阅读和选用。但是，我从未听说过谁的剧本没有情绪感染力、没有商业潜质却获得了这等成功的故事。

我知道，这看上去就像是，你能学到的最重要的事可能就是如何找到一位经纪人，抑或是你如何通过这套筛选系统。

事实却非如此。

手艺才是一切——或者至少是百分之九十。如果你有一个非常迷人的构思，一部结构精巧、写得很好的剧本，那么无论你选取什么途径，用何种方法将它带进众人的视线，它都会被注意到、获得推荐。那么，就请你遵循我在上文中概述的营销流程，研究我列举出的各种服务，然后，使用最符合你的感觉、你的项目、你的预算的，并已被证明对其他作者有用的那一套方法。

当然，追寻权力人士是重要的，但是它也会变得毫无意义如果你不知道怎么交货的话。这本书的绝大部分都是关于写作你的剧本，原因是写得好的剧本才是为你的才华取得报酬的关键。你可以等到花儿都谢了再去建立人脉，但是，如果你不能证明自己作为一个作家的能力，这世间的一切人际关系都不会给你带来任何一点好处。它们当然也就不会给你带来任何创作的满足感。

才华总会被看到，所以永远不要让推销的过程干扰你的写作。在你完成了自己的第一部剧本，准备递交的时候，你要立即开始为你的下一个剧本工作。在白天里找找其他时间研究和寻求人脉关系、经纪人、制片人、主创人员，以及投资人。

总 结

（1）你必须把自己作为一名编剧向市场上推销，而不只是推销你的剧本。

（2）在将你的剧本递交给当权的某位人士之前，你必须确保已经做好以下事项：

- ▶ 为保护作品，你要在美国版权局和美国作家工会注册你的作品
- ▶ 把你的剧本分发给你相信他们的判断的五个人，或是给一个有经验技术的专业剧本顾问过目
- ▶ 根据这些人的意见和建议，重写、修缮你的剧本

（3）把自己作为编剧向市场上推销有三个关键：

- ▶ 尝试一切努力
- ▶ 不要听信统计数据
- ▶ 知识就是力量

（4）关于手握大权的人是谁，他们在找寻什么，以及他们在哪里（或者说你如何能接触到他们），你有两处信息来源：

- ▶ 人脉 —— 你所认识的任何人
- ▶ 媒体

（5）供你调研掌权人士，并且设计你的营销计划的四个重要资源是：

- ▶ 互联网电影数据库（imdbpro.com）

- ▶ 剧本成交专业网（donedealpro.com）
- ▶ 作家商店（writersstore.com）
- ▶ 故事大师（storymastery.com）

（6）四种类别掌权人士可以带领你实现剧本的商品化交易：

- ▶ 代理人（经纪人、经理人，或律师）
- ▶ 负责项目开发的独立制片人
- ▶ 主创人员（大明星或大导演）
- ▶ 投资人（制片厂、电视网、投资商，或者补助基金发放机构

（7）你必须同期接触所有这四类人员

（8）代理人在潜在客户身上寻找的三中品质：

- ▶ 你是一个能赚钱的作者
- ▶ 你是一个具有职业前景的人
- ▶ 你不会为他们增添麻烦

（9）你希望在潜在代理人身上看到的三种品质：

- ▶ 他能指导你的事业
- ▶ 他在电影业界是有能量可发挥的
- ▶ 他善于谈判

（10）接触代理人的手段有：

- ▶ 自荐信，该信件要具有以下元素：
  - • 这封信的目的
  - • 一些个人化的意见表达
  - • 你的背景
  - • 有关剧本的描述
  - • 签订授权协议书的提议
  - • 承诺日后还会联络这位代理人
  - • 自荐电话
  - • 亲身到访代理人的办公室

- 来自于这位代理人认识且相信的某人的推荐或介绍

（11）在你的后续回访电话或自荐电话之前，你要为推销你的剧本准备好做一个简明扼要、有效的六秒钟阐述，其中要包括：

▶ 对你的主人公的描述

▶ 你的主人公在故事开始时所处的处境

▶ 我们会与主人公产生共鸣的原因

▶ 剧本的10%位置处呈献给主人公的转机

▶ 这个转机会将主人公推入的新处境

▶ 主人公的外在动机

▶ 冲突：让实现这个目标变得看似不可能的障碍

（12）如果这位代理人想要看你的剧本，你应当立即提供给他（她）

▶ 询问他（她）是偏爱打印版还是电子邮件附件的形式

▶ 在随附的说明信或邮件中，提醒对方记起你是谁，但是不要再次推销你的剧本

▶ 打电话给对方的助理，确保剧本成功寄达

▶ 等待一个月后再做跟进工作，并且继续保持每月一次的跟进查询直到对方阅读过你的剧本

（13）如果一位经纪人或经理人有兴趣做你的代理，你就应当与其会面并询问：

▶ 你对我的剧本有什么看法？

▶ 你的其他客户都是谁？

（14）遵循与以上相同的基本流程，研究、接触其他类别的当权人士

（15）有各式各样的活动和营销服务能帮助为你和你的剧本与潜在的代理人和买家建立联系：

▶ 提案阐述大会

▶ 虚拟提案阐述

▶ 情节概要和群发邮件

▶ 有声剧本朗读

▶ 竞赛

（16）最后两个建议：

▶ 永远不要让营销的过程干扰你的写作计划

▶ 拒不接受他人的拒绝！

第 10 章
编剧的协议

现在我们到了一个令人兴奋的部分。假使你如愿以偿，那么接下来将会发生什么？如果我们在上一章讨论到的制片人或投资人中有某位读过你的剧本，并且现在想要和你签订协议，那会怎样？

作为一名编剧，你有三条途径可以挣钱：

（1）让别人买断你的剧本
（2）一份项目开发协议（development deal）
（3）作为电视剧的受薪编剧或专职编剧（staff writer）

在这一章中，我将会讨论所有这些情形，每一种情形是怎样发生的，以及对应的每一种协议中包含有哪些组成部分。

10.1 出售剧本

销售一部完整剧本的电影版权几乎总是基于期权（又称优先选择权）（版权）交易协议。剧本的电影版权极少会被制片人直接购买；通常，这些电影版权会首先被选择。电影期权交易与房地产业或其他任何需要协商谈判的领域的期权意义相近：

期权是指买方向卖方支付期权费（指权利金）后拥有的在未来一段限定的时间内①以事先规定好的价格（指履约价格）向卖方购买一定数量的特定标的物的权利，期权卖方必须无条件服从买方的选择。

期权交易费用不是用来支付用你的剧本拍摄电影的版权；期权交易买下的是将来的购买权，用以排除所有其他人，独家购买这些电影的版权。你真正支付费用所买下的是这笔交易的独家性。这就给了选择你的剧本的人募集电影制作资金的时间，在这段时间内，其他任何人都不能给你更多的钱，为这个剧本另签一笔不同的买卖协议。

如果今天你以10 000美金将自己的剧本分期销售给制片方，而明天马丁·斯科塞斯（Martin Scorsese）就提议要花50 000美金买你的剧本，此时你必须说："抱歉，马丁，但是现在剧本的版权被控制在另一位制片人手中。"

下文的例子将向你阐释一笔期权（版权）交易协议是如何运作的。文中所用的数字是任意选取的，因为所有一切都是可以协商的。我选用了这些数额只是因为它们是漂亮的整数，并且易于分割。

让我们假设，制片方做出了以下提议：通过向你支付10 000美元的期权费获取在一年内以100 000美元的价格购买你的剧本的版权的权利，如若到规定时间（一年）未完成支付版权交易的全款（100 000美元）而仍需持续拥有购买权，则第二年另需缴纳续约费10 000美元。这就意味着，如果你同意以上协议，制片方就将支付给你10 000美元，预购你完整剧本的电影版权。这笔协议给了制片方一年的时间偿清版权购买全款中后续的90 000美元。（这就是为什么称其为用10 000美元抵消10 000美元全款的一部分。）如果在这一年中的任何时候，制片方向你付清了剩余的90 000美元，那么他就永久持有了你的剧本的电影版权。如果制片方不能在这一年内筹齐另外的90 000美元，你就留下先前的那10 000美元，并且可以自此与其他人签订一笔新的协议。

---

① 此处描述指美式期权。——译者注

关于续期的那一条款项是说，如果在第一年的期限过期之前，制片方没有将剩余的90 000美元向你付清，但是可能另外支付给你10 000美元，那么他就将对你的剧本继续持有另一年的独家权利。如果在这第二年里，他向你支付了90 000美元（通常来说，第二年的续约费不会被从版权购买总价中扣除），那么他就拥有了你的剧本的永久权利。如果第二年过去了，制片方仍然没有买断剧本，那么你就保留对方总共支付的20 000美元，然后可以上别处销售你的剧本了。

制片方花费了10 000或20 000美元获得你的剧本版权的独家交易权。在期权有效期限内，你不可以为这部剧本签订其他的协议。

除了期权费和版权购买费，这种协议的其他基本元素通常也会在一开始协商好。以下列举了一些你在签订一份期权（版权）交易协议书之前可能需要和对方协商的交易要点。

（1）排他性。

这一点确保你将是这个项目的唯一编剧；不能有其他的任何编剧介入进来加工编改你的剧本。只有好莱坞最顶尖的编剧才能在他们的合同里享受到这一条款。除非你达到了诺拉·艾芙隆、南希·迈耶斯（Nancy Meyers）的级别，否则的话，你很有可能要选择下一项条款替代排他性条款。

（2）改写。

在另一位作者可以被雇佣之前，你能被保证持有更多的改写次数，你就拥有更多对自己这个项目的掌控和投入。这一条款将设定你每一次的改写将会得到多少的费用，以及如果需要改写，你能获得保证的有偿改写是几次。制片方可能会与你协商，他们有权向你索取一定次数的改写（通常是一次改写、一次"润色"）作为剧本版权购买价的一部分。换句话说，制片方会希望得到尽可能多次的额外改写，而不需偿付额外的费用。

获得以一定的费用做一定次数的改写的保证，并不一定等于说你就将会做那些改写。制片方或导演或许会想要引进一名新的编剧，即使你还没有完成你有权进行的那几次改写。但是，你仍然应当为你在另一位作者被雇请之前所做的改写按次数得到偿付。

（3）奖金。

你可能会与制片方协商，如果不需要任何其他的作者改写这个剧本，你就可以得到额外的奖金。在这种情况下，基于你首先写了如此优秀的一部剧本，作为奖励，制片方本来需要偿付另一位编剧的费用中就会有一部分到你这来。

如果且当这部电影进去到制作阶段、完成制作或是得到发行，你也可能会获得一份奖金。换句话说，如果你的剧本质量很好，足以让电影得到拍摄，你就会得到奖励。这项条款较有可能出现在剧本研发协议中（见下文）。在期权（版权）购买协议书中，通常制片方要等到确定电影会进入制作之后才会落实这项期权。

（4）分红。

即使是在你第一次进行剧本销售时，与买方商谈要求得到电影净利润（永远不可能是毛利润）都是合理的。当然，净利润的确定过程就足以让那些好莱坞律师们获得丰厚的费用。分销商们似乎总有办法让他们的电影看上去永远都不会盈利，却仍能保持经营。但是，商谈要求得到净利润分红始终是好的，万一你的电影最后轰动一时了呢？那么它的盈利就无法被隐藏了。

净利润分红可能对于低成本的独立故事片尤为重要。通常情况下，你为这种电影创作而得的收费比你为一个制片厂协议创作所得的钱要少很多，所以利润分红是你可以希望赚得一笔可观收入的唯一途径。想象一下，哪怕你只是拥有《灵动：鬼影实录》的极小一份额分红。

（5）续集、衍生产品和翻拍。

你或许想要通过谈判获取为由你的原始剧本衍生出来的任何续集或

电视剧集创作剧本的机会。这将会是一种"优先购买权"：你并非必须要写这个续集，但是在其他任何作者受到聘请之前，你会被给予这个写作的机会，并且会得到公正的费用①。

当然，出于和你想要得到原剧本的净利润分红同样的原因，你会希望得到从你的剧本的这些续集、衍生产品，以及任何将来的翻拍里分得一杯羹。

（6）附属权益。

附属权益能让你从财政上参与你的电影在其他领域产生的收入：电子游戏、唱片专辑、游戏、海报、领带、钥匙扣，以及酒巾。换句话说，你想要分享到尽量多的源于你的剧本的收入。每次有人购买一只《阿凡达》午餐盒，詹姆斯·卡梅隆就往他的口袋里多赚了一个钢镚儿。

你或许还想要就你的期权（版权）交易协议中的更多元素进行协商讨论。在开始的时候，协议拟订得越清楚，那么后续就会越少出现误解、困惑和违约。

有些时候，原始合同只会讨论洽谈协议的主要方面，剩余部分则会被留到稍后探讨，这样大家都不必马上就掏出大量的律师费。而"有待稍后本着诚信善意原则协商"这句话会被加在合同中。"本着诚信善意的原则"的意思是说，在协议的剩余部分需要被研究出来时，没有人可以拖延阻碍协商的进行，并且内容中所涉及的费用都必须与当时电影行业内的标准一致。

在这个清单中，我一直在说"你"协商这个、谈判那个。用"你"这个字眼，我其实是在指你的经纪人、经理人，或者律师。永远不要自己为自己谈判！如果制片方或投资方给你提供了一笔协议，然而你还没有代理人，那么你就应该回去联系所有那些之前不愿意看你的剧本的人，一份现成的剧本合同能让你成为一支更具吸引力的潜在股。如果这

① 优先购买权（first right of refusal）又称先买权，是指特定人依照法律规定或合同约定，在出卖人出卖标的物于第三人时，享有的在同等条件优先于第三人购买的权利。——译者注

些人仍然对此不感兴趣，或是你还没能找到一位你喜欢的经纪人或经理人，那么就请你雇请一位律师来为你协商这笔协议。

如果一笔合同已经被送到你的办公桌上，而你还没有找到经纪人，并且也无法承担聘请律师所需的费用，那么你至少应当在同意任何事项之前获取尽量多的信息。并且无论如何都得攒上足够的钱，请一位律师检查你的合同，然后你再签署。你的才能在于写作，而不在于谈判上。

你自己进行协商谈判也会耗损你和制片方之间的关系。在为费用和收益，即使是友好地角力争斗之后，故事创意会将变得很难达到预期目的。所以最好让你的经纪人代表你扛起所有的烫手山芋，以及扮演令人讨厌的角色吧。

每个期权／版权购买协议所涉及的金额都有很大的不同。如果你是美国作家工会的成员，或者如果与你打交道的投资人是作家工会公约的签约人，那么你的协议所涉及的金额必须至少满足作家协会设定的最低标准。（如欲了解现今的最低收费是多少，你可以登陆网站wda.org，点击"作者资源（Writer's Resources）及合同与报酬（Contracts and Compensation）"。在大部分与制片厂签订的协议中，报酬都会超过作家工会的最低标准。如果不止一家出价竞买你的剧本，你的价格还可以升得更高。

如果你和你的投资人都与作家工会没有联系，那么你的金额就是完全靠协商出来的，供需法则就是你们的规则。投资方越渴望得到你的剧本，你就能够得到越高的金额。

通常情况下，第一年的期权费是算作版权购买费的10%。但是这也是完全可以协商的，你极有可能会接受一笔10美元的剧本期权费——换句话说，也就是免费期权。这或许一开始听上去像一个无赖交易，但是如果这位愿意向你提供10美元的制片人也会在后期提供给你更高的购买金额，如果他是唯一一个敲响你的门的人，如果你确实认为他很有把握能让你的剧本得到拍摄，那么你或许会想要接受这个提议。

期权期限也是可以协商的，并且可能从6个星期到3年不等。如果想要的到年费期权的制片方要求这个期权期为一年，那么你可能要将这个期限谈到6个月，这样你的剧本就不至于会被捆缚住这么长的时间，而得不到任何报偿。然后，有关续约的条款就可以包含一笔客观的报酬，这样，制片方就必须在6个月内拿出一些诚信款项，以证明他的诚心和能力。

你也可以拒绝这个免费期权的提议，但是给予制片方在他最有优势的地方兜售你的剧本的许可。例如，假设你拒绝了制片人的免费期权提议，而他回应："我与约翰尼·德普（Johnny Depp）是很好的朋友，你这剧本正是他想要找的东西！"此时你就可以叫制片人把你的剧本带去给约翰尼·德普。如果制片人能够与这位明星签订一笔协议，那么这位制片人就被锁定在了这个项目里。但是，他不能在没有得到你的允许的情况下，再将这个项目拿给任何其他的主创人员或投资人。

10.2　项目开发协议

现在既然你理解了一个期权（版权）购买协议运作的方式，我就应该提醒你这种协议几乎从来不会发生。你在大屏幕上看到的大部分电影，以及几乎电视上的一切都是开发出来的。

在我投身于电影行业以前，我曾经以为电影和电视剧都是通过以下途径被制作出来的：一位作者会埋头苦干，直到他创作出一部完整的电影剧本，这个剧本然后会被某个制片厂购买。这个制片厂会雇佣演员、导演之类的人等，然后这个剧本就会被他们变成我们在银幕上看到的东西。

对于好莱坞来说，这个流程显然过于简单、直接、逻辑化了。因此，项目开发协议就产生了。

开发一个剧本只是意味着，预先支付给编剧一定的报酬，让其将一个电影故事化为纸上文字。编剧是一个受雇于人的职业写手，而剧本则完全属于为此付钱的制片方、制片厂，或者电视台。其原理就好比一位发明者作为苹果公司的雇员制造了某个新型小玩意。他会得到薪金、特许权使用费，以及一份奖励，但是他（她）的发明归苹果电脑公司所有。

有关剧本开发协议的好消息就是，它们创造出来的作品远多过你能看到的那么多。好莱坞为每一部最后得到制作的电影都至少开发了十到二十部的故事片长度的剧本。

达成一笔剧本开发协议的途径大概会是这样：

你一直在用第8章中描述的方式方法去寻求那四个类别的当权人士。然后有一天，某位制片人打通了你的电话，告诉你："我看过你的剧本，我很喜欢。然而我不想拍摄这部电影，因为它太贵了、太熟悉了、在我的领域之外、很难卖、很难为角色找到合适的演员、太艺术了、太柔情了、以上所有原因。但是，我希望能和你一起为另外的东西工作。你有没有什么别的想法？"

换句话说，现在制片人（或是剧本编审［story editors］，或是出品方高管，或是投资人）已经看见了你的才华，他愿意在有待完成的作品中设立另外一个项目给你。这就是为什么拥有一部完整剧本是极其重要的。除非等到你已经证明了自己作为一名编剧的能力，否则不会有人愿意冒险付给你钱让你开发一部剧本。

一旦你向制片方成功地证明了自己的能力，你就可以呈献给他（她）其他的故事以供可能的开发。此时，也只有此时才是涉足剧本阐述和提案阐述的时机。

10.2.1　剧本阐述

剧本阐述是一个电影故事的散文版本，它常见的长度是五到二十页。再短一点的剧本阐述有些时候会直接被称为剧本大纲（outline）。和完整的剧本一样，剧本阐述的主要目标仍是激发读者的情绪。

一份剧本阐述看上去就像一则短篇故事，因为它是分段落写的，使用引号标注对白，同时也略去了剧本的格式要求。但是，概念性设计总是以现在时书写，并且遵守银幕上不会表现的内容也不会出现在字面上的原则。因此，一份剧本阐述就会像剧本一样，不能有人物的内心思想、作者的旁白，或是编辑的评论。剧本阐述只能包含动作、描述，和对白。

剧本阐述遵循所有关于故事概念、人物，和剧本结构的原则：一位能令我们产生共鸣的主人公；动机与冲突；其他主要人物；建立在主人公外在动机之上的三幕（虽然这些分幕从来不会被标识出来）；以及竟可能多地使用第五章中的结构性原则和设计。

在一份剧本阐述中，你只需勾勒出故事的粗略线条；次要场景、次级人物，以及大部分的对白都会被省略掉。喜剧片的剧本阐述会要求有更多一点的对白，目的是为了传达出任何语言性的幽默，以及展示你在最后的剧本里可以写出欢闹滑稽的台词的能力。

你的剧本阐述越短越好；理想长度是5至10页。一份30页的剧本阐述就会太过详尽，需要花费太多时间阅读，你可能应该直接把它写成剧本的形式。最好的剧本阐述能够即刻让审读人入迷，能清楚地概述一个抓人情绪的故事，并且能让审读人感到回味无穷想要看到更多。

附录二是一份剧本阐述的样本。

10.2.2　提案阐述

正如我在前面的章节中讨论过的，提案阐述就是一场对你计划的电影故事的口头报告（陈述、演示）。正如它的名称所暗示的那样，它是一则商品推销词（宣传语）。

提案阐述分为两种类别。被我称为60秒提案阐述的一类（有些时候也叫作电话提案阐述［推销］，或电梯提案阐述［推销］）是一段关于你的项目的非常简短的报告，此时你的主要目的是要让你的完整剧本得到阅读。提案阐述会议是一个与代理人、制片人，或投资人亲身会面的机会，为他们带去一段关于一部还没有写出来的剧本的更长更详细的故事描述。60秒提案阐述的目的是要让你的剧本得到阅读；提案阐述会议的目的是要说服会议室里的这些人相信你提议的电影是值得投资的，从而为你争取一份剧本开发协议。

有时候，提案阐述会议是展示你为制片方已经拥有的一个项目进行创作和改写的处理方法的时机。你可能是为受雇在某个项目中竞争的几个作者中的一员。

一个故事的提案阐述应该会花费15到30分钟的时间，并且也还是越短越好。你在讲述你的故事构思时，一定要将这部电影的艺术和商业（尤其是商业）潜质展现清楚。

为了抓住你的观众，提案阐述演说通常会用一个精细的开场以抓住观众的注意力，接着是这个故事的亮点。有关故事概念、人物和故事结构的原理与运用于一部完整剧本的那些相同。

阐述一个提案时，你要从你的魔术袋里拿出任何能使听众兴奋起来的东西。你要确保在为制片方高管演示提案之前，你已经详尽仔细地演练过这个提案阐述。你可以把提示卡带到会议上，如果它们能增强你讲故事的能力。有些作者会表演剧本里的几场戏，为他们的喜剧做单口相声表演，如果有必要的话，他们还会大喊、尖叫，甚至跳上跳下，就为了让听众的肾上腺素保持流淌。你应该做任何对你最有好处的事情。

但是如果你没有把一场蛊惑人的盛大表演端上场，你也不用担心自己没有机会。有些人天生就有用他们的幽默或表演才华迷住买家的天赋。有些人则没有。最终能卖掉你的项目的是你的故事。如果你能够清楚、富有激情地呈献你那具有情绪感染力的故事，你就可以把你的道具和魔术技巧留在家里睡大觉了。

所以，如果一位制片人提出想要看看你的故事构思，但是你一直在写你的下一部剧本，手头并没有剧本阐述？你该怎么办？

找到你在看有关故事概念的那一章时购买的小笔记本或录音机，看看所有那些你从开始到现在每天记录下来的故事概念。你要对你的想法进行头脑风暴和合并，然后选出一两三个你相信会对潜在的出品方最有吸引力的概念。

然后，你就根据制片方的出资意愿，将这些当中最好的想法做成剧本阐述或提案阐述的形式。然后你将这个或这些剧本阐述或提案阐述展示给制片方，希望能够争取一笔创作这个剧本的开发协议。

不到有人提出要求就不要写剧本阐述。在你向要求看你的故事想法的制片方高管证明了自己的实力之前，剧本阐述不会有任何价值。并且，在向某位当权人士展示过你的剧本阐述或提案阐述之后，你就该回去继续写你的完整剧本，直至有另外的制片方高管要求看你的材料，或是有人表示愿意给予你一个剧本项目开发协议。

　　我在这里指的只是为了投稿而写的剧本阐述。如果你发现在将你的故事概念变成完整剧本之前先做一个大纲对你比较有帮助，那么你当然应该这么做。你或许也想和一位剧本顾问一起研究攻克你的剧本阐述的设计，以此确保在你着手于你的完整剧本以前，你的概念、人物和结构就已经是出类拔萃的了。但是，不要止步于写好剧本阐述后，就等单凭这份设计去吸引来某个制片方。成为一名编剧的正确途径是写剧本。

　　一些已被认可的编剧从来不写剧本阐述，因为他们想要剧本的第一稿只属于他们自己。而剧本设计是让别人在你有机会以你自己的方式做创作之前插手进来。只做完整剧本的买卖至少能让你开始被别人改变意愿之前，在纸上全部实现你自己的想象。

　　剧本开发协议并非总是产生于你自己的故事概念。如果一位出品人或投资人真得倾心于你的作品，抑或你已经是一位被业界认可的编剧，你就可能会得到机会创作（或改写）制片人已经拥有版权的一个故事概念、一部小说、一段真实故事或是一部剧本。然后你要做的就仅是决定你是否希望进行这个项目，以及协商这笔协议。

10.2.3　剧本开发协议中的要素

　　你为一笔剧本开发协议收到的报酬是你创作这个剧本的费用，不是剧本版权购买费。除此以外，一份剧本开发协议涵盖的基本元素与一份期权（版权）购买合同书包含的要素相同：净利润的一笔分红；合同终止期，在此时间点之前，不得再雇佣其他作者；续集、衍生产品，以及翻拍作品的参与权；附属权益，等等。

　　通常来说，你为一笔剧本开发协议得到的报酬会比出售一部完整剧本得到的报酬少，尤其在故事片领域。如果有一份期权（版权）购买合同书，制片方将会得到的是一个已知量，唯一只需要在电影成片的成果上赌一把。如果是一份剧本开发协议，那对于制片方来说就还存在额外的风险，可能在你完成创作剧本以后，制片人仍然无法获取到用于制作这部电影的资金。但是，不论你的剧本结果是好是坏，你必须为写作这个剧本得到报酬。

　　然而，如果你受薪写作的剧本最后得到了制作，你就将有可能收到一份奖励，这将会让你的待遇与一笔买断交易相当。

　　一份剧本开发协议可能会包括这个故事本身的期权，它的运作方式类同于一部完整剧本的期权。制片方支付金额为X美元的期权费获得Y时间段内你的故事版权的期权。在这一段时间内，你不能在其他地方为你的故事设立别的交易协议；再一次的，制片方是为交易的排他性付费。在这段时间内，制片人将努力筹集资金以支付你创作剧本的费用。如果他（她）筹到了钱，你就会得到创作这部剧本的报酬；如果他没有筹到，你就保留先前的期权费，然后你可以将你的剧本的出手权放给别的地方。

　　剧本开发协议通常将会是"分步协议"。你的故事被选上了，于是你得到报酬，基于制片方的意见之上写一个剧本阐述，然后你为写一个剧本得到更多的报酬，然后制片方有权要求得到商定次数的改写，再然后，你为额外的改写得到更多的报酬。

　　在此过程中，你的服务在哪个时间点可以被终止是协商得出的。换句话说，制片方可能有权只支付你的剧本设计费，然后聘请另一位作者创作剧本，如果你同意的协议就是这样写的话。你显然希望自己的服务截止点处在这个流程的稍晚时机。你得到行业认可的程度越高，别人越想要你的故事创意，你就越有机会得到较晚的截止点。

　　通常来说，你在一笔项目开发交易中的收费将会分为开始这个剧本时拿三分之一，完成第一稿时再拿三分之一，以及最后完成改写时再拿三分之一。在你完成了你的所有义务，投资方也已经向你支付完全款后，投资方就永久拥有了这部剧本的电影版权。

　　关于"永久"的问题还有一条例外条款。如果在某一特定的时间段内，制片方没能将你写的剧本推进到制作流程，那么它就进入了周转期（turnaround）。在周转期中，你有权利为你的剧本向其他制片方和投资方寻求交易机会。如果你找到了另一位制片人想要获取这部剧本的版权，那么最初购买了或开发了这部剧本的制片方就必须卖掉这部剧本的版权。然而，原先的制片方有义务支付所有花费在这个项目上的开发费用——你的报酬、律师费、办公费用、薪金、以及其他任何合理地归因于你的剧本开发的费用。

有些时候，这个金额会在谈判中被压低。初始制片方通常会希望砍掉某个已经胎死腹中的项目的哪怕部分花费。但是，他只会在已验证的总开支都支付完毕时才会被要求交付版权。

10.3　专职编剧

做编剧赚钱的第三种途径是成为一部电视剧的专职编剧。这种工作会被赋予几个不同的头衔和不同层次的职责。这也是黄金时段电视剧或故事片范畴内可供编剧选择的唯一受薪职位。

过去，制片厂有专职的编剧大量炮制电影剧本，但是那种日子已经重蹈了一票双片①以及合同演员的覆辙。已被业界认可的编剧可能会与制片公司签署排他性或优先购买权协议，但是这些只是期权／版权购买协议或项目开发协议的变种。领取每周薪水的主流编剧几乎都是连续剧专职编剧。

在你成为一部电视连续剧的自由编剧（freelancer）之后，你就会有机会争取到专职编剧这一位置。如果你让某部特定的电视剧的制片方看到你可以按约交货，不负众望，那么你就有可能会受雇佣成为一名专职编剧。

与其他"真正的"工作一样，一名专职编剧每天都要报到上班，和这部电视剧的其他编剧一起进行头脑风暴，贡献想法，创作或改写剧集中的每一集，然后在这部电视剧的导演和演员开始提出他们的意见之后再度进行改写。

根据他们在某部电视剧中所担任的职位，电视剧创作人（creator）

---

① 一张电影票包含两部影片（double feature 或 double bill）曾是电影行业中的一种现象，戏院会收取一部电影的价格放映两部电影。一张戏票能让观众整晚呆在戏院。20世纪30年代的典型一票双片包含：先是一部电影预告片；新闻影片；一部动画或短片；一部低成本、明星少，但是可能更有娱乐性的 B 级片；中场休息；然后就是一部大成本、大明星更多的主场 A 电影。这种现象在好莱坞黄金时代盛行，至 20 世纪 60 年代渐渐消亡。——译者注

或联合创作人（cocreater）会得到该职位应有的薪金和费用。但除此之外，电视剧每播出一集，他们都会得到额外的版税和重播版权费。一部电视剧的制片人（producer）会从这些收入来源（薪金、剧本稿费、版税）得到更多的钱。不同于电影故事片圈子里的情况，电视剧的制片人几乎永远都是从专职编剧的职位提拔上去的。

制片人的最高级别是剧集运作人（show runner）——管理整部电视剧的首席编剧。一部正在制作播出的剧集的行政制片人（executive producer，可能同时也是创作者和剧集运作人），其年收入总额可以超过一百万美金。让我给你一个具体的例子，看看这条职业道路是如何展开的：

从前，差不多与我来到好莱坞准备闯入电影行业同时，有一个作者从东部过来，此时的他已经为一本小电影杂志写了不少影评。怀揣着五部靠业余时间完成的剧本，他开始四处奔波寻求工作，忍受着来自于经纪人们的拒绝，直到他遇见了一位经纪人被他一人能够完成五部剧本的坚定精神所打动。她同意做他的代表。

他告诉他的新任经纪人，他的终极愿望是导演故事片，但是与此同时，他也愿意写任何她建议的东西，包括电视剧。她让他为当时正在播出的两部不同的警察剧写待售剧本，她将这些作品交给许多正在制作中的在播剧集。

其中一部电视剧（并非这位作者为其写过一个剧本样本的剧集）的剧本编审认识到这位作者的才华，所以我们的主人公被叫去，为那位编审的剧集做了6个潜在剧集构思的提案。编审喜欢其中的一个想法，所以这位编剧得到了这一集的剧本开发协议。然而这集剧本没能得到被搬上大银幕的机会。

但是，这部电视剧的专职编剧们仍然喜欢这位作者的作品，所以他又得到了另一笔开发协议。这第二个剧本终于被用在了一集电视剧上，这位作者开始为电视业界所瞩目。

这使他在另一部电视剧里坐到了专职编剧的位置。接下来的一年中，这位作者受雇成为另一部电视剧的编审。两年之后，他在自己的第三部电视剧里获得了制片人的头衔。

最终，这位编剧写了一部新电视剧的试播集，他也成了这部电视剧的联合创作人和联合行政制片人，赚得了七位数的收入。

现在，在你扔掉你的电影故事片剧本，开始分析《生活大爆炸》（*The Big Bang Theory*）过去的每一集之前，你要明白，不是所有的电视剧编剧都能达到上文所描述的这位作者的这种水平的经济成就。但是，目前五大电视网[①]在任何给定的时间大概有七十部的黄金时段电视剧，另外还有像TNT[②]、FX[③]、Bravo[④]、HBO[⑤]，和Showtime[⑥]这些基础有线和付费有线电视网[⑦]的其他更多剧集。每一部电视剧有至少六位，通常会有更多专职编剧。他们都感到快乐吗？恐怕不会。但是他们都能赚很多钱。

我要再一次重申，你要反复询问自己的问题是："写剧本能给我带来快乐吗？"如果答案是"不能"，那么你就该忘记有关金钱的话题，去找一个更能令你感到幸福满足的追求。如果你的答案是"能"，那么你就追逐它吧。

---

① 美国五大电视网包括：CBS 集团（CBS Corporation）旗下的 CBS 电视网、迪士尼—美国广播公司电视集团（Disney–ABC Television Group）旗下的 ABC 电视网、NBC 环球（NBC Universal）旗下的 NBC 电视网、二十世纪福克斯（21st Century Fox）旗下的 FOX 电视网，以及由 CBS 集团与华纳兄弟（Warner Bros.）共组的 CW 电视网。它们都是美国的公共电视网，依靠插播商业广告，及剧集 DVD 销售赚取收入。因为公共电视网覆盖面广，所以对于节目内容尺度的管制非常严格。——译者注
② TNT，原先是特纳电视网（Turner Network Television）的简称，美国基础有线和卫星电视频道，属于时代华纳（Time Warner）旗下的特纳广播系统（Turner Broadcasting System）。——译者注
③ FX，原为 Fox Extended 的首字母缩略词，美国基础有线和卫星电视频道，属于福克斯娱乐集团（Fox Entertainment Group）旗下的美国 FX 电视网（FX Networks）。——译者注
④ Bravo（精彩电视网）是美国基础有线和卫星电视网，以及主力电视网，属于康卡斯特（Comcast）旗下的 NBC 环球（NBC Universal）。——译者注
⑤ HBO 是 Home Box Office 的简称，美国付费有线和卫星电视网，属于时代华纳旗下的 HBO 公司。——译者注
⑥ Showtime（娱乐时间电视网，简称 SHO）是美国一家付费有线和卫星电视网，隶属于 CBS 集团。——译者注
⑦ 除了公共电视网，美国的有线电视网分为基础有线电视网（basic cable），和付费有线电视网（premium cable）。其中基础有线电视网依靠家庭订阅费、插播商业广告，以及剧集 DVD 销售赚取收入，收看无需机顶盒，节目内容尺度与公共电视网相近；付费有线电视网依靠家庭订阅费，以及剧集 DVD 销售赚取收入，需要机顶盒才能接入，节目内容加密，容易限制孩子观看，对于内容尺度的管制最为宽松。——译者注

总 结

（1）一名编剧可以通过三种途径赚钱：

▶ 出售剧本

▶ 项目开发协议

▶ 受薪的专职编剧职位

（2）剧本的销售是以一个期权（版权）销售协议为基础的。期权是指在一定时间期限内用一定量预先确定好的金额购买某笔资产的独家权利。

（3）一份期权（版权）购买协议中的可协商要素包括：

▶ 期权费

▶ 版权购买费

▶ 期权期

▶ 续约条款

▶ 排他性

▶ 有支付保证的一定次数的改写

▶ 奖金

▶ 净利润的分红

▶ 续集、衍生产品，和翻拍品的参与权

▶ 附属权益

▶ 一项周转条款

（4）在一个项目开发交易中，编剧受到一个制片方或投资方雇佣，根据作者自己的构思或根据一个由制片方控制的故事概念创作一部剧本。

（5）剧本阐述是一个散文形式的电影故事计划，长度为5至20页，它要忠于有效分场写作的基本原理。

（6）提案阐述是为一个电影故事做的口头介绍展示。

▶ "电话或电梯提案阐述"为时只有60秒，旨在说服某人去看你的剧本。

▶ 提案阐述会议是一个面对面的，用10到30分钟或更长的的时间介绍展示你的故事的机会，其目的通常是为了说服买方选择你的故事。

（7）在一个项目开发合约中，编剧受雇按照买方的具体规范要求创作剧本，作品的基础或是作者自己的构思，或是买方的想法，或是一个有待改编或改写的现存故事或剧本。

（8）分步协议是一种开发协议，解释了剧本开发流程中的每一个阶段——剧本阐述、剧本、改写——另外还包含每一个阶段支付的费用，以及在这个项目可以被停止或者雇佣另一位作者之前，你受保证会得到支付的金额。

（9）专职编剧、剧本编审，以及电视连续剧的制片可以同时得到被保证的薪金，和通过协商得出的用于支付他们所写的剧集的费用，外加重播的版税。

第四部分

投身剧本创作事业

第 11 章
编剧生涯

你可曾听说过有哪个愚蠢的女人，竟然试图通过搞定某个编剧以闯进电影业？

——苏格拉底[①]

如果你购买这本书是为了帮助你决定是否要投身编剧事业。那在之前所说的一切之外，我对其还有一些补充。在我看来，成为一名编剧有两大优势：

（1）你得以在电影这一行中工作。

我热爱电影，并且我认为，成为这世界上最强大的媒介中的一名故事讲述者、创造者以及作者，这种与人们沟通的机会是非常棒的。不去管那些失望、气馁、金钱、炒作、贪婪、流言、诽谤、拒绝，以及其他所有的优点和缺点，成功的故事或者恐怖的故事，当你感到戏院中的灯光暗淡下来、人们在一部新电影开场之前匆匆落座，而你知道自己正是这一切的一部分，这会带来一种无与伦比的兴奋感。

---

① 此言并非真出自苏格拉底，这显然是作者的幽默。——译者注

（2）一字一句，一分货一分钱，这都是实打实的。与其他形式的写作相比，编剧能让你赚到更多的钱。

这并非意味着丹·布朗①和 J. K. 罗琳赚的钱不比大部分编剧更多。而一个穷困潦倒的编剧就和一个穷困潦倒的诗人一样不幸福。但是，一旦你获得了业界的认可，并且能因你的作品而定期获得报酬，那么写剧本的经济回报会是巨大的。

同时，在我看来，与其他形式的写作相比，编剧也有三大劣势：

（1）你没有用文字编织魔法的机会。

如果你希望投身于某项写作事业的原因是要醉心纵情于英语的美丽、灿烂，和深度之中，写作剧本可能就不是你的正确选择。如果你想要最充分地运用诺亚·韦伯斯特②能够提供的一切，那么诗歌、短篇故事，或小说就可能是你更好的目标。

编剧是讲故事的人，剧本只包含动作、描述，以及对白，以一种高中阅读水平的文字写作。你的目标是要创造一个可以被讲述，可以被转换到大银幕或小屏幕的故事，而不是用你散文的力量让读者眼花缭乱。

（2）一名编剧就是一位代孕母亲。

在一段可能为期大约九个月的妊娠期之后，你创造出了一件作品，它代表着你的爱、你的激情、你的汗水、你的深爱和奉献，以及你的痛苦。然后你必须将你的灵魂的这一块转交给别人，而这个人将会用穿着工装靴的脚践踏它。

你的创作偶尔也会被待以较高的尊重，但是你必须在心理上做好准

---

① 丹·布朗（Dan Brown），美国作家，其主要作品有独立小说《数字城堡》《骗局》，以及以罗伯特·兰登为主角的系列小说《天使与魔鬼》《达芬奇密码》《失落的秘符》《地狱》。——译者注

② 诺亚·韦伯斯特（Noah Webste），美国辞典编纂者、课本编写作者、英语拼写改革家、政论作家，和编辑。他被誉为"美国学术和教育之父"。他的蓝皮拼字书教会了五代美国儿童怎样拼写。在美国，他的名字等同于"字典"。——译者注

备，等待着看到你的创造被改变，甚至被毁掉。你唯一的安慰就是你的奔驰、你的游泳池，和你的医生。还有一个事实就是，一旦你在业界得到了充分的认可，你就可以通过谈判争取更多的素材掌控权，你可以为自己后来的作品做导演，做制片，或是争取到一个独家编剧的位置。

（3）在好莱坞的等级制度中，编剧的地位不是特别高。

虽然逻辑和证据都会支持"如果它没有出现在纸上，它就不出现在舞台上"的格言准则，但是在地位和权力方面，编剧通常会遭受冷遇、被草率对待。你不一定是阶级中的低级别小人物，但你也极少会是掌权者。

面对所有这些优点和缺点，如果你仍然选择献身从事于编剧事业，那么你就应该做到这几点：

（1）建立一套写作规律。

在这本书最开始的部分，我说过资深编剧阿特·阿瑟是我的导师，我现在要揭晓，他也是我的岳父，他曾透露做编剧有两个秘密。第一条就是：不要等到把它变成对的时候，要把它写下来。终于你可以学到他的另一条成功秘诀了：脚踏实地、努力勤奋、不屈不挠，真正花时间去写作吧。

（2）看电影。

每周看两部。一年一百部。好的电影要看两遍或两遍以上。如果你想要为电视写剧本，你就应该看大量的电视剧。

（3）读剧本。

一周读一部。一年五十部。好的剧本要读两遍或两遍以上。

正如我在这本书的开头说的那样，看电影和读剧本是提高你作为一名编剧的艺术能力的两个至关重要的步骤。通过观看和分析好莱坞电影，以及阅读成功的剧本，你将会学到许多有关创作风格和工艺的知识，这些知识与一本书或一次研讨会能够教给你的一样多。

（4）时刻关注电影行业里的讯息。

除了看大量的电影，你还必须留意电影业里正在发生什么。换句话说，你要开始读懂电影行业。

你必须知道什么电影在票房上的表现正好；哪些明星、制片人和导演正是热门；他们正在寻找什么样的项目；那些新的和／或有实力的文学经纪人是谁；有些什么电影计划于将来上映发行；以及哪些类别的电影目前正受到当权者的欢迎或是已经失去市场的垂青。

而对于电视行业，你应当知道同样的事情。

在第九章中，我展示了一些纸质和线上的资源，它们可以让及时了解和跟上好莱坞行业。所有这些资讯都将大大提升你的剧本得到出售和制作的概率。记住，知识就是力量。

（5）建立人脉。

参加电影研讨会和讲座。参加电影放映会。志愿参与到某人的电影工作里。志愿协助某个电影节的活动。让自己获邀参加派对。常到剧院大堂里晃荡。

（6）参加作家小组。

作家小组可以成为获取人脉、资讯、为你的作品获取反馈意见，以及得到精神支持的绝佳来源。

外面的世界对于作家们可能是冷酷而孤独的，在这条相同的崎岖道路上遇见别人可以起到很大的帮助。

然而关于这一点我想提一句警告：请你仔细地挑选作家小组。这么多年来，我在工作中遇到了许许多多这样的作者，他们要么被过度挑剔的小组成员击碎了梦想，要么在震惊中认识到他们的剧本离专业水平还差十万八千里，因为他们的小组里没有人有足够的勇气或洞察力去告诉他们这些。

你要参加或组建的作家小组应当是由致力于创作事业、热心支持他人的成员组成，他们仅仅希望你能和他们一起获得成功，他们对好莱坞电影和剧本有足够的知识，因而能告诉你你的剧本什么时候需要改进，以及如何改进。

（7）为你的作品寻求其他市场。

这本书是关于主流电影和电视，因为这是我所了解的事物。但是，百分之九十的在这个国家摄制的专业电影和视频都被用在了这些区域以外。如果写工业电影、教育影片、宣传片、教学培训用片、宗教电影、动画电影、成人影片、商业广告或者视听演示能让你提高自己的才能，赚钱支付你的账单，那么你就去写。以上每一种影片的目的都是要激发观众的情绪，并且其他的这些市场只会将你的工艺磨砺得更好。

（8）考虑搬到洛杉矶来。

如果你的居住地距离环球影城超过五十英里，那么我关于搬进洛杉矶的意见就是：暂时别搬。

如果你是一位有工作的编剧，居住在洛杉矶对于你来说就有一个明显的优势：你能够参加各种会议；你对于潜在经纪人更具有吸引力；并且你对于电影业正在发生的事情有更为直接的信息渠道。

但是，如果你还没有闯入电影行业，那么你现在的主要关注点就必须是拿起这本书里的各种原理，用它们完善你的工艺，以及寻求当权人士。而且，如果你留在你本就已经有经济和心理支持的地方，你就可以将自己的写作工作做得更好。比起从原住处收拾走人，搬家到恩西诺某间空荡荡的公寓，你更应该留在原处不动。

如果你搬去洛杉矶，而有人提供给你较大的收入可能性，那么此时就是你应当考虑移居到洛杉矶的时机。如果一位经纪人说服你相信如果你搬去南加州你就能得到工作，或是有人为你提供实打实的现金让你迁居，你就有一个决定需要去做了。但是不到那种时候，你都应该继续写作，继续从你现在居住的地方寻求当权人士。（除非你同时也想要学习

如何冲浪 。如果是那样，那你就过来吧。）

即使拿到了有关金钱的承诺，你仍可能会选择留在你目前的居住地。世界各地都居住着正在工作着的编剧们。虽然这不是一件容易事，但是如果你下定决心要做一个不用离开你的根基就能获得成功的编剧，那么这就能够被实现。并且随着电影正在变得越来越具有区域性，有独立的投资、地方性的拍摄，和本地的制作设备，往好莱坞搬家变得没有那么重要了。

最后……

（9）评估你的目标。

每过六个月左右的时间，你就该问问自己，做一名编剧是否给你带来欢乐和满足。这种写作本身是否令你感到满意和幸福？如果答案是肯定的，那么就请你继续写下去吧。

总 结

（1）编剧职业存在两大优势：

- 你能实现为电影讲故事
- 你可以挣很多钱

（2）编剧职业创作存在三大弊端：

- 你无法实现用文字编织魔法
- 在你的剧本被卖掉之后，你无法掌控别人会对你的剧本做什么
- 编剧们在电影行业的地位不是很高

（3）如果你选择从事编剧事业，你应当：

- 建立一套写作规律
- 看电影和电视剧
- 读剧本

- 让自己保持了解电影行业的资讯
- 建立人脉
- 加入作家小组
- 为你的作品寻求其他市场
- 考虑移居到洛杉矶
- 定期阶段性地评估你的目标

第 12 章
剧本创作的力量

几乎从这本书的第一页开始，我就一直在说在读者以及观众心中制造情绪的必需性。对于作为编剧的你以及所有的电影制作人来说，这是首要的目标。

有两条直接的途径可以激发观众心中的这种情绪反应。一条是通过大脑。另一条是通过肾上腺。

第一条途径让人们思考，让他们的大脑转动。

第二条途径让他们的血脉偾张，垂涎三尺。

两条途径都行得通，都没有什么自身固有的好的或不好的东西。但是如果只单独使用它们当中的任何一个，效果就会变得只有内行人才看得懂。也就是说，只是用一条途径会限制你的潜在观众。

如果你严格按照刺激肾上腺素的途径行进——仅仅让人们感到害怕或亢奋——你最终得到的成果有可能就是暴力电影和色情电影。这些影片的观众是很有限的。

如果你仅仅试图让人们思考，那么结果就可能变成一个只有六个人在大学地下室看的具有挑战性的脑力练习。因为这种电影也只能吸引有限的观众。

第一种情形的悲剧是有太多的电影完全摒弃了任何对于人类生存现

状的思索和贡献。第二种情形的悲剧更甚，对人类现状有伟大想法的电影人却无法找到一个观众，或者甚至都无法让他们的电影得到制作。

解决这些困境的办法就是将这两种途径结合起来。如果你可以看到让人们兴奋、害怕、欢笑和哭泣的效果，然后你还能用这种能力深深地触动他们，让他们思考，那么你就是成功发挥了你作为一名艺术家、一名编剧，以及一名电影制作人可以拥有并使用的巨大力量。

这就是我称之为通过内心抵达他人的东西。

这也是我对你们所有阅读这本书的人寄予的希望。

现在，就请你开开心心地，触及你自己的力量，然后开始写吧！

附录一　常见问题

过去，在我写这本书的第一版时，我在这个附录的开头是这样说的："到目前为止，我已经教导过遍布在美国、加拿大和英国的超过七千位的作者，这些是一直以来不断出现的问题。"从那时候开始到现在，我又已经为全世界超过四万名的编剧、电影制作者、心理学家、律师以及商务人士做过讲座。我听到了、看到了更多的问题。我保留了那些仍然适用的问题，然后加上了这些年里额外出现的新问题。我仍然希望这些答案将能有助于解释清楚全书所讨论的原理，并且能为你有可能会遇到的个别情形提供额外的协助。

洗手间在哪里？

我不知道，我之前也没来过这里。

你展示了所有的剧本写作规则，但是，在《老无所依》《低俗小说》（ _Pulp Fiction_ ）、《暖暖内含光》《心灵驿站》《记忆碎片》《变色龙》《放大》（ _Blow-Up_ ）、《鼹鼠》（ _El Topo_ ）、《公民凯恩》中，这些规则难道不是被打破了吗？

是的，它们是被打破了。

重点是：（我假设）你的目标是要成功打入该行业，写主流电影和电视剧。这就是为什么你选中了这本书。

你或许能够为这本书里的几乎每一条原理找到例外。但是认出这些例外怎么能在你的职业追求中帮到你？

如果你对那些打破规则的电影进行检验，你会发现几乎毫无例外的：第一，这些剧本都是低成本、独立融资，在好莱坞系统以外制作的电影；

第二，它们的作者都是已经受到业界高度认可的编剧或编剧兼导演，他们想要落实一个不同寻常的项目；第三，即使拥有如此良好的行业背景根基，电影制作者们也仍要花数年的时间才能完成这些电影；第四，即使这些电影打破了两三条规则，这本书包含的大部分原理还是得到了运用。

　　那些编剧用他们的剧本有效地打破了模式，他们这些人早已自觉或不自觉地知道好的剧本创作的基本规则是什么，但是他们选择了打破某条特定的规则以拉高情绪。如果这真是你的状况，你就可以在你自己的剧本里这样做。

　　我希望通过这本书阻止的情况是，你之所以打破规则是因为你不知道它们，或是因为你被这些规则的例外迷住了以至于你被自己搞糊涂了，或者只是因为你不想被一个公式限制住，你就选择忽略这些规则。

　　然而，写剧本就是写公式。相比起俳句诗这一类其他任何形式的写作，剧本或许有更多针对长度、风格、题材、词汇以及商业性的限制。如果你就是无法忍受这些限定因素，那么你就应该寻求其他形式的写作了。

　　如果你正试图开创一番事业，那么对你更有帮助的做法是找到符合这些编剧规则和公式的例子，从而加深你对于这些原理的理解，以及强化你运用它们的能力。这样做将会给你带来工作。然后，在你获得了业界认可的时候，你就可以开始有效地打破这些规则，而投资者也会信任你的判断，因为你有良好的历史记录。

为什么你这样说，而其他的作者（或教师）却那样说？

　　因为我们每个人想到的在读者或观众心中制造情绪的方式都不同。我所尊重的导师和书籍，其内在的原理并不会有太大的差别。悉德·菲尔德[①]的情节点，克里斯托弗·沃格勒[②]的用神话的观点看待英雄的旅程，

---

① 悉德·菲尔德（Syd Field），美国编剧权威专家，著有多本编剧书籍，也从事剧本创作的教学工作。他的第一本编剧专著是出版于 1979 年的《电影剧本写作基础》（*Screenplay: The Foundations of Screenwriting*）。他最为人所知的贡献是提出了"三幕剧结构"的理想剧本模式。——译者注

② 克里斯托弗·沃格勒（Christopher Vogler），好莱坞著名故事顾问、编剧和写作技巧大师，《狮子王》《搏击俱乐部》等影片的故事创作均受其影响。沃格勒在其代表作《作家之旅：源自神话的写作要义》（*The Writer's Journey: Mythic Structure For Writers*）中，通过检视各种神话故事的相似结构总结了一套"英雄之旅"故事结构模型。——译者注

埃里克·埃德森①的英雄目标序列以及约翰·特鲁比②对于结构的处理，琳达·西格③的人物分析，罗伯特·麦基④的故事处理手法，以及我对于外在动机的侧重，这些理论并不是真的相互矛盾；反而，每一个理论都有可能被用来发展你的情节和人物，从而创造一部有效的、可以卖掉的剧本。最终，你会需要借鉴所有你遇到的方法，然后开发出适用于你的创作方式。

然而，看太多的书、上太多的课也是有危险的。这世上很多人都成了专业编剧学生而非专业编剧。到了某个时刻，你得相信你已经掌握了足够的知识，然后你就动笔写吧。

我建议你在看完这本书以后就去写一个剧本。然后你去读其他某个人的书，或者去上其他某个人的研讨班，那时你再去写另一部剧本。这样做将会确保你在课堂中获得快乐，你从每一本书或老师那里相继拾集到的知识也会因为你的经验增加而变得更有意义。

我的思维方式非常的视觉化，这也是为什么我想要写电影。为了准确地传递我的视觉感受，难道我不应该把摄影机的方向也写到剧本里吗？

不应该。

---

① 埃里克·埃德松（Eric Edson），美国编剧，美国加利福尼亚州立大学北岭分校剧作系教授、剧本创作研究生课程的主任，著有《故事策略：电影剧本必备的23个故事段落》（*The Story Solution: 23 Actions All Great Heroes Must Take*）。

② 约翰·特鲁比（John Truby），好莱坞知名剧作顾问、编剧、导演和编剧教师，也是编剧软件程序Blockbuster的创始人。他为多家机构担任故事写作顾问和剧本医生，诊断过的电影、情景喜剧、电视剧剧本超过一千八百部。他也执教剧本写作与类型片创作课程。他在自己的著作《故事写作大师班》（*The Anatomy of Story: 22 Steps to Becoming a Master Storyteller*）中编制了自己的22步故事纲要。——译者注

③ 琳达·西格（Linda Seger），世界首屈一指的基本顾问、剧作教练。她为2000部剧本以及超过100部的电影及电视剧担任过顾问。她还著有9部编剧专著，包括《编剧"点金术"：剧本写作与修改指南》（*Making A Good Script Great*）等。——译者注

④ 罗伯特·麦基（Robert McKee），美国著名创作导师、剧作家、编剧教练，曾因连续剧《起诉公民凯恩》（J'accuse Citizen Kane）获得英国电影和电视艺术学院奖（BAFTA），1981年执教美国南加州大学时开办后来享誉全球的"故事"培训班。他也长期担任迪士尼、派拉蒙、20世纪福克斯、皮克斯工作室等机构的专业顾问，是编剧的"圣经"《故事：材质、结构、风格和银幕剧作的原理》（*Story: Substance, Structure, Style and the Principles of Screenwriting*）的作者。——译者注

为什么我不可以为一部新的电视剧写一集试播集？

你可以写，但是如果你是一名努力打入行的新作者，你由此找到工作的机会太小了，我强烈建议你不要这样做。那些受到雇佣去写试播集和迷你剧的作者都是些在电视行业内已经颇有建树的人。试播集会委托给那些拥有作为当下剧集专职编剧的经验的人。如果你有为至少两部已有的剧集写的较强样本，那么你在开创电视剧事业时就会有更好的运气。

我发现，当我每天坐下来继续我的写作时，为了回到我的故事里，我会再看一遍整个剧本。当我这样做的时候，我会有种倾向：对我几天前喜爱的内容产生厌恶，因此我就会想要回去修改它——这就让整个流程变得特别慢，甚至有些时候会令人气馁。对此，显而易见的解决方案就是停止每天重读我先前的工作。但是，鉴于我是这方面的新手，我想知道专家们都是怎样做以避免这种情况的发生的，或者这是一个普遍存在的问题吗？

在所有学科中，对于很多作者来说，这确实是一个普遍存在的问题。对此的解决办法是，保持尝试各种方法直到你找到对你最有用的那道程序。每天重读你已经完成的写作内容——以及甚至编辑和改写你可以改善的内容都没有什么错——前提是你仍在取得进展。即使你每天只添加到一个新的场景，长此以往，你的初稿会更像一份第二稿，因为在你抵达故事的终点时，你已经改写了剧本的大部分内容。

然而，你"厌恶"自己先前喜欢的内容也有可能是因为潜意识里你正在逃避向前进展以及完成文稿。那些持续不断地告诉你你的写作就是垃圾的声音只是在试图将你阻隔在某些更深的恐惧之外——那些对于批评、改变、失败、成功以及面对一次新的改写的恐惧。

如果这正是你的情况，你就必须采取一个不同的方法：如果你想的话，重看一遍你写过的东西，仅仅是为了每天回到作品里，但是要直到这完成一稿时才着手改写。这意味着你的文稿将会被更快地完成，你将会攻克掉一个大障碍，从现在开始，无论你做什么都将只会是改写——不再需要面对空白纸页了。

正如所有有关写作流程的问题（与结构和人物原理相反），这个问题没有一个正确答案。你得尝试各种方法直到你找到适合自己的最佳组合。确定你自己的流程的标准是：第一，你的剧本在向前进展吗？第二，你享受写作吗？如果你对两个问题的答案都是肯定的，那么你就做得不错。

作者们经常被告知，情节是次于人物发展的。这句断言是对还是错，为什么？

错。观众去看电影是为了看发生了什么，而不是画两个小时只为观察某些人物。行动必须产生于人物的动机和冲突，但是如果人物没有某个要追求的目标，没有阻碍在路途中的冲突，你就没有一部电影。

情节点、范例、索引卡以及大纲常常会让作者感到困惑，并且也可能会让故事显得单调和无趣。你对严格的三幕结构有何看法，作者需要多严密地计划他们的故事？

我不赞同这个问题的整个前提。当各种不同的如《泰坦尼克号》《摇滚校园》《海底总动员》《成为约翰·马尔科维奇》（*Being John Malkovich*）、《角斗士》《我为玛丽狂》（*There's Something About Mary*）、《午夜凶铃》这样的电影，甚至于像《美丽心灵》这样的传记片都不仅恪守三幕结构，还在每一幕内都包含有关键的转折点——所有关键点都准确出现在电影里的相同位置——你很难证明模型范例会导致千篇一律的剧本。造成故事扁平单调、可以预见和无趣的不是三幕结构，而是因为作者没有给这个结构加入任何原创的或聪颖的内容。

在"讲述"（tell）看上去似乎不可避免的时候，你会如何"展现"（show）背景故事？

尽管有句老生常谈的告诫说道，"展现，而非讲述"，但我实际上是讲述人物背景故事的最忠诚的信徒。

在一个剧本中，这意味着取代在序幕中（例如在《蝙蝠侠：侠影之

谜》[*Batman Begins*] 或《奔腾年代》中）或在闪回中（例如在《七磅》
或《广告狂人》的许多剧集里）将一件往事摆上银幕，你通过使用一段
独白揭露人物过往的一个重要时刻：人物真正在讲述一个故事，这个故
事有关于他过去的某个重要、痛苦的经历，这段经历现在正在（不为该
人物意识到地）决定着他（她）的人格。

所以在《洛城机密》中，艾斯力的父亲和巴德·怀特的母亲遭遇谋
杀，或是在《全民超人汉考克》中，主人公醒来发觉自己失去了所有记
忆，只有一张电影票根，这些内容极富情绪力量，并不是因为我们真的
看到这些事情发生。我们受到这些故事的感染是因为它们是被讲述给我
们听的，就像每当我们听到"从前……"这样的字眼都会被吸引住一样。

**如何让我的主人公为了他的真爱离开一个女人而不让他显得卑鄙或
愚蠢？**

在你结束一个爱情故事或浪漫喜剧时，永远不要让你的主人公失掉
他人的同情心，也不要制造有关结局的摇摆不定。因此当你的主人公为
了另一个人甩了原先的爱人时，你有四种方法为你的故事制造一个令人
满意的结局：

（1）将女性对象（如果主人公是女性，或是同性恋的话，这里就是
一位男性对象）塑造成一个活该被抛弃的蠢货（《婚礼傲客》）。

（2）让情敌认识到对他来说，主人公并不是那个对的人，没有她，
他反而会更幸福（《西雅图未眠夜》）。

（3）给"错女士"更好的某个人，他比主人公更能让她幸福（《爱
的大追踪》[*What's up, Doc?*]）。

（4）让主人公认识到她正在追求的人归根结底并非真是她命中注定
的人，她的浪漫对象属于某个更值得的人（《我最好朋友的婚礼》《窈窕
奶爸》，以及，当然了，所有表现"为了一份更高的使命和责任我得离
开我的爱"的影片中最伟大的那部：《卡萨布兰卡》）。

你所说的"先例"是什么意思？你为何认为它们很重要？

先例是与你的剧本同属一种类型的一部成功电影或电视剧，它将会被以相同的方式推销给市场上的同一群人。《宿醉》是一部大热片，但它并不完全是一个独一无二的故事。它的类型、基调，以及受众人群都与《四十岁的老处男》以及《婚礼傲客》相同。它们都是R级①的喜剧，都是有关不想在心理上长大的不成熟的男人，结果就是他们都让自己陷进了滑稽的处境。

这就意味着，如果你正在为你自己的贾德·阿帕图②风格的喜剧做提案阐述，那么你就可以说你的电影与《一夜大肚》或者《宿醉》都属于同一个舞台，听你推销的人就会立即知道这是哪一种故事。并且因为你的先例获得过商业上的成功，这意味着这些人马上就会开始想你的剧本或许也会成功。

我经常让我的客户或者研讨会听众叫出一些电影的名字——那些是他们可以指着说："因为那个故事赚了钱，我的也将可以赚钱。"的。如果他们无法为自己正在创作的剧本想到一部成功的先例，那么他们又有多大的可能性可以卖掉它？

作者们经常会在这个问题面前踟蹰回避，他们说："我不想要我的故事像别的任何作品……我想要它是原创和新颖的！"但是好莱坞不会制作那些完全是独特而新奇的电影。好莱坞制作的电影得符合一个固定模式，一套在过往已经取得成功的表达方式意识形态。所以，相比于一部不服从分类的独特的剧情片，如果你正在提案阐述一部类型电影——部浪漫喜剧、通俗喜剧、悬疑惊悚片、动作大片、家庭电影，或是恐怖片——好莱坞会更为乐于接收你的创意。

---

① R级是美国电影分级制度中的一个级别，属于限制级，要求17岁以下观众有父母或成人陪同观看。该级别的影片包含成人内容。——译者注

② 贾德·阿帕图（Judd Apatow），美国著名导演、编剧、制片人。——译者注

什么是"麦格芬"（MacGuffin）?

麦格芬这个术语与阿尔弗雷德·希区柯克联系颇深[①]，虽然我不相信这个词是他发明的。他对其的定义是：电影中的人物非常关心，但是观众一点也不关心的一件东西。他的经典例子是《三十九级台阶》（*The 39 Steps*）中"记忆先生"揭露的化工工艺，《西北偏北》（*North by Northwest*）中藏在雕像中的微缩胶卷，以及《美人计》（*Nototious*）中存在于葡萄酒瓶里的铀矿粉。

这个问题突显了一条更加重要的原理：你可以得出一个达到想象力边界的最聪明的处境或神秘事物，但是如果我们不关心你的人物，或者说你的聪明的情节线没有产生悬疑、恐惧、幽默、激情，以及冲突，你的读者就不会有一丝在乎。正如我说过无数次的那样，你的剧本能激发出的情绪才是将会决定它成功与否的因素。希区柯克是悬疑大师，而非麦格芬大师。

我甚至在找一个经纪人审阅我的剧本这件事上都遇到了不可思议的巨大困难。我已经发出了大约125封的自荐信，但是没有一点能得到回应的运气。哪些经纪人（经纪公司）或许正在寻找某位手头有一部优秀浪漫喜剧的编剧新秀，你对此有没有任何建议？

如果你的自荐信、传真，或者邮件没能说服别人看你的剧本，那是因为你没有把它们写得足够有说服力从而得到接收者的承认赞同。换句话说：

（1）你的写作风格不明晰、没有力量、不简洁明了、不专业。你声称自己是一名专业作者，但这封信是他们唯一能看到的证据。如果你连一页令人信服的内容（他们的潜意识这样告诉他们）都不能

[①] 按照希区柯克的定义，麦格芬是"悬疑电影中角色们必须要拼命追逐，可观众却可以毫不关心的东西"。可以将它理解为是并不存在的东西，是一个话题或一个简单的情节和意念，并由此而生发出来的悬念和情节。即某人或物并不存在，但它却是故事发展的重要线索。这是希区柯克最常用的一种电影表现手法。——译者注

编写好，你的完整剧本又能有多好？

（2）你对于剧本的描述没能让它看着像是具有商业性。你的剧本不能仅仅只是听上去有意思；它必须是一个能让他们认为某个制片厂或投资方会想要购买，或者至少某个大明星会想要投身进去的故事。

（3）你在一开始就把信写给了错的人。你必须通过调研那些近期有卖过或制作过浪漫喜剧的制片人或经纪人，将目标瞄准最适合你去接触的那些具体人选。

（4）你没有通过告诉收信人为什么你专门联系到他们以让这封信个人化。没有人想得到一封通函，而且他们立马就能看出你是否只是在向《好莱坞创作资源目录》（*Hollywood Creative Directory*）中的每一个人群发邮件。你要在心中提到是哪些具体的声誉、推荐人或信息（参见上一条）将你直接引向了他们。

（5）你没有采用电话跟进。在这一点上，有很多顾问和经纪人都不赞同我的观点，但是我坚信你应当发挥顽强的精神——在你通过信件接近你的目标人物之后，你应当打电话给他们。如果你的电话不能打通给你曾写信联系的经纪人或制片人，你就可以问他们的助手他们是否会看你的剧本。

那些愿意收一笔预售款项以代理剧本的服务怎么样？

请避免和他们打交道。

如果剧本买方已经告知你，他们不会接收材料除非它是由一位经纪人、经理人，或律师递交的，娱乐法律师有时会索取一笔收费用以将你的剧本递交给买方。这种做法是可以被接受的，因为你是在为他们的时间、为一项非常具体的服务付费。

但是我不知道在好莱坞有任何合法的经纪人或经理人是要收费才会考虑是否代理某个剧本。并且，在所有我过去的学生和客户当中，我从未听任何一个人说过他（她）很高兴自己预先支付了某个要代理他（她）的人，或者说他（她）付出去的钱真有带来一笔剧本协议。

如果我有一个很好的创意，但是我不在意是不是我自己来写这个故事，并且我会愿意将这个创意交给一位已被业界认可的作者，而我自己将分得一定份额的利润，那会怎么样？

你有可能只会获得一个故事概念的报酬。在好莱坞，有一些人非常擅长于构思高概念，并且他们仅仅通过将自己的创意卖给制片人就能赚钱营生，这些制片人然后再雇请其他的编剧参与进来，完成所有的创作工作。听上去很棒，不是吗？

但是在你决定这是你的理想工作之前，你最好问问自己这种职业是否值得你的努力。

在好莱坞，最不缺少的就是创意，它的价值也因其数量太多而几乎一文不值。每个人都有各种创意。真正能决定某个概念是否有价值的东西是这个概念的执行情况。所以，找到一位愿意付钱买下你的创意，或是想要与你组队合作进行某个项目的机会是极其微小的，因为他们全都有一抽屉一抽屉装得满满的，他们自己的、尚未开始着手的点子。

你或许会吸引某位制片人对你的创意感兴趣，并且借此赚得一些钱。但是，你将收到的金额极有可能不会很多——买下你的概念或许就几千美金。我知道，仅仅是卖掉你在折刚洗好的衣服时想到的某个主意能赚得几千美金——这听上去一点也不坏。但是，就为了拿到那两千美金，你不得不接触许许多多的制片人，找到那些愿意从尚未有成就，也并非是写作者的人那里听取单纯的创意的人，还得让他们足够喜欢你的点子才甚至会付给你那么多钱。

如果你想要成为一名编剧，你就得相信你自己的能力，并且亲自使用你的好主意。或许你的第一个剧本还不能使这个伟大概念的价值得到充分发挥，但是某位制片人可能就是为了采用这个创意而希望选择你的剧本，所以你最终仍然可以获得优渥的生活，就和假使你一开始就一次性彻底卖掉了这个概念一样。唯一不同的是现在你拥有了更多的经验以及另一部写作样本。而你永远都将可以想到更多的构思。

如果你真的不想写剧本，但是你喜欢开发创意，并且想要在电影或电视行业里工作，那么你可以考虑做制片。如果那是你的职业目标，你就可以将你的创意拿给一位已获得业界认可的制片人，条件是你们要达成共识：如果这位制片人想要开发你的一个创意，你也将会参与到这个项目中，或许会作为一名副制片人（associate producer）或联合制片人。如果这个项目有进展，你就会开启一条全新的职业道路。

我可以制作、导演或出演我自己的剧本吗？

当然可以。

但是，在你为销售自己的剧本进行谈判时，你做的每一个额外要求都为这笔生意增加了一些阻碍。而它受到的阻碍越多，你就越难以搞定一笔买卖协议。卖掉你的剧本已经足够难的了。在你做到被业界认可以前，追求一份《洛奇》类型的协议①只会将你的机会缩小到百万分之一的概率。

难道一旦我卖掉了自己的剧本，我对于它的命运就失去了任何掌控吗？

对，完全没有。

与另一位作者合伙写作是个好主意吗？

这就好比问结婚是不是一个好主意一样。合作行为与其他任何承诺关系都拥有同种的优势和劣势。

在其好的一面，一个写作伙伴是头脑风暴的良好资源，因为你们可以接入彼此的创意，从彼此的想法中获得滋养。就这一点而言，两个大脑通常会比一个大脑更具有两倍以上的创造力。

一个写作伙伴尤其能对喜剧的创作起到帮助，因为你们可以试着让彼此大笑，作为对你们搞笑构思的测试。

一个写作小组常常也能够更为容易地战胜写作障碍。当一位合伙人渐渐变得懒惰或畏惧，另一个人仍可以坚持你们的写作小组要坚守你们

① 电影《洛奇》（*Rocky*）的编剧和男主角都是西尔维斯特·史泰龙，故作者有此说。——译者注

的创作承诺。

而且，和性一样，如果能共享，写作有些时候会更有乐趣。

合作的缺点则在于一个人的自我的牺牲。一段合作关系能够奏效的唯一途径是，如果每个成员都有有权利说："我不能接受这个想法（这句台词、这个人物描写，或任何什么内容）。"而他（她）的同伴不得不同意如此继续，放弃那个特定的想法，甚至它会改变电影制作的进程，正如我们所知道的那样。

合作可能会更为耗时，因为你的写作规律必须得符合两个人的时间表。你也不得不分割金钱。而且，如果你结束这段关系，任何阅读你的过往剧本的人都会假定是你的合作人拥有全部的才华。所以，你往往会需要自己再额外写一部待售剧本。

只有你自己能够决定那些有利因素是否大过那些负面因素。你花你的钱，你做你的选择。

去上电影学校是否值得？

也许。

如果你想要成为一名律师，你就必须取得一个在法律方面的学位。但是如果你想要成为一名编剧，学位几乎是没有意义的。在好莱坞，没有人真的在意你的墙上是否有一张证书，抑或你的绩点是多少。大家关心的一切只有你的剧本。有一个电影方面的学位或许可以说服更多的人来看你的写作样本，但是除此之外，我从未见过任何迹象显示一纸文凭有对一名编剧的成功造成任何影响。

但是，这并非意味着电影学校没有丝毫价值。你在追求那个学位的过程中得到的教育将能提供给你四种珍贵的财富：

（1）信息。

如果你在电影学校能接触到好的老师，你就可以将自己作为一名编剧的才华开发到你能写出一部可售卖的剧本的地步。在学习你的手艺的过程中，一位好老师的指导和反馈是极为宝贵的。

（2）人脉。

电影学校可以是长久友谊和关系的极佳来源，这些友谊和联系将会在你们都共同追寻好莱坞梦想的时候带来好处。最经典的例子是在20世纪60年代从南加州大学走出来的那一帮人（乔治·卢卡斯［George Lucas］，弗朗西斯·福特·科波拉［Francis Ford Coppola］，约翰·米利厄斯［John Milius］，特伦斯·马利克［Terrence Malick］等人），他们都在20世纪70年代进入了辉煌期，并且随着他们的事业成长，他们继续着相互帮助和支持。在你尝试开启自己的事业时，你的同学和教授都能提供有用的信息和引介。

（3）一部剧本。

要得到那个学位，你应当会被要求创作至少一部剧本，这部剧本然后就可以在你开始投身于自己的事业时充当你的剧本样本。例如，《大河边缘》（*River's Edge*）曾是编剧尼尔·希门尼斯（Neal Jimenez）在加州大学洛杉矶分校的硕士学位作品。并且，如果你想要投身于导演事业，电影学校可以让你有机会接触和使用各类设备，得到一部完成了的、可以展映的电影。

（4）一次博雅教育。

不要对此嗤之以鼻。对于人生的各个方面，对于人类历史和知识的广度，以及艺术表达的历史和形式（包括电影史），你了解得越多，你就会成为更好的作者，以及更好的人。

电影学校的这四样回报，或者至少前三样，对于成为一名编剧从业者都是至关重要的。如果你希望达成你的事业目标，你就必须拥有信息、人脉，以及一部完成了的剧本。然而，想要获取那些必需的信息、人脉，以及一部完成剧本的途径，电影学校是一条相当昂贵的途径。学费、书籍、器材，以及生活开销加在一起可能是一项高达六位数的投资。即使没有那么多钱可供你花费，你也有其他的方法来追寻编剧梦想。

既然学位本身没什么重要性，你是可以从研讨会、座谈会、书籍、CD、DVD，以及网上获取你所需的信息的。

要想建立人脉，你可以使用本书中有关营销你自己的章节所概述的种种办法，也可以通过志愿为电影行业里的某人做免薪实习工作来实现。

你也可以在任何的生活或工作状态里创作你的剧本样本。

我并非试图劝阻你不要上电影学校，我只是想要让你将它看作为你投身于自己的事业时的几种选择中的一种。你或许会决定，电影学校提供的教育的强度和质量，以及人脉和机遇的数量使其成为你的最佳选择。

在选择特定的某个学校时，你要做的调研与你在找工作时做的一样。你要考虑至少六间备选学校。搞到他们所有的可取得的宣传材料，然后对你想要严肃考虑的学校校园进行拜访。与传媒专业的教职工成员交谈，与现有的学生交谈，然后索要这个项目的近期毕业生的人名。当你与那些以前的毕业生交谈时，问他们要他们的同学当中，一些或许在毕业之后没有获得电影工作的人的姓名。最后，打电话给行业中的一些高管或经纪人，向他们询问，从这间你正在考虑的学校所取得的学历能否为你增加作为一位潜在的编剧的机会。

我该如何为一本书、一部戏剧、一则短篇故事或是一个真实故事获取相关权利？

如果一部虚构作品不再享有版权，那么这部作品就属于公共领域。这就意味着它可以被改编到银幕上而不需要获取任何权限。

同样的道理也适用于真实故事——如果电影中描述的所有人都已亡故，抑或只有当这些人物作为公众人物时才被描绘。关于隐私和名誉侵害的权益基本上在被描绘的人物过世时也就消失了。所以在你写作一部有关米勒德·菲尔莫尔①的剧本时，权限不是一个需要考虑的问题。然

① 米勒德·菲尔莫尔（Millard Filmore），美国第十三任总统。——译者注

而，如果米勒德·菲尔莫尔的情人仍在世，而且你的剧本描绘了她的形象，那么你就必须获得她的许可，否则你就得将她从你的电影中剔除。

如果一个人的行为是一种公开的记录，描绘这些行为就是没有危险的——但是只包含这个人作为公众人物时所做的行为。一旦你离开了报纸文章或法庭记录所揭露的人物行为，进入了一个人的私人生活，你就必须首先获取相关权限。

有关权限和许可，名誉和个人隐私的侵犯，所有的这些事情都处于一个非常灰色的地带。律师们靠着阻止或参与有关这些问题的诉讼都可以赚大钱。所以当你有所疑虑时，就去确保相应的权限。

如果你希望获得改编一部仍享有版权的虚构作品的权利，你首先必须找出谁持有那些权限，以及这些权限目前是否正受到为电影改编目的所用的期权的保护，如果你打电话给这部小说（戏剧、短篇故事、歌曲，或其他任何作品）的出版商，要求找电影版权部门，他们应该能够告诉你谁掌控着相应的电影版权。

通常来说，原作品的作者将会保留这些权利。但是偶尔的，作为与作者的原始协议的一部分，出版商会获得这些权利。如果作者持有相关权益，那么你就最好直接联系他（她）。

有些时候，做一些小小的网上侦探工作就能将你直接引向某位作家。或者，你也可以写一封给作者的信，由出版商代为转交，然后希望自己最终能得到一个答复。直接接触作者往往是最好的，因为相较于出版商或作者的代理人，作者本人会更为积极地回应你的想法和热情。作者可能更关心的是你对原作品的热情和尊重，而更少关心你要提供的预付款金额。

如果你无法接触到作者，你就不得不与作者的代理人打交道了。除非他们掌控着相关权利，出版社将不会给你作者的经纪人或律师的名字。这常常都会是一家代表作者负责作品出版等事宜的纽约文学代理商。他们又往往会将你传递给一家为原作者的作品代理电影版权的好莱坞文学代理商。

追寻到了所有这些人之后，你可能才了解到这本书已经被选定要拍成电影了。如果是这种情况，你可以尝试找到谁拥有这电影的版权，或者至少它的期权何时到期。在期权到期日临近之时，你可以再打一次电话，查看这份期权是不是有可能会被延期，或是这部电影已经进入了制作阶段。书籍和戏剧通常在首次发行时就会被选择，而之后参与其中的出品方无法搞定协议，于是期权就过期了。

如果这部作品的电影版权是可获得的，那么你得到这些权利的能力就完全取决于你在金钱、经验、热忱度方面能提供写什么，以及你能让这部电影得到制作的概率。

即使你没有钱来提供作为预付款，但是如果相关人士认为你有一个能让这部电影得到制作的好机会，你就仍有可能得到一部虚构作品的版权。如果你在改编这部小说方面的想法与作者寄予原作品的目标一致，并且如果没有其他人在敲作者的门，你的机会也会增加。

如果有这么多用于编剧的规则，为什么还有这么多烂电影？

因为那些电影制作者还没有读过这本书。

也因为生产一部电影的流程牵涉到太多的人、太多的钱、太多的才华、太多的自我、太多的现实障碍，以及许许多多可能会出错的东西，以至于每当一部电影被拍摄出来都甚至可以算得上是奇迹了，更不用说稍微有点好的电影了。

我当然相信，好莱坞的最大弱点是显而易见且广泛存在的：缺乏对于剧本和编剧的尊重；审查制度——表现在电视上就是一种迎合所有人、不得罪任何人的态度，表现在电影界则是美国电影协会（Motion Picture Association of America，简称MPAA）针对故事片的愚蠢的评级系统的审查制度；不愿意用适中的投资谋求适中的盈利；对某些明星和创意的过度拥护，仅仅因为它们在过去曾赚到过钱；有太多只手染指创意的这杯羹；以及"保护好自己"的行政哲学。

但是，我也认为电影行业为这个世界的错误过多地承担了指责。任何时候你试图将艺术和商业结合在一起，那它顶多就是一场包办婚姻，肯定不是一场天作之合。我认为好莱坞的这些人并不比华尔街、底特律、华盛顿特区，或密歇根州巴特克里市的那些人对问题负有更大的责任。在对金钱和权力的追逐中，创造性是一件棘手的任务。

并且，我当然相信所有生产出《白宫风云》《火线》(The Wire)、《惊魂记》《呆头鹅》(Play it Again, Sam)、《老友记》(Friends)、《梅森探案集》(Perry Mason)、《007之俄罗斯之恋》(From Russia with Love)、《唐人街》(Chinatown)、《雨人》《楚门的世界》《三十而立》(Thirtysomething)、《本·凯西》(Ben Casey)、《体热》《大寒》《摩登家庭》《总统班底》(All the President's Man)、《西雅图未眠夜》《全民情敌》《办公室》《怪物史瑞克》《大白鲨》《窈窕淑男》《好人寥寥》《当哈利遇到莎莉》《上班女郎》《阴阳魔界》(The Twilight Zone)、《毕业生》《洛城机密》《广告狂人》《阳光小美女》《充气娃娃之恋》以及《肖申克的救赎》都应当得到一份赞许的致意，感激它们在黑暗中带来了许多的美好时刻。

好莱坞有性别歧视吗？

有。

那里还有年龄歧视、抄袭剽窃、裙带关系、审查制度、言而无信，和榆木脑袋的高管人员。

那又怎样？

面对电影行业的这些现实，你可以做这两件事中的一样。

你可以说："我不想和其中的任何一个方面打交道。"然后你可以选择另外的某条道路和目标，而它们也很有可能会牵涉相同的困难和障碍，或者与此相似的其他障碍。

又或者，你可以说："创作剧本是可以带给我满足感和价值感的东西。所以我要投身于此，不管那些作为我选择这场特定的游戏的一部分的，我将不得不面对的，困难的、负面的、不公平的人和事。我不会对此报以天真的幻想，但是我也不会用那些困难，或是好莱坞的其他623种障碍作为借口，喂养我的恐惧，阻止我追寻自己的梦想。我将会接受我的选择的后果，只要走在编剧的道路上能带给我快乐。"

那么然后，你就放手向前，努力争取吧。

附录二　剧本阐述样本

　　以下内容是我有段时间之前参与的一个项目的剧本阐述样本。这个真实的故事以《西尔玛隧道灾难》为基础，该书的作者珍妮特·扎瓦泰罗（Janette Zavattero）是一位记者和作家，同时也是这个故事中的主人公的姐姐。我将这个故事写成剧本阐述的形式，将其作为一种销售工具，目的是包装这个故事，以及做可能的开发工作。

　　如果在你的写作事业中，你到达了被要求提供剧本阐述的阶段，以下就给出了一个设计布局的正确例子。记住，剧本阐述要以现在时书写，对白极少（在大部分的喜剧剧本阐述中会稍微多一点），只囊括主要场景和人物，而有关故事概念、人物，和结构的原理全部都要得到应用。并且，越短越好；永远要留给读者想要更多的感觉。

西尔玛
剧本阐述

作者：迈克尔·豪格

原著《西尔玛隧道灾难》
作者：珍妮特·扎瓦泰罗

这是另一个世界；一片死寂与暗黑之地。成串的裸露灯泡延展在3英里长的隧道里，令人仿佛置身于外太空，而感觉不到这是位于地底17层的一个巨大的、人造洞穴。

装着去上班的人们的、小小的笼子降入地面，隧道挖掘工人们说笑着，如果这段灌溉隧道工程比预定计划提前完成，他们将会从洛克西德公司那里得到奖金。这些人都是拼命工作的劳动阶层，他们花了半辈子的时间在地底下、在矿井里，在像这样的隧道里。他们的声音里总有一丝没有说出的淡淡恐惧痕迹，害怕不知道在这样一个异世界会发生什么。

1971年6月24日，沃利·扎瓦泰罗拿起正响着的电话。沃利听着电话，从床上爬了起来，他的妻子默茜迪丝焦急地看着他。

"是洛伦，"他告诉她，"出事的是西尔玛隧道。发生了一场爆燃。"

"有没有人……？"她没能让自己说完这句话。

"我不知道，默茜，"他回答道，"洛伦说他们控制住了局势。但是这话他们先前已经说过了。"

当扎瓦泰罗在充当西尔玛隧道指挥部的拖车里见到隧道管理团队时，时间已经接近黄昏。"我给这条隧道打上黄色警告，"扎瓦泰罗告诉他们。他那锋利的目光告诉他们这是没有争论的余地的。"隧道里现在没有一点瓦斯气体的痕迹，但是如果检测仪显示出一个瓦斯分子，你就得停工。"

那天深夜，就当夜班工人应当要开始工作时，计量仪在隧道洞门处检测到了瓦斯气体的迹象。洛伦·萨维奇，沃利的朋友，也是该项目的经理，走进拖车，打电话给负责这次任务洛克西德公司。门在他的身后关上。几分钟过后，他从拖车里走出来。"我们要继续赶工，"他告诉工头。"这只是地表气苗，而且读数现在也归零了。"

凌晨2:30，当隧道的崖面炸成了一座充斥着烈火与乱飞的岩石的地狱时，正有18个人在井下。这场爆炸在远至西尔玛50英里以外的地方都可以被感受到。隧道之上，洛伦·沃利可以感受到土地的隆隆作响。"我的天呐，"

他惊叹道。

隧道里，那些离崖面最近的人已被爆炸夺去了生命。随着火焰和瓦斯气体在长长的隧道里蔓延，人们绝望地试图从火中逃离。他们的尖叫声在隧道里回响……

当扎瓦泰罗赶到现场时，这里已经是乱哄哄的一片，到处都是隧道挖掘工人、消防员、记者，和围观者。他正巧看到洛伦·萨维奇，后者的脸因为惊恐而显得茫然苍白，被他的妻子驱车带离了这片混乱。扎瓦泰罗找到鲍勃·雷，这位项目工程师对他喊道，消防队正在阻拦隧道工人们进到井下营救他们的工友。"他们拿出了水龙带，天呐！"雷叫道，"你不能用消防水管对付瓦斯火灾！"

在扎瓦泰罗看来，消防员与隧道工人之间的对峙随时都会演变成一场斗殴。他从容不迫地走向消防队长。

"这个隧道已经被封闭了，"队长宣布道。

"不，这不行，"扎瓦泰罗坚定地回复道，不客气地用指尖去推队长的胸口。"你的人对隧道一无所知，并且，不管你的消防员们是否挡道，这些工人们都一定会去追寻任何一个在下面还活着的人。"面对扎瓦泰罗的盛怒，消防队长只能点点头，消防员们退回去，在隧道口让出一条路来。

隧道工人们佩戴着氧气呼吸器，这仅能为他们在浓烟密布的隧道里争取40分钟的时间。很快，第一个人从隧道口出现了，他带着一位工友的尸体。随着其他人继续搜寻隧道，他们找到了其他的尸体，有些时候却只是他们的朋友们的尸体的某些部分。

整个尸体搜寻工作耗费了超过48个小时。当扎瓦泰罗最后被人用车送回家的时候，他整个人已经麻木了。"他们这次要付出代价，"他告诉他的妻子，"洛克西德公司这次一定要付出代价。"

在接下来的几个星期里，扎瓦泰罗等待着对于这次爆炸的调查结果的公布，但是随着时间的推移，他只越发地感到灰心。他的书面检控请求被无视，报纸里也没有提及洛克西德建业正试图从政府那里获得的2亿5000

万美金的贷款担保——任何负面宣传都会严重危及这份担保。最后，当他听闻针对这次爆炸的公开听证会也被取消时，他非常愤怒地冲进了杰克·哈顿的办公室，杰克·哈顿是加利福尼亚工业安全部部长，同时也是洛克西德公司的前任经理。

"沃利，这些事情必须遵循它们的正常程序，"哈顿说道，"况且，"他又加了一句，"即使这当中存在失职，那也只是一项轻罪。"

听到这句评判，扎瓦泰罗爆发了。"一项轻罪？！发生在西尔玛隧道的甚至都不能算是过失杀人。那是明摆着的谋杀！"当天下午，他就打电话给《洛杉矶时报》（*L.A. Times*）。

"洛克西德违反安全法令，致17名隧道挖掘工人死亡"，这则第二天的报纸头条开启了扎瓦泰罗及其家人一段长达两年之久的磨难。

扎瓦泰罗最先遇到的困难来自于他自己的部门，杰克·哈顿拒不让他脱手其他的职责从而能够专注于西尔玛事件的调查。之后，当沃利试图从西尔玛隧道取回瓦斯测量仪时——这只测量仪将会证明瓦斯其实在爆炸之前就已经出现在隧道里，他发现洛克西德公司已经调换了另一个测量仪，意图掩盖他们自己的失职罪。在他与洛克西德的律师面对面对证不久之后，他就收到一个匿名电话，向他的人身安全发起了恐吓。

加州参议院终于要开始就西尔玛爆炸案展开听证会，当沃利站到证人席上作证时，面对委员会主席的盘问，他完全毫无准备。民主党参议员杰克·芬顿想要展现里根州长的财政削减政策和任职安排让安全监督管理局不起作用。但是结果却让扎瓦泰罗遭到指控因允许隧道挖掘工人在爆炸之前回到井下而犯下近乎谋杀和失职罪。

在沃利向听证会揭发他的生命已经受到威胁之后，那份积压在扎瓦泰罗一家之上的压力终于爆发了。"你想要打败洛克西德，或许也是想要缓解你自己的负罪感，你的这份痴迷已经让你对自己的家庭视而不见了。"默茜向他哭喊着，"你的一个女儿在学校里受到其他孩子们的纠缠，因为她的父亲实际上被指控为杀人犯，另一个女儿整晚地待在外面直到深更半夜才回家，我也几乎没法和她交谈。你自己也已疲惫不堪，你得了溃疡，你还开始嗜酒。而现在，我才发现你的生命正面临威胁。"

默茜在他的怀里崩溃了，沃利没有回答她，只是静静地拥抱着她，拥抱了很久很久。那天晚上，他告诉墨茜、吉娜，以及大女儿保拉："我明白你们经历了地狱一般的日子，而我这段时间都没能做到一个称职的父亲，对此我很抱歉。我承诺，从现在开始我会一直陪在你们身边。但是，我不能停下我正在做的事情。此时此刻，我是那17位遇难工人的家人的唯一希望，我必须为他们而战斗。我必须通过自己的努力，确保让这样的事情今后不再发生。"

洛克西德案的审判终于开始了，法庭内聚集了三大圈的律师、目击证人、围观人士，以及媒体记者。随着沃利在法庭上的作证，随着证据的水落石出，一段有关失职、不作为，和掩盖事实的历史得到了揭露：被杰克·哈顿和安全监督管理局忽视了的许许多多提出起诉洛克西德公司和其他承包商的请求……不计其数的未受处置的伤亡事件……洛克西德公司调换西尔玛隧道瓦斯气体测量仪的企图……对沃利的生命威胁。

终于轮到杰克·哈顿出庭作证，他像丧家之犬一般走进了法庭，向陪审团读出一份事先准备好的声明，并宣告了他的辞职。

然后，拉尔夫·布里塞特，西尔玛爆炸灾难中唯一幸存的隧道工人，站到了证人席上，法庭在此时第一次安静下来。布里塞特的语调轻柔而颤抖，他回忆着困在隧道里的工人们的惨叫声，还有那种听到他的朋友们死去，而他还不知道自己是否能得到营救的痛苦，他平静地崩溃了。在布里塞特结束自己的证词之后，他没有受到盘诘，只有静默。拉尔夫·布里塞特摇摇晃晃地从证人席上站起来，缓缓地，安静地走出法庭。

在持续了数月之久的取证、论证、上诉以及法律操作之后，这场审理终于结束，陪审团被派来做出裁决。沃利最后一次走出法庭，他看见洛伦·萨维奇独自坐在一处。"终于结束了，"沃利平静地说道。

"谢天谢地，"他的朋友回答道。

"我想这一切定会带来一些好处，"沃利说道，"或许下一次，像洛克西德这样的公司就会小心一点。我更关心的是，在这整个过程中，在一切政治、法律和金钱的纠葛之中，那17个死去的人没有被忘记。"

两个男人沉默地坐了一会，各怀各的心事，然后他们相互告别。这是两位朋友最后一次见到彼此。

扎瓦泰罗在开车经过一件报刊亭的时候扫了一眼，判决书上的语句映入他的眼中，他看到报纸头条写道：洛克西德公司有罪！洛克西德被认定犯有过失致人死亡罪，并且被罚以最高额的惩罚性实际损害赔偿。除此之外17位遇难隧道工人的家人得到了加州历史上额度最高的民事赔偿：共计950万美元。

在报纸的边栏，一篇文章报道了杰克·芬顿参议员带头通过一项对过失致人非正常死亡罪的加大惩处力度的议案。从现在开始，像西尔玛隧道灾难这样的事件就会变成重罪，而不再是轻罪。

沃利从路边开走，啪地打开车在收音机，电台刚好在播放《约翰·亨利》①这首歌。扎瓦泰罗会心一笑，一边随着音调轻柔地吹起口哨，一边向家的方向赶去。

---

① 《约翰·亨利》（*John Henry*）是一首美国经典民歌，描述了黑人英雄约翰·亨利宁可死亡，也不愿屈服的故事。——编者注

出版后记

在好莱坞，好剧本有标准吗？

在剧本医生迈克尔·豪格的眼中，"好莱坞"指的可不是美国西海岸那个阳光明媚的地方，而是电影工业里的权力结构和钱袋子。对他们来说，好剧本不仅仅意味着要有一个好故事，还得具有票房大卖的潜质。换言之，好剧本当然有标准——既能在故事上打动观众，又能凭潜在的商业表现打动买家。

《编剧有章法：俘获观众与打动买家》提供的是主流影视剧剧本创作的基础准则。豪格把从故事概念到剧本推销的过程分解为一系列成熟的步骤，帮助创作者打造一部内容质量稳定、能获得制作公司青睐的剧本。在本书编校过程中，我们仔细地辨析了原文中的专业词汇，将首次出现的专业概念逐一附上原文，为作者提到的部分典故、片例加上注释，供读者参考。编辑工作中可能仍然存在一些错漏之处，希望读者朋友们不吝指正，我们会在日后予以更正。

未来，"电影学院"编辑部还将引进另一本着眼于推销剧本创意的豪格著作《60秒卖出你的故事》（*Selling Your Story in 60 Seconds*）。无论您是有兴趣了解编剧行业的写作爱好者，还是职业编剧，我们都希望这位资深剧本医生的著作能为您的技艺和事业带来帮助。

服务热线：133-6631-2326　　188-1142-1266

服务信箱：reader@hinabook.com

后浪电影学院

2017年8月

图书在版编目（CIP）数据

编剧有章法：俘获观众与打动买家 / (美) 迈克尔
·豪格 (Michael Hauge) 著；吴筱译. — 北京：中国
华侨出版社, 2017.10

ISBN 978-7-5113-7015-0

Ⅰ.①编… Ⅱ.①迈… ②吴… Ⅲ.①电影编剧—创
作方法 Ⅳ.①I053.5

中国版本图书馆CIP数据核字(2017)第203619号

WRITING SCREENPLAYS THAT SELL by Michael Hauge
Copyright © 1988, 1991, 2011 by Michael Hauge
Chinese（Simplified Characters）copyright © 2017 by Post Wave publishing Consulting
(Beijing) Ltd.
Published by arrangement with ICM Partners through Bardon−Chinese Media Agency
ALL RIGHTS RESERVED

本书中文简体版权由后浪出版咨询（北京）有限责任公司版权引进。
版权登记号 图字 01-2017-5643

编剧有章法：俘获观众与打动买家

著　者：［美］迈克尔·豪格
译　者：吴　筱
出 版 人：刘凤珍
责任编辑：滕　森
筹划出版：Hollywood Film Press
出版统筹：吴兴元
营销推广：ONEBOOK
装帧制造：墨白空间·张　莹
经　销：新华书店
开　本：690mm×960mm　　1/16　　印张：22　　字数：285千字
印　刷：北京印刷集团有限责任公司
版　次：2017年12月第1版　　2021年4月第2次印刷
书　号：ISBN 978-7-5113-7015-0
定　价：52.00 元

中国华侨出版社　北京市朝阳区西坝河东里77号楼底商5号　邮编：100028
法律顾问：陈鹰律师事务所
发 行 部：（010）64013086　　　传真：（010）64018116
网　址：www.oveaschin.com　　E-mail：oveaschin@sina.com

后浪出版咨询(北京)有限责任公司